U0688753

老镇桃花巷

吴俣阳◎著

中国文史出版社

图书在版编目（CIP）数据

老镇桃花巷 / 吴俣阳著 . — 北京 : 中国文史出版
社，2023.9
（实力榜·中国当代作家长篇小说文库）
ISBN 978-7-5205-4651-5

Ⅰ．①老… Ⅱ．①吴… Ⅲ．①长篇小说－中国－当代
Ⅳ．① I247.5

中国国家版本馆 CIP 数据核字（2024）第 076864 号

责任编辑：全秋生

出版发行：中国文史出版社
地　　址：北京市海淀区西八里庄路 69 号　　邮编：100142
电　　话：010-81136602　 81136603　 81136606（发行部）
传　　真：010-81136655
印　　装：廊坊市海涛印刷有限公司
经　　销：全国新华书店
开　　本：710 毫米 ×1010 毫米　　1/16
印　　张：22.75
字　　数：350 千字
版　　次：2024 年 5 月北京第 1 版
印　　次：2024 年 5 月第 1 次印刷
定　　价：66.00 元

第一章

　　老镇有些年头了，听老人们说，从唐朝的时候就有了，尽管我从没在镇上见过明朝以前的物件，即便见过的也是些不伦不类的仿古建筑，但丝毫不怀疑她的古老和她所经历的沧桑。她已经老到走不动路了，像七老八十的老人，再往前迈上一步就非得摔个跟头不可，但她一直屹立不倒，就算里子都被鼠咬虫蛀了，外面该有的模样都还在，一点也不缺少。她好像有过风光的时候，又好像从来都没风光过，总是在阴晴圆缺中静默地守着川流不息的时光，看着那些步履匆匆的人匆匆地来又匆匆地去，一句话也不说，更不去打扰他们，只在自己的日子里酝酿着一个接着一个的故事，任它们从光鲜到晦暗，从嘈杂到清静，从轰动到落寂，从繁华到斑驳，从短暂到永恒。

　　我知道，老镇是所有故事赖以生存的源泉，而那些故事却是支撑着老镇一路走来的底气。没了那些故事，老镇就不是老镇，一切也就失去了它原本的意义，可故事一旦没了老镇这个依托，它的存在又会有什么意义呢？其实老镇就是一条破破烂烂的老街，就是一条条模样大同小异的巷子，就是巷子里进进出出的那些人，他们的脸上无论洋溢着欢快的笑容，还是堆积着沮丧的表情，只要一开口说话，你就知道这一切都是属于老镇的，独一无二的，活色生香的，容不得你任何的异议，也决不允许你有任何的质疑。

桃花巷是老镇上的一条巷子，别看它名字起得香艳，却是一条极为普通极不起眼的巷子，老镇上也没任何人高看它一眼，如果不是"柳云卿"这个名字，人们似乎早就要把这条巷子从记忆里抛到九霄云外去了。三十年前，柳云卿是老镇上的名人，名女人，还是数一数二的大美人，现在的年轻人是不知道她了，但老街上五十出头的人却是没一个不知道她"桃花西施"的。那些年，只要是个男人，是个有头有脸的男人，有事没事就喜欢往桃花巷钻，渐渐地，左邻右舍就传出了些风言风语，说那些男人都是来找柳云卿的，至于来找柳云卿做什么的，说法更是五花八门，一言难尽。总之，桃花巷因为柳云卿出名了，老镇上的人一提到"柳云卿"这个名字，不是故作神秘地抿着嘴笑，就是很不屑地从嘴里轻轻飘出一句软绵绵的话：哦，桃花巷的。

我不记得人们是从什么时候开始叫柳云卿"桃花西施"的，也不知道人们为什么那样叫她，是因为她住在桃花巷，还是因为她长得跟桃花一样美，这个问题从来都没人深究过也没人关心，大家关注的永远是那些时常出没在桃花巷的男人，出现在柳云卿房前屋后的男人。那些男人都不在桃花巷住，桃花巷里也没有他们的发小故交，柳云卿一个再普通不过的纺纱女工，又不是领导干部，更没任何文艺特长，平白无故地更不会有人存心巴结她，他们天天往桃花巷跑往她门上蹿，自然会惹来些闲言碎语，可柳云卿丝毫不把这些放在心里，她乐得听那些男人一口一个"桃花西施"地喊着她，乐得他们满脸堆笑地向她献殷勤。

于她而言，这是她的特权，是她作为一个大美女的特权，如果不是她，老镇上的人谁会想得起桃花巷，又有谁会把桃花巷放在眼里？每每看到街坊邻居用一种捉摸不透的眼神打量着自己时，她总会用一种更加犀利的目光死死盯住对方，仿佛是在示威，又好像是在炫耀着说：瞧，要不是姑奶奶这张脸，老街上谁能多看桃花巷一眼？你们就是嫉妒，嫉妒我长了一张比你们好看一千倍的脸！

桃花巷里没有桃花，从古至今，桃花巷里的女人也鲜有能跟柳云卿相媲美的，如果没有柳云卿，桃花巷就是一条名不副实的巷子，可自打出了柳云卿这样的人物，桃花巷的"桃花"二字似乎就被赋予了某些特殊的含义，而那自然是与桃花无关的。从我记事起，桃花巷的格局从未有过大的改变，就是一条南北走向的巷子，从巷头到巷尾不过一百米左右的距离，也从未见谁家的院子种过桃花，怎么就起了"桃花"这般香艳的名字？我曾问过祖母关于桃花巷的由来，祖母也说不出个所以然来，莫非这"桃花"二字只是为了等待柳云卿的出现？桃花美艳，柳云卿也美得不可方物，如果不是柳云卿，桃花巷就是一树死寂的桃花，可有了柳云卿，桃花巷就是一树鲜活的桃花，不管何时何地，老镇上的人只要一提起柳云卿就会想起桃花巷，同样的，只要一提起桃花巷就会想起柳云卿。

或许，是柳云卿成就了桃花巷；又或许，是桃花巷成就了柳云卿。严格说起来，柳云卿算不上老镇人，如果她没嫁给齐老九，桃花巷也就跟她扯不上半点关系，可历史就是这样，当梨花村的柳云卿嫁到桃花巷给齐老九做老婆时，一切的一切便都在一刹那间被注定了。还没嫁到桃花巷时，柳云卿一直跟娘家的兄弟姐妹住在镇东头的梨花村，尽管村子紧挨着老镇，但在老镇人的心里，过了罗河就是乡下了，梨花村坐落在罗河河东，自然与河西的老镇不搭界，在那个年代，镇上和乡下的区别可是泾渭分明的，一个天上，一个地上，乡下的姑娘要挣个好前程，过上镇里人朝九晚五的生活，唯一的出路就是嫁到镇上来。柳云卿不是第一个嫁到老镇的乡下姑娘，也不是最后一个，但她却是让老镇记忆犹新的唯一一个，即使三十年过去了，而今谈论起她来，熟识的不熟识的老镇人也都会说上一句：噢，柳云卿，那可是老街上的传奇。

柳云卿之所以能成为老镇上的传奇人物，绝大部分都跟她的美貌有关。梨花村只跟老镇隔了一条罗河，河西是老街，河东就是梨花村，按理说这紧挨着的两个地方本不应该生出两样人来，但就是邪了门，但凡梨花村走出来的人都要比出生在镇上的人水灵得多，大家一开始以为梨花村的水土要比镇上好，可时间久了，等梨花村的人也喝上了老街人才能喝得上的自来水后，才发现他们的颜值并没有丝毫的下降，那又是什么让梨花村的人看上去总比镇上的人娇俏水嫩呢？

答案就是梨，梨花村作为老镇的瓜果供应基地，整个村子总共长了不下五万株梨树，每年结出的梨子除了销给镇上的居民，剩下的都被村里的果农们自己变着花样地吃了，就这样长年累月地吃着梨，那皮肤能不好吗？老镇上的水土不适宜种植其他品种的果树，一九四九年以后梨花村就一直以种梨为主，家家户户都种，可镇子上就那么些人，周边其他村落的农民大多也都会在自家房前屋后或土里种上几株梨树，自己要吃的梨也就基本解决了，所以梨花村长出来的梨每年都供大于求，那时候的村民脑子也不活络，鲜有会把吃不完的梨卖到镇外去，于是剩下卖不掉的梨除了少部分扔掉之外，大多都被他们想方设法地吃了。生吃，用冰糖炖着吃，和香蕉一起蒸着吃，冻成冻梨吃，做成罐头吃，榨汁喝，总之，只要能想出的吃法，他们是一一都尝试过了，以致于柳云卿嫁到桃花巷后逢人就说，她这辈子再也不想吃梨了，只要一看到梨她就犯恶心，真的是吃梨吃到伤了。

柳云卿说她看到梨就犯恶心，那绝对是夸张，是站着说话不腰疼，我小的时候就亲眼见过她吃梨，一边吃，一边兴高采烈地笑，那手舞足蹈的模样，真不像吃伤了，倒像是怎么吃也吃不够，难怪她长得水灵，看上去比镇上的大媳妇大姑娘们都要标致上几分。那会柳云卿跟我母亲交好，她隔三岔五就会蹬着那辆半新不旧的脚踏车回趟梨花村的娘家，每年夏秋之交只要她一回去，回来的时候必定会带上一篮子梨回来，每次也必送一些到家里来，多则几十个，少也有十几个，那时候她女儿也长年养在我家吃在我家，有一回跟我抢可口可乐喝闹起了别扭，还害我被母亲狠揍了一顿，右膝盖上的一块疤痕就是那次"战争"中磕到豁齿的水泥地上留下的。

说到梨，梨花村的梨并不好吃，可二十世纪八九十年代时，老镇的物资还是很匮乏的，别说见不到现在常见的山竹、榴莲，就连苹果也是个稀罕物，所以每到梨子收获的时候，家家户户都要跑到梨花村买上许多梨回来。我记得父亲每年夏天都会买四五十斤梨回来，都用大蛇皮袋装着的，晚上看电视时，父亲给每人都削上一个梨，一边吃一边看电视，饶是这样，吃到最后也会因为来不及吃坏掉不少。柳云卿每次送来的梨，必定是挑最大个的，甜，水分也足，我一天最少也能吃掉两个，但那会却从没把柳云卿的美和梨花村的梨联系到一块，要早就有这个意识，当年就该多吃些梨。柳云卿说见到梨就犯恶心，那自然不是真的，但年轻时候的她的确因为梨急切地想要逃出梨花村，每天一睁眼看到的就是成片成片的梨树，连一片庄稼地都没有，那样的日子她着实过不下去了，日思夜想的就是如何离开梨花村，离开那一眼望不到尽头的梨树。村里有好几个能吃苦胆子又大的姑娘都跑去上海打工了，尽管不是去小饭馆端盘子洗碗，就是到工地上搬运砖石，但毕竟比死守在梨花村没日没夜地围着千万株梨树强，所以柳云卿的心思也活泛了，成天盘算的只有一桩事，那就是到上海打工去。

柳云卿寻思，自己人长得好，又是高中毕业，要模样有模样，要文化有文化，还怕到上海找不到一份养活自己的工作吗？不就是端盘子洗碗嘛，有什么难的？平常在家，烧饭洗碗洗衣服的活不也都被她一个人承包了，难不成到了上海倒不会做了？几个到上海打工的小姐妹每次逢年过节回来时都打扮得花枝招展的，不仅身上穿的都是款式最时髦的衣服，就连脸上抹的雪花膏也都是电视广告里经常播的时兴品牌，什么永芳了夏士莲了，隔着老远就能闻到她们身上的香气，姑娘们也不害臊，说那是上海的味道，仿佛她们一个个真的都成了如假包换的上海人。尽管上海距离老镇并不算遥远，但在老镇人眼里，那无异于天堂，如果有人家的女儿嫁到了上海做了上海人的媳妇，整个镇上的人都会对他们投去艳羡的目光，并由衷地说上一句这家人真是太有福了。柳云卿没想过要嫁给上海人，但要离开梨花村，去上海打工似乎是她可以选择的最好出路，哪怕是到工地上搬砖头扛水泥，她也很想去闯一闯试一试。

怕什么呢？村东头那个长着一头黄毛、满脸雀斑，说话说急了时还有些口吃的马小芬都在上海找到了工作，她柳云卿好歹也是方圆几十里出了名的大美女，只要她存心想留在上海，还怕被赶回来不成？都说上海人排外，可她又不是去给上海人当媳妇，端个盘子洗个碗的，还能把她吃了不成？但她毕竟是家里的长女，弟弟妹妹还没成年，爸妈并不愿意放她出去闯荡，在他们心里，出去打工的女娃都不是什么正经人，还不如老老实实地找个老街人嫁了的好。找个老街人嫁了，不仅可以帮衬到家里，离家也近，这样遇到事了两边也都好有个照应，总比去上海让人牵肠挂肚的好。

我还不想嫁人呢！柳云卿给一心盘算着要给她在老街上寻门亲事的爸妈来了个最后通牒，你们都省省吧，别指望我一辈子留在身边，迟早我都是要出去的。

出去出去，出去有什么好？你以为去了上海就能飞上枝头变作凤凰了不成？母亲唐见芸每次总是在她的兴头上泼下一盆凉水，你没听人家背地里都戳着马小芬的脊梁骨说她这个那个的，就差没把她祖宗八代刨出坟地示众了！什么？柳云卿不屑地瞪一眼母亲，说什么？打个工有什么好说的？唐见芸气不过地伸手拧着她的耳朵，你没长耳朵是吗？村子里都传遍了，说马小芬在上海干那种营生，以后她回来你少跟她屁股后面转来转去的！柳云卿盯一眼唐见芸，嗤之以鼻地说，你们别造谣瞎说了行不行，就马小芬长那样，梨花村都没人看得上她，上海的男人倒是瞎眼了会抬举她？

柳云卿从前跟比自己小一岁的马小芬走得并不近，兴许是自诩貌美有才，骨子里从来就没把其貌不扬、学习上更是一塌糊涂的马小芬当回事，碰见了也就是笑一笑打个招呼罢了，连坐在一起说句话的机会都很少，仿佛梨花村从来都没这个人似的，不过马小芬到上海打工后，这种情况开始有了改观，具体是从什么时候出现改变的，柳云卿也记不清了，只知道最近几年马小芬每次回来都会特意送她些新鲜玩意，不是一件最时兴的蕾丝衬衫，就是一只款式最潮的包包，这不上个月还给过她一瓶夏士莲雪花膏，听说商场里卖好几十块钱呢，老街上那些时髦女人都舍不得买，她平常也都是节省着用，每次都只舍得用指甲尖掏那么一点点抹在脸上，走到哪里香到哪里。

马小芬初中没毕业就去上海打工了，从前她家穷得叮当响，兄弟姐妹几个穿的衣服没一个不是打过补丁的，自打马小芬出去打工后，马家的生活境况就慢慢变好了，就连那个和她一样上不进学的弟弟都开上了摩托车，成天围着老镇开到东开到西，那钱还不都是马小芬给的？马小芬告诉过柳云卿，她在上海市郊一家私人服装厂当缝纫工，拿绩效工资，她手脚勤快，活干得比别人多也比别人仔细，老板很是器重她，所以每个月拿到手的钱总比其他人多不少；除了在服装厂做衣服，晚上还会去附近的小餐馆端碗洗盘子，逢上节假日只要不下雨就会坐个把小时的公交车到市中心的广场摆地摊卖些发夹针线包之类的小东西，所以这些年倒是攒下了不少钱。说实话，搁从前，柳云卿是一万个也看不上马小芬，总觉得自己和马小芬比起来，一个是西施，一个是东施，所以在路上碰上她都不拿正眼瞧她；马小芬也识趣，从来不往柳云卿身边凑，哪怕是正跟别人闲聊着，远远地看见柳云卿过来了，便立马闭上嘴巴，什么也不说了。

柳云卿知道马小芬怵她，在她面前，马小芬从来都是自惭形秽的，所以从小到大，她都觉得自己高马小芬一等，直到马小芬第一次从上海回来，她们在村口的梨树下不期而遇，一切才发生了质的改变。不满十六岁的马小芬居然烫了头发涂了口红穿了最时兴的灯笼裤，脚上那双不太合脚的火红色的高跟鞋虽然看上去有些扎眼，倒把她的好身材衬托得淋漓尽致，只一眼，就把自诩比村里所有姑娘都要见多识广的柳云卿看傻了眼。柳云卿从没想到马小芬也有这么标致的时候，简直是丑小鸭变成了白天鹅，难怪老话都说"人靠衣裳马靠鞍"，倒是一点也不假呢！第一次从大上海回来，马小芬给家里人买了很多东西，肩上背的，手上提的，各种包包袋袋都快把她压得变形了，刚刚放学回来的柳云卿也不知道怎么就动了怜悯之心，主动上前从她手里接过一只装得鼓鼓囊囊的旅行包，望着她呵呵一笑，我帮你拿吧，不容对方拒绝，便和马小芬一起并着肩朝前走去。

马小芬也没推辞，稍一迟疑便咧开嘴盯着柳云卿不无腼腆地笑着，谢谢你啊云卿！什么？马小芬叫她什么？云卿？从前马小芬见到她都是亲亲热热地叫一声姐，从未直呼其名过，看来到上海走了一遭就是不一样，不仅长了出息，连胆也长肥了。不过柳云卿也不计较，低头看一眼她脚上那双红得跟血一样的高跟鞋，目光直直地落在她因为鞋小而被挤肿了的脚背上，小芬，瞧你脚都被挤肿了，就不怕摔个跟头？马小芬抬头直视着她，好看，上海的女人都穿它。这是马小芬第一次直视着她的眼睛跟她说话，柳云卿心里有些不爽，却还是堆着满脸的笑不无嘲讽地说，上海女人，你又不是上海女人，我们农村人穿这种鞋就是死要面子活受罪！马小芬继续盯着她，我现在在上海打工，就要学着怎么做一个上海女人。上海女人？柳云卿迅速把马小芬自上而下地打量了一番，尽管全身都穿着最时兴的衣服，可骨子里还不照旧和她一样只是个村姑，瞧瞧，那头黄毛也不知道给染黑，光画上眉毛涂上口红就以为自己变美女了啊？

云卿，你真该到外面走走看看，上海太大了，就算走上两个月也走不完，不像我们梨花村，半小时就全走下来了。马小芬一边伸手拉拉背上的背包，一边小心翼翼地慢慢朝前挪着步，要我说，你就不该上什么高中，咱们梨花村的女孩子，上那么多学有什么用，再努力也成不了北京人上海人，最要紧的就是趁年轻到外面多走走多攒几个钱。柳云卿懊恼地瞟一眼马小芬，上高中怎么了？我上了高中还要上大学呢！你那是学不进去，你要学得进去，现在能辍学去上海打工吗？马小芬笑笑，我是学不进去，可你学进去又能怎么着？就算你真考上了大学，你爸妈能放你去？再说了，上大学的钱你从哪弄去，难道要指望你爸妈种梨的那几个钱替你交学费吗？

马小芬真是吃了熊心豹子胆了，今天跟她说的话都赶上这十几年跟她说的话的总和了。不过她说得倒也没错，上了高中又能如何？

只不过说起来比没上过高中的好听些，如果不能上大学，实则不比初中都没上完的马小芬高明到哪去。自己家里还有几个弟妹，即便学习成绩再好，如愿考上了大学，家里又能供她念完四年的大学吗？正琢磨着，马小芬忽地被土疙瘩绊了一下差点摔倒，她连忙伸手扶了马小芬一把，我说什么来着，学人家穿什么高跟鞋，你就不怕摔死？你才多大，就要学做上海女人了？马小芬顺着她的目光挺直了身板，不跟你说了嘛，穿高跟鞋好看，你要去了上海，我保证你第二天就要闹着去买！柳云卿低头看一眼自己脚上那双早已穿得泛黄的白球鞋，我才不像你那么作贱自己，脚都被挤肿了还要什么好看，瞧我穿着球鞋多舒服！马小芬说，你那是没穿过，你不懂！柳云卿不甘示弱地，我不懂，你个小丫头片子才去上海几天就回来冒充上海人了！路还没会走，就发劲地跑起来了！你说你也买双合脚的，这鞋穿着得多难受啊！马小芬叹口气，这鞋不是买的，是一个厂的小姐妹穿旧了不要了送我的，小了一码多呢！柳云卿伸手戳了戳马小芬的脑门，你傻啊，小一码多你也要，要真喜欢，自己掏钱买双合脚的啊！

柳云卿没想到自己会和马小芬成为无话不谈的姐妹。那次马小芬硬是送了一条白底上印着粉色杏花的连衣裙给她，说是感谢她一路帮她把旅行包提回家。马小芬比柳云卿矮半头，身材倒是差不多，所以柳云卿穿上那条连衣裙倒也挺合身，村里人都比较实在，她也没跟马小芬多客套，拿上裙子就脚底生风地回了家。第二天一早，柳云卿穿着白底杏花的连衣裙去了学校，不仅男同学女同学不住地盯着她看，就连那些平常总着力扮演正人君子的男老师女老师也都忍不住连连向她投来艳羡的一瞥。柳云卿长得美，走到哪都有很高的回头率，可那天，当大家的目光轮番落在她身上时，还是着实吓了一跳的。

她知道，那天大家看的不是她，而是那件连衣裙，别说，上海带回来的衣服就是好，质地、花样、款式都没得可挑剔的，唯一的遗憾就是缺一双高跟鞋，如果再配上高跟鞋，往操场上那么一站，谁不把她当成上海女人来看？在老镇上，上海女人从来都是一道靓丽的风景线，不论是下放留在老镇的老上海女人，还是由老镇嫁到上海的新上海女人，无论她们出现在老镇的哪一个犄角旮旯儿，老镇人都能在第一时间把她们迅速辨识出来，也只有她柳云卿这般好底子的才能达到以假乱真的效果。也就从那天开始，柳云卿有了一个做上海人的梦想，她自然没想过要嫁到上海，但去上海打工也不是什么困难的事，如果三年后高中毕业没能考上大学，那自己就走马小芬的老路，去上海打工做衣服。

第二章

柳云卿从小到大都很有主见，自打立了志要去上海打工，她就开始利用周末和假期的时间，跟着老镇上的裁缝老陈学起了裁剪缝纫衣服。老陈是个五十开外的半老头子，见柳云卿爱学，也没正儿八经地收她什么学徒费，柳云卿倒也乖巧，隔三岔五地就给老陈炖只鸡带只鸭的，一年多的工夫也就把缝纫这门技艺学得门儿清了。

你学缝纫干吗？马小芬每次回来，都忍不住数落她一番，你长得漂亮，又有文化，到上海还怕找不到一份像样的工作？我是没文化，人又没你长得好，没办法才去打缝纫①，你这样的怎么也能混个老总秘书当当。柳云卿白一眼马小芬，秘书是什么好人当的？我就是穷死累死也不去当什么秘书！打缝纫有什么不好？自力更生，赚的钱干净，怎么花着心里都高兴。

马小芬觑着她，你吃不了那个苦。你现在只是一时兴起，要是每天都对着缝纫机七八个小时地坐下来，只怕一个月不到你就要卷铺盖走人。柳云卿"呸"了马小芬一声，你怎么晓得我吃不了苦？这一大家子的脏衣服哪一天不都是我一个人洗的？还有一日三餐的锅碗瓢盆，谁倒是帮我搭过一次手？你马小芬能吃得了的苦，我柳云卿也能！马小芬没想到她是真的铁了心要去上海讨门营生，好了好了，你想学缝纫就学缝纫吧，我不管你就是了。不过有几句

---

① 打缝纫，方言，即从事缝制衣服的工作。

话我可要提醒你，听说那个老陈手脚有些不老实，你跟他学裁缝，千万别被他占了便宜去！什么？柳云卿伸手在马小芬的手臂上挠了一把，你想哪去了？老陈跟我爸年纪差不多，最小的女儿也比我大一岁，他能占我什么便宜？再说他好像不喜欢女人，对我也不可能有那个心思的！我告诉你啊，老街上的人都风传老陈喜欢对门修脚踏车的小罗，你没看见小罗每天都面黄肌瘦的吗？听说是……柳云卿突地把脸凑到马小芬耳边，嘀嘀咕咕地耳语了一阵，一会的工夫就听得自以为在上海见过大世面的马小芬脸上红一阵白一阵的，看来自己对柳云卿的担心倒真是多余了的。其实老陈也没什么不好的，柳云卿认真地盯着马小芬说，老镇上的裁缝数他手艺最好，跟着他多学几天，以后去了上海，我才能站得住脚，要不然前脚刚到，后脚就回来了，多没面子！

柳云卿是真的想把裁缝的手艺学到家，整天围着老陈"干爸干爸"地叫得热乎，可眼下高中毕业都两年多了，她还是被爸妈困在梨花村没能去上海打工，着实让她急红了眼。每天一睁眼就看到院外成片成片的梨树，她都快疯了，要再不走出去，她非窒息了不可。你妹妹和弟弟都还小，你爸这几年干活又不得劲，你要走了，这个家怎么办？唐见芸叹口气说，不是我说你，上海有什么好的，干吗死心眼子非要去上海打工？马小芬不要脸他们马家人管不了她，可你也不能跟着她有样学样啊！柳云卿有些怒了，甩手把嘴里正啃着的一只冻梨扔出去老远，马小芬怎么了？我又怎么有样学样了？您能不能别动不动就马小芬长马小芬短？我要出去打工跟马小芬有什么关系？唐见芸也来了火，径直把手上攥着的正擦着桌子的抹布往柳云卿身上一扔，跟马小芬没关系跟谁有关系？她一回来就撺掇着你去上海，你当我聋了还是瞎了？她自己在上海陪老板睡觉，还要拐带我女儿去上海丢人现眼不成？柳云卿侧身躲开唐见芸扔来的破抹布，拜托，马小芬的老板是个女的，好歹你也把事情搞清楚再说！唐见芸愣了愣神，女老板？女老板家里就没男人吗？她那是陪女老板的男人睡了！

柳云卿不想再跟唐见芸争论，她就不明白了，去上海打工怎么就被梨花村的人看得如此不堪，她和马小芬都有手有脚的，干活也不比男人差到哪儿去，怎么到了他们嘴里就都成了见不得人的暗娼了？她就是不想一辈子都待在梨花村，不想每天都对着成片成片的梨树，她只是想换种活法罢了，难不成所有去上海寻找活路的外乡女人都不是正经女人吗？你也不想想，马小芬打缝纫一年到头能赚几个钱，她要不是干了见不得人的勾当，能三天两头地就往家里几百几百地寄钱吗？妈，马小芬长什么样你不是不知道，能不能别有事没事就瞎琢磨？瞎琢磨？村里人哪个不知道马小芬在上海卖？男人嘛，只要是个女人，还管什么美的丑的？那都是胡扯八道！梨花村的人都什么德行您不知道？成天见不得别人好，谁手上稍微有点钱，就寻思着不是好来路，好像天底下只有他们这些庸庸碌碌没本事不会赚钱的才是好人清白人！梨花村梨花村，你不是梨花村的？要不是梨花村，你不知道还能不能活到今天呢！反正我就是要去上海打工，你们谁也拦不住我！柳云卿一眼瞥见餐桌上整整齐齐地码放着的几瓶梨罐头，想也不想，抬手一扫，便把它们一股脑儿地扫到了地上，任其发出一阵阵尖厉的噼啪声，随即扬长而去。

　　毕业两年多了，她还是没能如愿以偿地去上海打工。为了照顾这个家，她已经牺牲了太多太多，可如今大妹妹眼瞅着马上也要高中毕业了，妈为什么非要把她扣在身边？妈是真担心她去了上海会变成梨花村人嘴里那种不堪的女人？他们就是嫉妒，打死她她也不会相信马小芬在上海干了见不得人的勾当，梨花村的男人都跟见了瘟母似的嫌弃马小芬长得丑，那些眼睛长在额角上的上海男人倒能把马小芬当成稀罕宝贝？都说做女人难，没想到出去打工也这般千难万阻的，再这么蹉跎下去，自己怕不是这辈子都休想走出这令人生厌的梨花村了！

　　高中毕业后，她先在老陈的缝纫店打了一年缝纫，跟裁缝店对面修脚踏车的小罗也处熟了，可没想到的是，老陈媳妇竟然热心地给她和小罗牵起了红线，她实在扭不过这个"干妈"的好意，只好任由老陈媳妇在老街上最好的饭店"大同饭庄"替他们安排了两家父母的见面会。说实话，她对小罗一点兴趣也没有，更何况老街上的人都风传小罗和老陈有些说不清道不明的关系，自己就更不可能往这浑水里蹚了，但人在屋檐下，不得不低头，她也不能太驳老陈媳妇的面子，毕竟这几年"干妈干妈"地叫着，感情还是有的，总不好不给人家留面子，再说她还想跟着老陈多学些绝活呢。

双方父母见面归见面，她心里始终都明镜儿似的，等老陈媳妇这劲头过了，就胡乱找个理由把这事搪塞过去，然而千算万算，她愣是没算到自家爸妈居然看上了小罗，对这个未来女婿倒是一万分满意，为了促成这段姻缘，鸡鸭鱼肉、时令果蔬，倒是没少往老陈家里送。她就不明白了，小罗细胳膊细腿的，瘦得跟螳螂似的，个头刚好到自己肩头，爸妈怎么就看上了他？不就是瘦点矮点，嫁汉嫁汉，穿衣吃饭，你管那么多干吗？唐见芸总是苦口婆心地劝她，嫁给小罗，你就可以住到镇上去了，也不用再回来种梨了。可，她不好捅破小罗和老陈那层窗户纸，要嫁你嫁好了，反正我不嫁！一气之下，她再也不肯去老陈裁缝店当学徒帮工了，可又不能总在家里闲着，索性跑到村里的罐头厂上班，又过上了成天都要跟梨打交道的日子。

离开老陈裁缝店后，小罗来找过她一次，买了一大堆东西送给她爸妈，她送他到村口时，他忽地瞪大眼睛直视着她，嗫嚅着嘴唇说，云卿，我知道我配不上你，可我还是想告诉你，我是真心实意想跟你好的。她盯着他微微地笑，露出一排整齐的贝齿，什么话也没说。你是听了些风言风语吧？小罗突然鼓足勇气，踮了踮脚尖抬头望向高远的天空，其实，其实不是你想的那样，我……她还是什么话也没说，就那么望着小罗无助而又单薄的身影渐渐远去以至模糊，直到彻底消失在眼前。其实他不必跟她解释什么的，她从来都不曾在意那些传言，也不关心事情的真相本质，她唯一了解的，便是自己压根就不喜欢小罗，更不可能违心地应承这门婚事。

那天，是她第一次也是唯一一次为小罗心痛，那么小小的一个男人，他宽大的衣服里仿佛裹着的不是一具躯体，而是一阵来历不明的风，不知道从哪里飘来，也不知道要飘到哪里去，稀薄的程度甚至会将他自个儿由内到外整个儿窒息。她为他掉下了几滴泪，心疼的泪，就在送他回去的村口的梨树下。她甚至为自己对他的断然拒绝产生了一丝负疚感，要是以后他找不到媳妇，她就是老镇的历史罪人了。

　　老陈也来找过她，在罐头厂的传达室里，还给她带来了一块上好的真丝布料，说是本打算送给她当作新婚礼物的。老陈没在她面前提小罗一个字，只是说他手上还有好些绝活她都没学到家呢，希望她回去继续跟着他当学徒。她淡淡地笑着，不了，我又不想开裁缝店，出去打工的话，那点手艺已经够用了。老陈犹豫地盯着她，你不是讨厌梨吗，现在成天泡在罐头厂里跟梨打交道你心里倒舒坦了？她依然淡淡地笑，我妈身体不好，身边缺不了人，罐头厂离家近，我一闲下来就能瞅个空子回家看看她。老陈抬头长吁一口气，你好久没去镇上了，你干妈想你想得厉害，这几天总在念叨着你。她也抬头吁一口气，您帮我跟干妈说一声，过几天我去镇上看她。老陈仍不死心，想好了，真不回裁缝店了？你脑子活，手脚又利索，再跟我学几年，一定会强过我。她仍旧挂着满脸的微笑把老陈送出了罐头厂，不管发生什么，老陈的裁缝店她是无论如何也不会再回去的，老镇就那么巴掌大的一块地方，小罗的修车行就开在裁缝店对面，抬头不见低头见的，叫她如何自处？她已经拒绝了小罗，这辈子她都不想再跟这个男人产生任何交集，哪怕永远困守在罐头厂里，她也不要再回去面对那个会让她难堪的男人。

　　那么，永远又该是多远呢？远到没有尽头吗？她把老陈送她的真丝面料转手就送给了从上海回来探亲的马小芬。马小芬在上海打缝纫了打了那么些年，什么好面料没见过，可当她从柳云卿手里接过老陈送的真丝面料时，还是忍不住惊叫了起来，云卿，老陈可真是下血本了，这可是在上海都很难买到的最好的真丝料！她面无表情地盯一眼马小芬，现在它是你的了。马小芬拿着真丝面料对着大衣镜上下比画着，云卿，我穿这么好的料子可惜了，你还是自己留着做件衬衫吧！衣领上加只飘带，穿出去一定迷死一大片！迷死一大片有什么用？她叹口气说，小旮旯小地方的，穿得再好看也白搭。马小芬转过身来，要我说，你这个人就是没有主见，高中还没毕业那会你就说要去上海打工，可现在你都毕业一年多了，怎么还守着个梨花村舍不得走呢？我哪有舍不得，还不是我爸妈一直不肯松口，你也知道，我爸头几年帮人搬砖头落下一身的病，什么重活都干不了，我妈又长年都喝着中药，云凤云棠几个还都在上学……你就是想得太多，前怕狼后怕虎的，我们老板问好几回了，说你那个老乡什么时候能来，我都不知道该怎么回人家。你让她再等等，等云凤高中毕业了，我也就解放了。

在罐头厂一干就是一年多，每次闻到那股难以用语言形容的罐头味，柳云卿心里就翻起了惊涛骇浪，怎么也数不清到底为此干呕了多少回。再不去上海就来不及了，就算拼着跟爸妈闹掰的结局，她也要离开梨花村，离开这堆积如山的梨。她想好了，要走就无声无息地走，纺织厂的司机黎明是她初中同学，每个月他都要开着那辆笨重的大货车到上海送几次货，而且都是晚上出发，如果要走得人不知鬼不觉的，最好的方法就是说服黎明送货去上海时带上她一起走。

她买了条不太值钱的烟送给了黎明，让他下次去上海时务必捎上她，黎明当着她的面就拆了她送来的烟，掏出一根叼在嘴上，一边抽一边说，想去上海还不跟玩似的，这事就包在我身上了！她没想到黎明这么快就答应了，尽管是初中同学，可上学那会他俩的关系走得并不近，三年加起来也没说过几句话，一条廉价烟就把他给收买了？转身要走的时候，黎明突然叫住了她，我说柳云卿，你这是要去上海干吗？也没听说你家在上海有亲戚啊！她回过头怔怔盯着黎明，本打算用心里编好的谎话骗骗他，可话一到嘴边就露了底，我们村的马小芬给我在上海找了个活干，我爸妈一直不让去，怕白天坐汽车被他们堵上走不了，所以就想到了你。

黎明睃着她嘿嘿一笑，你就不怕我到你爸妈面前告你一状？柳云卿也赔着笑说，告密对你有什么好处？等我从上海回来再给你买条烟好好谢你。黎明目光炯炯地盯着她，张大嘴巴，吐了一串长长的烟圈，柳云卿，你真以为我稀罕你这条破烟？我开这么多年车，什么好烟没抽过，会在乎你这几十块钱一条的烟？柳云卿有些发窘地打量着他，那你是不想帮忙了？帮！刚才不是说这事包我身上了嘛！黎明斩钉截铁地说，老同学了，举手之劳的忙还不是小意思？不过就怕你爸妈那边知道了是我帮你去的上海，到时还不把我皮扒下来！那你到底帮还是不帮？帮啊，大丈夫一言既出，驷马难追，我还能诳你不成？黎明继续盯着她不住地吐着烟圈，这烟是差了些，不过你大美女柳云卿送来的，抽着就是过瘾！好了，你先回去吧，下周三晚上八点，你在国道边的安乐桥下等我，不见不散！对了，都要去上海的人了，你打扮利索点，穿好看点，别到了上海给我们老镇人丢脸！

马小芬长成那样都没给老镇丢脸，她柳云卿怎么就会给老镇丢脸了？回家的路上，柳云卿把自己上上下下的装束仔细打量了个遍，一件洗得发白的米黄色泡泡衫，一条磨破了边的白色的确凉长裤，一双粉色塑料凉鞋，没一样不是大路货便宜货，加在一起更加乏善可陈，要穿成这样去上海确实有些说不过去。听马小芬说，服装厂那个女老板待人接物很是挑剔，第一次见面自然要给对方留个好印象，尽管服装不是绝对的取胜之道，但得体的装束总是要给自己加分不少的。

她不禁在心里感激起黎明来，没想到他那样一个长相粗犷的男人居然也有这般细腻的心思，要不是他提醒，她很可能就穿着平日在家穿惯了的衣服跑上海去了。整个晚上，她把自己反锁在卧室里翻箱倒柜地挑拣了半天，也没找出一身看上去能够为自己加分的衣服，不是款式过时了，就是太陈旧了，真不知道这些年她都是怎样将就着一路走过来的！底子再好也不能不注重打扮啊，跟老陈学缝纫学了那么久，愣是没给自己做过一身像样的衣服，真是情何以堪啊？在老陈那学徒帮工时，老陈每个月就给她几十块的生活费，在罐头厂上班也没多少进项，零零碎碎攒下来的钱也都贴补家用了，一年到头她自己手上真的没余下几个钱，又哪里舍得用在买衣服买鞋上？好不容易挑出一件水洗牛仔裤，一看还是马小芬两年前送她的，一直没太舍得穿，去上海就穿它好了，可上衣呢，总不能随便挑件半新不旧的吧，干脆明天去老陈那买块新衣料做件新衬衫好了，距离下周三还有五天时间，加急赶下工还是来得及的，可鞋呢，自己最像样的一双鞋是托马小芬从上海带回来的耐克运动鞋，但这大夏天的穿着也太捂脚了，干脆去镇上买双皮凉鞋好了。舍不得孩子套不着狼，要能给马小芬的女老板留下个好印象，出点血也是应当的。

已经一年多没去老陈的裁缝店了，骑着脚踏车去老街的时候，柳云卿故意找了顶帽子戴上，可即便这样，下车的时候还是被老陈对面修车行的小罗一眼就认了出来。小罗像没事人似的，隔着一条街扯着嗓子跟她打着招呼，她有些难为情，只好礼节性地冲小罗点了点头，立马把车倚着墙停好，一个箭步冲进裁缝店，涨红了一张如花似玉的脸跟老陈寒暄了几句，便忙不迭地挑起了面料。

干爸，您看这块紫色乔琪纱的料子我穿着好不好看？老陈看了看她，又看了看她相中的那块料子，摇了摇头说，你皮肤白，颜色太深太正的料子不适合你，还不如选那块米白色的雪纺料子。柳云卿顺着老陈手指的方向把他说的那块料子飞快地挑了出来，搁手里拉开往身上比画了一下，确实挺配她的气质，跟那条水洗牛仔裤也搭，索性就选了它，干爸，三天后我要去邻县喝喜酒，能不能帮我特急加个工？三天？老陈瞪大眼睛觑着她，你也不看看我这都忙成什么样了，案几上都堆满了要做的料子，要不我给你裁剪好，你自己抽空上机器缝吧。我哪成啊？镇上谁不知道干爸您打衣服的手艺最好，有您在，哪轮得上我上阵？你个丫头片子，别尽挑我爱听的说，我手艺最好，不是也没留得住你这尊大神？叫你跟着我好好学，你脑子里非要想东想西的，衣服不打了，倒去罐头厂跟梨较上劲了！

我这不是没办法嘛，干爸您最好了，这次您帮我个忙，除了工钱，等我回来再请你去大同饭庄好好吃上一顿。工钱？你当你干爸跟你一样钻钱眼里去了？老陈一边说，一边拿过皮尺往她身上比画着，站直啰，一会量不准，你别怪我做的衣服不好！

好好好，站直了。柳云卿望着老陈嘻嘻哈哈地说，三天，三天后我过来取衣服，您可得给我做个最时髦最流行的款式。你要信不过我就别来找我！老陈举着皮尺兜住她整个胸部，没好声气地说，死丫头，一年多不来了，你当我这是屠宰场还是火葬场？边说边瞟一眼街对面正蹲在地上麻利地修着脚踏车的小罗，不就是谈个恋爱嘛，没谈成就一辈子都不见人家了？你在我这学徒时，小罗每天不是送个苹果给你就是塞根冰棍给你，总这样躲着人家算怎么回事？衣服我给你做，不过你得答应我一桩事，喝喜酒回来后就去请小罗吃顿饭，夫妻做不成，也别搞得跟仇人似的，连带着我和你干妈的门你也都不登了。我这不是忙嘛，罐头厂的事多，走不开。你忙得头都掉罐头里了！老陈继续拿着皮尺挪到她的腰部，不是要去上海打工嘛，怎么说了这么多年还不见动静？柳云卿刚要说什么，老陈手里的皮尺已在她的臀部兜了一圈，不去也好，你长得太漂亮，出去了惹事！好了，量好了，一边说一边掉转过头在堆满料子的案几上找出一个小本子，迅速记下她的各种尺寸，见胖了啊，这一年多没少吃梨罐头吧！

您别忘了，三天一过我就来取衣服！柳云卿边说边往外走，刚把倚在墙边的脚踏车掉了个头，一转身，居然发现街对面正半蹲在地上修车的小罗在偷偷地瞟她。小罗看上去比一年前又瘦了许多，身上的衣服就像澡堂子里穿出的浴袍，又宽又松，加上他满脸满手的油污，简直跟电影里的小丑毫无二致，真不知道什么样的姑娘才会心甘情愿地跟他过上一辈子。走了？小罗大声朝她打着招呼，她装作没听见，飞快地蹬上车，一溜烟地跑了。老陈也不知道怎么想的，还让她请小罗吃饭，就算多看他一眼她都不愿意，何况是坐在同一张桌上吃饭？瞧瞧，他那细胳膊细腿小鼻子小眼睛的，有哪个姑娘会喜欢上他，也就老陈稀罕他拿他当宝。可老陈为什么就不给小罗量体裁剪一身合体的衣服，是怕老陈媳妇多想，还是他就喜欢小罗这副夸张的形象？

说实话，小罗并不是一个惹人生厌的家伙，实则还有几分可爱，可自打老陈媳妇张罗着要把他俩凑到一块后，她再看小罗就怎么看怎么不顺眼，鼻子小眼睛小也就罢了，嘴唇还那么厚，胳膊细腿细倒也没什么，偏生个头也没比武大郎高多少，看他平常饭量也不小，修车的空隙总会搬个凳子坐在路边扒拉着碗没完没了地吃，可怎么就一直都长不开呢？好事的人总是在窃窃私语，说老陈每晚都会钻到小罗的修车行，两个人关上门也不知道在里面搞什么，总要个把小时老陈才会出来，难怪小罗一年到头总是面黄肌瘦的。

恶心！柳云卿不知道老陈媳妇知不知道老陈和小罗的事，想必应该是知道的，那么老陈媳妇想介绍她跟小罗处对象就是故意的！干妈？柳云卿冷冷笑着，天底下有这样的干妈吗？老陈媳妇到底把她当什么了？背锅的？她不就是没有城镇户口嘛，可除了城镇户口，她哪一样比镇上人差？她有学历，人长得漂亮，干活利索，勤快，还很善良，谁娶了她就是三生修来的福气，老陈媳妇凭什么要让她这朵鲜花插到小罗那堆牛粪上？老街上的好男人都死绝了吗，为什么非要把她跟小罗往一块凑？别说小罗跟老陈不清不楚的，就算那些风言风语都是谣传，小罗也是配不上她的，十个小罗加在一起也配不上，不，一百个，一千个，一万个小罗加一块也都配不上她！她心里很是委屈，就因为自己生在农村长在农村，在别人眼里她就只配嫁给小罗这样的街上人吗？不，她必须离开梨花村，离开老镇，或许，只有在上海，她才能找到自己的价值和存在的意义。

第三章

　　柳云卿这几天变得格外勤劳，除了上班，总是蹲在家里这儿擦擦那儿抹抹，把所有能洗的东西都找出来彻彻底底地洗了个遍，院里的鸡窝鸭舍也都修整一新，就连那条看家护院的大黄狗，她也用平时自己都要俭省着用的力士香皂给它洗了个香香喷喷又舒舒服服的澡。

　　你作怪呢，一个畜生你给它洗什么洗？还拿力士香皂给它洗，你不是自己都舍不得用吗？上回云棠用了一次，你追着他吵了有二里地，云棠倒不如一条狗呢！唐见芸一边弓着身子打量着刚被她修葺一新的鸡窝，鸡窝倒是弄得不丑，不过你这几天抽的是哪门子疯，大热天的也不怕中暑！就你在罐头厂赚的那几个钱，还不够看病吃药的！嫌我赚得少啊？那你放我去上海啊，去了上海，我不就有钱了？去上海？去做你的大头梦！不是你嫌我赚的钱少吗？柳云卿嘿嘿笑着，妈，你要放我去上海，第一个月的工资我就给你买双高跟鞋！唐见芸回过头狠狠"呸"了她一声，你当我跟马小芬一样作妖呢！不要高跟鞋也行，我给您做一身最新款的套裙，给爸做一套西装。你倒是飞着去上海！唐见芸愤愤地说，你中马小芬的毒了！上海上海，你照照镜子，像个上海人吗？天生的穷苦命，就别做那个发财梦！打缝纫要能发财，老镇上的姑娘婆娘们还不挤破了头要去上海！

妈在农村待半辈子了，去得最远的地方也不过是距梨花村咫尺之遥的老街，她懂个什么？改革开放这么多年了，那些最先去深圳淘金的人哪个不是赚得钵满盆满的？村里去上海打工的女人也不只有马小芬一个，为什么自己每次提上海，妈就要没完没了地马小芬长马小芬短的说个喋喋不休？不让她去上海，难道梨花村所有去上海谋生的女人都不是正经人？柳云卿半蹲在地上，紧攥着蘸了洗衣粉的抹布，用出吃奶的力气使劲擦拭着碗柜腿，嘟囔着嘴说，村里出去的女人还少吗？赚不到钱她们还年年出去做什么？人家那是跟着自家男人一块出去的。你有男人吗？你要嫁了人，我也懒得管你，想去哪去哪，就算去美国，我和你爸也不拉着你！您就是见不得我好，不把我困死在梨花村您心里就不痛快。谁要把你困死在梨花村了？你师母给你介绍那么好的对象，架不住你心高气傲，赖谁？小罗再不济，也是街上人，城镇户口吃皇粮的，还是家里的独生子，嫁过去你亏吗？说我们把你困死在梨花村，是良心被狗吃了！

您能不再提小罗吗？柳云卿一边继续用力擦拭着碗柜腿，一边抬头睨一眼正歪着脑袋站在鸭舍边不住地打量着的唐见芸，街上的男人都死绝了，您眼里就只剩下一个小罗？真不知道你们都喝了小罗什么迷魂汤！别说您女儿还长得有模有样的，就算长成马小芬那样，一万个小罗也配不上我！你们吃了人家的嘴短，拿了人家的手软，可这是女儿一辈子的大事，要让您整天对着小罗那样的，这日子您还过得下去吗？好，我不跟你提小罗，前阵子你小姨不是要给你介绍齐铜匠的儿子嘛，人家那可是一表人才，比小罗强了不是一点半点，你不是也不肯松口吗？齐铜匠家有八个姑娘两个儿子，您是嫌我活得松快，怕没人成天给我找不自在是吗？八个姑娘怎么了，你又不跟八个姑娘一起过，再说那八个姑娘不早就死的死了嫁的嫁了，你操这穷心干吗？嫁了就不回娘家了？我爸只有我大姑一个姐姐，您不也没少跟这大姑子怄气？齐家活着的姑娘还有五个呢，嫁到他家能有清净日子可过吗？

小罗你不肯嫁，齐家你也嫌弃，你倒是想嫁个什么样的？姑娘，你不小了，二十二了，再挑三拣四的怕是只能在梨花村做一辈子农民了！唐见芸叹口气说，街上的小伙子，条件好的，品貌好的，谁不爱找个门当户对的，你个农村出来的还想嫁给镇长书记的儿子不成？谁要嫁给镇长书记的儿子了？我要去上海打工你不肯啊，我要到了上海，怎见得就找不到比小罗他们更好的？做你的春秋大梦吧！上海人能看上你？看上你也不过只是图个新鲜玩几天就丢开了，还在这做梦不醒呢！你不肯跟齐老九见面，我也不管你，不过以后你可别怪我没提醒你，过了这个村没这个店了，你愿意一辈子待在梨花村就待着吧！柳云卿憋了一肚子气，不嫁到镇上就离不开梨花村了吗？我有手有脚一大活人，还能被梨花村这几万株梨树憋死不成？要去上海，你们就觉得我是在往火坑里跳，让我嫁给小罗、跟齐老九谈对象，你们倒觉得是把我往天堂里送，真当我不知道您和我爸背地里盘算的那些小九九吗？云凤明年就高中毕业了，你们想给她招个上门女婿入赘到家里，云玉、云棠还小，帮衬不了你们什么，都指望着我找门好亲事倒贴你们，可你们怎么不睁大眼睛好好看看，小罗和齐家，这都真的是好亲事吗？别一天到晚拿马小芬来堵我的嘴，你们谁看见她干见不得人的勾当了？无非就是不想让我去上海，怕我走了再没人顾着你们，你们这就叫自私，知道吗？

自私？你说我跟你爸自私？唐见芸气不打一处来地跑进屋，叉开双腿伸手指着她好一顿数落，我们这样的家庭，自私的话能省吃俭用着供你一直念完高中吗？你心高气傲眼角高，可也要掂量掂量自己到底有几斤几两重，一个土生土长的农村娃能找个街上人嫁了就已经是天大的造化了，成天想那些不切实际的东西有什么用？上海是好，谁都知道上海好，可你去了上海也变不成上海人啊！不错，到外面打工，赚钱是快，可你想没想过女人的青春就那么几年，等你赚够了钱回来还会有谁在原地踏步等着娶你？小罗你不肯嫁我们也理解，可齐家这门亲你绝对是高攀了不是低就，你小姨说了，齐家那五个姑娘嫁得一个比一个好，又都嫁得远远的，她们没一个会回来沾娘家的光，只会倒贴，齐铜匠存下的家产以后也只会分给齐老九和齐老十两个儿子，而且齐老十在外地工作，一年也难得回来几次，这样的人家可是打着灯笼都找不到的！

要真打着灯笼都找不到的话，我说齐老九今年都二十六了，怎么还没处上对象？柳云卿站起身，走到摆满半桌子梨罐头的餐桌边，伸开紧攥着抹布的手，漫不经心地擦拭着早已被擦得锃亮的桌面，要都像小姨说得那么好，老街上的姑娘早就排着队争着抢着要嫁到齐家去了，还轮得上你这个农村户口的女儿？你小姨还说了，只要你同意跟齐老九处对象，他家在县城工作的大女儿就会想办法把你安排到纺织厂上班。柳云卿抬头盯一眼唐见芸，又低下头继续擦拭着桌面，一声也不吭了。你考虑考虑，齐家承诺的是正式工，以后可以正常退休有退休金拿的，不强过你去外面打工？打工挣的钱再多，也是干一天拿一天的钱，哪有找份有保障的工作好？再说上海离家那么远，你走了我跟你爸也不放心，万一碰上了歹人，我们都不在你身边，那可就真的叫天天不应叫地地不灵了！

母亲的话也不无道理。除了向往大上海光鲜亮丽的生活和大把大把的钞票，柳云卿还真没正儿八经地想过自己为什么非要去上海打工不可。也许是羡慕上海女人可以随心所欲地穿着高跟鞋长筒丝袜招摇过市；也许是羡慕上海女人可以旁若无人地烫着大波浪卷出现在所有叫得上叫不上名字的大街小巷；也许是羡慕上海女人晚上下了班以后还可以结伴到 KTV 喝啤酒吃烤串唱情歌；也许是羡慕上海女人出门就有电车坐进门就有楼房住上厕所用的都是抽水马桶。总之，对上海的向往有着太多太多的也许，上海在她心里就是个有无限可能的万花筒，那里不仅有十里洋场的外滩，还有只在连环画里见过的西洋景，那里的女人描眉毛涂腮影抹口红染指甲，那里的女人衬衫里面穿的是能够凸现傲人身姿的胸罩而不是平淡无奇的吊带打底衣，那里的女人说起话来娇滴滴柔腻腻哆得仿若没四两重，唯一不存在的就是母亲和梨花村那些长舌妇诋毁马小芬时说的那些"莫须有"的脏事烂事。上海的一切都是好的，人好、地好、山好、水好、风好、雨好，尽管有生以来她从没去过上海，但在想象里，上海的月亮也比老镇的要大得多圆得多，还总飘溢着吴刚伐桂流泻而下的三秋桂子香。其实，她只是想去上海圆一个少女时代的梦，至于那梦具体有些什么内容又该装进些什么内容，她一直也没搞清楚弄明白，总之，上海是她非去不可的地方，哪怕有一万个理由阻挡着不让她去，她也会冲破所有的阻力，让自己融入大上海的芸芸众生之中。

从老陈裁缝店拿到新衬衫的那天晚上，柳云卿兴奋得一宿都没入睡。米白色饰有飘带的真丝雪纺衬衫，搭配收腰水洗牛仔裤和一双乳白色的高跟牛皮凉鞋，再加上自己一头飘逸的长发，简直就是香港明星关之琳的翻版。她小声哼唱着时下最流行的香港歌曲，对着大衣镜饶有兴致地转了一圈又一圈，这模样，这姿色，这气质，这身材，搁在香港，早就被星探发掘出来成为名声大噪的大明星了，只可惜投错了娘胎生错了地方，想要的一切都必须靠自己努力争取，而即便这样，就连去上海打工的愿望都难以实现，还不是一个莫大的讽刺吗？

她不要一辈子都待在梨花村，也不要通过嫁人成为老街人，她唯一的心愿就是去上海闯荡，打缝纫也好，端盘子也好，摆地摊也好，哪怕去工地上给男人们烧饭洗衣，或是去搬砖头，她也想去试一试。马小芬说凭她的长相和学历，去上海给老板当秘书都绰绰有余，可谁叫她一落地就是个农村人呢？村里人长得再好学历再高，考不上大学没法走出去，还照旧是村里人，怎好这山望得那山高？能出去找到一份既可以养活自己又可以养家的工作就已经很不错了，难道还能指望自己一夜之间飞上枝头变凤凰，像关之琳那样名利双收吗？她知道，自己不是关之琳，也永远不可能成为关之琳，那种想要成为关之琳的念头哪怕只有一次也都是非分之想，可自己到底又哪里比关之琳差呢？同学们都说她长得像关之琳，可自己和关之琳的生活差距咋就那么大呢？同样是女人，同样是漂亮女人，为什么关之琳就能成为光鲜耀眼的大明星，她柳云卿只能是成天都泡在罐头厂里跟梨打交道的女工？不就是自己没能出生在香港嘛，如果自己一落地就是个香港人，也就没了而今这许多的烦恼，哪还用得着只是为了去上海打工就费了这许多周章？

　　人和人的命各不相同，谁也不能跟谁比，如果非要较着劲去比，那只能是"人比人，气死人"。柳云卿就着昏黄的白炽灯灯光，一边站在大衣镜前端详着自己的美貌，一边对着早已斑驳纵横的镜面大口大口地吹着气，既然不能生为都市人，那就创造条件到都市里去，哪怕只做个都市边缘人，也强过在梨花村厮守终身啊！香港她是去不了，可去上海就容易多了，只要爬上黎明送货去上海的大货车，只消一个晚上的等待，第二天一早她就可以站在上海的土地上呼吸上海的新鲜空气了，谁又能断言她就一定不能成为一个真正的上海人呢？老街上有很多移民到上海的新上海人，假以时日，或许通过自己的努力打拼，她也能成为一个上海人，可现在她连上海的边还没沾上呢，当务之急不是去想那些没用的，而是应当盘算到底该怎么才能人不知鬼不觉地离开梨花村才对，不要刚爬上黎明的大货车就被尾随而至的家人抓个正着。

　　再过两天，她就可以出现在梦寐以求的大上海了。有一点点激动，有一点点欣喜，仿佛她不是要去上海当缝纫女工，而是去度假一般。尽管她一辈子也不可能成为关之琳，但上天给了她和关之琳一样的美貌，她就不能任由命运把她一辈子的希望都葬送在名不见经传的梨花村。即便每天都在上海端尿盆侍候人，也要强过日复一日地在梨花村守着这早已令她窒息了的千万株梨树强。到了上海，她就不用一抬头就看见那总令她心生厌恶的梨树了；到了上海，她就可以尽情地穿着高跟鞋四处炫耀她的好身材了；到了上海，她就可以穿上商场里卖的 E 罩杯胸罩招摇过市而不用担心旁人侧目的眼神了。在她的想象中，上海真的没有一样东西是不好的，马小芬现在拥有的一切她也能通过自己的努力获取，以后就再也用不着总是仰头盼着马小芬从上海回来帮她带这带那了。成不了香港的关之琳，那就好好地做成一个上海的柳云卿吧，她对着大衣镜里面容姣美、身材窈窕的摩登女郎嫣然一笑，随即慢慢转过身，一屁股在堆满各种杂物的写字台边坐下来，又缓缓打开抽屉，小心翼翼地掏出用得只剩下半瓶的指甲油，有些漫不经心地涂弄起指甲来。

指甲油是托马小芬从上海带回来的，尽管这双手每天都长时间浸泡在清洗梨子的容器里，也没太多机会可以向人们展示她的纤纤玉指，但对于涂指甲她却是相当用心的，一点儿也不懈怠。在梨花村乃至整个老镇，描眉毛画眼影抹口红，会被人在背后戳着脊梁骨骂妖精，但涂指甲就不一样了，至少还没有人会跳出来叫骂一个爱涂指甲的女人。爱美之心，人皆有之，小时候她就经常用凤仙花和着明矾捣烂的汁液敷在指头上染指甲，不过凤仙花汁终究比不过指甲油的光鲜亮丽，所以老镇上所有爱美的女人没有一个不羡慕那些能够用上指甲油涂指甲的女人。指甲油是女人的专利，也是女人爱美的标志，既然在老镇上不能随心所欲地描眉毛抹口红，那就涂涂指甲油好了。在柳云卿的意识里，衣服可以穿随便点，化妆品可不能马虎大意，所以她节衣缩食了好几个月，硬是让马小芬帮她从上海买回一瓶价值不菲的露华浓指甲油。

露华浓，"云想衣裳花想容，春风拂槛露华浓"，虽然是土生土长的美国品牌，但翻译到中国却用了李白写杨贵妃的诗句，听上去就已经让人一万分心动了，涂到指甲上，光那分赏心悦目就够她欣喜一阵了，更别提小姐妹们向她投来艳羡与嫉妒的一瞥，那简直会让她整个人都飘起来。你要那么好的指甲油做什么？又不能吃又不送人的，上海本土产的品牌比这个便宜多了！让马小芬帮她带露华浓指甲油时，马小芬瞪大眼睛疑惑不解地问她。你不懂，柳云卿不无兴奋地说，美国货嘛，用起来肯定比本土的好。你以为买电视机呢，一个指甲油，涂指甲上，谁看得出是国产的还是美国的？难不成你还要一个个地告诉人家你涂的指甲油是美国货不成？一分钱一分货嘛！柳云卿自信满满地说，亏你在上海待了那么久，这么浅显的道理还不懂？再说了干吗要告诉他们，我自己心里知道指甲上涂的是美国货不就行了？

你心里知道有个屁用！马小芬哈哈一乐，这玩意贵的便宜的还不都一样用，干吗乱花这个钱？你要觉得赚的钱花不出去，我就帮你带件 E 罩杯的胸罩，穿上那个，你只要在村口的路上走上一圈，包管老老少少所有男人的目光都能围着你转三天！去你的！柳云卿伸手掐了马小芬一把，那玩意是谁都敢穿的吗？老街上都没几个女人敢穿出去的，你是想让我被人拿砖头追着骂妖精来了吧！瞧，指甲油你非要外国货，让你穿个胸罩你倒没了胆量，还说不是乱花钱？我的钱，怎么花我都乐意。不就是让你帮我带瓶指甲油嘛，又没让你送我，你管我那么多干吗？我这不是为你好嘛，你在罐头厂累死累活一个月才赚几个钱，买那中看不中用的洋玩意有什么用？你说你又不是坐办公室里，十个手指头天天泡在盐水里，涂什么指甲油不是一样的？我替你省钱，你倒不识好人心了。赚钱不就是用来花的嘛，在梨花村，这个不能穿那个不敢穿，眉毛不能画，口红也不敢抹，还不兴让我涂涂指甲啊？再说我又不是涂给别人看的，我就是涂个好心情，为了这份好心情，花多少钱都值。柳云卿非常认真地盯着马小芬说，要么就不买，要买就买最好的。不是都说钱要花在刀口上嘛，我花钱买个好心情总不为过吧？听了柳云卿的话，马小芬好像弄懂了些什么，又好像什么也没明白，你说得太深奥了，我脑子都要被你搞糊涂了！露华浓就露华浓吧，我给你带就是了，等带回来，你就为了你那什么好心情把自己关房里一个人一天到晚地偷偷乐着去吧！我一个人偷偷乐你嫉妒啊？我嫉妒？好，我嫉妒，我嫉妒涂露华浓指甲油的柳云卿！马小芬望着柳云卿那副认真的模样，忍不住笑得前俯后仰，柳云卿，真看不出，你还是个崇洋媚外的家伙呢！

崇洋媚外？马小芬只说对了一半，她应该是崇沪媚沪才对。沪是上海的简称，因为对上海夹杂着一种近乎崇拜的艳羡的感情，所以对"沪"这个字她也爱屋及乌起来，这些年没少在收音机里收听出自上海本土的戏曲沪剧。其实她接触沪剧远不及越剧的时间长久，也没觉得沪剧比越剧好听，但就因为一个"沪"字，她便成了沪剧的忠实听众，有时候兴致上来了，随嘴就能哼出一段，罐头厂的那些工人都听过她唱的沪剧选段，没一个不说她唱得比收音机里听到的还好的。只要是跟上海沾上边的东西她都喜欢，就着灯光，她仔仔细细地涂抹着指甲，指甲油是纯正的鲜红色，耀眼得很，每涂好一个指甲，她心里便会升起无限的欢愉与满足，让她觉得自己并没有被这个世界抛弃，觉得自己和那些远在天边的上海女人并无二致，一样的时尚、美丽、性感、优雅、大方，浑身都流泻着无与伦比的东方风情与浓郁的女人味。她喜欢涂抹指甲油的过程，那是一个赏心悦目的过程，此时烦恼便与她彻底绝缘，唯有希望与爱、光明与柔暖紧紧包裹着她，那股淡淡的幽幽的甚至沾染了些莫名愁绪的指甲油特有的清香更让她感受到什么才是真正的完美与摩登，让她打心底里觉得今生今世能够做一个女人真的很好很好。

涂着上海女人才涂得上的露华浓指甲油，她觉得自己跟她们的距离正变得越来越短，而这种感觉让她在短短的一瞬间就体会到了作为一个女人的幸福。她用心涂着指甲，也用心渴盼着自己能够成为上海摩登女郎中的一员，尽管露华浓来自美国，可到了中国后，点点滴滴沾染的都是上海的气息，而这种气息总是让她迷醉，让她为之痴狂，让她更想站在上海的土地上，吹吹上海的风，看看上海的月亮，做一个至少从外表上看去已和上海女人没了任何分别的时髦女性。

她从未见过真正的上海，对上海的印象都是从电影里和马小芬的嘴里得来的。电影里的上海，高楼林立，马路宽阔，外滩上一到晚上就变得灯火璀璨，像海龙王的水晶宫一样壮观美丽，所有女人都穿着高跟鞋长筒丝袜，男人们不是穿的西装革履就是穿着白衬衫黑裤子却无一例外地梳着油光可鉴的三七开；马小芬嘴里的上海，则又多了几分人间烟火的味道，有小笼包，有奶油蛋糕，有五香豆，有八宝鸭，有响油鳝丝，有毛蟹年糕，有蛤蟆镜，有马海毛针织衫，有宽松的喇叭裤，还有人声鼎沸的城隍庙和老凤祥的金首饰。这一切，似乎都离得她很近很近，实则对于她来说却又是空中楼阁、镜花水月，虚无缥缈得很，所以她只能醉心于十个指甲涂抹上海女人才用得起的露华浓，任由自己在指甲油散发出的光彩中，一点一点地找寻作为一个上海女人的优越感和虚拟的自豪。

像她这么漂亮的女人，本身就应该出生在上海不是吗？她无法改变自己的出身，无法让自己重新投一次胎成为一个彻头彻尾的上海人，但她完全有能力成为生活在上海的新上海人，为什么还要委屈自己继续被耽搁在这逼仄而又闭塞的梨花村呢？梨花村，听上去多么富有诗情画意的地方，可有谁知道，在她眼里，这诗情画意就是老母鸡屙在白纱裙上的一堆屎，瞥一眼都恶心得厉害，所以就算逃她也要逃出这里？尽管她并不知道大上海等待着她的会是什么，是外滩上通明的灯火，还是黄浦江澎湃的潮水，她都一无所知，但她很清楚地知道，无论如何，她都必须离开梨花村，朝着上海的方向迈进迈进再迈进。上海于她而言实在是天堂般美好的所在，甚至比天堂更美更好，在那里，很多在梨花村不能做不敢做的事她都可以做了，比如抹口红画眼影，甚至可以在衬衫里大大方方地穿上 E 罩杯的胸罩出现在最繁华的南京路上，当然，能够和马小芬在一起逛街时吃上令她心仪了很久的凯司令蛋糕，也是她向往上海的最充分的理由之一。

马小芬说凯司令蛋糕是上海滩上最好吃的蛋糕，连从前在北京皇宫里住着的皇帝后妃都没口福能吃到这么好的蛋糕。柳云卿问她吃过几次凯司令蛋糕，马小芬双手一摊，望着柳云卿嘿嘿地笑，一次也没吃过。没吃过你怎么知道好吃？我们老板说的啊，她说杏花楼的蛋糕也好吃，还说杏花楼的月饼更是一绝。你们老板就会给你们画饼充饥！才不是呢，我们老板人好着呢，她说厂子今年效益好的话，等到了年底就带我们几个最能干的女工一起去吃凯司令蛋糕。你可不晓得，凯司令蛋糕老贵了，一般人吃不起的！我们老板说，那里的栗子蛋糕味道最好，每次说起来都听得人要流口水。你们老板就会拿这些虚头巴脑的东西骗你们这些个从农村来的傻姑娘，她要真想请你们吃还用等到年底？你不是说现在每天都要加班加点地赶活，最忙的时候得连轴转十几个小时嘛！

都忙成这样了，效益能不好吗？我看她就是个女黄世仁，只会拿莫须有的甜头哄着你们干活！她哄我，那你倒是请我吃啊！马小芬半开玩笑半认真地盯着她，云卿，等你去了上海，拿的第一个月工资，就请我去吃凯司令蛋糕吧！好啊，不把你撑死都不叫你回来！不就是凯司令蛋糕嘛，我就请你吃味道最好的栗子蛋糕！

　　柳云卿从来都没见过凯司令蛋糕，也想不起来在任何关于上海的电影里见识过这种听上去就很奢侈的蛋糕，但从同样没见过这种蛋糕的马小芬的描述中，她知道这是大上海最正宗的味道，也知道只有尝过凯司令蛋糕后才能更加抵近上海，让自己真正地与上海融为一体。去上海，无论如何都要去上海，哪怕到了上海后每天都连轴转着加班到凌晨，她也心甘情愿。她不怕苦，不怕累，不怕脏，也不怕吃亏，只要有工作做，只要能让她留在上海，只要每天都能够让她看到上海的太阳上海的高楼，吃再多苦，受再多累，她也不会有一句埋怨，更不会有一丝一毫的后悔。吃得苦中苦，方为人上人，一个彻头彻尾的农村娃，要融入车水马龙、灯红酒绿的上海滩，哪是那么容易的事？不过这些她都有心理准备，哪怕被当地人指着鼻子骂她是江北佬苏北猪，她也会报之一笑，因为她明白，那就是想留在上海融入上海的代价。

　　她见过因下放未能回城而一直留在老镇的上海人，也见过嫁到上海后便以上海人自居的上海媳妇。他们当中有见了人总是面带微笑说话谦和的，也有眼睛长在额角上从不把老镇人放眼里的，但更多的却是待人接物都彬彬有礼却又永远都缺乏了那么一点点热情让人觉得无法交心无法亲近的，所以她一早就没寄希望会从上海人那里得到任何的关怀与温暖。她知道大部分上海人都是冷漠的居高临下的，可这有什么关系？她又不是去给上海人当媳妇，更不是去接受赞美与拥抱的，她只是去打工，去赚钱，去给上海人创造经济价值，只需要一味埋头干好自己该干的活，管那么多干吗？跟老陈后边学了一年多的缝纫，她早已把所有基本功都学到家了，尽管自己不会设计任何款式，但依葫芦画瓢的本事她还是有的，服装厂那种流水线的生产模式，并不需要她懂设计，只需要她安心地坐在缝纫机前认真地打衣服就行了。她手脚利索，又能吃苦，加班加点甚至是熬通宵她都没问题，反正自己还年轻，精力旺盛得很，所以并不担心在上海赚不到钱，而有了钱，她就可以请马小芬吃凯司令蛋糕了，也可以给爸爸做一套崭新的西装给妈妈做一身时髦的套裙给弟弟妹妹买他们想要的礼物了，当然，更重要的是可以堵住爸妈的嘴，当他们心安理得地花着她寄回来的钱时，她便会不失时机地说上一句，瞧，还是去上海好吧？不去上海，你们能买得起这些好东西吗？

柳云卿兴奋地在灯光下张开涂得鲜红鲜红的十个指头，满面都挂着志得意满的笑容。她不敢说老镇上只有她一个女人用过露华浓，但在梨花村，她绝对是第一个更是唯一的一个。这涂过露华浓的指甲就是好看，又怎忍心看着它们一天天都被埋没在罐头里？这么美的指甲，这么好看的手，就应该让它们去上海见见世面，去享受上海的阳光雨露。很多时候，她都为梨花村乃至老镇的女人感到不值，同样都是女人，为什么上海女人可以无所顾忌地穿着胸罩到处穿街过巷，老镇女人却连抹个口红都要偷偷摸摸的，就生怕别人在背后指着戳着骂妖精呢？其实她也怕别人骂她妖精，所以连高跟鞋都很少敢穿出去的，更别说画眉毛抹口红了。为什么老镇女人就不可以呢？老镇女人比上海女人少胳膊缺腿了，还是生来就不配用这些好东西？

尽管书本上都说人人平等，但事实却是每个人从出生的那一刻起就注定了不可能拥有什么平等，当上海女人吃着油条喝着豆浆啃着苹果当早餐时，梨花村的女人不过是就着一碟咸菜喝下一碗黏稠的清水白粥罢了，又哪里能够去比呢？这就是命，上海女人生就的摩登时尚命，老镇女人生就的平庸劳苦命，可既然是命，就可以通过自己的努力去更改，老天爷不给的，还不兴自己去拼去抢吗？老镇的女人也好，梨花村的女人也好，她们大多安于现状，而这种安于现状也是自甘堕落的表现，到底谁规定她们不能穿高跟鞋不能抹口红的？没有人规定，也没有人让她们遵守过什么规则，只不过是世俗的偏见罢了，老镇女人自发地觉得那些好东西只配上海女人使用，而她们就算想一想也是非分的歹念，可这种意识究竟又是谁灌输到她们脑海中去的呢？世间的任何思想，一旦根深蒂固，就会滑入可怕的怪圈，阻止老镇女人让自己美起来的不是旁人，正是她们自己。归根结底，老镇上的女人还是头发长见识短，没见过大世面，眼界太小，所以她们甘于平庸，甘于粗茶淡饭简简单单地度过一生，可她柳云卿是有知识有见识的，如果不是高考时粗心答错了一道英语选择题，她早该是坐在南京大学课堂上学习的大学生了，怎么能够终日和一帮不求上进的乡下女人混在一起？

女人就该有女人的样，就该时时刻刻都打扮得美美的，不是吗？一个不会打扮的女人，一个不想画眼影抹口红的女人，那还是一个真正的女人吗？老镇繁衍了很多很多不爱美不敢美的女人，就拿老陈媳妇来说吧，按理说老陈是街上最好的裁缝师傅，可老陈媳妇穿在身上的衣服，一年四季无一例外的平淡无奇，无论从色彩上还是款式上来看，都乏善可陈，更不要说标新立异了。老镇上有太多太多的老陈媳妇，她可不想跟她们一样，扎到女人堆里就分不出谁是谁了，既然老镇不让她美，不让她有美的机会，那她就去上海美，美给那些小姐妹们看，美给在胡同里不期而遇的上海男人看，美给烫着卷发穿着裙子在街边哄孩子的上海女人看。她一直都知道自己是长得好的，那么出众的一张脸，被埋没在老镇太可惜了，尽管没法子成为明星，但也得让更多人记得她的美并为她的美发出由衷的赞美与感叹吧！

她把十个手指整整齐齐地摊在写字台上，目不转睛地注视着那一片片惊艳的鲜红，眼神里满是温柔与欣喜。以后的以后，她就用不着再为这双涂满露华浓的手没完没了地浸泡在盐水里感到惋惜了，再过几天，等她去了上海，名正言顺地坐在服装厂的缝纫机前，这十个手指头便会如同盛开的牡丹一样绽放在所有工友眼前，到那时，她便会迎来属于她生命的真正的春天，一个多姿多彩而又绚烂冶艳的春天。

第四章

　　夜静静深了，透过洞开的车窗，耳边只听到呼呼刮过的风声，嘎吱嘎吱的，是头顶上那把老掉牙了的风扇的杰作。尽管车窗全部打开着，可外面依然燥热得很，没有一丝自然风吹过，就连远处青蛙的叫声也一阵热过一阵，这让坐在副驾驶室的柳云卿变得越来越心烦意乱，一会抬头看看那把随时都有可能掉下来砸到身上的老风扇，一会掉头看向窗外那片深不见底的黑暗，整个人由上到下、由内到外，都被一种莫名的不自在紧紧包裹着。她觉得自己会被这股热浪吞噬，该死的天气，都已经立秋了，怎么还热得这么疯狂？再这么下去，人还没到上海，她就得热死在车上了！

　　借着微弱的星光和昏黄的车灯光，她伸手理了理被汗水洇湿的雪纺衬衫，早知道这么热就随便穿一件家居服出来了，这下可好，等天亮到了上海，穿着这满身都沾满了汗臭味的衣服去见马小芬的女老板，这第一眼的印象分肯定要大打折扣了。说起来都要怪黎明不好，若不是他千叮咛万嘱咐地让她一定要打扮漂亮些，她怎么也不会穿戴一新地坐在他这又挤又热得透不过气的闷罐车里，这大晚上的，伸手不见五指的，穿这么好看谁能看到呢？柳云卿打小就是个怕热的人，而且特别容易出汗，刚上车一会她就已经汗流浃背，现在她浑身上下都湿透了，要不是在晚上，她真不知道该如何面对咫尺之遥的黎明。

她感觉自己的胸脯在不自觉地起伏，也感觉到了黎明总是装作漫不经心地投来的一瞥。他在看什么？她下意识地抱紧双臂，透过一片冗长的漆黑，一眼就看到十个鲜红鲜红的手指头，宛若璀璨的彼岸花开在缭乱的夜里，迅即便把她紊乱烦躁的心绪也映得通红通红。驾驶室里，黎明一根烟接着一根烟地不停地抽着，那喷薄而出的烟雾不住地在她眼前盘旋，她终于忍不住轻轻咳出了声来，衣领下的飘带在眼前慢慢飞舞，渐渐遮挡住了继续侵袭而来的浓烟，也挡住了她想要骂人的欲望。

　　黎明，你能不能少抽几根？她还是把自己的不满表达了出来，能不能有点绅士风度？风度？你看我像绅士吗？黎明掉过头瞥了她一眼，大半天了，自打你上了车，跟我说过的话加起来还不到十句，再教我不抽烟，你想闷死我啊？你坐车的不知道我开车的辛苦，这一晚上的车开下来，不死也得脱层皮，不让抽烟，还不如教我去死！我是说你能不能少抽几根，天本来就热，这车上都闷得不行了，你再没完没了地抽烟，我看到不了上海，我就得被熏死了。你看，你还是有文化的人呢，怎么也反对抽烟？一般有文化的人对抽烟所持的态度都是很开明的。黎明嘻嘻哈哈地笑着，我们厂的出纳会计丁春梅，每次见到我都说我抽烟的姿势很帅，我抽烟的时候她总跟着了魔一样往我身上蹭，我说柳云卿，你就没发现我抽烟的姿势很帅，就不想往我身上蹭一蹭吗？德性！柳云卿依旧紧紧抱住双臂，双目炯炯有神地盯着前方的挡风玻璃，忽地嗫嚅着嘴唇低低地骂了一声。德性？黎明越发笑得欢了，大美女，我就喜欢听你骂人，上学的时候就喜欢听你骂，一边笑，一边猛吸一口烟，迅速把头冲柳云卿这边凑过来，又飞快地对着她的脸吐了一连串长长的烟圈，不无得意地问，帅吧？是不是很帅？是不是很像《上海滩》里的许文强？

　　柳云卿没有说话，只是把脸默默掉转向窗外，望向远处星星点点的灯火轻轻咳了一声。不知道为什么，她总觉得今夜有种莫名的恐惧深深地攫着她，可想破了脑袋，也想不出到底是什么让她如此这般的担惊受怕。是黎明吗？她还从未在这种黑漆漆的夜里和任何男人单独相处过，而且是在气都透不过来的闷罐车里，这让她有些无所适从。她感觉自己就像一只被关在笼子里的困兽，四周都潜伏着不可预知的危险，此时此刻，她唯一能做的就是让自己尽量少说话，并尽一切可能地避免发出任何的声响，企图由此让整个世界都彻底忘记她的存在，忘记她正和一个半光着膀子的男人坐在同一辆卡车上。此时此刻，她是不存在的，世界上没有她柳云卿这个人，大货车上也没有出现过她柳云卿的踪迹，她就是一抹虚空，一抹未知的虚空，没有过去，没有未来，也没有现在，关于她的来历，她的生活，她的经历，都已在瞬间被清空为零。可这一切犹如困兽的争斗都是徒劳的无用的，当汗臭味混合着廉价的香烟味一再扑向她的口鼻时，她终于忍不住抬起手捂住鼻子，一抹璀璨得令人心惊的鲜红顿时便又把她从刻意的假想中拉回了现实。

她的心开始突突地跳个不停。她需要多一点凉风吹醒被紧紧包裹在皮肤之下的烦躁与不安，可头顶上那把老成古董的风扇除了会发出吱嘎吱嘎的怪叫声外，竟只是个破旧的摆设罢了，根本起不到半点降温的作用。远处，青蛙的叫声一浪高过一浪，一缕缥缈的荷香隔着洞开的窗户冲破公路护堤的阻拦，迅即穿透整个车厢，那一刹，她真的好想拉开车门义无反顾地跳下去，沿着伸手不见五指的黑暗去寻找那抹荷香的源头，哪怕只是在荷塘边的田埂上稍稍坐一坐也是好的啊。她后悔了，后悔不该处心积虑地要去上海，如果不是自己固执己见，现在又怎么会像只斗败的野兽被困在了这充满了混沌气息而又闷热难耐的大货车上？是的，她就是一只困兽，一只逃不出牢笼的困兽，一只被老天爷死死禁锢在生活泥塘中的困兽。她实在想不出还能有什么办法可以让自己逃出生天，为什么她要做的事要达成的心愿总是这么这么难？她不就是想去上海打工嘛，为什么都已经逃过了父母的阻挠，到最后还是没能逃过这难熬的暑热与莫名的惊悸？

她在怕什么？怕黎明吗？在这狭小逼仄的驾驶室里，黎明和自己一样都是生活的困兽，他又能把她怎样？太热了，她浑身都湿透了，汗水沿着抹过夏士莲雪花膏的额头，大颗大颗地掉落在嘴角、颈部，乃至手臂，仿佛要把她整个淹没在黑暗的虚空里，这让她显得更加局促不安，要再这么热下去，她非疯了不可。她感到全身血脉偾张，那一浪接着一浪侵袭而来的热气，仿佛已透过她皮肤上细微的毛孔渐渐渗透到血液中，好像只要她稍稍一用力，所有的血管都非得爆炸了不可。

透过前面一辆刚刚超车过去的汽车尾灯，她眼睛的余光突然瞥见正光着半个膀子的黎明，虽然车厢里依然一片昏暗，但她还是清晰地看到了黎明那一身健硕的肌肉，而就在那一瞬，她心里又莫名地咯噔了一下，一种说不清道不明的慌张顿时便将她整个人完完全全地吞噬了。在这逼仄的车厢里她就是一只困兽，可黎明呢？除了和自己一样都是困兽，他还可能是举着鞭子的驯兽师，不是吗？困兽与驯兽师，一种可怕的念头深深攫着了她的心，让她开始变得坐立不安，如果，如果……她真的不敢继续想下去，迅速收回她自认为带着些猥琐的目光，瞪大眼睛紧紧盯着刚刚平放在腿上的十根涂满露华浓指甲油的手指头，从左到右，又从右到左，一个个摆弄着它们在心里悄悄数着数。一、二、三、四、五、六、七、八、九、十，瞧，这些沉没在黑暗中却依然油光可鉴的指甲多美，鲜红鲜红的，仿佛可以照亮满天星斗，也可以照亮她不可限量的前途，让她一个乡下来的农村姑娘摇身一变，变成一个人见人爱的摩登女郎。一个爱美的女人，大上海自然是舍不得抛弃她的，可现在，又闷又热的她已近乎变成一只落汤鸡，繁华的大上海还会向她伸出橄榄枝并热情地接纳她吗？

夜，愈来愈深；天，愈来愈黑。尽管很困，但她却不敢合上眼睛，哪怕只是打个盹儿，她也不敢掉以轻心。她还是害怕，害怕黎明，害怕困兽一样的他会突然变成挥舞着皮鞭的驯兽师，把她瞬间变成待宰的羔羊。黎明和她同岁，学习成绩一般，初中毕业后就接替了因病退休的父亲到纺织厂当了司机，不过他人很聪明，又长得很帅，所以不管是女生和女人，都愿意接近他和他交朋友，不过也有例外，那就是一向心高气傲的她。上学的时候，她从没把黎明放在眼里，连多跟他说句话都不肯，所以黎明总是故意指使别的同学捉弄她，不是在她的书包里塞只癞蛤蟆，就是在她的课桌里放只死老鼠，为此，她不知道到班主任那里告过他多少次状，但就是从不正面跟他产生冲突，简直把他当成了空气般地无视。

她知道黎明一直偷偷喜欢着自己，事实上，班上所有的男同学都不约而同地喜欢着自己，可她却不喜欢他们当中的任何一个，她唯一喜欢的就是埋头读书，因为她一早就知道，只有念好了书才能改变自己的命运，才能有机会走出去见识到外面广阔而又精彩的世界。她从小就厌恶梨，厌恶梨花村，顺带也厌恶着老镇和老镇上的一切，读书成了她唯一能够逃离这一切的途径，她又怎么能够把时间浪费在喜欢一个男孩子上？说实话，她不是一直都没对黎明动过心，初二那年的春天，学校举办全校运动会，当她作为啦啦队员在操场上看到参加五千米赛跑的黎明第一个越过终点线的时候，心里着实浮泛起一丝丝少女怀春的涟漪，但那也仅仅只是刹那间的事，在那之后，她就刻意和黎明保持着距离，就连看他一眼都懒得去看。

是黎明不好吗？自然不是。除了学习成绩一般又特别喜欢捉弄人外，黎明好像还算不上是个坏学生，加上他长相英俊，整个脸庞看上去甚至比那个和他同名的香港明星还略微精致些，不仅是大部分女同学心目中独一无二的白马王子，还是校内各种文体活动中拿奖拿到手软并令人惊叹的楷模。其实，他是个很聪明也很有才气的人，只更稍微肯用些功在学习上，考上高中绝对是没问题的，但他宁可把时间花在各种在她看来甚是无趣的事上，也从不肯把时间花在念书上，所以现在只能没日没夜地当司机跑长途过着苦行僧般的日子，说到底也是他咎由自取。她就不明白了，上学的那会，他天天捣鼓那些无线电做什么？是造出台电视机了，还是当上科学家了？他亲手葬送了自己的前途，也葬送了很多女同学的希望，初中一毕业他就进了纺织厂，混上了个没有任何前途也没有任何希望的司机的工作，那些女同学虽然喜欢他喜欢得要命，可也不想跟着他一辈子受苦受穷，更何况他家还有个终日泡在药罐子里的单身老父亲，一年到头就靠着那点微薄的退休金，和他也多不到哪去的工资死死撑着一口气，所以尽管有很多女人喜欢往他身上蹭来蹭去的，但就是没一个愿意嫁他的。

柳云卿很后悔上了这么一个男人的车。一个从来不知道如何拒绝女人，又没一个女人愿意嫁给他的男人，在柳云卿眼里是比野兽还要可怕的存在。现在，这狭小的车厢里，除了洞开的车窗外，四处都密不透风，如果他真的耍起横来，她是无论如何也逃不过去的。要是在出门前带上一把水果刀就好了，那样的话，至少在发生任何突发状况时，她还能用涂满露华浓指甲油的双手紧紧攥着它抵抗一阵。黎明黎明，拜托你了，千万不要犯混，你要是犯混，我就一头撞在挡风玻璃上，死也要死在你的车上，让你再也当不了司机，再也挣不到钱去给你那个半死不活的爸买药治病，让你下半生都在牢房里吃牢饭，到死也没一儿半女给你养老送终！她的心绪变得越来越乱，汗也流得更多了，像溪水一样，把她的前胸后背连同搁在车座上的两半屁股，一股脑儿地都淌了个淋漓尽致。此时此刻，除了那把破得不能再破的小吊扇依旧在难熬的闷热中发出吱嘎吱嘎的声响外，整个车厢静得出奇并带着些诡异的色彩，黑暗中她仿佛又感受到了黎明装作不经意地向她投来的一瞥，那目光不仅不怀好意，还夹带着些许邪恶和一丝丝淫荡，冷不防惊得她一屁股从车座上弹跳了起来，头，迅即撞到了坚硬的铁皮车顶上。

疼，撕心裂肺的疼。被撞得满眼冒金花的她还不知道到底发生了什么事，车已经停在了马路边的一棵小树旁，紧接着她就听到了一支甜美而又舒缓的歌曲。"你问我爱你有多深，我爱你有几分，我的情也真，我的爱也真，月亮代表我的心。"是邓丽君的歌，她上初中时就会唱，不知道黎明这会放这首歌给她听到底是什么意思。怎么停下来了？柳云卿借着微弱的星光瞟了黎明一眼，这才发现他先前还耷拉着半套在身上的汗衫不知道在什么时候已经被脱得不见了踪影，心下着实吃了一惊，立马收回目光，迅速望向窗外依旧沉闷的天空，一声儿也不吭了。你听，黎明朝她这边挪了挪身子，一条腿顺势抬高搁到方向盘上，另一条腿轻轻晃荡着在车座下踢出些许刺耳的声响，然后用一种无法形容的眼神仔细打量着她，一字一顿地说，好好听，用心听："你问我爱你有多深，我爱你有几分，我的情不移，我的爱不变，月亮代表我的心。"黎明一边盯着她莫名地笑，一边跟着卡带的旋律低低哼唱着，"轻轻的一个吻，已经打动我的心；深深的一段情，教我思念到如今。你问我爱你有多深，我爱你有几分，你去想一想，你去看一看，月亮代表我的心。"那极富磁性的嗓音转瞬便搅得她的心池乱成了一锅粥。他究竟想干什么？大半夜的他把车停在马路边，就是为了给她唱一曲《月亮代表我的心》吗？

　　别唱了。柳云卿低着头，再次下意识地抱紧双臂，护住早已因汗水洇湿的起伏的胸部，几乎是在用一种乞求的语气求他，这么晚了，你唱得我心里瘆得慌。瘆得慌？黎明发出一阵尖厉的笑声，柳云卿，在学校里参加歌曲比赛我可是拿了特等奖的，哪个老师同学不说我唱得好？我可是老镇人见人夸的情歌王子，一般人想听我唱我都不唱给他们听，也就你柳云卿，能让我在大晚上唱上一曲，而且还是唱给你一个人听。一边说，一边抬手从操作台上摸出一包烟，麻利地抽出一根来飞快地叼到嘴上，又掏出打火机迅速点燃，慢悠悠地吸上一口，继续满驾驶室喷云吐雾着，瘆得慌？你就装蒜吧，我们厂的丁春梅买烟求我唱给她听我都不唱，到你这反倒瘆得慌了！你知道我不是这个意思。柳云卿感到气氛有些紧张，危险的因子正在慢慢向自己游移，连忙装作漫不经心地说，就是外面乌漆墨黑的，我怕你把路边的孤魂野鬼招来。孤魂野鬼？黎明听了她的话，笑得更加肆无忌惮，你个高中生，还这么迷信？哪里有什么鬼，鬼都是人心里自己生出来的！不知道为什么，柳云卿总感觉到潜在的危险正在一点一点地逼近她，但她清楚地意识到这危险正来自和她一起挤在车厢里的黎明，所以她决定不管黎明再说什么，她都不接他的话茬了。

黎明说得没错，鬼都是人心里自己生出来的。她坚信此刻的黎明心里已经住进了一个可怕的鬼，而她自己，她的心里也跑进了一个鬼，一个惊惧忧怕、患得患失的鬼。到底该怎么做才能赶走这贸然闯进他们彼此心中的鬼呢？要是能够刮一阵风就好了，风一刮，人的头脑就会变得清醒许多，无奈这热死人的天就是一丝风也跑不进车厢来，任她在心底叫了千万遍苦，也不能改变这越来越令人尴尬到窒息的气氛。抽一根吧！邓丽君轻柔婉转的歌声中，黎明忽地伸过手递给她一支烟，抽根烟你就不会怕了。怕？他也知道她在怕？那么他知道她在怕些什么吗？怕鬼，还是怕他？是不是一开始他就知道自己是个鬼，一个会把她吓得魂飞魄散的鬼？抽一根死不了人的。黎明捏着香烟的手在她面前轻轻晃动着，鬼怕火，我们经常开夜路的，遇到突发状况时，就会把车停在路边，放上一首歌，然后点一根烟抽一口再扔到车外，要不你试一试？鬼？这车上的鬼不就是黎明嘛，柳云卿不知道该如何应对这突如其来的状况，只好把头埋到胳膊肘里，不去看他递来的烟，也不去看他那张侧过来盯着自己的脸，仿佛只要把头再埋得深些，所有潜在的危险便都会转瞬间立刻解除，他还是原来的司机，她还是搭车要去上海打工的乡下妹。

　　不抽拉倒。黎明把举在她面前的烟直接扔到她脚底下，慢慢抬起手在虚空中画了一个圈，径直把脸凑到她护住胸部的双臂间，我说柳云卿，你是故意跟我过不去是吧？上学的时候你就跟我过不去，远远地看见我就生生地躲开了，你是把我也当成鬼了吧？边说边伸出一个指头轻轻戳着她的下巴，干吗不说话？我说你这个人怎么这么没劲，车你都坐上了，还防鬼一样地防着我，算哪门子事？你还怕我非礼了你不成？你也不去打听打听，我黎明缺女人吗？我们厂的出纳会计丁春梅，我跟你说过的吧，闺女都生两个了，还成天在我面前扭屁股甩着奶子不停地献殷勤呢，那骚样你是没见过，你要见了都能抽她两巴掌。不就是个女人嘛，这些年我开着车到处走南闯北的，什么女人没见过，什么女人没睡过，我他妈的倒是稀罕过谁？丁春梅？呸！我压根就没拿正眼瞧过她，是个男人谁也不会瞧得上主动送上门的骚货！黎明紧紧地觑着她，我谁都不稀罕，这世上能让我稀罕的女人还没出世呢！

柳云卿是真的害怕了，她依然紧紧抱住双臂，把头埋得愈来愈深，不去看黎明的脸，也不去看他那双因熬夜而变得通红的眼睛。她不知道今晚到底过不过得了这一关，男人发起疯来就是魔鬼，尽管她从前并没见过黎明发疯的模样，但她觉得现在的他已离发疯不远了。总这么僵持着不是办法，她必须想办法跳下车才行，可又担心自己的动作幅度过大会刺激到对方，演变成不可收拾的局面，所以她只能一边祈祷着上天快点让黎明冷静下来，一边飞速地在脑海中盘算着对策。你真怕我？不是，我就觉得奇了怪了，你到底怕我什么？黎明突地缩回凑向她的身体，窝在驾驶室的座椅上继续抽着烟，一边抽，一边对着车顶不住地吐着烟圈，叹口气说，柳云卿，你小看我了，我不是你心里想的那种人。我知道你瞧不起我，上初中那会你就瞧不起我，就冲着你对我的这份蔑视，我就不会做出那猪狗不如的事来！我告诉你柳云卿，你瞧不起我，其实我也瞧不起你，像你这种自命不凡而又什么本事也没有的女人我见多了，一个个都自以为了不起，一个个都眼睛长在额角上，却不知道自己最不招人待见最他妈招人烦！我黎明碰过的女人就算没一百个也有一打，吃饱了撑的会对你起坏心事？我犯得着吗？

难道，自己真的多虑了？柳云卿慢慢抬起埋在胳膊肘里的脸，洇湿的汗水和委屈的泪水早已模糊了她的视线。黎明骂得不错，她就是个自命不凡没任何本事又惹人厌烦的女人，可她招谁惹谁了呢？从小到大，她一直是村里人眼中的乖乖女，走上社会后也始终安分守己，就算她清高自傲目中无人又碍着谁了？她长得漂亮，有才华有学历，高考落榜也只不过一点五分之差，她怎么就不能瞧不起那些不学无术的人了，黎明又凭什么要求她瞧得上他？不就是开了个破车嘛，他以为开上了车就高人一等了吗？还不就是个为了生计没日没夜到处奔波的臭司机！她觉得今天真是活见鬼了，早知道这样说什么她也不会搭他的车去上海，可现在，在这前不着村后不着店的地方，她又能奈之若何？

你现在是不是特别后悔上了我的车？黎明不无嘲讽地笑着，没想到你柳云卿也有求我的时候，真他妈过瘾！知道我为什么答应让你搭我的车去上海吗？你以为我真看得上你送来的那条破烟？我家里好烟多的是，昨天丁春梅又偷偷往我怀里塞了两条红塔山，比你买的贵多了，我都赶不上抽。黎明越说越兴奋，突地欠身按响了喇叭，任其发出尖厉刺耳的响声，我就是喜欢看你求我的样子，喜欢看着你现在这副手足无措的表情！你不是骄傲吗？你不是自命不凡吗？要去上海，你不求我，行吗？边说边又摸出一支烟叼在嘴上，迅速点燃，猛地抽一口，也不知道我这几天犯什么贱，抽你送来的烟，抽着抽着居然抽上了瘾，别的烟反而抽不下去了。你是不是在这烟里下了什么能让人上瘾的毒，还是给念了什么咒语？

咒语？她要会念咒语就好了，至少当她发现黎明的状态不太对劲时，就会念起咒语让他恢复镇静，把一切潜在的罪恶都扼杀在萌芽中。柳云卿突地掉转过头盯了黎明一眼，抱紧的双臂随即从胸部放了下来，几乎是同一时间，她忍不住地笑出了声来，那一瞬，先前紧绷的神经彻底松懈了下来，十个手指头依然在黑暗中熠熠生辉。原以为黎明是只嗜血的野兽，没想到居然还是个没长大的孩子，和一个孩子在一起，她有什么可怕的？她果断地伸出左手在黎明眼前一晃，烟呢？黎明愣了一下，立马从香烟壳里掏出一支递到她嘴边，怎么，不怕了？怕，怕你会突然抽风。柳云卿一边低低地说，一边就着他伸过来的手把烟叼到嘴里，泪水像断了线的珍珠一样不住地流着。她感到很委屈，有生以来从没感受到过今晚这般的委屈，可这又怪得了谁，还不是她自找的吗？为什么非要搭黎明的车，难道真的没有其他办法可以离开老镇吗？她就是自取其辱，可现在想这些又有什么用？前路漫漫，要等到天破晓了才能到上海，她还必须跟黎明在同一个车厢里挨挤上七八个小时，必须继续忍受他难闻的汗臭味，忍受他喷云吐雾的刺鼻的尼古丁气味，忍受他每一句在她听来都恶心无比的讽刺，她真不知道接下来的时间究竟该怎么才能挨得过去。算了吧，为了去上海，什么委屈是吞不下的？他黎明算个什么东西，尽管让他撒气好了，等他发泄完了，自己也到上海了，从此老死不相往来，她不认识他，他也不认识她，怕什么呢？

哭了？黎明替她点上烟，是不是觉得很委屈？其实我也没说什么过分的，你也知道，我这个人向来心直口快，想说什么说什么，你要不爱听就把耳朵堵上吧。柳云卿猛地吸了一口烟，随即就被呛得发出剧烈的咳嗽声，但还是举着那只夹着烟颤抖着的手，又猛地吸了一口。不会抽你就别学人家逞强！黎明仰起半个身子，一把夺过她手里的烟，带着些愠怒地使劲扔到车窗外，又伸过手轻轻拍着她的背，你逞什么强？你以为这世上什么事你都搞得定？不错，你学习成绩是好，这没人否认，可在其他方面你还真不如那些你以为的差生。那个高立云你还记得吧，班上学习最差的，可人家已经在无锡开了一家餐馆了，挣的钱不比我们县的明星企业老板少，还有那个朱刚，上学那会你挺瞧不上的那个，他现在都当上文化局的干部了，你再看看你，从小到大听到的都是别人的赞美，一向自命不凡，可如今又怎么样了？高才生，高才生不就整天泡在罐头厂里做罐头，你说，你倒是哪点比我强了？认命吧，柳大小姐，就算你跑上海飞得再高蹦跶得再远，也不过是个打工妹，还不如我这个开破车的臭司机呢！

别说了。柳云卿张开十指放在眼前，露华浓发出的光泽依旧光彩眩目。开车吧，开起来就凉快了。黎明，我这是第一次有求于你，你知道我心里是感激你的。我用不着你感激！柳云卿，你这人从小到大都喜欢装，这是我最不喜欢你的地方。在学校里大家都把你当公主一样地捧着护着，所以你习惯了听好话听奉承话，可今天我就打算跟你说些掏心窝子的话，难听是难听，但那是药，可以治病救人的药，而且专治你这种目中无人、眼睛长到额角的病！黎明抽回手重新坐好，把卡带机里的磁带往回倒了倒，不一会，整个车厢里又弥漫起邓丽君的靡靡之音。还是那首《月亮代表我的心》。"你问我爱你有多深，我爱你有几分，我的情也真，我的爱也真，月亮代表我的心。你问我爱你有多深，我爱你有几分，我的情不移，我的爱不变，月亮代表我的心。"黎明饶有兴致地跟着播放机里的旋律大声哼唱着，每一句每一字都像一把榔头重重地砸在了她的心坎上，他到底想干什么，他还有完没完了？

　　一起唱！来，一起唱！黎明一边哼唱着，一边把卡带机的声音调到最大，顿时，整个车厢都被他和着邓丽君的歌声以排山倒海之势给吞噬了。柳云卿头痛欲裂，可他却早已兴奋得手舞足蹈，丝毫没有要停下来的意思。一曲唱罢，他随即又把卡带倒回去，在她耳边来来回回地不停地唱，也让她第一次从心底排斥起邓丽君并厌恶起她的歌。"轻轻的一个吻，已经打动我的心；深深的一段情，教我思念到如今。你问我爱你有多深，我爱你有几分，你去想一想，你去看一看，月亮代表我的心。"就在黎明唱得声情并茂的时候，那夸张又带着些许挑衅意味的歌声突地停了下来，还没等柳云卿回过神来，她的嘴就被一个湿乎乎充满了尼古丁味道的东西堵住了。来不及多想，她抬手就挥出去一巴掌，定睛一看，黎明正涨红了脸恶狠狠地瞪着她，借着暗淡的星光，她可以清晰地看到印在他脸上的五个红红的指头印。流氓！她奋力挣脱开他，拼尽了全身的气力，使劲打开副驾驶室的门，连滚带爬地落荒而逃，卡带机里邓丽君的甜腻的嗓音迅即随着洞开的车门向四面八方的虚空漫溢而来。

　　黎明终究还是只嗜血的野兽。他根本不是什么大男孩，他就是个魔鬼！这黑得漫无边际的夜里，她到底该如何才能逃得出他的魔掌？举四目顾，一片茫茫，柳云卿却不知道该去何从，只好拼了命地朝大货车相反的方向跑去。顾不了那么多了，此时此刻只要能让她离黎明那个畜生越来越远就好了！杀千刀的吃枪子的，他怎么能那么对自己？他那张臭嘴就那么肆无忌惮地亲上了她的嘴，可先前他还在说他压根就没把她放在眼里！天哪，那可是她的初吻，就这么被他强行掳去了，他一定不会有好死相的！畜生！流氓！禽兽！打枪毙的！她把他恨到了极点，一边狼狈地往回跑，一边在心里一千个一万个诅咒着黎明，这丧天良的，我咒你被车撞死被开水烫死被电线电死，我咒你得艾滋病得梅毒得癌症，我咒你死掉烂掉，从头烂到脚，以后再也不能出来祸害人！

委屈与恐惧深深攫住了她的心。她唯一能做的就是发了疯地跑，尽管心里很明白她奔跑的方向与去上海的路背道而驰，也清楚如果就这么跑着，就算跑到明天晚上她也不一定能跑回老镇，可除此而外，她别无他法。黎明突如其来的举动打乱了她计划的一切，什么去上海什么打工都不是眼下最重要的事了，当务之急就是迅速逃出黎明的视线，逃出黎明这只野兽可以猎捕到她的范围。她后悔，悔得肠子都青了，怎么就鬼迷心窍地想要搭他的车？如果不搭他的车，这一切不就不会发生了吗？她恨，恨自己太轻信人，她真是太傻太笨太愚蠢了，黎明那样的人怎么能相信呢？上学的时候，他就时常憋着一股子劲的坏，总是撺掇别人各种捉弄她，怎么能寄希望于他参加了工作走上了社会就变好了呢？他说碰过的女人没有一百个也有一打，他说他们厂那个叫丁春梅的出纳会计拼着倒贴也要勾搭他，这样的男人已经坏到了极点，她怎么还能够放松对他的警惕？

她不知道那些跟他上过床的女人都抱着什么样的心态，天底下的男人都死绝了吗，为什么要跟他黏糊不清的？不就是长了张看上去还算帅的面孔嘛，可除了这张虚伪的面孔他还有些什么？一个游手好闲不务正业又不求上进的小瘪三小混混，一个肚子里装满了草包没有任何出息的绣花枕头！她为那些女人叫屈，更为自己不值，她那张还从没跟任何男人接过吻的嘴，就这么被阅女无数的他给糟蹋给玷污了，这让她还能有什么脸面继续堂而皇之地出现在老街上，以后又怎么能够心安理得地去接受那个命中注定要来的白马王子？恶心！太恶心了！几乎是一瞬间，黎明就毁掉了她心中很多美好的东西，可面对他的亵渎，除了逃跑，她却什么也做不了。就这么漫无目的地跑下去，她就能躲得开黎明的攻击吗？她管不了那么多了，高跟凉鞋跑丢了一只，她索性扔掉另一只，光着脚继续朝前跑，直到一个趔趄摔倒在地上，直到她看到黎明那双和狼一样贪婪而又闪闪发光的眼睛出现在她疲惫的眼前。

她跑不动了，实在是跑不动了，就连撑着爬起来的力气也没有了。她认输了认栽了，索性一屁股坐在地上，对着远处传来的一片蛙鸣呜呜咽咽地哭了起来。混蛋！乌龟王八蛋！你要来就来吧！大不了鱼死网破同归于尽！她在心里愤愤地骂着，屈辱与无奈的泪水洇湿了她整张面庞。如果知道会是这样的结局，说什么她也不会闹着折腾着要去什么上海，就算嫁给瘦得跟螳螂一样的小罗也比失身于眼前这个流氓强啊！她好后悔，早就该听妈的话去跟齐老九相亲的，可现在，就算她有心嫁给齐老九，人家也未必愿意要她啊！她哭得委屈，哭得伤心，黎明这个登徒子，尽管人长得很帅，可却生了满肚子的坏水，上学的时候她就看不上他，现在她还是看不上他，可眼下她竟成了他瓮中捉鳖的对象，除了束手就擒，她毫无招架之力，接下来到底会发生什么，也只好听天由命听之任之。

让柳云卿始料不及的是，她并没有等来一场暴风骤雨般的欺凌，追上来的黎明压根没有把她怎么着，而是没事人似的在她身边坐了下来，并始终和她保持着一尺远的距离，仿佛她和他之间什么事都没有发生过一样。把鞋穿上吧。良久，黎明把她落荒而跑时掉落的鞋扔到她面前，路上经常会出现玻璃碴，小心割伤了脚。什么，她没听错吧？这个流氓竟然关心起她来了？这是太阳打西边出来了吗？她没有吭声，一把抓过鞋紧紧抱在怀里，若有所思地望着发出一阵阵蛙鸣的地方，心绪依旧乱到了极点。你放心，我不会把你怎么着的。黎明顺手掐下一根狗尾巴草，轻轻叼在嘴里，若无其事地，我对你不感兴趣，真的，你压根就不是我喜欢的那型。她仍旧一声不吭，抬起左脚慢慢穿上鞋，又举起另一只鞋放在眼皮子底下目不转睛地盯着，然后把它放到地上，默默抬起头望向高远的天空，整个过程一气呵成，似乎已不在乎黎明的存在和他可能带给她的伤害。我就是见不得你那副居高临下的模样，就是想给你点教训。黎明玩弄着嘴里含着的狗尾巴草，信不信由你，反正我也没占到你便宜，还挨了你一大巴掌，到现在脸上还火辣辣地疼。边说边站起来，一口吐掉嘴里的狗尾巴草，走吧，大小姐，再不走，明天一早就赶不到上海了。

走？她现在还敢跟他走吗？她差点就成了他的猎物，要不是跑得快，说不定她已经被他非礼了，他居然还想让她搭他的车一起走？怎么，不敢了吗？黎明不无嘲讽地说，你不就是被我亲嘴了吗？这算什么，外国电影里那些外国人见了面不都是这样的嘛，再说我黎明英俊潇洒玉树临风，很多女人都排着队等着上我的床，你也不算吃亏。滚！柳云卿彻底恼了，她顾不上任何后果，抓起地上那只还没来得及穿上的鞋，就朝黎明没头没脸地扔了过去，滚！再不滚我就叫人了！其实她也知道她在黎明面前表现出的恼怒与咆哮只不过是虚张声势，这大半夜的，前不着村后不着店，她喊破了喉咙也未必会有人听到，就算有人听到也未必会有人多管闲事，这年头谁又会为了一个不相干的人路见不平拔刀相助呢？滚，滚得远远的，再也别叫我看见你！她几乎是歇斯底里地吼了出来，直到黎明慢慢转过身去，彻底消失在她面前，她才从草丛中找到另一只鞋，含着悲愤的泪水把它小心翼翼地重新穿好。

她听到大货车发动的声音。她知道黎明已经远去了她的世界。她默默朝着老镇的方向走去，有气无力地，心仿若一下子都被掏空了。就这样灰溜溜地回老镇回梨花村吗？她的大上海，她五光十色的上海梦，就这样夭折在褪褓中了吗？她不甘心。就因为黎明那个王八蛋，她就要被打回原形了吗？她不想回去，不想再回到罐头厂和盐水和梨打交道，可现在，去上海的路已经被她堵死了，奈之若何？

张开双手，她一个个地数着十个涂满露华浓的手指头，就这么回去吗，让它们继续一天七八个小时地泡在盐水里吗？她的口红，她的眼影，她的长筒丝袜，她的高跟鞋，她的凯司令蛋糕，她的杏花楼月饼，她的八宝鸭，她的响油鳝丝，还有那令人难以启齿的E罩杯胸罩，难道就这样让它们一一彻底消失在她的梦想之外吗？不，她不要回去，她要去上海，去上海打工，去上海赚很多很多的钱，她要成为一个真真正正的上海人，让自己永远都不会成为老镇的笑话，于是，她几乎是义无反顾地迅速掉转过身，朝着上海的方向，慢慢地，慢慢地走去。

　　是上车去上海，还是拿着你的行李滚回你的梨花村，你自己选择！黎明把车开了回来，那耀眼的车前灯像一道霓虹迅即映入了她明亮的眸子。她知道，那是上海不夜城的灯火，是外滩璀璨的灯光，那里有口红有长筒丝袜，有灯红酒绿的 KTV，有她梦寐以求的所有美好，那么，还有什么能够阻挡她朝着上海迈进呢？黎明抓起她的行李袋在车窗前奋力晃了晃，给你五分钟时间考虑，想好了到底去还是不去，不去的话，五分钟后我就把你的行李扔出去！去，当然要去！她挣扎了这么久，又准备了这么久，怎么能够就这样轻易放弃？黎明不容她有反悔的余地，迅速掉转过车头往上海的方向慢慢驶去，她来不及多想，飞也似的追了上去。终于，她还是上了黎明的车，带着所有关于上海的想象，还有她少女时代唯一的玫瑰梦。她已经错过了太多太多，这一次，就算冒再大的险，她也不想放弃这千载难逢的机会。

第五章

　　如果说柳云卿没有爱过齐老九，那绝对不是真事。其实他们也有过好得如胶似漆的时候，但那样的日子和他们接连的争吵、冷战比起来，倒也确实是小巫见大巫，根本不值得拿出来说嘴，所以柳云卿在离开老镇后，从来都不会在老家来的人面前提及齐老九，别人无意提到齐老九和齐家人时，她也会故意装作没听见，或是迅速拿别的话题岔开。多少年过去了，柳云卿还是不能原谅齐老九，心里仍是忍不住地恨他，恨他不像个男人，恨他没有担当，恨他总是对齐母的话言听计从，恨他从来都没跟她交过心。

　　当初齐老九就是用花言巧语把她骗到手的，要不她又怎么会乖乖地跟着他从繁华的大上海回到闭塞落后而又平淡无奇的老镇呢？她费尽心思才逃离了梨花村，本以为这辈子一定会通过自己的努力跻身于上海人的行列，没想到齐老九只用了几句俏皮话就轻轻松松地把她哄回了老镇，并让她心甘情愿地只为他洗手做羹汤。说实话，她不是一个好媳妇，在她竭尽全力想要当好一个好媳妇的时候，是齐老九的懦弱与无知剥夺了她要成为一个好媳妇的权利，并最终把她塑造成了一个坏女人的形象。

　　她一直不明白，耳根子那么软的齐老九为什么从来都不肯听她一句话，他要是肯听她的话，哪怕只是半句，她也不至于走到"坏女人"那一步。可有谁能够知道，其实她内心深处一直都没能放下过那个被她恨到咬牙切齿的男人？

　　当年，二十二岁的柳云卿嫁给二十六岁的齐老九时，整个老镇都轰动了，打早到晚，从老镇各个角落跑来桃花巷看新娘子的人几乎把一条不足百米的巷子挤得水泄不通，噼里啪啦的鞭炮声更是响个没完没了，而自那后，三十年过去了，桃花巷乃至整个老镇都没再现过那种盛况，就连齐老九的宝贝独生女出嫁时也都没能赶超那个排场。

　　那时候还不时兴在饭店里举办婚宴，齐铜匠两口子特地在家里摆了足足六十桌酒席，还借用了前后两家邻居的屋子和院子，整整宴请了三天三夜，掌勺的大厨就用了六七个，菜品选的都是上好的时蔬佳肴，蹄筋、鱼肚、海鲜、野鸡，天上飞的，地上跑的，只要买得到的，应有尽有，哪怕不好买的，也都托几个在外面混得挺有面子的姑爷给想办法解决了。齐铜匠和老婆萧桂芳在生了八个女儿后，才好不容易盼来了齐老九这么个儿子，打小就含在嘴里怕化了、放在掌心里怕丢了，所以作为齐家头等大事的齐老九的婚事自然寒碜不得，不仅要风风光光地办，还要大办特办，要让老镇上的所有人都知道他们齐家娶媳妇是下了血本的，更要让那些总在背后笑话齐老九娶不上媳妇的人从今往后彻底闭嘴。

　　齐铜匠是老来得子，五十开外的时候才有了齐老九这第一个儿子，虽然萧桂芳两年后又给他添了一个儿子，但他对齐老十的感情和疼爱都远远不及这个迟到的长子。齐老九长相随了齐铜匠，个子不高，五官除嘴巴小了一点外，倒也还算标致；齐老十长得更像萧桂芳和萧家的人，面如冠玉，皮肤白皙，个子也比齐老九高出几个头，追他的女孩子都排成了一个连，本来他有个谈得很好的女朋友，都已经到了谈婚论嫁的地步，但齐铜匠非要等到齐老九先结婚后才肯让他结婚，所以好好的婚事就耽搁了下来，女方等不了，索性就把他甩了。男孩家长那么好有什么用？齐铜匠总是在萧桂芳面前嘀咕着说，老十长得太过精致，不像个男人，将来也不可能有男人的担当，可老九就不同了，虽然长得糙了些，但将来能继承家业并将齐家祖业发扬光大的也必定是他，所以在他们老两口有生之年，绝对不能在任何事上亏待了老九，对他婚事的拣选也不能马虎大意，决不能为了结婚而结婚，随随便便地就给他找个什么都不能让人称心的女人进门，滥竽充数的事不仅大可不必，而且必须防微杜渐。

　　齐铜匠的心里，他未来的儿媳即便不是貌若天仙，也能为他齐家门楣的荣耀锦上添花。可惜人算不如天算，尽管老镇上的人都知道齐铜匠手上很有些家底，但因为都晓得他跟比他小了十八岁的老伴萧桂芳骂骂打打地争吵了几十年一直都没有消停过，又因为齐老九上头已经有了八个姐姐，尽管早夭了三个，可还有五个都活得好好的，而且个个都伶牙俐齿，所以就算有心要跟他们齐家攀门亲，到最后权衡来权衡去，也不得不忍痛放弃。对大多数老镇人来说，齐家就是个黑暗的牢笼，谁敢拼着葬送女儿一生的幸福把女儿胡乱着嫁过去的？没人敢。知道齐家底细的人家不敢，不知道齐家底细的人家刚刚和齐家一起热热闹闹地吃了相亲酒，立马就有好事者登门造访，不仅把齐家的老底揭了个底朝天，还把齐黄山和萧桂芳两口子的种种不和加油添醋地说了个没完，吓得人家第二天一早起床后做的第一桩事，就是立马赶往齐家，找出无数理由，也不管听上去合理不合理，愣是一口回绝了他们伸来的橄榄枝。

　　齐铜匠当然知道是哪些人在背后坏他们家的好事，这几十年为了争抢生意，铜匠行里他得罪了不少人，可就算他齐黄山有千错万错，也罪不及子吧？齐老九是个老实人，平时除了话多些爱管些闲事，喜欢东家长西家短地看个热闹，倒也不曾生过什么事，更没有得罪过任何人，那些人干吗非要把老一辈的那笔糊涂账记到后生晚辈的头上呢？不让老九娶上媳妇，不就是要让他老齐家断子绝孙吗？齐铜匠实在是忍不下这口恶气，可又拿那些在背地里搞破坏的人没有任何办法，俗话说，捉贼捉赃，捉奸捉双，他手上没有任何证据可以证明那些人在故意使坏，所以也没法动得了他们，只好成天窝在家里生闷气，时不时地就对着萧桂芳发火，一年到头被他扔到萧桂芳身上砸坏的杯子就不下上百个。

老九的婚事，你就不能再上上心？镇上没人肯嫁过来，附近的村子就没个把好人家的闺女？齐铜匠一边喝着粥，一边瞟着正蹲在院子里对着一老大的洗衣盆洗着衣服的萧桂芳说，老九不小了，二十六了，他这个岁数换别人家早就抱上大孙子了！上心上心，我当妈的能不上心吗？萧桂芳也憋了一肚子气，为了老九的婚事，我鞋都跑坏了几双，还要怎么上心？我总不能见到一个大姑娘就把人家往家里拖吧？我不是说你不上心，是说你能不能再上心些。老九二十六了，再娶不上媳妇，不仅街坊邻居笑话，老十的婚事也要被耽搁了。不提老十还好，说到老十的事我心里就一肚子火！萧桂芳提起盆里的衣服顺手往地上重重一摔，老十好好地处着对象，你非要让他等老九结了婚再结，现在好了，老九没娶上媳妇，老十到手的鸡蛋也飞了，不是我说你，你这当爹的就是太偏心了！老九是长子，长子先结婚天经地义，让老十等两年又等不死他，你着哪门子急？我急什么？你天天要抱孙子啊，要是让老十先结了婚，孙子早会跑路捉蛐蛐玩了！可老九是长子，老十是弟弟，他就必须先等哥哥结了婚再结！这是哪门子的规矩？人家老沈家不也是弟弟先结的婚，我看就是你自个事多！我事多？齐铜匠冷眼睨着妻子，萧桂芳，你跟我装蒜呢？抱孙子？你看老十长得有一点点地方像我吗？依我看，老十有了孩子，也只是你萧桂芳的孙子，不是我齐黄山的孙子！齐黄山，你别欺人太甚！萧桂芳一脚踢翻洗衣盆，呼啦啦地站起身来，迅速叉开两腿，伸手便指着齐铜匠大声叫骂了开来，我十八岁嫁到你们齐家，前前后后给你这个乌龟王八蛋生了十个孩子，也跟着你这个乌龟王八蛋受了三十多年的罪吃了三十多年的苦，本以为孩子们都大了，我也该享享清福了，哪里想得到你这个老不死的到老了还这样欺负我！你也不想想，当初要不是你跪在我们萧家门口求我爹把我许给你，我怎么会跑到你们齐家来受这等活罪？也是我那见钱眼开的爹瞎了眼被猪油蒙了心了，才会让我嫁给你这么个老东西！你说你有什么好的？将近四十都娶不上老婆的人，我要是你，早就拿根绳子吊死在东岳庙的白果树上了！

这样的争吵,对齐黄山和萧桂芳来说就是家常便饭,他们要是有三天不吵架,那反而不正常了。关于老九的婚事,齐黄山是真的着急,他快七十的人了,到今天还抱不上孙子,这要再蹉跎个几年,自己没准就去黄土公社见周公了,再说他向来都不指望老十继承衣钵,这偌大的家产难道就要眼睁睁地看着它们后继无人吗?说实话,老铜匠齐黄山对柳云卿这个儿媳妇也不是十分的满意,别的倒也罢了,主要就是她的户口性质。尽管梨花村不比其他村,因为只种瓜果蔬菜不种粮食,所以村里人吃的是定销粮,户口介于农村与非农村之间,根本不能跟老街人的城镇户口比,不仅每月的口粮只有城镇户的一半,而且销售价格也比城镇居民贵了一倍还多,将来要生了孩子,根据国家现有政策,他孙子的户口也得跟着亲妈落户到梨花村去,只能吃上定销粮,每每想到这里,他心里就不停地直犯嘀咕。可镇上的人家轻易都不肯把女儿嫁到他们齐家来,他也不能给儿子抢个媳妇回来,所以在万般无奈之下,齐黄山也只好勉为其难地做好了接受柳云卿进门的准备。除了没有城镇户口,柳云卿各方面的条件都还是配得上齐老九的,要相貌有相貌,要学历有学历,待人接物也都仪态大方,最重要的是,柳云卿屁股大,是生儿子的料,这样的媳妇打着灯笼也不见得能寻摸到,自然是要想尽一切办法把这门亲事给尽早定下来的。

齐铜匠心里有数,柳云卿长得太漂亮了,太漂亮的女人都是很难收得住心的,就像年轻时的萧桂芳,要不是他一年到头三百六十五天没日没夜地看着她,说不定她早就跟着某个叫不上名字的小白脸跑了,可饶是这样,她不还是给他生了个跟他一点也不像的老十吗?可柳云卿毕竟又跟萧桂芳不同,萧桂芳整整比他小了十八岁,跟他差不多就是两代人了,但柳云卿只比老九小了四岁,年龄相差并不是很大,所以他倒不担心柳云卿会做出对不起老九的事,只是担心她会在婚前突然变卦,那他们老齐家可就是抓鸡不成反蚀了一把米了。关于老九和柳云卿的婚事,一直是老齐家这边剃头挑子一头热,尽管柳家父母倒是一万个愿意,又是发誓又是许诺,说一定会做好女儿的工作，可远在上海打工的柳云卿就是迟迟不肯松口，害得萧桂芳只好一趟趟往柳家走，今天送几块布料，明天送几十斤猪肉，后天又给送上整整一筐黄鱼，就连打算订婚时才给的金戒指金项链也提前送了过去，最后搞得柳家人实在下不来台，迫不得已之下，唐见芸只好硬着头皮带着萧桂芳和齐老九一起去了趟上海，把在服装厂打缝纫的柳云卿堵在了集体宿舍里，才换来了柳云卿一句让她考虑一下的话。齐铜匠是过来人了，他懂得趁热打铁的道理，也知道生米必须做成熟饭，事情才算尘埃落定，所以他索性让萧桂芳出面安排老九暂时在虹口区的表舅家住了下来，并让他隔三岔五地就去柳云卿那家位于闸北和嘉定交界处的服装厂找她，如果不能把柳云卿追到手，他也就不用再回老镇跟着他一起出摊了。

柳云卿没想到自己费尽九牛二虎之力，好不容易才来到上海打工，到最后还是没能摆脱父母的桎梏和齐家人的纠缠。不是早就让小姨一口回绝了齐家嘛，怎么这事还没完没了？她还不想结婚，她只想在上海多挣几年钱，可爸妈为什么总是不能站在她的立场上考虑问题，让她省些心呢？早知道就应该听马小芬的，狠狠心不给他们写信，半年之内都不把她现在的行踪告诉他们，可她就是心软，怕他们在老家为自己担惊受怕，所以到了上海还没过上三天就急不可耐地往梨花村寄去了一封家书，想来这也是她自找的麻烦。对于齐老九，她说不上喜欢，也说不上不喜欢，以前在老街上跟着老陈学裁缝时，她也时常见到跟着齐铜匠一起在银行门口摆摊干修锁配钥匙营生的齐老九，不过那会彼此都不认识，见了面也不打招呼的，算是个熟悉的陌生人。说实话，齐老九长相虽不出众，倒还凑合，不难看，也不英俊，扎在人堆里就是个普罗大众，但比起小罗来，却又是一个天上，一个地上，所以柳云卿对他倒也不是很排斥。不过齐老九有个致命的弱点，就是个头也不高，跟柳云卿站一块立马矮了半头，可这还是在柳云卿没穿高跟鞋的情况下，一旦穿上高跟鞋，齐老九更是比她矮了一头还不止，两个人并排走在一起，无论从哪个角度看总是不搭调的。可齐老九比小罗勇敢，也比小罗脸皮厚，缠人的功夫竟是天下第一流的，她本以为他在上海待个三五天，最多一个星期也就回去了，没想到他居然待了一个多月，而且每天都会从虹口跑到闸北来，风雨无阻，也不管她待不待见他，总是会从随手带的包里掏出一个小玩意送她，有时是一个本子，有时是一支钢笔，有时又会变成一块在挤公交时挤瘪了变形了的蛋糕，满脸都堆着嘻嘻哈哈的笑容。

你这人怎么这么没劲？跟你说多少回了让你别再来了，你这天天地往我这跑，对我影响不好。宿舍门口的梧桐树下，柳云卿觑着满头大汗的齐老九狠狠白了他一眼，你到底想干什么，没完没了了是吗？齐老九照例贴着一脸笑容，你还没答应跟我处对象呢，我妈说了，要不把你追到手，就让我别回去了。你妈你妈，你妈是观音菩萨还是王母娘娘？你要再这样，我就去派出所报警，让警察把你抓起来！你不嫌丢人我还嫌丢人呢！处个对象哪还兴报警的？你报警警察也不管啊。不管我就天天报警，让你天天到派出所报到去！那你答应我不就完了，我妈那头还等着我的好信呢！别拿你妈来寒碜我！柳云卿火了，你妈是谁？她说什么你就做什么？齐老九依旧满脸挂着笑，在我家，我妈就是首长。首长？柳云卿嗤之以鼻地瞪着齐老九，首长叫你吃屎你吃吗？别一天到晚你妈你妈的，她是你妈又不是我妈，你再这样缠着我，我真要让你吃不了兜着走的！

别，云卿，你看我这每天也不容易的，天一亮就跑出去挤公交，有时挤不上，只能一路小跑过来，鞋都给磨破了，要不是真心想跟你处对象，我也不至于天天厚着脸皮来找你。我的确是真心喜欢你的，你就给我句透亮话，我到底哪儿不行？你觉得我不好的地方，我一定会努力改正，直到你满意为止。你让我不满意的地方太多了，说三天也说不完的。柳云卿低下头掰着手指说，别在我身上浪费时间了，我对你一点感觉也没有，强扭的瓜不甜。齐老九急了，感情是可以慢慢培养的，等结了婚你慢慢就会对我有感觉的。结婚？齐鹏，你是觉得我除了你就嫁不出去了，是吗？不，我不是这个意思。齐老九有些结巴地说，云卿，你先别把话说死了，好吗？我可以给你时间考虑，如果你实在接受不了我，到时再拒绝我，行吗？你这是跟我讨价还价吗？齐鹏，我今天就把话跟你挑明了，我俩不合适，你趁早死了这条心吧！可你倒也是说说我到底哪儿不好，我也好心里有个数。你哪都不好，你浑身上下就没一样入得了我的眼，行了吧？你说你二十好几一个大男人，成天正经事不做，没日没夜地跑我这来寻晦气，你是吃饱了撑的还是怎的？有手有脚的撇下老街上好好的营生不干，非跑到上海亲戚家吃白饭，连我都看不过眼了，偏偏你自己还跟个榆木疙瘩一样，一点知觉都没有！你以为你表舅一家都稀罕你拿你当宝啊？人家就是碍于亲戚的面子有苦说不出，你再住下去，迟早都要给撵出去的！

你以为我想赖在亲戚家不走啊？上海的房子都跟鸟笼一样，憋都快憋死了，要不是为了你，我能成天寄人篱下看人眼色吗？齐老九无奈地叹口气，我也不白吃白住他们的，该给的钱都给了的，这不只要等到你一句准信，我就卷铺盖走人了嘛！我的话已经说得很明白了，你要再待上三五年，我也还是那句话，咱俩不合适。好了，不管你了，我要去打衣服了，不能跟你多废话了，你喜欢待着就继续待着吧！齐老九仍不死心地，云卿，你就这么狠心？咱们都还没怎么处过，你怎么就知道咱俩一定不合适？你也知道咱们没处过啊？没处过你还天天死皮赖脸地跑这来跟我说什么结婚，你脑子进水了吧？结婚哪有那么多讲究，咱们镇子上的小年轻不都是见过几次就结婚了嘛，有几个是处长了才结的？别人是别人我是我，我追求的就是恋爱的感觉，我都还没恋爱呢，结的哪门子婚？现在不都讲究先结婚后恋爱嘛，云卿，你就信我一次，结了婚我一定会对你好的！你到底走不走？柳云卿柳眉一挑，再不走我就叫人来轰你了！传达室的老马也真是的，每天都放你进来，你是不是偷偷给他塞香烟了？云卿，你要还不想结婚，那咱们就是先处处，你要恋爱的感觉我就给你恋爱的感觉，你想要什么我都给你！你再不走我真叫人了，还有那个老马，等我忙完手里的活，非得到老板面前告他一状，看他以后还敢不敢把什么阿猫阿狗都随便放进厂子里来！

齐老九是真的铁了心要在上海跟柳云卿耗下去了。不是因为萧桂芳三天一封信地追问他到底有了什么进展，也不是因为齐铜匠在好不容易找人帮忙拨通的电话里埋怨家里已经七七八八地往柳家送了太多太多东西，而是他真心实意地喜欢上了这个很有些个性的姑娘。人长得好，又有文化，怎么能够没有个性呢？萧桂芳在信里已经露了泄气的苗头，说不就是个吃定销粮的乡下丫头，这还没娶进门就这么折腾人了，要真娶进门来还得了，干脆就吃了这哑巴亏，早早地打道回府好了。都已经在上海待一个多月了，家里的生意也丢开了许久，可柳云卿愣是半句准话也没给他，怎么能就这样一走了之？人心都是肉长的，也许再多待上半个月，她就被他打动了呢？就半个月，再过半个月，不管柳云卿答不答应，他都会卷铺盖滚蛋，可眼下，他该做的还是得做，该努力的还是该努力，不是吗？他知道柳云卿喜欢吃饺子，可她打工的服装厂附近却没有一家做得地道的饺子馆，于是便决定亲自做给她吃，每天都换着花样做，今天韭菜猪肉馅的，明天芹菜香干馅的，后天小青菜鸡蛋馅的，大后天白菜猪油渣馅的，也不管她不乐意，总之一定会在她开工之前赶上最早班的公交车，挤在上班的人群中站上几十站地，就为了给她送去一大保温瓶热气腾腾的饺子。他知道自己送过去的不仅仅只是饺子，还有一份装满深情的心意，无论如何，这最后的半个月，就算天上下刀子，他也要让柳云卿感受到他对她的好，哪怕她不肯领情甚至继续冷嘲热讽。

　　对于他持之以恒的努力，柳云卿却很是不受用，就差把保温瓶直接甩他脸上了。送来的饺子大多都被马小芬狼吞虎咽着吃了，她一边吃一边不住地夸齐老九，真看不出，傻子一样的人，还能有这么好的手艺。你要喜欢吃你就嫁给他好了！柳云卿拉长着一张脸瞪一眼马小芬，我觉得你俩倒是挺般配的！马小芬打了个饱嗝，你凶我做什么？又不是我让他天天来的！不过话说回来，齐鹏这个人也没你想得那么差，说不上英俊潇洒玉树临风吧，可大体上还是看得过去的，比小罗强多了，唯一的缺陷就是个头也比你矮。好什么啊？不求上进的家伙！人家哪里不求上进了？在老街上不是还摆了个铜匠摊子嘛，你也别小看他们做铜匠的，修修补补的，再配配钥匙什么的，一个月下来赚到的钱也不比我们在上海打工的少。一辈子做铜匠能有什么出息？我看跟小罗修车也没什么不同！修车日晒夜露的辛苦死才能赚几个钱？他们干铜匠的，只消给人做几件铜器，什么铜香炉铜烛台了，转手就是一笔不小的收入，你还真别小瞧了人家。

那我也瞧不上，天天在银行门口支着个摊子，能是什么正经营生？干得再好也不如有个踏实工作每个月都有工资拿的好！马小芬抬眼看了看她，又迅速举起筷子夹了只饺子往嘴里塞去，一边吃一边说，他们镇上的人，政府不都是给安排工作的嘛，齐鹏都二十六了，怎么就没进厂子上班呢？那我怎么知道？柳云卿不屑地说，我小姨倒好像是提过一嘴，先前要安排他到油轮上工作，经常要出海的，他吃不了那个苦，干脆就没去，所以一直都跟着齐铜匠一起在街上摆摊揽生意。要出海啊？那岂不是一年半载都回不来？离家太远了，还要天天在海上漂，换我我也不去。所以我才说你跟他最配！下回他再来，我就跟他说，饺子都是你马小芬吃的，他要娶就把你马小芬娶回家吧！这以后啊，一个包饺子，一个吃饺子，神仙眷侣也比不上你们！那也要人家看得上我啊！马小芬没心没肺地笑着，梨花村的老少爷们都没一个看得上我的，何况是街上的人？我看这回啊，齐家老老小小是都吃定了你了，谁让你长这么美呢，我要是个男人，我也会想方设法地把你弄回家！

柳云卿也想不通自己为什么那么快就缴械投降了。在齐老九决定从上海回老镇时，她答应了对方一起到外滩走走逛逛的要求。其实齐老九只是发了句所有男人都会发的誓，压根毫无新意，也没有什么别出心裁的，但不知道为什么就是感动了她，那一瞬，她几乎是想也没想地便答应了先和他处处看的请求。也许外滩是有着魔力的吧，成群结队的男男女女都在外滩上肆无忌惮地谈着恋爱，置身那样的所在，所有人都被眩晕与欣喜包围着，眼里看到的只有对方的好和种种的柔情，又哪里想得起来要拒绝对方？她可以感受到齐老九的心花怒放，但她也不想给他太多的希望，齐鹏，我只是答应跟你处处，并不是跟你结婚，要是处下来还觉得咱俩不合适，你就算把家搬上海来，我也不带搭理你的。嗯嗯。齐老九把头点得跟拨浪鼓似的，你放心，要是处久了你还觉得咱俩不合适，我绝对不会再来烦你！真的？你自己说的话可别反悔！真的，人都是有自尊的，谁也不会脸皮厚到能开火车，再说我好歹也跟你一样念到了高中，不是那没文化不可理喻的人。

　　这可是你自己说的，柳云卿望着呆头鹅一样的齐老九，忽地"扑哧"笑出声来。她想到了梁山伯，齐老九憨憨的模样有时候还真像舞台上演的梁山伯，只是她又会是他心心念念的戏文里的祝英台吗？待一个多月了，你也该回去了，不说时间久了亲戚家会烦你，光说这耽搁的工夫得少赚多少钱呢，你们老齐家家产再多，也架不住你天天不开工啊！这不明天就回去了嘛，齐老九满面灿烂地，下个月我再来看你，想吃什么我给你带。你还是好好在家赚钱吧，来回一趟车费也要不少，再说上海什么东西没有，别净瞎花钱。为你花钱我愿意。齐老九盯着她嘿嘿笑着，下次来我给你带两只老母鸡吧，家里养的鸡，不是吃饲料长大的，好吃。

　　柳云卿没有说好，也没有说不好。老母鸡乡下多的是，自己家就养了一院子呢，并不是个什么稀罕物，可这话从齐老九嘴里说出来咋就那么招人爱听呢？她知道，重要的不是老母鸡，而是齐老九待她的这份心意，现如今能这么真心实意地待女人好的男人真不多见了，女人们遇见的大多数都是黎明那种油腔滑调惯会逢场作戏又没几分真心的男人，这么说来，齐鹏还真是个异类。她压根不在意什么老母鸡，也不在意他会不会来上海看她，她在意的只是这个男人会不会真心待她好，即便眼下她跟齐老九还没有深入交往，但就凭他这一个多月来的坚持不懈，就凭那一件件从包里掏出来的小玩意，就凭他一天天送过来的热气腾腾的饺子，也让她感觉到他是个比较可靠的男人，既然恋爱总是要谈的，何不给他一个机会也给自己一个机会呢?

柳云卿把自己的决定告诉马小芬时,马小芬几乎惊得要跳起来了,你答应他了?你答应要跟他处对象?答应了。柳云卿重重点着头,一朵红云悄悄爬上了脸庞。你真的还是假的?出门前还说齐鹏再跟你牵扯不清,就一定会当众把他骂得鼻青脸肿的,怎么在外滩溜了一圈就改了主意?云卿,你跟我说实话,是不是一早就喜欢上齐鹏了?没有!柳云卿斩钉截铁地说,我也不知道为什么,他一会变戏法似的塞给我一串糖葫芦,一会排队去给我买蒸饺,一会弯腰蹲地上给我掸掸裤腿上的灰,一会又掏出手帕给我擦嘴,弄得我也不知道该怎么招架了。一开始,我是准备好好骂他一顿的,可没想到,当着那么多人的面,我非但一句话也骂不出口,反而不忍心再责备他半句——小芬,从小到大,除了我爸,还从没哪个男人对我这么好过,他是第一个在我面前打不还手、骂不还口的男人,也是第一个让我打心底里觉得他很可靠的男人。

你不会吧?这就被他打动了?昨天晚上你不是还说他癞蛤蟆想吃天鹅肉吗?昨天是昨天,今天是今天嘛。柳云卿不无害羞地说。你就这么被人家收买了啊!马小芬叹一口气,笑得前俯后仰的,一串糖葫芦、几个蒸饺,才值几个钱哪,你居然就这么答应他了!哎呀你别笑,我跟你说认真的呢!柳云卿瞟一眼马小芬,你说真话,觉得齐鹏这个人怎么样?是不是除了个头矮点,别的都还行?我觉得有什么用?你自己觉得好就好呗!不过话说回来,齐老九人真心长得不赖,齐家在老街上虽算不上大富大贵,也是家底殷实的,你嫁过去不亏。我还没答应要嫁给他呢!这才认识几天?我就是答应先跟他处着对象。处着处着不就处一个屋檐底下去了吗?马小芬呵呵笑着,你要没在上海嫁人的心思,齐老九着实是个不错的选择,但你真要跟他好了,也就得做好回老镇的准备。费了九牛二虎之力才跑到上海来,就这么回去了你舍得吗?老板这些日子可一直在我面前夸你呢,说你人长得好又勤快,也不怕吃苦不怕累,听那意思,以后会把你往骨干上培养,你要走了就不觉得可惜吗?

谁说我要走了？我早合计过了，最起码也要在上海待上个三五年的，这才半年工夫不到，我怎么会走呢？柳云卿胸有成竹地说，不就是处个对象，我还非得回老镇上跟齐老九谈恋爱啊？就怕齐家人和你爸妈不会听任你留在上海，齐鹏都二十六了，在镇上就是大龄青年了，你等得了，他等得了吗？就算他等得了，他们一家也等不了，要不萧桂芳怎么会把齐鹏留在上海让他天天追着你屁股后面跑呢？他们等不了是他们的事，反正我不可能回老镇的，好不容易才溜出来了，这么一弄就又回去了，我傻啊？你当然不傻，可就怕到时由不得你。马小芬嘻嘻哈哈地笑着，我们打个赌，不出一个月，他们肯定会催你回去结婚。哪跟哪啊？结婚，哪那么容易就结婚了？信不信由你，咱们骑驴看唱本——走着瞧。

　　柳云卿没想到马小芬还真说对了，压根没等上一个月，齐老九走后的第二个星期，唐见芸就带着齐家的大女儿齐蓉一起找上了门。齐蓉开门见山地说，齐铜匠年纪大了，怕等不及看到抱孙子的那天，所以希望他们尽早结婚，越快越好。这都怎么回事，谁说要跟齐老九结婚了？柳云卿涨红着一张脸，半天都说不上一句话来。齐蓉的丈夫在邻县政府某部门任职，虽说官做得不大，这些年倒也混得风生水起，齐蓉也因为这个缘故，说话做事都比较直接，见柳云卿半天不给个回话，索性打开天窗说亮话，小柳啊，姐是个直肠子人，就不跟你弯弯绕了，你们柳家，你爸你妈都是很满意这门亲的，你几个弟弟妹妹呢也都表示支持，至少也是不反对吧。我们齐家的情况你心里也是有数的，嫁过来你吃不了亏。老九上边原来有八个姐姐，很小的时候就夭折了三个，其余五个都嫁到了外地，离得齐家远远的，也不会有哪个想着要回来沾娘家的光；老九下边呢只有一个老十，比老九小两岁，一直在外地工作，一年到头也回不来一两次，以后就算结了婚也不会在镇上住着，所以街上的房子也就我爸我妈和老九住，你嫁过来，将来也不用担心有人会跟你们分家产。前些天，我们拿着你和老九的生辰八字找瞎子算了，说你们是天造地设的一对儿，不过要想事事顺心，就必须在今年腊月里明年正月前就把婚事办了。依我看，你和老九也都老大不小了，既然双方都有处下去的意思，那就别总耽搁着了，先把婚结了再说吧！

先把婚结了再说？柳云卿怔怔盯着齐蓉，这到底算哪门子事，自己只是答应先跟齐鹏处着对象，可从没说过这就要跟他结婚啊！看来，她还是被人家合着伙地给算计进去了。当着齐蓉的面，柳云卿不好发作，这齐老九看上去老实，背地里怎么能干这么龌龊的事？把他大姐搬出来当说客，他以为他姐夫在邻县当着个不大不小的官，就能压着她一头啊？都什么年代了，还能在光天化日之下逼婚不成？小柳啊，我们也不是逼你，实在是老九年纪一天天大了，拖不得啊！还有你，别光顾着现在才二十二岁，可时间过得快着呢，一眨眼的工夫三五年就没了，倒不如趁早把婚结了，生出来的孩子也健康。还有你的工作，你大姐夫已经在托人帮你通关系了，要进纺织厂当工人肯定是没问题的，至于老九，我们也想过了，总干铜匠也不是回事，你姐夫也跟我唠叨了，打算在我们那个县的县城里给他找个正经工作，以后你们两个人到老了也都有份退休金可拿，生活保障是没问题的。

纺织厂？谁要去纺织厂了？她可不想去纺织厂，要知道，那个混世魔王黎明就在纺织厂开大货车呢！柳云卿简直要疯了，这到底是怎么回事？齐鹏你个王八羔子，想讨老婆想疯了吧？把齐蓉送走后，柳云卿跟留下来的母亲发了很大一通火，你们是不是就觉得我在柳家是个累赘，所以非要逼着把我扫地出门？我跟齐鹏才认识几天，这就结婚了？你不是已经答应齐老九要跟他处对象了嘛！唐见芸深深叹口气，闺女啊，这婚你是结也得结不结也得结，谁让你爸借了齐铜匠一万块钱呢！齐黄山说了，一万块钱他一分也不要了，就当给你下的聘礼。什么？柳云卿的脑子嗡了一下，爸借那么多钱干吗？被隔壁村子的老薛叫去打牌，一时手痒，就……一时手痒？一时手痒能输这么多？妈，爸到底是什么时候赌上的？你怎么拦都不拦他一下？就你从家里偷偷跑来上海的时候，他气不过，又没地撒火去，所以老薛一喊他就去了。我本来觉得打打牌也没什么，又怕他为你的事着急上火再气出个好歹来，就由着让他去了，谁知道他越赌越大，几天的工夫就输掉了一万多，你爸越输心越慌，就老想着把输掉的钱再赢回来，哪知道老薛他们几个做局，先让他尝了点甜头又赢回来一些，结果……结果他就深陷其中无法自拔了？唐见芸点点头，闺女啊，女儿家大了终归是要嫁人的，你就当行行好，答应了这门婚事，让我跟你爸多活几天吧！你爸他也不想这样的，要不是你非得来上海打什么劳什子工，你爸也不会天天在家生闷气，我也就不会放他去跟老薛打牌，可现在事情已经发生了，说什么也没用了，你就看着我们老两口一把屎一把尿把你拉扯大的分上，好好地嫁到齐家去，成吗？

成吗？柳云卿一屁股瘫坐在地上，这哪是成不成的问题，压根就是没得选择啊！齐家是怎么知道爸赌博输了钱的？柳云卿满眼都含着委屈的泪水，是不是您去找齐铜匠了？我怎么会去找齐铜匠？还不是你小姨那张大嘴巴说出去的！小姨干吗要跟齐家人说这事？是想让齐家人都低看我们柳家几眼吗？你小姨也是好心，她替我们着急，所以跟萧桂芳闲聊时就说漏了嘴，不是成心的。她不是成心的倒是我成心了？妈，你们为什么不报警？老薛他们做局，就应该报警把他们抓起来判个三年五载的！闺女你气傻了吗？这不你爸也赌了嘛，现在正碰上禁赌的时候，去报警不是把你爸都一块往里送吗？那你们为什么拿齐家的钱？没钱你们告诉我，我可以慢慢打工赚钱替爸还债啊！你？你一个月才挣几个钱？唐见芸不住地叹着气，这可不是笔小数目，等你赚到钱替你爸还债的时候，只怕你爸已经被老薛他们几个折腾死了！再说，你爸也不止输了一万块，他……还不止一万？唐见芸捶胸顿足地，他前前后后输了两万不到，老薛几个天天堵在门上要钱，没日没夜地不放人安生，没办法，我只好把家里所有积蓄都拿出来替你爸还赌债了，你小姨也瞒着你小姨父借了一些给我，这才把老薛那几个丧天良的混账给打发了。赌？怎么可以去赌呢？爸平时也没有赌博的嗜好啊，怎么就……柳云卿欲哭无泪，欠了齐家这么大人情，她还能怎么办？除了还钱也只能赔人了！其实我们还不止只拿了齐家这一万块钱，他们隔三岔五地就往家里送鱼送肉，你看，我身上穿的这身衣裳从头到脚都是他们给做的，就连你弟你妹这学期的学费也一并都是萧桂芳替他们交的……云卿啊，我求你了，你要是不想我和你爸就这么没了，就点个头嫁了齐老九吧！

母亲的话就像一记晴天霹雳重重劈在了柳云卿头上。他们这是做什么？他们是要把自己的亲生女儿给卖了啊！你们到底还拿了齐家什么？她近乎歇斯底里地吼了出来，说，你们还从齐家那儿得了什么好处？萧桂芳说，算命瞎子让你跟齐老九在年前就把婚事办了，所以他们琢磨着就不请订婚酒了，直接就结婚办喜宴。不过他们也不想委屈了你，订婚该有的礼数他们都还一一照办，所以我跟你爸就替你收了齐老九先送过来的金戒指和金项链。萧桂芳还说，等过些日子时确定好婚期，就把彩礼一一送来，金耳环、金手镯、一年四季每季八套衣裳，外加皮鞋皮靴，还有……还有还有，你们干脆明码标价把我卖过去好了！柳云卿呜呜咽咽地哭了，哭得很是伤心，她没想到自己一心想要逃离老镇，最后还是要回到老镇上去，早知道这样，当初她就不费那个老劲跑上海来打工了。为什么？为什么自己在上海辛辛苦苦地打衣服，爸妈却在老家盘算着要把自己卖掉？她真的很不甘心，这才来了几个月，天天都坐在缝纫机前没完没了地做活计，上海的风光她还没得及去欣赏，上海的八宝鸭、响油蟮丝她还从没有吃过，就这么回去岂不是太对不起自己了？

嫁人嫁人，为什么她非得嫁人？为什么非得嫁给齐鹏？她明明只是答应了要跟他处对象的，怎么半个月还没到，他就伙同着两家长辈来逼着她结婚了？她不要结婚，至少两三年之内她还不想结婚，她才二十二岁，不就应该趁着年轻多挣几个钱吗？结婚就意味着要回到老镇，去过那种波澜不惊也没有任何出息的生活，那样的日子她已经过够了，怎么还能让它继续重复一次？她很后悔，后悔不该一时心软答应和齐鹏处对象，可她不答应就管用吗？爸妈已经收了齐家的礼拿了齐家的钱了，她不嫁过去，这事又如何收场，难道非要把爸妈往死里逼吗？

　　她让齐蓉给齐老九带了口信，让他迅速来趟上海，说是有要紧的话要当面跟齐鹏说。她没想到，只是过了两天，齐老九就满头大汗地出现在她面前，手里果然拎着两只肥硕的老母鸡。我就问你一句话，你心里到底怎么想的？柳云卿端端正正地坐在宿舍里靠门那张高低床的下铺边沿上，有些咄咄逼人地盯着齐老九没好声气地问。齐老九小心翼翼地放下老母鸡，站在齐云卿床前不住地搓着手，云卿，我……你什么你？居然伙同大家一起来逼婚，你是吃了熊心豹子胆了？我没有。齐老九不无尴尬地，都是我妈还有我大姐二姐张罗的，我也被蒙在鼓里。你也被蒙在鼓里？那金戒指金耳环是鬼送到我家去的？柳云卿一把抓过床头的枕头就往齐老九身上扔过去，齐鹏，我妈什么都跟我说了，你还在这骗我，你就是个十足的骗子，乌龟王八蛋！我不是故意的。齐老九嗫嚅着嘴唇，除了往你家送戒指送项链，其余的事我真的一概不知。送戒指送项链就已经够了！柳云卿愤怒地咆哮着，我又没答应要嫁你，你送的哪门子的金戒指金项链？我柳云卿有手有脚的，我要想戴金戒指金项链我自己会买，用不着你们齐家人送！

　　柳云卿那天憋足了劲，足足数落了齐老九个把钟头，直把他骂得一佛出世、二佛升天，也没出够心中那口恶气。齐老九自知理亏，就算她把他骂得狗血喷头，也是一声不吭，待柳云卿发泄够了，才上前拍拍她的背叹口气说，你要实在不想跟我结婚，我回去就设法跟我爸妈解释，决不为难了你。柳云卿听了他这句话，终于忍不住放声大哭了起来。这算什么？齐鹏你这是充好汉来了吗？爸妈拿了齐家那么多钱，又收了那么些礼，如果不跟齐鹏结婚，是要他们柳家一辈子都欠着齐家的情吗？那些钱你也别往心里去，有就还，没有也没人逼你们还。齐老九好像一眼就看穿了她的心思，我们都是念过高中的人，读的书比别人多，理也懂得比别人多，你放心，我绝对不会趁人之危就这么逼着你嫁过来的。柳云卿哭得更凶了，那些钱我一定会还的，我现在在上海打工一个月也有好几百块收入，如果我再勤快些，会比现在挣得还多。不过你得容我慢慢还，一下子我无论如何也拿不出那么多来的。不急。齐老九轻轻按了按她的肩头，不哭了，你赶紧去打衣服吧，我等下也就走了。放心，我肯定不会逼你，也不会让任何人逼你。君子一言，驷马难追，你懂的。

　　齐老九几乎是拖着两条软绵绵的腿消失在她眼前的，她知道，他走得无助又绝望，可她又能怎样，违心地答应要嫁给他吗？那天，齐老九的话一直回荡在她的耳边，她一边坐在缝纫机前打衣服，一边抽抽搭搭地哭着，心里好不是个滋味。到底嫁还是不嫁？嫁，她真的很不甘心放弃现在好不容易才拥有的一切；不嫁，爸妈那道关无论如何也是过不去的。命运似乎已经把她逼到了悬崖，前面是深不见底的万丈深渊，后面是持着弓箭蜂拥而至的追兵，向前一步是死，向后一步是被俘虏，此时此刻，她真的还有选择吗？马小芬见她哭得伤心，瞅个空子从自己的机位上飞快地蹿到她身边，故作神秘地附在她耳边低低嘀咕着说手上正好有两张戏票，晚上要带她一块去看戏解闷，让她下了工后好好梳洗一番，打扮得漂亮些再去。这节骨眼上她哪里还有心思去看什么戏，想也没想就婉拒了对方的好意。你不去可别后悔！是赵志刚的《沙漠王子》，很难搞到票的。我想静一静，你找别人陪你去吧。柳云卿脑子里已经是一团糨糊了，现在除了工作，她什么也不想干，什么也不想想，只想就这么坐在缝纫机前，一直坐到死去。哎，这可是赵志刚的戏，你不最喜欢听他唱越剧吗？马小芬继续嘀咕着，本来是别人要请我去看的，我见你伤心难过，所以好说歹说才哄得那个人心甘情愿地把自己那张票让出来了，你要不去就可惜了多出来的那张票了！我真不想去，你问问还有没别人想去看的，要不你就把票还给送你的那个人。柳云卿头也不抬，面无表情地说。人家把票给了我，就去忙别的事去了。马小芬嘟囔着嘴，有些赖皮地，云卿，你看我票都要来了，就当是你陪我去看，好不好？全厂子的人都知道我跟你好，你不去，我多没面子。柳云卿突地抬眼定定地盯着她，我陪你去，你替我嫁给齐鹏，成吗？你要替我回镇上跟齐鹏结婚，我就跟你去看戏。什么话嘛？马小芬愤愤地瞪她一眼，不去拉倒，我找别人一块去！一跺脚，气得咬牙切齿地回自己工位上去了。

柳云卿不知道送马小芬戏票的人居然会是崔亮，多少年以后，她也一直没想明白崔亮怎么就看上了其貌不扬的马小芬。是那会的马小芬还很年轻的缘故吗？可厂子里有的是年轻姑娘，而且大多都比马小芬长得好看，比她年纪小的也有好几个，按理说崔亮就算老眼昏花了也不可能相得中甚至可以称得上丑女的马小芬啊！兴许就是情人眼里出西施吧？可马小芬怎么看，上看下看，左看右看，前看后看，无论怎么个看法，也没半点西施的影子，就连东施也比她好看了许多，这崔亮又如何从她身上看到西施了呢？在柳云卿眼里，这个出生在上海嘉定的边缘上海人崔亮还是很有些品位的，整天都穿得西装革履的，皮鞋也擦得锃亮，领带更是常换常新，怎么偏偏在女人这事上就降低要求了呢？崔亮的媳妇宋梅，也就是他们服装厂的女老板，虽然总是拉长着一张脸，话也不多，甚至有些让人捉摸不着性情，但人长得还是很标致的，三十六岁了，皮肤还又白又紧致，都能掐得出水来，别说一百个马小芬，就算一千个马小芬也抵不上她万分之一，真不知道崔亮到底图的是什么。

那晚崔亮送马小芬回厂子的时候，被宋梅带人堵在了厂门口，双方发生了激烈的争执，马小芬自然没占到任何便宜，被打得鼻青脸肿地回到宿舍，一句话也不说，只是呜呜咽咽着哭个没完，一下子就把同寝室的另外五个姑娘包括柳云卿都给哭醒了。你给我滚出来！赶紧拿着你的铺盖卷给我滚蛋！是宋梅的声音，尖厉而又沙哑，像一记闷雷重重击打在柳云卿的心坎上。发生什么事了？柳云卿立马抬手拉开墙边的电灯绳，迅速坐起身朝发出哭声的地方望去，冷不防却看到满身泥污的马小芬正跌跌撞撞地趴伏在自己床上抓扯着什么东西，那哭声也越发地大了。怎么了小芬？柳云卿连忙翻身下床，一个箭步冲到马小芬面前，掰过她的身子定睛一看，却见她满面血污，鼻子不是鼻子嘴不是嘴，哪里还是她认识的马小芬，简直就是个奇丑无比的怪物！到底怎么了？你不是跟人看戏去了吗，这都怎么弄的？一边说，一边冲到窗户底下的书桌边，麻利地掏出热水瓶就往洗面盆里倒了热水，挤了个热毛巾把子又回到马小芬身边，替她轻轻擦拭着脸上的血渍，不无心疼地问，究竟是怎么回事？好端端地看戏去了，怎么就弄成这副模样了？马小芬只是一个劲地哭，同宿舍的另外四个姑娘也都纷纷起了身，围着她问长问短，可她就是什么也不肯说，直到宋梅奋力推开门，铁青着脸出现在她们面前，几个姑娘才都变成了噤口的寒蝉，任由马小芬继续趴在床沿边满腹委屈地哭着。

　　做了不要脸的事，自然没脸说了。宋梅抬眼把屋子里的姑娘一个个都扫了个遍，忽地目光犀利地定定落在柳云卿脸上，小柳，都是你做的好事！柳云卿怔怔盯着宋梅，丈二和尚摸不着脑袋的，怎么了这是，大半夜的马小芬满身血污地跑回来，又哭得这般死去活来的，她和其他姑娘都不知道究竟发生了什么事，怎么还跟自己扯上了关系？宋姐，小芬她……柳云卿赔着小心地问，小芬这是被人打了还是……被我打的。宋梅冷冷地说，勾引了别人老公，这就是她应有的下场！什么，勾引别人老公？柳云卿目瞪口呆地盯着宋梅，又回过头打量一眼哭得更加撕心裂肺的马小芬，犹不敢相信眼前的这一切都是真的。马小芬能勾引谁？看宋梅这副气急败坏的模样，难道马小芬跟宋梅的男人崔亮有了什么不可告人之事？可马小芬这副模样，崔亮怎么可能看得上她呢？是不是很意外？宋梅瞟着柳云卿，又瞟了瞟屋里的其余姑娘，都别猜了，她就是勾引我男人崔亮了，已经不止一回两回了。宋姐，崔，崔总怎么会……柳云卿急着想替马小芬解释，却被宋梅立马给堵了回来，男人嘛，有几个不偷腥的？只要是条鱼，哪管它是黄鱼还是带鱼，是条鱼不就行了！论调倒是和唐见芸出奇的一致。

　　原来梨花村关于马小芬的种种传闻都不是空穴来风，她居然真的做了令人不齿的勾当！小柳，要不是你硬把票塞给马小芬，她今天也不会缠着让崔亮陪她一块去看戏，你说，是不是你做下的好事？我？柳云卿心里已经有数了，看来要请马小芬去看戏的就是崔亮无疑了，但这两个人肯定都没敢在宋梅面前承认票本来就是崔亮给的，为了不让事态继续扩大，索性替他们隐瞒了下来，票是我老家的齐鹏给的，我本来打算吃过晚饭跟小芬一起去看戏的，可临出门前我突然闹肚子，所以……你就别替他们遮掩了，宋梅叹口气语气冰冷地说，崔亮和马小芬那些乡下人的伎俩骗骗鬼还可以，骗我就难了，边说边伸手指了指蜷在地上哭得不成人形的马小芬大声骂着，号什么丧呢，你还觉得丢人丢得不够是吗？我让你干什么了？我让你今晚就卷铺盖走人，你是聋了没听到吗？又回过头目无表情地盯着柳云卿，小柳，你帮她收拾收拾，只要是她马小芬的东西，一张纸片也别给留在厂里！宋姐，这大晚上天寒地冻的，您让小芬一个人能去哪里？能不能等天亮了咱们再好好商量？好好商量？她勾搭我男人跟我男人上床时好好跟我商量过没有？柳云卿一时不知道该怎么回宋梅，可，她身上还有伤，总不能让她死在外边吧？她死也好活也好，跟我宋梅有什么关系？宋梅目光犀利地扫着柳云卿，总之我不管，今晚马小芬必须离开这里，她要不走，明天你们就都别在我这做事了！

柳云卿记得，宋梅赶马小芬走的那晚，正是上海最冷的时候。宋梅和她带来的人气势汹汹地扬长而去后，一直躲在门外大树后面的崔亮才敢闪身出来。他没有惊动任何人，只是站在宿舍门前探进半个脑袋给她使了个眼色，示意她到外面说话。她望着崔亮在大衣袋里默默翻拣了半天，直到掏出二百八十六块五角四分钱一一塞到她手里，全程一声不吭。他让她拿着这笔钱先带马小芬去附近的小旅馆住个几天，等风声过了再从长计议，她也只是有气无力地点点头。那是崔亮身上所有的家当。崔亮转身离开的时候，她从他略显悲哀的眼神里读懂了一个中年男人的无奈与懦弱，还有所有无能为力叠加在一起的痛苦与煎熬。从那天开始，柳云卿才真正意识到，虽然都是上海人，那也是有等级之分的。从小就在市中心黄浦江边长大的宋梅，一直都没把崔亮放在眼里，在宋梅心里，出生成长在嘉定的崔亮和从老镇来的马小芬并没有什么区别，他们都是农村人，一群没有见识的农村人，崔亮之所以能看得上马小芬，想必也有同病相怜的缘故在作祟。

马小芬就这么很不光彩地离开了幸福服装公司，在她走了没多久后，柳云卿也开始了对自己人生蓝图的重新思考。就连有着上海市户口的边缘人崔亮都难以真正融入上海人的圈子，她一个来自苏北的村姑又怎么能够融得进上海人的生活呢？她本以为凭着自己的努力，可以在上海赚到很多很多的钱，却没想到马小芬挣到的钱有一大部分都不是靠自己的打拼而是靠男人得来的，这残酷的事实让她始料未及，看来要依靠打工赚到让自己实现财务自由的金钱，就是个天方夜谭的笑话，那么现在还有什么必要非留在上海不可呢？慢慢张开手掌，涂着露华浓指甲油的十个手指头依旧红得耀眼红得夸张，可她又真正接触到了那个五光十色、五彩斑斓的大上海了吗？除了齐鹏带她去过的外滩，她哪也没去过，就连离外滩不算太远的城隍庙她都抽不出时间去逛，口红依旧没机会涂，高跟鞋照例没有用武之地，E罩杯的胸罩更是个遥远得近乎神话的传奇——原来，就算来到了上海，她也从来没有真正融入上海，更没有任何机会让自己蜕变成上海人——就算打扮得再光鲜再摩登，她依旧还只是从前那个土得掉渣的乡下妹，而这是抹多少夏士莲雪花膏都改变不了的事实。

她几乎是在一瞬间就做好了回老镇的决定。来上海时千难万难，折腾了好几年都走不了，没承想回去倒比来的时候要顺当得多。可惜吗？自然是可惜的。上海是自己的一个梦，一个光鲜亮丽的梦，现在要让自己彻底与这个梦一刀两断，岂止是可惜，还有皮肉连着筋骨的痛，血淋淋的，深不见底。没有人挽留她，也没有人认为她应该留在上海继续打拼，唯有凛冽的寒风伴随着她的灰心失意在闸北的上空默默地飘飞，久久地徘徊。还是有些不甘心的，来上海的时候刚刚立秋没多久，所有能够显露她玲珑身材的衣服也都没能穿几天，她的口红，她的眼影，她的高跟鞋，她新买的丝巾和吊带衫，在这城乡接合部的服装厂通通失去了用武之地，可临来上海前她明明还站在大衣镜前不停地搔首弄姿,并告诉自己以后的以后,一定要像上海女人那样,每天都打扮入时地出现在上海的大街小巷里招摇过市的啊!梦,戛然而止,所有的理想都在本应该盛放的季节迅即凋零枯萎,她终是收拾起不舍的泪水,穿着臃肿的大衣和笨重的棉鞋,拎着装满行李的大包小包,挨挨挤挤着爬上了开往老镇的长途汽车,嘴角扬起一抹不为人察觉的苦涩的笑。

　　齐家连续摆了三天三夜的六十桌酒席,让刚刚回到老镇不久的柳云卿一夜之间便摇身变成镇上最具知名度的名人。齐家这回可真是下了血本了,为了让老九娶上媳妇,平常抠得没命连买个酱菜几分钱都要算来算去的齐黄山居然连海参大虾都用上了,那些日子街头巷尾的人碰到一起,聊个没完的话题定然是她跟齐老九的这桩婚事,有的没的有影子的没影子的,都被他们囫囵着说了个尽。尽管她并不想那么早结婚,对齐鹏也没那么上心,但听着那一声比一声密集的爆竹声,她心里还是乐开了花。母亲说得没错,嫁给齐老九她一点也不亏,这样的排场,这样的风光,不仅在梨花村绝无仅有,就连老镇上也是独一无二的,这以后谁家嫁女儿娶媳妇的还能再折腾出这般的气势?恐怕十年之内也不能够吧!

　　里子面子,所有齐家能给她的都给了她,她一个吃定销粮的农村姑娘怎么能够还不知足呢?身上穿着的玫瑰红羊毛大衣和绛紫色呢料裤子,都是萧桂芳和齐鹏亲自陪她去远在老镇之北一百公里之外的地级市里的大商场买的,那价钱连她自己看着都心惊肉跳,可萧桂芳愣是咬着牙给买了下来。萧桂芳说,她虽然生的女儿多,但一个个的都嫁得老远,以后她就把柳云卿当自己的亲生闺女看待了,柳云卿没有说话,满脸荡漾的都是美满与幸福的笑容。婚宴上,她紧紧跟在齐鹏身后,一桌一桌地给前来参加婚礼的双方亲友和街坊邻居不停地递烟敬酒,所有人都不无羡慕地盯着她说老九这是三辈子修来的福气,居然能娶上这么漂亮肚里又有墨水的姑娘当老婆。人们对她毫不吝惜任何言语进行的赞美她都很受用,但这一切都比不过齐鹏的温柔工夫,酒尽人散后,新房里昏黄的白炽灯光下,当他那双无比温暖而又厚实的大手紧紧攥住她那只纤若柔荑的小手往他怀里拉过去的时候，一股暖暖的浅流，出乎意料地，在她心底，缓缓地，悠悠地流过。她喜欢那种感觉，多少年以后，每每想起那晚的情景，她仍然是害羞的，仍然会害羞得面红耳赤，她想，那大概就是所谓的爱情吧！

那时候她才二十二岁，齐老九也不过二十六岁。她爱他，他爱她，他们是一对如胶似漆、恩爱有加的夫妻，只是后来，为什么走着走着他们就走偏了呢？

第六章

　　生下女儿倩倩后，萧桂芳对柳云卿的脸色就越来越不好了。柳云卿知道萧桂芳一直盼着她能给齐家生个孙子，可这哪是她能做得了主的事？她也想生儿子，但偏偏就生了个女儿，木已成舟，奈之若何？花这么多钱娶回来的儿媳居然生不了儿子，齐家这冤大头当的啊！萧桂芳一看到在柳云卿怀里哭个没完没了的倩倩就气不打一处来，这孩子怎么这么能哭？一天到晚就知道哭，真不知道撞什么邪了！柳云卿抱着襁褓中的女儿，一手轻轻拍着她小小的脊背，一手慢慢解开衣服小心翼翼地给孩子喂着奶，头也不抬地低低回了一句她饿了，然后满面堆笑地逗弄着倩倩，咱们倩倩饿了，又想吃妈妈的奶了。饿了？不是刚刚才喂过奶，怎么一会工夫又饿了？萧桂芳憋着满肚子的不满说，我看这孩子就是个饿死鬼投的胎！柳云卿抬头盯了一眼萧桂芳，刚想开口说些什么，想了想，还是忍了回去。罢了罢了，萧桂芳想说什么就由着她去说好了，只要齐鹏对自己好对女儿好就行了。不过话说回来，这也不能怪萧桂芳一味地埋怨，怀着倩倩的时候她一直喜欢吃酸的东西，大家都说这是生男孩的预兆，就连医院的大夫也说这一胎肯定是个男孩，哪承想孩子一落地竟然是个不带把的，这巨大的心理落差搁谁心里都不好受，更何况是一心盼着孙子降世的萧桂芳呢？

　　怀孕的时候，齐鹏已被安排到他大姐夫任职的那个县城的饲料厂工作，一个星期才回来一次，所以一日三餐都是萧桂芳侍候着她，不是鱼就是肉，不是鸡就是鸭，不是猪蹄就是海参，天天变着花样地做给她吃，俨然把她当作了排在齐家第一位的老祖宗。她也不知道怀着倩倩的时候为什么那么能吃，刚吃了上顿，下顿还没开饭就又饿了，直把个萧桂芳忙得跟热锅上的蚂蚁似的团团转，一会一路小跑地溜到煤炉边给她煎上三个鸡蛋，一会又忙不迭地跑到灶边添柴烧火给她炖猪蹄，不过饶是忙得满头大汗，萧桂芳的脸上总是洋溢着欢喜的神情。大夫都说了这一胎肯定是个男孩，为迎接他们齐家第一个宝贝孙子的到来，萧桂芳自然不能让自己出现丝毫的懈怠与疏忽。忙点累点算什么呢？等大孙子落地了，自己开心快活还来不及呢！宝宝宝宝，奶奶就等着你出来给你穿漂亮的花衣服了，萧桂芳总是趁柳云卿呼哧喝着鸡汤或鱼汤的时候，伸过手轻轻摩挲着儿媳日渐隆起的肚子，兴高采烈地对着还未出世的孩子说，快点出来吧，爷爷还给你做了弹弓，就等着你一起出去打鸟呢！这时柳云卿就会满脸灿烂地瞥着萧桂芳咯咯笑着，孩子还没足月呢，您总这么催他不吉利的。萧桂芳一愣神，是啊，孩子还没足月呢，总这么说话，万一孩子一兴奋，使着劲往外钻，这不就小产了嘛！那就等足月了再出来，萧桂芳干脆把耳朵紧紧贴到儿媳的肚子上仔细听着孩子的动静，宝宝啊，你好好在妈妈肚子里待着，等待够了十个月再出来，奶奶带你去吃街上最好吃的酥儿饼。

怀胎的这十个月，萧桂芳是真的把柳云卿当作老祖宗来侍候的，可她没想到自己心心念念的大孙子随着倩倩的出世，生生让她和整个齐家都变成了街坊邻居眼里的一个大笑话，这实在是让她无法接受更难以接受。竹篮打水一场空，早知道她还天天蹦跶个什么劲？为了这赔钱货也劳动她辛苦十个月，真是太不值了！可怎么就变成女孩了呢？柳云卿屁股大得很，所有见过她的人都说她是个生男孩的相，而且怀孕的时候她见天地闹着要吃酸的，大夫也肯定地说这一胎一定是个男孩，怎么到最后就生生地成了个女娃？不会是医院抱错了孩子吧？听说去年县里的医院就差点把两家的孩子抱错，怎见得他们就没弄错？为了验证自己这个大胆的怀疑，萧桂芳搀掇着齐黄山和她一起去找医院的大夫兴师问罪，结果当那个被问得目瞪口呆的医生告诉他们倩倩出生的那天就只有柳云卿一个待产的孕妇时，她才彻底偃旗息鼓地瘫倒在了地上。真就这么倒霉吗？好不容易给老九娶上媳妇，可娶回来的女人竟然不能生出他们梦寐以求的大孙子，这叫人情何以堪？计划生育十多年了，柳云卿也不太可能再给老九生个二胎出来，这可怎么好呢？萧桂芳犹不死心，从医院一口气跑回家，二话没说就把熟睡中的倩倩从摇篮里抱了出来，三下五除二地便扒了她的裤子，瞪大眼睛目不转睛地瞅着。她希望只是自己眼睛花了，希望所有人眼睛都花了，可孙女就是孙女，再怎么瞅也瞅不出一个茶壶嘴嘴来，她就算用泥给她捏上个把把也装不上去啊！终于，失魂落魄的萧桂芳一屁股跌坐在了地上，手里还抱着依旧睡得很香的倩倩，半晌都爬不起来。良久，整个桃花巷的人都听到她捶胸顿足地哭喊了出来，那撕心裂肺的叫声响彻云霄，许多年以后柳云卿依然清楚地记得，萧桂芳喊出的那句话是：老九啊老九，你绝后了啊！

　　齐鹏怎么就绝后了？倩倩不是他的后代吗？他们梨花村村口的砖墙上都用白漆刷着"生男生女都一样"的大幅标语，萧桂芳一个长年生活在老街上的人，怎么还没农村人觉悟高呢？当初可是他们齐家看上她非求着她嫁过来的，并不是她想攀什么高枝哭着喊着非让齐鹏把她娶过门来的，为什么女儿才一落地，先前还天天围着她打转且乐此不疲的齐家人，他们的态度就来了个一百八十度的大转变，见了她就跟见到了仇人似的？这变脸也变得太快了些！都什么年代了，还死抱着那重男轻女的思想不放，也太封建了吧？坐月子的这个月，因为生了女儿，萧桂芳老大不待见她，尽管乌鱼汤老母鸡汤依然一样不落地送到她面前来，但比起怀孕期间那段时光，萧桂芳满脸堆积的笑容没了，取而代之的是紧蹙的眉头和越来越显阴沉的表情。除了女儿刚出生的那几日，萧桂芳每每见到倩倩就跟见了鬼一样，正经都不带瞧孩子一眼的，只要倩倩咧嘴一哭，她必然会在院子里摔盆砸碗地叫骂一气，仿佛倩倩压根就不是他们齐家的孙女，而是她柳云卿从垃圾堆里刨出来的。

尽管唐见芸每次上街瞧女儿和外孙女时，总要苦口婆心地劝闺女要沉得住气，切莫在月子里跟人置气落下病根，可柳云卿终于还是忍不住地爆发了一次。起因是倩倩一直哭一直哭，柳云卿就一直抱着孩子给孩子喂奶，腾不出手给孩子洗换下来的尿布，结果那天孩子吃得实在是多了，又不停地拉稀，把所有能用的尿布都用完了，急得半躺在床上的她实在没了招，只好伸长脖子对着半掩的房门叫萧桂芳过来帮忙，哪知道就蹲在堂屋门口晒太阳的萧桂芳听见了装作没听见，任由手忙脚乱的儿媳妇喊破了喉咙也不吱应一声，仿佛房里发生的什么事都跟她没有半点关系。你们还有没有点良心？柳云卿几乎带着哭腔地抬身望着房门的方向大声喊着，倩倩有什么错，你们一家老小的就这么不待见她？就算是个丫头，那也是你们齐家的种，身上流的是你们齐家的血，你们糟践我就得了，干吗还连带着糟践孩子？孩子还这么小，她什么也不懂啊！

糟践？萧桂芳不听则已，一听之下火冒三丈，依然身子不挪窝地蹲在堂屋门口晒着太阳，嘴里却骂骂咧咧地数落开了，我糟践你？柳云卿，你说话要凭良心，自打你从梨花村嫁到我们齐家来，我哪一天不是跟侍候祖宗一样地侍候你？街坊邻居哪个不笑话，说我萧桂芳娶的不是儿媳倒是个婆！依我看，他们说得一点儿也没错，这一年多来，我就是你的媳妇，你才是我的婆婆！还要我萧桂芳怎的，这十几个月，从你怀上开始，到现在月子里，哪一天一日三餐不是我端到你面前的？我糟践你？我糟践你都快把自己糟践成你的小媳妇了！萧桂芳越骂越生气，花了那么多钱才好不容易娶进门来的儿媳妇，生不了儿子也就是个废物罢了，这冤大头当的，想想就气不打一处来！唐见芬，也就是柳云卿她小姨一直腆着脸跟她说，自己这个姨甥屁股圆又大，一看就是个生男孩的命，齐家要把她娶过来一定会兴家旺夫，可这话怎么这么快就打了脸呢？哼，屁股大是不错，可偏生没有生儿子的命啊，早知如此，她又何必费了八辈子劲地一趟趟往梨花村跑，又赔着各种小心在柳海林两口子面前好话说尽？除了办婚礼给柳云卿买首饰买衣服花掉的钱和帮柳海林还掉的赌债，光彩礼他们齐家也一下子拿出了八千八百八十八块，这么多的钱搁地上一张张地数，她也得数上个几天几夜，可现在，随着孙女倩倩的出生，这一切都打了水漂，怎不让她不悲愤异常呢？

　　孩子哭个没完，我实在是分身乏术，您就不能帮忙搭把手吗？柳云卿也早就憋了一肚子气，没一块可用的尿布了，她要再拉就只能拉在裤子上了！您就当行行好，赶紧帮我把脏了换下来的尿布洗了，成吗？平常唐见芸每天都要从梨花村赶来帮她浆洗尿布的，唐见芸一个劲地叮嘱她这坐月子的女人讲究大着呢，不仅不能哭不能透风，而且身子绝对不能沾水，洗澡就不用说了，洗衣服洗尿布这些事也是一样也不能碰，可偏巧今天她爸病了，唐见芸要在家照顾病人，抽不过空来这帮她，所以才弄得这般手忙脚乱还总处理不好。不管怎样，倩倩是老齐家的孙女，萧桂芳怎么能够因为她没生出儿子就这么轻贱她们娘俩？当初让她嫁过来时，可没任何人跟她说过必须给齐家生出个孙子来啊！萧桂芳的冷言冷语和事不关己的态度，让还没出月子的柳云卿很是寒心，也让她意识到萧桂芳先前对她的种种好只不过是想借她的肚子替老齐家传宗接代，这让她心里很是不爽，并为以后的婆媳不和埋下了伏笔。

　　哭哭哭，一天不是哭就是吃，这哪里是生的孩子，就是个混世小魔王！萧桂芳依旧在堂屋门口骂骂咧咧着撒着气，我生了十个孩子，都没见过这么能吃又会哭的！哭哭哭，再哭就把你扔茅坑里去！柳云卿再也气不过了，扯着喉咙大声发泄着内心的不满，你生了十个孩子，前面八个不也都是女儿？许你不停地生闺女，就不许我生吗？女儿怎么了，女儿大了照样也嫁得金龟婿！萧桂芳没想到柳云卿居然吃了熊心豹子胆，敢这么跟自己顶嘴，蹭一下站起身，嗖地冲到柳云卿房门口，一把推开虚掩的门，左手叉腰，右手指着柳云卿的脸便叫骂了开来，你跟我比什么比？我前头是生了八个姑娘，可后面也生了两个儿子啊！有本事，你也再生个儿子给我看看！一边骂，一边瞥着被扔得满地的沾着屎和尿的尿布，不由得收回右手紧紧捂住鼻子，狠狠跺着脚，这孩子真是个魔王投的胎，我生了这么多，还从没见过像她这么能折腾人的！

那天，柳云卿和萧桂芳的战争一直持续到齐黄山挑着铜匠担子从街上回来，才终于告一段落。齐黄山一如往常地把担子取下来在堂屋的角落里搁好，然后做的第一桩事就是踱到柳云卿的房门口，探着头满脸堆笑地朝屋里看了一眼，没承想，还没等他看到孙女那张可爱的小脸，就立马被满屋子刺鼻的气味熏得连连后退了几步。他的目光定定地落在了那些早已堆积如山的屎布尿布上，忍不住转过身，拧着眉头瞪一眼正蜷着身子半躺在竹榻上听收音机的萧桂芳，没好声气地骂着，人都死光了，一地的屎布尿布看不见啊？萧桂芳装作没听见，继续听她的收音机，齐黄山一下子便被惹怒了，一把举起收音机，作势就要往萧桂芳身上砸去。萧桂芳连忙抬手从齐黄山手里抢过收音机，这才慢腾腾地从竹榻上爬起身来，一边回瞪着齐黄山骂了一句老不死的，一边极不情愿地慢慢踱进柳云卿的房里，半蹲着身子把那些扔了满地的屎布尿布一一捡起来拿到屋外洗了。

萧桂芳知道，尽管齐黄山和自己一样，都对柳云卿没能给齐家生出个孙子大失所望，但齐黄山倒不厌恶倩倩这个孙女，反而欢喜得紧。自打孩子出世后，齐黄山一有空就会让过来帮忙侍候月子的亲家母把孩子抱出来逗弄一番，那倩倩倒也算得上是个机灵鬼，才那么小一点就知道谁对她好谁对她不好，一见到齐黄山就咧开嘴笑个没完，所以齐黄山背地里总是劝她说，孙女就孙女吧，虽然没个把把，但终归是他们齐家的种，一定不能委屈了孩子，等过个几年孩子大些了，再慢慢劝柳云卿要二胎，就算罚个几万他也认了。怀着倩倩的时候，老九就开玩笑地问她，假如生了女儿还给不给生二胎小子，柳云卿当时就回了句想得美，看样子，要让她生二胎倒比登天还要难的，真不知道齐黄山的这份自信到底是打哪来的。

生生生，你生还是我生？你没见过我们这个媳妇是怎么个娇生惯养的吗？生倩倩就鬼哭狼嚎了几天几夜，等孩子生下来见到老九的第一句话，就是这辈子无论如何也不会再生第二个孩子，哪怕打死了她也不可能再来遭这个罪。就这样，你还指望她给老九生二胎？时间会改变一个人的想法的。齐黄山拿出旱烟袋，对着烟嘴大口大口地抽着旱烟，时候到了，她自然就想生了。萧桂芳将信将疑地瞪着他，你是她肚里的蛔虫啊，你知道她心里想什么？！再说在这老街上，怀了胎不消两三个月，立马就会被人看出来，就算她真想生，也未必生得了！那不会出去躲躲风头吗？躲得远远的，等孩子生下来再回来。萧桂芳怔怔盯着齐黄山，仿佛不认识了他似的，良久才从牙缝里挤出几个字来，你这是异想天开。有想法总比没想法好。齐黄山继续抽着旱烟，你别急，我一定会抱上大胖孙子的。那钱呢？为老九结婚的事，家里那些积蓄差不多都用光了，这二胎的罚款可不是笔小数目！罚款不是问题。齐黄山故作神秘地，你放心，我还没老到神志不清，再干个几年不在话下，多辛苦些，多起早贪黑些，不怕赚不到被罚的钱。你别忘了，老十还没娶媳妇呢，听他五姐说，老十最近好像处了个对象，总得留着钱给老十讨媳妇啊！老十的事就不用你操心了，我自有我的主意。你有主意，你有什么主意？每次谈到老十，萧桂芳和齐黄山都会彼此较着劲地抬杠，我看你还是别把大孙子的希望寄托在柳云卿身上了，先攒些钱替老十把婚事办了，将来他媳妇生了儿子不照样是老齐家的孙子嘛！孙子？齐黄山猛地把手上的旱烟袋往床头柜上重重一搁，那是你的孙子，不是我的，也不是老齐家的！

　　自打嫁到桃花巷老齐家后，柳云卿算是真正见识了什么叫作同床异梦，在她眼里，公公齐黄山和婆婆萧桂芳就是个活生生的例子。齐黄山和萧桂芳是真的三天一小吵、七天一大吵，平常骂骂咧咧着互相冷嘲热讽更是家常便饭，有时候她真的很是纳闷，这两个水火不容、性格又大相径庭的人怎么就走到了一起，而且还在一起生活了三十多年，更生出了这一大堆的男男女女。刚嫁到齐家的时候，她就听好事的邻居说起老十不是齐铜匠亲生的儿子，可她和老九结婚的前后她跟老十也没少接触，虽说老十长得比老九标致得多，也更加眉清目秀，可她还是一眼便能从他身上看出齐黄山的影子，那鼻子那嘴巴还有那耳朵都像极了齐黄山，怎么就不是齐黄山亲生的儿子了呢？因为老十的事，这老两口子没少当着柳云卿的面干仗，而且专门挑最难听的话刺激对方，吵到情绪激动时更会突然动起手来，不是萧桂芳举起扫帚追着齐黄山不要命地打，就是齐黄山暴跳如雷地随手便逮着个杯子朝萧桂芳没头没脸地砸过去，仿佛他们压根就不是什么夫妻，而是一对有着刻骨深仇的仇人。一开始，柳云卿还试着拉劝，可他们闹的次数实在是太多了，日渐月累的，柳云卿也觉得乏了，以后索性装作什么也没看见，由着他们去吵去打，即便闹翻了天，她也不会多说半句话。

　　说到底，所有的疑惑，所有的症结，都来自萧桂芳比齐黄山整整小了十八岁上，无论搁在从前还是现在，这样悬殊的年龄差都会惹人侧目，更何况当初萧桂芳打心底一万个不愿意嫁给齐黄山，投河上吊就闹了好几回。齐黄山年轻时因家贫娶不上媳妇，人到中年后终于通过几十年的拼搏，手里攒了一笔不小的积蓄，就请了媒人去帮他说亲，本来是想找个跟他差不多的一直没能嫁得出去的老姑娘，可看了好几个，不是瘸就是瞎，不是哑巴就是聋子，要不就是傻子，实在没法子了，他才把目光对准了年仅十八岁的萧桂芳。那年齐黄山都已经三十六岁了，完全可以做萧桂芳的爹了，年轻的萧桂芳怎么可能同意嫁给这么个半老头子？而且那会的萧桂芳还是方圆几十里出了名的美人坯子，再加上她心里一直偷偷喜欢着跟她一起长大的表哥，一心盼着表哥家派来的花轿把她给抬进门呢，自然不会愿意嫁给老大年纪的齐黄山，媒婆第一次带上厚礼上门，就被她狠狠地赶了出去。无奈萧桂芳的爹是个见钱眼开的，架不住齐黄山今天送这个明天送那个，再加上齐黄山又在大雨天里跑到萧家门前跪了半天，承诺有生之年一定会把萧桂芳当成宝贝一样看护，终于点头同意把女儿嫁了过去。

　　刚结婚那会，齐黄山的确履行了他对萧父的承诺，就差没把萧桂芳当成菩萨给供起来了，什么好吃的都紧着她吃，上等的好料子成块成块地给她买回来，但凡扫地擦桌子洗衣服等等家务活也都不用她沾手，可无论他对她再怎么好，萧桂芳那颗心偏偏是买不回来也暖不了。萧桂芳不爱他，一点儿也不爱，尽管孩子一个接着一个地给齐黄山生着，但她的心依然还在那个让她痴痴恋慕了经年的表哥身上。很多年后，表哥也结婚了，也有了自己的孩子，又过了很多年，表哥带着老婆孩子一起去了上海，这以后就很少再回老镇了。表哥走了后，萧桂芳的心一下子便空了，尽管早已嫁作他人妇，从前因为还同住在一个镇子上，她仍有大把机会碰到表哥跟表哥说上几句话，即便表哥总是故意躲着她，她也能隔着老远的距离把他偷偷地望上一望，可表哥突然毫无预兆地离开了老镇，这让她始料未及，那一瞬间，所有深埋的痛苦与委屈都随着无尽的失意与绝望喷薄而出，她终于骂骂咧咧地嚷着向齐黄山吼出了"离婚"两个字，而这也把齐黄山多年的隐忍给彻底驱走，战争一触即发，再也没了停歇的时候。

表哥怎么会突然一走了之，而且还带着一家老小？他是在故意躲避她吗？她到底做错了什么？萧桂芳扪心自问，自打十八岁嫁给齐黄山起，她一直都安安分分地扮演着好媳妇的角色，孩子也给齐黄山生了一大堆，为什么这么多年过去了，表哥还要刻意躲着她避着她？是恨她当初没有把抗争进行到底，还是他真的再也无法在同一个镇子上心如止水地面对她？是他怕自己按捺不住内心依然澎湃的情感，还是怕她会引诱他做出让人不齿的事来？如果要做还会等到现在吗？嫁给齐黄山之前他们不是有大把的机会可以远走高飞、双双私奔的吗？可她没有，他也没有，又怎会在孩子们一个个都慢慢长起来的时候心生龃龉之念？表哥也太小瞧她了，当初她是被逼无奈才违心嫁给了比自己大十八岁的齐黄山，可谁都知道她心里爱的人一直都是表哥他啊！尽管如此，这些年她到底又做过些什么逾矩的事说过什么不该说的话？不是一桩都没有嘛！

表哥可以对自己的爱视而不见，也可以故意躲着她，但他不能把她当作洪水猛兽啊！表哥的举家迁徙，让一向谨小慎微的萧桂芳性情大变，她认为是齐黄山跟表哥说了什么，表哥才会下定决心一走了之，这些年只要齐黄山和表哥碰到一块，双方就会发生莫名的争执，有几次甚至差点动起手头，而这一切，萧桂芳都一一看在了眼里。萧桂芳知道是怎么回事，齐黄山不就是在妒忌表哥嘛，可他妒忌得着吗，他一个糟老头子凭什么妒忌和自己年纪相仿的表哥？因为表哥的事，萧桂芳闹得很凶，齐黄山第一次破天荒地动手打了她，而这一打，齐家便彻底陷入了没完没了的争吵打斗。凡事皆有第一次，有些事只要做过一次，想再回到从前没做过时的起点，往往都不太容易，齐黄山和萧桂芳的战争就是这样，一旦起了头开了弓，就再也没了回头箭，到最后不仅伤了自己，也伤了旁人。

　　说实话，打心底里，柳云卿是同情萧桂芳的。尽管在嫁给齐鹏前，她并未有过恋爱的经历，也从未跟任何人产生过刻骨铭心的爱情，但当她从好事的街坊邻居嘴里零零碎碎地听到些关于萧桂芳从前的故事时，第一反应就是这个婆婆这些年过得实在是太不容易了。公公齐黄山足足比婆婆萧桂芳大了十八岁，无论在哪个年代，任何寻常人家未出阁的姑娘也不可能对这样的婚姻心生向往，这到底是要去给人当媳妇还是当女儿的呢？很显然，从一开始，萧桂芳就对这桩近乎滑稽的婚姻心生不满，可在那个年代，她却什么也做不了，不能反抗，不能争吵，不能表现出任何的不满与不耐烦，反而还要在所有人面前扮演好贤妻良母的角色。可她真的一点儿也不爱齐黄山，甚至对他心生厌恶，所有的不甘与愤懑都隐藏在心里深不见底的幽深之处，她委屈，她痛苦，她难过，她悲伤，可这十余年来她却找不到哪怕只是半个发泄的缺口，直到表哥突然从老镇消失，她才打开了反抗的闸门，并决意与齐黄山把战争进行到底。萧桂芳的苦与痛，柳云卿都了然于心，可他们老两口这几十年的心结又是她这个当儿媳的能解决得了的吗？齐鹏的五个姐姐都嫁得远远的，几个姑子也很少有空回来，所以刚刚嫁到齐家的那会，柳云卿是真心要把萧桂芳当作亲妈一样孝敬的，当然，萧桂芳对她也不赖，那要把她当作亲闺女看待的话也不是随口说着玩玩的，即便老九去了邻县工作，每日的餐桌上依然摆满了她爱吃的时鲜蔬菜，鸡鸭鱼肉更是隔三岔五地就会端到她面前。刚怀孕那会，每天一早，萧桂芳都会挽着她的胳膊一起去菜市场买菜，专门挑她喜欢的东西买，连菜篮子也不让她帮着拎，见到她们的人无不夸赞这样的婆媳天下少有，就连她自己也由衷地感叹这个婆婆比她亲妈要好多了。但随着倩倩的出生，一切的一切都改变了，从前那个与她情同母女的萧桂芳刹那之间便与她失之交臂，她看到了另一个冷漠无情而又跋扈自私的萧桂芳，一个冷血到让她崩溃的没有任何情义可讲的萧桂芳。

对于一个生不出儿子的儿媳妇，萧桂芳自然无须再在她面前扮演什么好好母亲的角色，而是彻彻底底地把恶婆婆的架势给端了出来。柳云卿怎么也没想到萧桂芳说变脸就变脸，自己不就是没能生出儿子嘛，可这也不是什么罪过吧？再说了，报纸上不是都说了，生男生女，起决定性作用的是男人，跟她柳云卿有什么关系？萧桂芳再不满，也不该拿她和倩倩撒气，而该向齐鹏兴师问罪，不是吗？尽管萧桂芳每天还都按时按顿地把饭菜送到柳云卿的床边，但柳云卿曾经对萧桂芳生出来的许多好感，也都因为她对倩倩近乎冷血的态度，渐渐消失到九霄云外去了。从那个时候起，柳云卿就打定了主意，等出了月子就搬回娘家去住，既然奶奶不疼自个亲生的孙女，那就让外婆好好疼着自己的亲外孙女，她就不信了，离开了齐家还能没了她娘俩的活路了呢！

对女儿提出想要回娘家住的提议，唐见芸几乎是想也没想就断然拒绝了。你又不是不知道，云凤刚高中毕业，你那间房早就给她占了去；云玉和云棠都还在念书，每天都要骑老远的路去上学，晚上还得上自修，倩倩又爱哭，这一哭起来就没完，云玉、云棠还要不要休息要不要考学了？柳云卿没料到母亲会把她们母女拒之门外，恨恨地说，我先前说什么来着？我就是被你跟我爸卖老齐家来的！我这每天都窝在这儿受气，竟然都不让我回去，你们俩的心也忒狠了点！不是我们不让你回去，而是这话传出去了对齐家柳家都不好听，你爸是个要颜面的人，他丢不起那个脸。唐见芸叹口气说，按老镇上的规矩，女儿坐月子就该回娘家的，你公公心疼你，怕你在梨花村吃不上什么好东西，就没让我们带你回去，可现在眼瞅着马上就快出月子了，我们倒把你接回去了，这不是成心要打齐家的脸吗？将心比心，你公公和老九对你还是好的，你不能说走就走，我跟你爸也不会由着你的性子想干吗就干吗！再说老九人又不在家里，我们这会子把你们带走算怎么回事？要是他不理解，回来看到你们娘俩都没了，跑梨花村指着我们老两口鼻子兴师问罪，你说咋弄？柳云卿恨恨地瞪一眼唐见芸，您就是不想接我们娘俩回去，用不着找那么多冠冕堂皇的借口。你们当我什么都不知道呢，云凤先前处的那个对象，你们就差把人养家里了，怕我跟倩倩回去坏了你们的好事，是吧？我回娘家你们怕人说，这事怎么就不怕被人议论？云凤好歹也是个没出阁的姑娘，你们成天往家里给她招男人算怎么回事？什么招男人？唐见芸伸过手在她手臂上重重拧了一把，那是你亲妹妹，说话怎么那么难听？小苏那孩子不错，人家又肯入赘咱们家来，多走动走动有什么不好的？好，好，好得很，柳云卿冷笑着，将来云棠也是要娶媳妇的，你们给云凤招个上门女婿，这以后倒是该怎么分家？我看你跟我爸就是自找麻烦，有清静日子不过，非要在家里埋下个定时炸弹！

　　柳云卿没有闲心去操心娘家的事，她现在每天想得最多的就是如何应付萧桂芳没完没了的冷嘲热讽，和怎么离开齐家的事。既然娘家那边不让回，那就去外边租个房子住，实在不行，她就去邻县找齐鹏去，可倩倩怎么办，她总不能把孩子扔下不管吧？倩倩还小，还需要她喂奶，等过了产假她就要重新回到纺织厂的工作岗位上，如果在外边住，她一个人肯定弄不了孩子，到时候必然会事事捉襟见肘，到底该如何是好呢？齐老九周末回来的时候，她便把自己的盘算一五一十地告诉了他，哭着闹着非要他带她一起去邻县不可，否则就跟他离婚，再也不登他齐家的门。齐老九不知道她葫芦里卖的什么药，丈二和尚摸不着脑袋，以为她得了报纸上经常报道的产后抑郁症，只好低声下气地向她赔着各种不是，答应以后一定会多抽出些时间回来陪她和女儿。

我说的是这回事吗？柳云卿两个眼睛哭得红红的，我不是那没见识无理取闹的，你在外地上班也够辛苦的，我折腾你那个劲做什么？齐老九依旧懵懵懂懂的，要不这样，以后每天晚上下了班，我就骑车回来住，这样也可以多看看你跟女儿。柳云卿立刻皱起眉头，往返六十多公里路呢，就你那破脚踏车来来回回地骑，还不把人累死？那你干吗非要跟我去梅安县，你跟倩倩住在家里不是挺好的吗？齐老九抬手拭去她眼角的泪水，别哭了，刚生了孩子的女人不能哭，会落下眼病的。瞎了也不用你管！柳云卿一把打开他的手，仰着头，咄咄逼人地盯着他，你就说，到底带不带我们去？齐老九看着她那个认真劲，突地忍俊不住地失声笑了出来，你不会是太想我了，一天都不愿意离开我吧？就你？柳云卿盯着他嗤之以鼻地，你就当是吧，行了吧？满足满足你的虚荣心。不过问题终归还是要解决的，今天，你必须答应带我跟倩倩一起去梅安！

你不会是当真的吧？齐老九认真盯着她打量着，你也知道，饲料厂那边我住的是集体宿舍，四个男人一起住一屋，带上你跟倩倩，我们倒是住哪？让你们单位给你单独安排一间宿舍不就行了？你以为厂子是我自己开的，想干什么就干什么？再说我本来就是托了关系才进去的，又是外县人，他们本地的本来就排斥我，再来这么一出，不是平白地让人看了笑话去？你大姐夫不是有本事嘛，让他疏通疏通还能有办不成的事？就他那个屁大点的小官，谁给放在眼里？一回两回托人办事，别人看在情面上也就给办了，再多的话，人家也就不当回事了，理都懒得理的。那你就从梅安回来！回来？回来喝西北风去？这好不容易才进去了，回来可就什么也没了！云卿，这可是端在手里的铁饭碗，丢了可惜。你现在倒知道可惜了，当初安排你去船上不也没去？柳云卿狠狠白了他一眼，你要不答应，我就带着倩倩自个搬外边住去！

哎呀我的姑奶奶，你今天到底唱的哪出戏？搬出去，你干吗要搬出去啊？你搬出去了谁帮你带孩子？齐老九瞅一眼正睡在摇篮里瞪大眼睛咬着手指头的倩倩，忽地转过脸正色端详着柳云卿，你不会打算班也不去上了吧？我就是这个打算。柳云卿嗡着鼻子冷哼了一声说。你疯了吧，纺织厂的工作，大姐夫托了几道关系费了九牛二虎之力才帮你弄来的，你就算跟钱有仇，也不能跟以后的退休金有仇吧？别忘了，你现在可是正式工，享受所有的国家福利，可不比以前在罐头厂打杂工什么保障都没有。我现在就什么保障都没有了，不仅我，你女儿将来的保障也没有了。我说你今天到底是怎么了？齐老九仍然不解地盯着她，你不会真得产后抑郁症了吧？你他妈的才得产后抑郁症了！柳云卿忽地飞起一脚，把半躺在床上的齐老九重重踹下床去，几乎是咆哮着吼了出来，别问我，问你妈去！

风，透过虚掩的房门肆无忌惮地闯了进来，又是一个凛冽的冬夜，和去年在上海马小芬被宋梅赶出幸福服装厂的那个冬夜一样的让人感觉寒彻心扉。柳云卿和衣躺在床上，极不耐烦地哄着啼哭不休的倩倩，一会往她嘴里塞个奶嘴，一会抓起她的小脚丫轻轻挠上一把，可倩倩这个讨债鬼儿还是没有任何要收住哭闹的迹象。房外的堂屋里，齐老九和萧桂芳发生了激烈的争执，她侧耳聆听，能听到齐黄山也加入这场针对萧桂芳的谴责中来。可这两个男人的嗓门都没有萧桂芳一个人的大，很快，齐黄山和齐鹏的声音就被萧桂芳歇斯底里的叫骂声湮没至彻底失去了踪迹，但尽管如此，她心里仍是感激齐鹏的，感激他为了维护她，勇敢地站出来跟那个重男轻女到近乎丧失理智的婆婆争辩，哪怕这只是他们多年婚姻生活中绝无仅有的一次。

那晚，齐老九摔了门气急败坏地跑了出去，齐黄山也自顾自地回房里睡觉去了，到最后只剩下萧桂芳一个人坐在堂屋里像念咒一样，把齐家上上下下但凡叫得上名字的人都给通通骂了个遍。她骂齐黄山欺骗了她，骗了她一辈子也欺负了她一辈子；她骂老九没良心，几乎把家里所有积蓄都拿出来替他娶了媳妇，到头来他竟然伙同外人欺负她一个孤老婆子；她骂老十在外面野了心，一年到头都回不了几次家，早把她这个没人爱没人疼的老娘忘得一干二净；她骂齐蓉自打嫁了人后就再也不着家了，由着老九和外面的女人一起欺负她羞辱她也不带帮她说上一句话的。萧桂芳就那么骂骂咧咧地一直骂到半夜，倩倩也跟着一直哭闹到半夜，柳云卿抬身望一眼挂在对面墙上的挂钟，早已过了凌晨一点了，齐鹏这是跑哪去了？风透着窗缝不住地挤进屋子里来，她忍不住坐起身对着墙壁深深叹口气摇了摇头，心里却突地"咯噔"了一下，迅即觉得哪里有些不对，连忙伸过手拉开垫在倩倩屁股底下的尿布，冷不防又沾了满手新鲜出炉的粪便。你这个讨债鬼！柳云卿恨得咬牙切齿地瞪着忽地望向她破涕为笑的倩倩，忍不住在她屁股上狠狠打了一巴掌，讨债鬼，你奶奶骂得没错，你就是个十足的混世小魔王！

第七章

如果没记错的话，她认识李大军的那一年，对方已经是四十开外的年纪。柳云卿也说不好自己有没有爱过李大军，不过时至今日，几十年过去了，她依然记得和李大军相识时的情景。那天傍晚外面突然下起了一场急雨，她骑着齐老九特地从上海买回来送她的那辆半新不旧的凤凰牌脚踏车，从纺织厂下班回来，半路上淋得跟落汤鸡一样，要有多狼狈就有多狼狈，一时情急，就撞上了刚刚从商业公司撑着雨伞出来的李大军。李大军的伞被撞飞了，人也被撞飞了，她自个也连人带车摔倒在了地上，可李大军并没有怪她，而是立马拍拍屁股从地上爬了起来，连伞都来不及去拾，就一个箭步冲上前扶起了跌倒在雨中的她和她那辆脚踏车。

整个过程，李大军一直保持着体面和礼貌的微笑，等她回过神来准备向他说句"对不起"时，李大军已把刚刚拾起的伞递到了她手里。雨大，你打着我的伞推着车回去吧！那你呢？我再在办公室里躲一会雨就好了。李大军以不容置疑的口吻命令着她，待她要拒绝他这份好意时，才发现他已经转过身穿过雨帘一路小跑着躲进商业公司那间临街的办公室里去了。是不是很浪漫？柳云卿一直觉得她和李大军的第一次邂逅非常罗曼蒂克，就像白娘子和许仙在西湖边的遇见，是前世的注定，多少年以后她依然觉得，她和他之间即便这辈子遇不见，下辈子也一定会遇见，至于这场遇见到底对她意味着什么，欢喜，悲伤，还是乐极生悲，她一点儿也不在意。

其实老街就那么大点，大家每天都往来于那条龙形的水泥路，抬头不见低头见的，就算没有打过招呼，也都是熟悉的陌生人，柳云卿和李大军自然也是见过的。后来，在一个天气晴好的日子，柳云卿应邀到李大军办公室里喝茶，李大军不失时机地告诉柳云卿，其实他早就听说过她桃花西施的美名，而且经常看到她骑着脚踏车出现在老街上，有好几次都忍不住想主动上前跟她打招呼，却苦于找不出任何合适的理由只好作罢。为什么想跟我打招呼啊？柳云卿坐在李大军办公桌前的布艺沙发上，歪过脑袋盯着他呵呵地笑。因为你长得漂亮啊！李大军实话实说，谁不想认识漂亮的女人呢？漂亮？柳云卿举起双手缓缓张开十指，一边装作漫不经心地盯着新涂的指甲，一边满面挂笑地说，李经理真会说笑话，您见多识广，就我这样的也叫漂亮，那世上就没丑八怪了。

没有没有。李大军连忙冲她摆摆手，我说的是真心话，你是我见过最漂亮的女人，老镇上绝无仅有，就连县里市里、南京上海，都没第二个比得上你的。李经理，你太会说笑话了。柳云卿开心地笑着，突地扬起右手在李大军面前一晃，漂亮？你是说我涂的指甲油漂亮吧？边说边轻轻收回手，露华浓的指甲油，我用这个牌子很多年了。指甲漂亮人更漂亮。李大军继续恭维着她，柳云卿啊，你这个桃花西施确实名不虚传，只可惜你这尊大菩萨，就这么被搁在了纺织厂那个小庙里，简直是浪费人才啊！人才？我也算人才？柳云卿笑得更开心了，已经很久没人这么当面夸她了，听李大军这么一说，不禁有些飘飘然起来，李经理，人家都说你是出了名的好好先生，今天我总算是见识到了，你不仅人好，说出口的每句话听上去都让人受用得很，难怪你会坐在经理的位置上呢。

哪里哪里，你笑话我了不是？我这个经理也就是个分管片区的经理，一没文化，二没水平，三没实权，四没油水，也就是听着图个乐子罢了。倒是你，实打实的人才啊！李大军边说边冲她竖起右手大拇指，了不起啊柳云卿，你是真的了不起啊！哎呀李经理，不带这么夸人的啊，再夸我脸就要红了。柳云卿心里乐开了花，我一个纺织厂的普通女工，可受不起你这样的夸，要被别人听了去，还不把大牙笑掉？李大军赔着笑脸说，我可不是恭维你，是真的佩服你。我们这个镇子前后总共才出过几个高中生？大多连初中都没念完的，你一个女娃娃家能念完高中，不知比那些没脸没皮的还非要说自己不是念不上而是不爱念书的人强上多少倍呢！我听说你离南京大学的录取分数线就差了一点五分，可惜啊，怎么就没再复读呢？可惜什么啊！柳云卿叹口气说，考上了也未必就能念得了。家里穷，弟弟妹妹又多，哪有闲钱再供我继续念大学？像我这种人家出来的孩子，找份稳定的工作要比念大学可靠多了。

那倒也是。李大军突然起身蹿到沙发前，拿起门后放着的热水瓶，二话没说就殷勤地给柳云卿放在茶几上的杯子续上水，小柳啊，有没有想过要换个工作做做？你这么一个高才生天天蹲在纺织厂那种地方，太屈才了。柳云卿一边端起水杯呷一口水，一边盯着李大军摇着头说，像我这种吃定销粮的农村人，现在能在纺织厂有份工作做着就已经很知足了，可不敢这山望得那山高。你得对自己有些高要求。李大军一边说，一边在柳云卿身边的沙发上坐了下来，忽地两眼炯炯放光地盯着她，翕合着嘴唇一字一句地问，想不想到我这来做事？李大军话音刚落，柳云卿立马受了惊似的从沙发上弹了起来，瞪大眼睛怔怔望着对方，又掉头把李大军的办公室仔仔细细地打量了个遍，犹不敢相信地，这？商业公司？李大军重重点着头，对，就这，商业公司！再过半年，我们这的办公室主任就要退休了，正好缺个人手，到时我就提议调你过来。不不不，李经理，你这玩笑开大了，我一个纺织厂织布的女工，除了织布什么都不会，我哪干得了坐办公室的活？我说你能你就能。李大军正色盯着她，你有文凭，人又长得漂亮，我们商业公司最缺的就是你这种人才，只要我提议把你调过来，这事十有八九也就成了。

柳云卿没想到李大军让她到商业公司上班是认真的。且不说她从来没坐过办公室，也不知道办公室主任到底是做什么的，仅仅凭借女人特有的敏锐直觉，她便察觉到李大军提议让她来商业公司的背后大有深意。她不能不拒绝，也不得不拒绝。看上去温文尔雅、谦谦君子般的李大军怎么也会是这种人呢？柳云卿在心底不住地嘀咕着，看来男人就是男人，不论哪个男人，看见了漂亮女人头就会犯晕，黎明如是，李大军也如是。不过说实话，她倒也不讨厌李大军，哪怕洞悉了李大军内心深处的阴谋，她也不觉得他是那种猥琐龌龊之辈，所以尽量装作一副镇静的模样望着他不露痕迹地笑着，李经理，你这个庙太大了，我怕来了会折寿。李大军是聪明人，自然知道她心里打的什么鼓，却装作没识破地说，反正还有半年时间，这半年时间你可以慢慢考虑。你看，我年纪比你大了许多，吃的盐恐怕也比你走的路要多，作为过来人，我这个老大哥就跟你说句掏心窝子的话，这年头好机会真的不多，要有，大家也都挤破了脑袋都想往里钻，可好的位置就那么几个，总不能每人都给分一杯羹吧？到头来不还都是拼的关系？只要上面有人，里面又有关系通着，什么事办不好呢？你别看纺织厂这几年效益好，卖出去的布供不应求的，可跟我们商业公司比起来，还是难以望其项背的，再说商业公司的员工工资、福利待遇，哪一样不比你们纺织厂高上许多？俗话说，人往高处走，水往低处流，现在有这么个机遇摆在眼前了，你就要懂得把它抓住。

谢谢你了李经理。柳云卿仍然满脸挂着微笑，商业公司好，那是老镇上所有人都有目共睹的，可我还是觉得这办公室主任的活吧，我恐怕不能胜任，只怕到时丢了你李经理的脸，让人说你识人不明，那影响就不好了。李大军低低咳嗽了一声，我是向组织引荐人才，有什么影响好不好的？我实话跟你说，我，还有现在这位马上就要办退休的办公室主任，都是初中没毕业就出来做事了，也就识了几个字罢了，跟你这种高才生是真的没法比。改革开放十几年了，远的深圳珠海就不说了，就连上海浦东也都在搞大开发，我们商业公司现在要想沾上改革的红利，就必须大刀阔斧地改革。怎么改革呢？就是从引进你们这些真正的人才开始。你们年轻人脑子活，有想法也敢想，最重要的是念的书多，见识广。一边说，一边瞥一眼柳云卿，小柳啊，你可不要以为我这是在给你开后门，我是真的爱惜人才啊！你说你在纺织厂当个工人有什么出息？累死累活的一年到头才挣那么几个钱，到我们这，不仅能最大限度地发挥出你的才华，还用不着经常去厂子里加夜班熬通宵，何乐而不为呢？再说你这手上涂的什么脓，天天藏在织布机下也没人能欣赏到啊！

不是什么脓，是露华浓。柳云卿立马纠正着，露华浓，美国牌子。什么脓？露华浓！柳云卿哈哈笑着，露水的露，光华的华，浓郁的浓。取自李白写杨贵妃的诗：云想衣裳花想容，春风拂槛露华浓。露华浓？李大军也跟着呵呵地笑，要不怎么说还是你这种有文化的人厉害呢！露华浓，云想衣裳，花想，容，春风，拂，拂什么露华浓来着？春风拂槛露华浓。柳云卿一骨碌从沙发上爬起身来，时间不早了，我该回去给孩子做饭。李大军抬起手腕上戴的上海牌手表慢慢凑到眼前，一看，都快中午十一点了，很礼貌地盯一眼她，要不我请你到大同饭庄一起吃个饭。不了，我这一下早班就来你这喝茶了，待会孩子再见不到我就该闹了。好吧，那我就不留你了。李大军也跟着站起身，你不是跟你公公婆婆住在一起嘛，怎么还要你回去给孩子做饭？柳云卿无奈地摆摆手，家家有本难念的经，我啊，早跟他们分家过了，他们也只是负责在我上班的时候帮忙看看孩子。噢，李大军轻轻点了点头，一直把柳云卿送到商业公司门外，突地又想起了什么，你刚才说的那个指甲油叫什么浓来着，我回头给我婆娘也买一瓶，她下个月就要过生日了，给她个惊喜。露华浓，美国产的，镇上和县里都没得卖的，听说市里也买不到，要不我托上海的朋友帮忙买了送嫂子吧！柳云卿一边呵呵笑着，一边飞快地骑上停在街边的脚踏车，像一只欢快的花蝴蝶迅速从李大军眼前飞走了。

一晃眼的工夫，那个从早哭到晚、不停地闹着要吃奶的倩倩已经三岁了。这几年，柳云卿和萧桂芳始终保持着井水不犯河水的关系，而这一切，都缘于倩倩过周那天发生的一场席卷了整个齐氏家族的战争。那天晚上，柳云卿撕破脸当着所有人的面提出了要跟齐黄山、萧桂芳分家，态度决绝且不容辩驳。分家？老十还没结婚呢，这老九媳妇怎么就闹着分家了，也太不懂事了吧？所有人都认为柳云卿无理取闹，包括她亲爹柳海林，还有她亲妈唐见芸，她亲小姨唐见芬。唐见芸悄悄拉了拉女儿的衣襟，低声嘀咕着劝她，今天倩倩过周，你这又闹的哪一出？我没闹。柳云卿一把撇开唐见芸，瞪大双眼把屋里在座的所有亲戚都打量了一遍，然后清了清嗓子，以不容置疑的口吻大声说，我是经过深思熟虑才会提出分家的，边说边瞟一眼一脸怒气的萧桂芳，再不分家我就要死了，就要被人逼死了！你胡说什么呢？齐老九一个箭步蹿到柳云卿身边，连忙赔着小心地冲她使个眼色，又忙不迭地望着大家替她打着马虎眼说，倩倩今天过周，她高兴，酒有点喝多了，估摸着是醉了。一边说，一边伸手揽住她的腰肢就要把她往房里扶。谁喝醉了？你冲我使什么眼色？柳云卿怒不可遏地推开齐老九，发了疯似的伸手指了指他，又指了指萧桂芳，近乎咆哮地吼了出来，我他妈真是受够你们了！今天你们要不同意分家，那我就去法庭起诉离婚！

　　柳云卿几乎是歇斯底里地当着众人的面，一五一十地控诉起这一年来萧桂芳是如何对待她和倩倩的。你们问她，孩子尿床了拉稀了哭了闹了她管过一次没有？月子里我不能沾水，只好一次次低声下气地求她，求她帮我把孩子换下的脏尿布洗了，可她都是怎么做的？她不仅充耳不闻，还数落我生不出儿子，搭一把手也不肯帮的！这也就罢了，她还天天在外边到处表功，说是把我当王母娘娘一样供在家里，可这是真的吗？这一年来，我不知道受了她多少气吃了她多少白眼，我就跟电视里演的小白菜一样，有冤无处申，有理也没得地方说！还有，齐鹏那个杀千刀的还总帮着她说话，说是我无理取闹。我无理取闹什么了？我不就是没生出个儿子来，让你们齐家人都不满意了，一个个都看我不顺眼了嘛！国家早就说了，生儿生女都一样，怎么到你们家就不行了？我看你们就是封建残余、资本主义留下的毒尾巴！

那晚，柳云卿借着酒劲把心里的不满与委屈通通发泄了出来，萧桂芳自然也不肯示弱，两个人很快就针尖对麦芒地吵上了，搞得满屋子的人都没了吃饭的心情，唯独只有老十例外，不管她们吵得有多不可开交，依然坐在自己的位置上面不改色地夹着菜喝着酒。也许就从那一刻开始，柳云卿对老十产生了些异样的感觉，尽管嘴里仍和萧栏芳不停地吵着，眼睛的余光却不停地瞟着老十，生怕他突然就丢开筷子离桌而去。不知道为什么，那晚的柳云卿天不怕地不怕，唯独害怕的就是老十。她在怕些什么？怕自己闹着要分家会伤害到老十吗？不，她从来没考虑过这个问题，也不可能去考虑这个问题，那么她到底在害怕什么？害怕一向脾气温吞的老十会突地变了性情，跳出来帮着萧桂芳跟自己对吵吗？

　　自打嫁进齐家以来，加上跟齐老九结婚前准备各种琐碎事宜的那段日子，她总共只跟老十碰过五次面，前前后后加起来估计也没说上十句话，可饶是这样，沉默寡言的老十还是给她留下了最为深刻的印象。老十不仅个子比齐老九高几个头，整个面孔看上去更是美如冠玉，眼睛鼻子嘴巴耳朵下巴没有一处不生得精致，就像海报上的电影明星，尽管还不能用"风流倜傥"来形容他，那"玉树临风"四个字眼却也绰绰有余。柳云卿自见过老十第一次面时，就在心里偷偷琢磨着该用什么词汇来形容老十的俊美还有与众不同，风流倜傥肯定不行，这几个字组合成一起太油腻了，只会亵渎了老十，唯有"标致"两个字才能恰到好处地体现出他的风情；第二次见老十时，她又在心里偷偷琢磨着，到底哪家的姑娘能有福嫁给老十，这要嫁给了老十，晚上做梦也得从梦中笑醒了吧；等到第三次见到老十时，她正怀着身孕，当老十提着一篮子颗粒饱满的葡萄送到她房里时，看着他那阳光般灿烂的微笑，她的心突地咯噔了一下，目光定定地落在了老十那张俊美不凡的脸上。

　　为什么她嫁的人是齐老九却不是老十呢？无论从哪个方面来说，老十都要比老九更适合她，而她各方面的条件加起来也是配得起老十的，为什么小姨当初非要给老九提亲而不是给她和老十做媒？随手拣了一粒老十送进来的葡萄丢进嘴里，她连皮都没有吐就吃到了肚子里，一刹那，一股酸酸的甜甜的味道迅即把她整个人由内到外地吞噬，她努力张大嘴巴想要叫住老十跟他说上几句话，但终究还是什么也没说出来，瞬间便偃了旗息了鼓。望着老十走出房间的高大背影，她的眼角有了模糊的泪花，也许，这就是她的宿命，她和老十的宿命，天注定她要和这个让自己为之心动的男人同住一个屋檐下却又无法走近彼此，怎不让人惆怅悲伤？然而对于老十的情愫，也仅仅只限于那一瞬间，原本以为她早已把这隐藏在心底深不可见之处的火苗给掐灭了在未雨绸缪中，哪里想得到在倩倩的周岁酒席上，他的与众不同，他的沉默寡言，又再次激起了她内心浮泛的涟漪？

几乎所有人都加入她和萧桂芳的争吵中，有帮着萧桂芳厉声指斥她的，也有站出来替她说几句公道话的，唯有老十，一直纹丝不动地坐在原地，看也不看他们任何人一眼，只自顾自地喝着酒吃着菜。老十，你死了不成？萧桂芳左手叉着腰，右手隔着一堆拉住她的人指着柳云卿的鼻子不住地骂，骂着骂着突地回过头瞪一眼依然端坐桌边的老十，你妈都被人欺负成这样了，你还有心思一个人坐在那里喝酒吃饭！老十依旧一动不动地坐着，仿佛什么也没听到似的，举起筷子，慢悠悠地夹住一块鳝鱼段，又慢慢送到嘴边，低着头，慢条斯理地轻轻嚼着。老十，你装什么聋作什么哑？你妈快被人欺负死了，你还坐在那喝什么尿酒？快起来帮我大耳光子抽死柳云卿那个忤逆不孝的！老十还是没吭声，连头也不回一下，仍默默坐在桌边吃着他的菜喝着他的酒，仿佛屋子里发生的任何事都与他无关，而他今天从外地风尘仆仆地赶回来，也就是为了吃这顿菜喝这顿酒的。老十的沉默让柳云卿心生感动，但同时也让她感到恐惧。其实，对于这个总共只见过五次面的小叔子，她并不了解，甚至他交过几个女朋友她也说不上来，她唯一知道的就是他的名字和年龄，还有他工作的地方，所以在和萧桂芳争吵的过程中，她一直担心老十会突然摔了碗筷冲到她面前帮着萧桂芳一起斥骂她，要那样的话，她就不得不面对一个和她想象中完全不一样的另一个老十了。

老十大名叫齐程，比她大两岁，在距离老镇七十公里远的另一个镇子的供销社上班，平常很少回来，就算回来了也很少在家过夜，有时临近吃饭的点刚到，吃过饭立马又走了，对他来说，仿佛这儿从来都不是个家，只是路过的一个餐馆罢了，但即便是餐馆，柳云卿也觉得他每次待的时间都短得不能再短。老十不喜欢待在这个家里，这是柳云卿自个猜的，可除去这个缘故，还能有什么理由总是让老十很少出现在这个家里呢？他工作的鲁班镇距离老镇也就七十公里远，跟齐老九上班的梅安县城也差不了多少，为什么齐鹏每个星期都能赶回来，老十偏偏一年才回来一次两次？很显然，老十也知道齐黄山不喜欢他，那些流言蜚语他更不可能不知道，既然如此，他还回来做什么？找不自在吗？还是要自讨没趣？其实，她跟老十有很多同病相怜的地方，她也很不喜欢待在这个家里，可她又没有老十那么潇洒自由，更逃不出这牢笼般的禁锢，如果可以，她也希望自己能够像老十一样离这个家远远的，永远都跟它保持着一定程度的距离，可她不能，她是齐家的儿媳，她无法绕过齐家这座大山搬出去住，更何况她在纺织厂拿的那几个工资，刨去她和女儿的日常开支就所剩无几了，哪还有闲钱拿去租房子？很多时候她都很羡慕老十，羡慕他能够随心所欲地活，不去看别人的脸色，也不去领会别人的闲话，只活他自己的，大不了，远远地躲着，跟谁都不亲近，也不得罪任何人，任它外面风雨飘摇，他自安之若素、精彩纷呈。

嫂子，我敬你一杯。她不知道老十是什么时候离开桌子的，等发现老十端着两只酒杯出现在面前时，她有些不知所措，但还是鬼使差神地从他手里接过了那一杯朝她递来的酒，几乎想也没想就举起酒杯喝了个底朝天。老十也望着她一饮而尽，嫂子，家就别分了，我都没结婚呢，这家也没法分，你要实在不想跟我妈一块过，从明天开始就分开吃饭吧，眼不见为净，这往后就谁也不用看谁的脸色过活了。老十你胡说什么呢？齐老九呲溜一下冲到老十面前愤愤地骂着，有你这么拉劝的吗？滚一边吃你的饭去！老十盯着齐老九冷冷笑着，饭我吃饱了，酒我也要喝足了，你让我把话说完。边说边瞟一眼萧桂芳，妈，嫂子每天也够辛苦的了，哥又不在家，她还总要加夜班熬通宵，以后她上班的时候你和我爸就多担待着点，帮着多看顾些孩子。不管怎么说，倩倩是我们齐家的后，身上也流着你们的血，你们能帮忙搭把手就搭把手，千万别再让外人戳着咱们齐家人的脊梁骨看笑话了。

齐程你有完没完了？齐老九狠狠推搡着老十，你还嫌这个家不够乱是吗？分开吃饭？家里就一个厨房就一个生火做饭的地方，你让他们分开吃饭，你出的是哪门子的馊主意？哥，我这是为你们好，为你好，为嫂子好，也为咱妈咱爸好！你为我好？为你嫂子好？为咱爸咱妈好？齐老九继续推搡着老十，你个没结婚没成家胡子还没长全的小王八，谁要你为我们好？你以为我不知道你心里想的什么？不就是惦记着咱爸那点家产，怕现在分了家你一毛钱的好处都占不到！分，分，你们要分就分，关我屁事！老十也伸手推搡着齐老九，老九我告诉你，爸那点家产我一点也不稀罕，钱，房子，家具，铜器，这家里就没一样东西是我看得上眼的，你要拿就都拿去好了，我齐程不仅不会眼红，就连吭也不会吭一声！随即举起手中的酒杯重重扔到地上，怒不可遏地转过身，默默踩着酒杯撞击到地面碎裂后发出的"喤啷"声响，头也不回地扬长而去。

这是柳云卿第一次看到老十发火的样子，也是唯一一次。她没想到平时看上去总是沉默寡言、满面都带着笑容的老十，居然也会有这么大的爆发力，但那次老十着实帮了她的大忙，萧桂芳当即就答应了和她分开做饭分开吃的提议，并让几个女儿和姑爷一起作证，不是她萧桂芳欺负外人，而是那个叫柳云卿的女人实在不想跟她在一个锅里吃饭，她也爱莫能助。既然一时半会分不了家，分开吃饭就分开吃饭吧，总好过每天都要看着萧桂芳的脸色听着萧桂芳的冷言冷语地过活强。就这样，战争的第二天后，柳云卿就带着女儿跟萧桂芳两口子分开吃了，他们共用一个厨房共用一口锅，萧桂芳做好了饭柳云卿接着做，要是柳云卿上晚班下班晚了来不及按时做饭，倩倩就跟着爷爷奶奶一起先吃，这样过了一年多，双方倒也相安无事，虽然还总有些磕磕碰碰的，但大体上还是过得去的。这一年多来，倩倩一天天长大了，变得比先前可爱了许多，也很少哭鼻子了，所以萧桂芳也慢慢改变了过去对孙女不待见的态度，反而渐渐拿她当了宝，柳云卿不在的时候，时时刻刻都把倩倩带在身后，什么好吃的都紧着她吃，自然，也没再嘀嘀咕咕地骂什么赔钱货讨债鬼之类的话了。

萧桂芳的改变，柳云卿一点一点地看在了眼里，但她也不肯轻易原谅婆婆的自私，除了在厨房里面对面撞上，一个月也难得跟她说上几句话。她倒是经常想起老十来，想起那晚老十发火的样子，表面看上去不温不火的老十发起火来就跟变了个人似的，不过她打心眼里喜欢这样的老十，真实、立体、饱满，个性鲜明，比那个成天不苟言笑、对谁都彬彬有礼的老十更像是个真实的人，一个有血有肉的人。自那次摔了酒杯愤然离开后，将近一年半的时间，老十都没再回来过，萧桂芳托人捎了几回信让他回来他也不肯，而且还让捎信的人带了句话回来，说是让老齐家就当从来都没有过他这个人，以后各走各的路，最好老死不相往来互不干涉。老十的心咋就这么狠呢？柳云卿没想到老十居然还是个记仇的，可他这记的是谁的仇呢？齐黄山、萧桂芳，还是闹着要分家的她？每次听到萧桂芳因为老十的事与齐黄山发生争执，柳云卿就隐隐地生出些悔意，要是当初自己不闹着要分家，兴许老十就不会那么恨这个家里的人了，可她那会也没办法，她差点就被萧桂芳逼疯了，她亟须找到一个发泄的出口，谁知道偏偏就把老十伤害了呢？

她不想伤害老十，一点也不想。老十长得那么好，性格又好，谁会舍得伤害那么个冰清玉洁的人儿？在柳云卿眼里，老十是这个家里最干净最透明的人，尽管他是大部分家庭战争最为隐秘的导火索，在齐黄山眼里又意味着龌龊与肮脏的根源，但他本人却与任何琐碎不堪都不沾边，更无意参与任何的争执与辩论。他选择了远离这个家，远离这个家族的所有成员，包括那个总在替他打抱不平的母亲，而正因为他对这个家的态度始终保持着若即若离的状态，很多时候柳云卿都觉得他好像从来都没有真正从属于这个家，觉得他也和她一样，在齐家都是另一种异类的存在。是的，她和老十都是齐家的边缘人物，这让她总在闲暇的时候无端地想起老十来，想起老十那张俊美如玉的脸，还有他转身离去时落入她眼帘的高高大大的背影。她在偷偷喜欢着老十吗？很显然，她无法矢口否认，哪怕私下里她偷偷找了一千个一万个不可能喜欢上他的理由，但到最后还是没能说服自己确信她对老十从来都没产生过异样的情愫。那么她爱上老十了吗？答案也是肯定的。她爱的是齐老九，至少从结婚到现在，她心里真正爱着并为之牵肠挂肚的男人只有一个，那就是她合法的丈夫齐鹏。

喜欢和爱是有区别的，但很多时候界限也是模糊不清的。她喜欢老十，可对老十却没有一日不见如隔三秋的感觉，唯一给她带来这种感受的只有齐鹏，这一点她心里比谁都清楚不过。尽管在结婚前他们没有过多的交往，也没正儿八经地谈过恋爱，对齐老九更没有产生过任何心动的感觉，但结婚后没多久，齐鹏身上散发出的各种魅力就把她彻底征服了。她爱齐鹏，这一点毋庸置疑，所以当婚后不久齐老九去梅安县工作时，她心里着实生出了一万个不愿意，甚至恼恨大姐齐蓉和大姐夫没能把她跟齐鹏安排到一个单位去。这结的是哪门子婚？哪有新婚夫妇刚结婚没多久就要分居的？齐蓉劝她说，梅安县的工作只有那么一个缺，这还好在他大姐夫眼尖手快，及时托了关系说了情，才硬是把齐老九塞了进去，让她先忍一忍，等以后有了机会再寻个空子尽量把他们安排到一块，可这话说了也将近三年了，到现在她和齐鹏还是过着双城记的生活——等等等，这得等到什么时候才是个头，难道要等到倩倩上小学上初中吗？

婚后的柳云卿一直都很恍惚，因为她不知道什么时候才能实现与齐老九真实意义上的大团圆，也不知道这样两地分居的日子到底要延续到何年何月。有时她真的很想丢开身边所有的枷锁，跑梅安去找齐老九，去过本该属于他们二人世界的日子，可纺织厂的工作好不容易才得来的，就这么丢了总是可惜的，而真要丢了，她又哪里再去找一份稳定的正式工作呢？她不知道为了这事在心里咒骂了齐老九多少回，可骂了又有什么用呢？还不是一点作用都起不到！除了周末那天，每周七天时间，其余六天她都见不到齐老九，也无法感受到齐老九的温存，这婚结的到底还有什么意思？每周五晚上，大家都吃过饭后，当齐老九骑着那辆"咣啷咣啷"直响的破脚踏车从梅安赶回来时，她总会第一时间把早就精心准备好的饭菜加热后端到他面前，然后端坐在他对面，一边歪着头仔细打量着他，一边吃吃地笑着看他把桌上所有的菜都吃光，一种幸福的眩晕感顿时油然而生。

她喜欢这么看着齐老九，喜欢看他吃饭的模样，而这才是一个家该有的温暖模样，不是吗？慢点吃慢点吃，每当齐老九吃得狼吞虎咽时，她总是在旁边提醒他吃慢点，没人跟你抢，别整得跟个饿死鬼一样，小心噎着了。要是碰上齐老九食欲不佳时，她又会扑闪着两只大眼睛定定地盯着他，快吃快吃，今天你要不把盘子里的菜都吃光，这个月的香烟钱我就没收了，一句话吓得齐老九连忙低下头飞快地夹菜，到最后就差没把盘子里的油也给舔光了。她知道老九在饲料厂吃不上什么好东西，好几百人挤在一起吃饭的大食堂能做出什么有营养的饭菜？别看打在饭钵里的每一种菜品上都浮着一层照人的油光，可其实那都是厨师在起锅时撒在汤水上面的油花，好看是好看，底子里实在没什么油水，要是一年到头天天吃那种饭菜，身体迟早会垮，所以她总会利用周六晚上和周日一整天的时间，变着花样地为老九改善生活，平时她自己在家舍不得吃的鸡鸭鱼肉、新虾海鲜，一样也不会少了他的。

为了给齐老九做好这每周回家来吃的四顿饭，柳云卿没少费心思，不仅经常跑我家向我母亲请教各种菜的做法，还特地去新华书店买了一堆烹饪的书，有事没事便在家里依葫芦画瓢地学着做。我记得那段时间，母亲经常取笑她太惯着男人了，她则望着母亲故作神秘地笑着，你不懂，男人都喜欢吃，管住了男人的嘴，也就管住了男人的心。那些日子，因为父亲有了外遇的事，母亲没少跟他吵架争执，听了柳云卿的话后，母亲也有点上了心，一得空就把柳云卿的烹饪书借回来研究，父亲的心是不是因为这个缘故才又重新回归了家庭，我不敢打保证，但我自己却是真真切切地饱了好长一段时间的口福。一晃几十年过去了，我至少也该有十多年没见过柳云卿了吧，如果还能有机会见到她，我一定会当面好好谢谢她，不为她那些烹饪书上的美食让我父亲浪子回头，只为我吃到的那些好吃的东西。柳云卿到底都是怎么变着花样地给齐老九做饭的，我一点印象也没有了，但可以肯定的是，那个时候的她确实为了满足齐老九的口食之欲花费了不少心血，当然钱也都没少花。

柳云卿曾经亲口告诉母亲，她很享受给齐老九做饭的感觉，每当看到齐老九吃光她为他做的每一道菜时，她都会不由自主地生出无限的自豪与满足。她说这些话的时候我还很小，再加上我本来就是晚熟型的，所以当年并不能完全领会她的言外之意，而现在，当我再回顾那些早已泛黄了的往事时，才发现她那个时候是真的很爱很爱齐老九的。她不仅享受于给齐老九做一桌美味可口的好菜，还享受于能够为他做的所有事，包括替他洗脚。母亲也曾笑话她，一个差点就考上南京大学的高才生，一个走出去立马就能吸引无数艳羡目光的漂亮女人，怎么能够屈尊蹲下身子给男人洗脚呢？柳云卿依然挂着满脸神秘的微笑对我母亲说，你懂什么？这叫情趣！母亲自然不懂什么叫作情趣，那时的我也是不懂的，但我知道，柳云卿脸上洋溢的笑容是发自肺腑的幸福的笑，尽管她经常在背后骂齐老九是个不识相的摆不上场面的怂货。

实话实说，除了跟萧桂芳不和，时不时发生些小小的矛盾和摩擦，柳云卿在和齐老九婚姻生活存续的前几年间还是过得比较开心的。她总是热衷于给她的男人洗脚，轻轻地揉，轻轻地搓，轻轻地捏，轻轻地按，轻轻地拿毛巾替他慢慢拭去布满脚背脚板的水珠，有时候她会故意撩起一丝丝水花往齐老九身上泼去，等他不注意时一把抱住他的双脚，然后，满怀深情地，把头深深地，深深地埋在他两只脚中间，并留给它们一个深深的甜甜的吻。她不嫌他的脚臭，也不认为这是什么见不得人的事，她只想用她喜欢的特有的方式表达自己对这个男人的爱，因为唯有在这样的时刻，她才能全身心地感受到她是他的他是她的，以后无论阴晴圆缺还是风霜雪雨，她和他都是紧密不可分割的。她喜欢就这么静静地抱着他的脚，喜欢就这么痴痴地把头埋在他的双脚之间，她知道，这是爱，是清欢，是她对他毫无保留的爱，也是婚姻折射出的温度，如果可以，她愿意永远就那么蹲在他的身前，为他洗脚，为他洗一辈子的脚。

　　一切，都因为李大军的出现被打乱了。尽管那天她当面拒绝了李大军要把她调到商业公司当办公室主任的提议，但很快就开始变得犹豫了。犹豫的症结出在老十身上，当她像只快乐的花蝴蝶骑着脚踏车回到家里的时候，她意外地在厨房里见到了已经一年半有余没有见过的老十。齐家的厨房就建在院门口，要进院子就必须先经过萧桂芳和柳云卿婆媳两个共用的厨房，她回来的时候，萧桂芳正在灶台上忙着烧鱼，老十就站在萧桂芳身后，手里抱着正冲她扮着鬼脸的小人精儿倩倩。老十回来了。柳云卿一边仰着头也朝倩倩做着鬼脸，一边从老十手里接过倩倩，好些日子没见着你了，你哥上周还念叨着要去看你呢。老十笑笑，我这两天也琢磨着要去梅安看我哥呢。柳云卿刚要再客套几句，不意萧桂芳竟突地转过身来，望着她破天荒地露出满脸的笑容，你今天就别自己做饭了，我烧饭时带了你的份。柳云卿一愣，今天太阳打西边出了吗？不过也没什么值得惊讶的，老十回来了，萧桂芳心里高兴，叫她一起吃饭也属正常。

　　以后大家就要天天在一起吃饭了。萧桂芳喜不自胜地，老十马上就要调回镇上工作了，再也不用一个人待在鲁班镇了。是吗？柳云卿心里生出几许淡淡的惊喜，又夹杂着些许淡淡的失落，惊喜的是以后可以时常见到老十了，失落的却是自己和齐老九也不知道猴年马月才能不再分居两地。要调到镇上的供销社吗？嗯。老十伸手理了理衣襟，惜字如金地回答。什么时候回来？快的话就下个月吧。这么快？柳云卿有些吃惊，怎么突然想起要回来了？瞧你这话问的，老十能回来是天上掉馅饼的好事，不过也要感谢他那个女朋友，要不是女朋友，他还回不来呢！萧桂芳仍然掩饰不住满心的欢喜，云卿，你得空了就帮着把东厢房收拾出来，等老十回来了就让他先在东厢屋里住着。柳云卿应了一声，老十交女朋友了？将信将疑地，怎么一点风声也没听到？你什么时候关心过老十？这种事你当然不知道了！萧桂芳一边烧着鱼，一边大着嗓门将柳云卿一军，说着说着，那刻薄劲又冒了出来，瞧你这嫂子当的，小叔子的事你是一点也不上心，你要是稍微上上心，想着帮老十介绍个对象，老十也不会到现在还打着光棍。

当着老十的面，柳云卿也不跟萧桂芳争论，只是怔怔盯着老十，满腹狐疑地问，怎么这调动工作还跟女朋友扯上了关系？是这样的，我那个对象先前一直在鲁班镇纱厂上班，最近有个很好的机会可以调我们镇上来工作，所以她非折腾着让我也跟着她一起回来。她也是镇上人？老十摇摇头，她是土生土长的鲁班人，不过她表姨父是我们镇上商业公司的经理，听说南片分区有个办公室主任马上就要退休了，她正好可以顶上这个缺。商业公司？办公室主任？柳云卿心里咯噔了一下，都说无巧不成书，这世上的事也太巧合了吧？李大军就是南片分区的经理，要退休的办公室主任也是南片分区的，刚刚李大军还让她好好考虑下要不要到商业公司上班的，怎么这屁股一转的工夫就又冒出了个老十的女朋友？老十肯为了这个女人把工作调回老镇，说明老十对这个女人是上了心的，也说明他们是奔着结婚去的，可一旦老十娶了那个女人，她柳云卿以后就不就要每天都跟他们两口子在同一个屋檐底下进进出出了吗？虽然她并不反对老十回来，也不担心老十会回来跟老九抢家产，但她着实还没准备好要和另一个陌生女人以妯娌的身份同住一院，更何况她内心深处并不希望看到老十和别的女人出双入对。

她是喜欢老十的，这一点她从来都不否认，尽管她对老十的感情并不是爱，但她还是无法眼睁睁看着他和另外一个女人每天都在她眼皮子底下谈情说爱或是打情骂俏，那样的话她肯定会受不了的。几乎是在第一时间，她就想到了破坏，想到了阻挠，想到了设置各种障碍。那个她从来都没见过的女人凭什么要住进齐家大院来跟她平分秋色？她是要来挑衅她取笑她吗？取笑她身边没有男人陪伴，还是要向她炫耀她才是真正拥有爱情与幸福的那个女人？不，她不要让那个女人成为她的镜子，更不要看到那个女人用秀恩爱的方式不断来提醒她，让她发现她的婚姻并没有她想得那么完美那么幸福。总之，于她而言，老十的女朋友就是个梦魇，是她的灾难，无论如何，她也不能让她走进齐家的院落，更不能让自己成为她日后可以轻松取笑的对象。对不起了老十，请你原谅我这一点点的私心，我真的不能容许另外一个女人来窥探我的生活，也不能容许她总是肆无忌惮地当着我的面跟你打情骂俏，更不能容许任何人把她跟我柳云卿相提并论。

　　那天的午饭，柳云卿吃得满腹的思绪丛生。她才是商业公司南片分区办公室主任最佳的接班人选，她漂亮，她知性，她有才华，她有文凭，凭什么她一辈子都要站在织布机前不停地织布，而老十的女朋友却能高枕无忧地坐在办公桌前，轻轻松松地抄写些文件就可以拿到比她更多的工资更高的奖金？她知道，她是在妒忌老十的女朋友，无论是那个女人将要嫁给老十，还是那个女人马上就要取代她得到她本可以唾手可得的好工作。为什么要让着那个女人？为什么要让那个女人吃她扔掉的落地桃子？不，她一定要让老十看看，他女朋友能做到的她也能做到，他女朋友做不到的她依然能做到，她还要让他看看，她不仅是他的嫂子，是齐老九的女人，还是一个极有魅力的女人，一个除了齐老九还有很多男人都喜欢着她的女人。

　　所有的故事，所有的剧情，都因为这刹那的一念，产生了巨大的不可逆的改变。也许那个时候，柳云卿并没有意识到，这一念起，将会给她日后的生活带来怎样的裂变，但经年过后，当她再度回忆起这一幕往事时，她却很笃定地觉得自己当初的决定并没有什么值得后悔的地方。选择了就是选择了，哪怕选择错了，也要有勇气去承担去面对，至于李大军，她从来都没有后悔过把他请进自己的生命，直到现在，她依然认为李大军是个不错的可以信赖的也可以托付终身的男人，有时候在麻将桌上不经意和熟识的牌友提起他时，还会若无其事地笑着摆摆手说，像李大军那样彬彬有礼、温文尔雅的男人，现在是越来越少见了，以后要想再找这样的男人，恐怕打着灯笼也找不见了。

第八章

老镇老了，老街坊老巷道老店铺老宅子，老廊檐老青砖老银杏老紫藤，在蓝得仿若可以挤得出汁液的天空下，无不透着浑厚古朴的气息，就连从罗河北岸吹来的风，也会让人觉得，那是自遥远的岁月跋山涉水而来的使者。老镇到底有多老了，谁也说不清楚，但这并不妨碍人们在私底下尽情发挥关于她的所有想象，于是，在不同人的眼里，她就有了不同的历史和不同的面貌。

老街上，搬把小竹椅坐在街口晒太阳的老大爷说，要说到老街啊，那历史就悠久了，范公堤西边那一块，西汉时就已经成陆了；米市街口，肩上搭着条毛巾在大桥底下边擦汗边卖臭干的大叔说，明朝吧，你看我身后这幢房子不就是明朝的建筑嘛，前几年省里还特地拨了款来修这些明朝的老房子呢；仿古街上，站在刚刚开业没几天的火锅店门口揽生意的年轻老板说，我们镇从唐朝的时候就有了，那个唐太宗还是唐高宗身边的大将薛仁贵你听说过吧，他奉命征讨高句丽时就在我们镇上驻扎过，虽然没留下什么遗迹，但我们这最出名的早点鱼汤面和点心酥儿饼，就是那个时候流传下来的，听说薛仁贵每次点兵时都要吃上三大碗鱼汤面呢；罗河边，跷着二郎腿在自家门口赏花喝茶的退休老教师说，最早也得在北宋以后吧，老街西首通往外界的大动脉老204国道原来叫范公堤，是宋朝的宰相范仲淹组织修建的捍海堰，堤东也就是现在的老街这片区域，那会还是波涛汹涌的大海，白茫茫一片，怎么可能在汉朝唐朝那会就形成陆地了呢？究竟，老镇是从哪个朝代就开始出现了，我从来都没关心过，也不想深究，我在意的只是我眼里的老镇，一眼望去，既有着江南水乡的剔透风情，又有着苏北大地的雄浑之美，让每一个置身其中的人，都会不由自主地去与她亲近，与她融合，然后，心甘情愿地，沿着时间的脉络，在历史的长河中，用微笑，用淳朴，用宽柔，用善良，缓缓泼墨出一幅幅惬意的生活画卷，把这人间的小烟火，一一缭绕成你我心中永恒的梦乡。

人们都说，老镇是以盐兴起的。据史书记载，早在唐代，政府便在老镇附近开沟引潮，铺设亭场，晒灰淋卤，撇煎锅熬，并开始设立专场产盐。到明代时，两淮盐业开始由煎盐发展到晒盐，据《明史·食货志》记载："淮南之盐煎，淮北之盐晒"，说明至少在五百年前，老镇及周边地区就已经掌握了煎盐和晒盐两种生产技术。由于盐业发达，四面八方的商人纷纷来到老镇经商，有的索性便在此定居兴商，这里很快便成为里下河地区一个新兴的商业中心。

清嘉庆年间，随着集市贸易的发展，老镇顺理成章地成为邻近村镇农副产品的主要集散地；到民国初年，老街上的商店已发展至三百余家的规模，铺坊林立，一家挨着一家。猪行、鱼行、八鲜行、粮行、皮货行、木行、草行、酱园店、蒸作店、茶食店、野味店、蔬菜店、饭店、烧饼店、茶叶店、烟店、杂货店、布店、金银首饰店、药店、理发店、碗店、铁匠店、木器店、嫁妆店、丝绒店、印刷刻字店、帽店、粮坊、糟坊、粉坊、豆腐坊、染坊、油坊、浴室、茶馆、当铺、书场、客栈等，应有尽有，数不胜数，且行业重叠，仅茶馆就多达十六家，粮行及粮食加工坊也有三十余家。

新中国成立后，老镇又以崭新的风貌，迎来了新的历史使命。起初，地方商业以供销社、商业公司、粮管所、食品站、农业公司等国有和集体商业为主，其后，随着流通体制改革的深入进行，老镇商品经济得以迅速发展，商业特别是个体商业充满生机与活力，九龙港路、凤凰池路和米市路等几条新兴街道因此成为喧闹繁华的商业街，农贸市场、小商品市场、蔬菜市场、建材市场等一批专业市场也得以先后兴建。而今，各种私营商店、各类高中低档超市，更是遍布老镇的大街小巷，社会商品零售总额已逾亿元，依然延续了曾经的繁荣景象。

传说旧时的老镇风景如画，三里青石板长街弯弯曲曲，宛如一条青龙，人们都称之为青龙街，而沿着这条街衍生出的五十多条古巷道，则按顺序依次向南北延伸，仿佛一条蜈蚣（百脚），所以民间又称之为百脚街。街上祠堂、会馆、庙宇众多，亭台、楼阁、牌坊，鳞次栉比，商贾、游人、香客，终日云集于大街小巷，人声鼎沸，烟雾缭绕，仿若仙境般美不胜收。上了年纪又见过世面的老镇人都说，从前每次走在老街上，总会让人错生身在周庄、乌镇的感觉——周庄的古街沿河而建，街面铺设黄麻石，古色古香，曲径通幽，而老镇的街道在过去也是四面环水，不比周庄逊色，那三里长街铺设的青石板，甚至比黄麻石更漂亮，也更能留住每一个过客的心。那时候，老街南北两侧的老字号商铺曾多达三百家，青砖小瓦的古屋前通通建有彼此衔接的长廊，夏日在街上行走不需戴凉帽遮阳，雨天更不必撑伞挡雨，直到抗战时期日本鬼子侵入老镇后，因为街上不便驾驶"小乌龟"汽车，这座长廊街道才被日寇生生拆掉。

时至今日，老镇的灵魂依然还是那条被改了好几次名字的老街，即便很多人都记不住她正式的称谓，但只要提到"老街"二字，相信没一个人会找错地方。尽管曾经辉煌繁奢的老街，早已不复往日的喧嚣热闹，但她骨子里的清奇冷艳和温婉安详还是在的，一些儿也没改变。第一次来老镇的人，会觉得这里的一切都是陈旧的斑驳的，坐落在老街两边的古老民居是斑驳的，横架于罗河上的小桥是斑驳的，由河堤延伸向河中的石阶是斑驳的，那些一年四季停靠在莲河边卖着八鲜卖着陶瓮的水泥船是斑驳的，就连黄昏时分的夕阳也都是斑驳的，但只要来过的人都会由衷地感叹，这里是水做的故乡，这一条斑驳而又玲珑的老街，就像一个成天都在舞台上挥动着水袖轻轻吟哦的青衣，从早到晚，无时无刻不在用她那婉转幽咽的声调，于微微刮过的风中，咿咿呀呀地，向人们诉说着那些逝去却仍可追忆的悠悠岁月，诉说着那些沉淀在一块块青砖黛瓦中的大气与辉煌，只一个回眸，便可引领着每一个寻芳至此的人，去追逐那个早已消失在光阴中的琉璃时代，去品味那些远去了的童年的纯真与无瑕。

如果你打老镇走过，不论是过客还是游子，不论是世代居住在此的居民，还是偶尔来此探访的游客，都算是到家了，因为这里的魅力水韵，这里的古朴雅韵，无时无刻不在牵动着你那颗宾至如归的心。作为从老街上走出去的游子，我亦几回回携着梦回到老镇，又几回回携着梦离开老镇，回来的时候总是按捺不住兴奋的心情，离去的时候又总是充满惆怅之情，如果每一次回来，都能置身在婉约的小桥流水中，把世俗的烦恼，一点点地，抛洒在米市桥下那泓缓缓流动的莲河里，然后就着一杯清淡的香茶，品一品老镇前世今生的味道，该有多好。所以每次离开的时候，我总是心生不舍，总是会守在夕阳的风中，默默地念叨着：老镇，我还会回来的，还会回来看你，看你古老却依旧美艳的面庞，看你历尽沧桑却依然保持端庄的体态，然后，醉在你的轻软与柔暖里，浅浅淡淡地笑，那一笑，即便不传奇不倾城，也能让你永葆青春的美。

老镇并不算大，如果用心来逛，一天的工夫足矣。如果有人问我来老镇最好的季节是什么时候，我会不假思索地告诉他，只要有心，一年四季当中，无论你什么时候来，老镇都不会让你失望。如果你是第一次来，又能够起早，我建议你在凌晨六点前起床，不为别的，只为在黎明的天幕下细细打量老镇醒来时的惺忪睡眼，去体味被晨雨涤荡尽昨日尘世风烟的水乡，看垂柳在风中摇曳，看水面随着雨点泛起阵阵涟漪，看小桥在水中的倒影时短时长，看一处处人家在袅袅升起的薄雾中变得不食人间烟火，看烟雨中那一幕幕烟柳画桥的景象；当然，午夜时分的老镇更是别具风韵，当你关上电灯打开窗户倚窗而立时，会发现没有了白天那般喧嚣欢腾的老镇，在淡淡的月光中竟多了几分神秘，静若处子般，有着令你意料不到的韵致与风骨，此时此刻，闭上眼睛，你可以听见风吹起柳枝划过水面的声音，还有那木橹摩擦船身的吱呀声。事实证明，这座古色古香的小镇，白天有白天的热闹，夜间有夜间的风韵，如果你来，必有浪漫的风月与灼灼的桃花在此等你，如果你不来，那缥缈的风声也会吹到你的梦里把你叫醒，让老镇成为你下一首期许的歌。

春天，桃红柳绿的时候，梨花吹雪，你不必深入幽巷，只需沿着老街由西向东，一路慢慢地走，一边细细地看，便好。老街上有十处明代民居，均为硬山造，外为清水墙，放眼望去，整体外观给人以一种端庄、朴实、淡泊的魅力感受，而局部的雕琢之美更是为她增添了端庄的神韵与雅致的情趣。这一幢幢用青砖小瓦筑造的明代住宅，以体块为媒介，在空间上相互穿插，构造成异常丰富的环境序列；在色彩上，青灰色的砖瓦和白色的纹头脊，统一为冷色调，尽显优雅与大气之美；在体形上，立面的构成要素主要是长方形，那些大大小小的长方形元素横竖结合，组成了一个"目"和"日"的大的长方形体，布局上主次分明、内外有别，相辅相成、互为补充。而这一切独具匠心的构造，都使这些建筑物在第一时间便会给人带来三维空间的视觉美感，以及统一、均衡、和谐的整体美的艺术享受。这种局部与整体的统一美，不仅增强和丰富了环境序列，使人感受到空间的诗情画意，更体现了当地古代盐商的富有，同时也彰显出了盐商们融会贯通、兼收并蓄，融汇晋商、徽商的建筑艺术和构建技巧。

一代代盐商茶贾建造的一群明代民居，以其特有的建筑特色，在老街古代建筑史上写下了辉煌的一页，但过去的毕竟已成往事，春天里来到老镇，你还应该在看过老街的老房子后，去找一座桥，去领略古镇不羁的风情。当然，你要找的桥，肯定不是改建后的米市大桥，更不是远离老街的古石桥，随便一座寻常的小小的水泥桥就好，也不需要特地找寻视野开阔的地方，找到后，只要放下一身的疲惫，静静地坐在桥上的任一角落，用手轻轻触碰着水泥桥身，然后慢慢地闭上双眼，在水声中短暂入眠，一分钟的沉淀之后，你便会发现你的心跳与水声共振，你的灵魂已经在不经意中融入老街的过去、现在与未来，而那些关于水乡的梦，亦早已开到荼蘼。

老街最美的时候，当然是在夏季。夏季的老街，时不时就下点小雨，有时雨来得急点，就像一个调皮而又好奇的过客，匆匆路过，东张西望了一下，"哗"一下便溜走了，只留下等梦的人，继续在天青色的季节等雨，却不意，等来等去，最后等到的，却是一首吴侬软语的江南小调。若是此时你看见在雨中奔跑的人，那想必一定是来老街探古寻芳的游客了。雨中，总有一把把小小的碎花伞在风起的时候欢快地撑起，而烟雨朦胧中的老街更是别有一番意韵，像姑娘迷离的双眼，冷不防便让人想起诗人戴望舒的《雨巷》：撑着油纸伞，独自彷徨在悠长、悠长又寂寥的雨巷……然而，在这样的雨巷里又会发生怎样的故事呢？会不会遇上一个丁香般的姑娘请你吃上一碗热气腾腾的鱼汤面呢？

朝着古镇的幽深处慢慢踱行，独自一个人去亲近老街淳朴自然的气息和如梦似幻的神韵，你会发现，自己已在不知不觉中，由衷地爱上了这座中国历史文化名镇。老镇不比周庄、乌镇，甚至不能与朱家角、千灯媲美，所以即便是在最热闹的夏季，这里也是游人寥寥，甚显清静，不过这一来，倒又能让人产生"采菊东篱下，悠然见南山"的心境，也算是无心插柳柳成荫了。挥一挥衣袖，与俗世的烦扰作别，你会在芙蓉巷看见建有四十余间房屋的李家宅，会在燕子巷看见曾经辉煌一时的朱家大宅，会在杏花巷看到古老的"回"字形楼群，会在老街口看见徽式建筑的董氏四合院，以及刚刚修复的省级文物保护单位王氏、贲氏、张氏等明代古宅。这些建筑都是大院套小院的形制，如果你仔细观察，还会与贲氏古宅内精美的砖雕、王氏古宅内古老的廊柱来一次心旷神怡的亲密接触，运气好的话，还能在这两座古宅内遇到当地美女给你提供免费讲解，让你迅速了解老街的历史与典故。

过去，古街上的老字号商铺为前店后坊、前店后仓、前店后舍、前店后厨等风格，充分体现了商业建筑的特色。而今，曾经声名远播的老字号商铺已成明日黄花，能寻访到的也就是那座早已不营业了的老大同饭庄。还记得儿时的我们，每天早上在上课前，总会结伴去离学校仅一街之隔的大同饭庄，就着一碟大蒜拌干丝，吃一碗香喷喷的鱼汤面，再要一两个酥儿饼或是别的什么点心，吃饱喝足后才会志得意满地踏着上课铃，一溜烟地跑进教室念早课。那个时候，大同饭庄是老街乃至整个古镇最有名气生意也最好的饭店，早上卖鱼汤面和油饼等点心，中午晚上接待各种规格的宴会，就连下午也要在临街的店面敞开门卖方糖糕、大饼等特色小吃，而今，新大同饭庄已在十余年前搬迁到位于凤凰池路的新街口，很多特色小吃也早就没了踪迹，但每次经过老大同饭庄门前，看着它低矮的门廊，以及布满青苔的外墙，便能迅速找回那些失去已久的记忆。

相信你来的时候，也一定能在老镇沧桑的面容中，找到自己心中深藏的那份美好的记忆。不过要记得，最好选在雨中的夏季来，因为那样的话，当你站在老街上心生恍惚的时候，便能听到从不远处的深巷中伴着雨声落下的女人们的嬉笑嗔骂声，那些吴侬软语，即便你不解其意，却竭尽甜蜜与淳朴，会让你由衷地产生身临其境的曼妙感受。而就在你费尽心思，猜测那些听不懂的话语到底是什么意思时，很可能在一颔首的刹那，便会从沿街洞开的一扇木门内走出一个好心的中年妇人或是一个老态龙钟的阿婆，一脸笑意地用有点生硬的普通话提醒你下雨了，最好先在她家的廊檐下避一避雨再走，让你心底不由得不迅速生起已经到家了的感觉。这就是寻常人家的生活，纯净、自然、温暖、柔和、安宁、惬意，没有纷争，更没有任何的尔虞我诈，说她是世外桃源也不为过，而你便在这一句句暖心的话语和一抹抹灿烂的笑容中，继续做着你的水乡之梦，要么微笑着接受她们的好意，要么迎着霏霏的细雨，转身走向燕子巷内的朱家大宅，去听一首关于老镇的歌，去写一首关于老镇的诗，去领略一段又一段关于老镇的故事，无论是过去的、现在的，还是古老的、崭新的。

　　秋天里来老镇的话，最好的去处不是老街，而是街北尽头的罗河边。过去，罗河边多是银元宝式、丁头府式的低矮草房，很有一番古色古香的意趣，即使现在草房已被一幢幢拔地而起的别墅取代，但仍可以从河南岸遗存的一座座青砖黑瓦的老民居感悟到她别具一格的美。老街是水做的老镇，如果说水是流动的音符，那么一座座临水而建的古朴典雅的民宅院落就是这世间最和谐的旋律，只要有心，你便能踩着风声听到一曲婉转而又响亮的歌。沿着院落后的码头台阶而下，拣一根树枝在河面上轻轻地搅动，那倒映在波光中的小桥、楼屋、树影，还有天上的云彩和飞鸟，都会被这不慌不忙的树枝搅碎，慢慢碎成斑斓的光点，迷离闪烁，犹如在风中飘荡的一匹长长的彩绸，任何的文字与诗句都无法描绘出她不羁的曼妙与浪漫，而你，便无可救药地醉在了这怎么也无法想象出的美丽风景中。

　　罗河的美，自始至终都美在一个"水"字。无论岁月如何变迁，人事如何辗转，罗河总是一如既往地在古镇边缘静静地流淌着，日复一日地供沿河居住的人们洗衣淘米和舟楫通行，陪伴着一代又一代老镇人的起居劳作、生老病死。历史的沧桑在这里留下了斑斑印痕，水泥桥面上，码头的石阶上，到处都可以见到被人们踩踏成光滑洼陷的凹槽，有的则布满了绿色苔藓或者爬满了青藤，如果细细品味，便会发现这里的每一个角落，无一不染着厚重的岁月风烟。尽管这条河自始至终都没有过波涛汹涌的喧嚣，也没有过流水叮咚的幽咽，但依然浸透着非同一般的灵性，从这里回望老镇，你会发现，这座由粉墙黛瓦和小桥流水构成的小镇，是一种禅境，更是物化了的精神家园，会让人在刹那之间便产生一种安宁和平的感受，让所有积郁在心的烦闷与忧愁，都化作无尽的舒畅与愉悦。

　　至于冬天，花谢了，银杏枯萎了，流水结冰了，绿意掩映下的小桥流水人家，都被薄薄的雾气藏在了惊艳的时光背后，此时此刻，你可以沿着老街慢慢逛下去，可以去已被开辟成镇图书馆的王氏大宅寻芳探古，可以去已成为镇史馆的贲氏大宅找寻那些悠远的记忆，可以去镇东的东岳庙摇一摇那棵已有千年历史的银杏树，可以去新大同饭庄吃一碗早在百年前巴拿马世界博览会上获得过金奖的鱼汤面，可以去街边的小馆子里吃一碗色香味俱全的砂锅饺，可以去街口的排档买一份远近知名的杭氏臭豆腐干边逛边吃，可以去深巷口的小作坊看看闻名遐迩的酥儿饼和龙虎斗烧饼是如何制作出来的，或是随便走进一家莲河边的酒肆，坐在临河轩窗的位置，要一碟大蒜拌干丝和一盘韭菜炒螺蛳，边看风景边细斟慢酌，把老镇的美、老镇的好、老镇的柔媚、老镇的风情，一点一点盛入眼中、融入心里。

当然了，如果下点雪就更好了，不需要多大的雪，有那么一点点就好。老镇的冬天很冷，因为四面临水，距离长江、黄海也不是很远，所以想要在这里过冬的话，就必须提前做好心理准备了，不过冷归冷，这里的雪倒是下得极少，就算碰上一场鹅毛似的大雪，也并未增添多少情趣，倒是会让人觉得透心的凉，别说看风景的兴致全无，只怕连床也是懒得起了的，所以我说只要下一点点雪，意思到了，就好。雪花飘飞的老镇是浪漫的，也是多情的，和自己心爱的人撑着一把雨伞，一边分吃一只刚出锅的酥儿饼，一边缓缓走在古色古香的老街上，看一扇扇古老的木门在飞舞的雪花中吱呀着打开又关上，是不是有种穿越时空的感觉在心底油然而生？

一切都是朦胧的，一切都是模糊的，当你哈着热气伸出手来给心爱的人指点着说，那是王家大院，那是贲氏大宅，那是老小学的楼房，那是老大同饭庄，那是小琴理发店，那是桃花巷，那是东街居委会，那是东岳庙遗址，那是有着千年历史的银杏树时，会不会觉得一切都是虚幻的缥缈的捉摸不定的呢？是的，雪中的老镇就是一个真实的幻境，也是幻境在现实世界的投影，是一座漂在水中央的世外桃源，虽然这里没有绍兴的乌篷船，也没有头戴斗笠身着印花布衫的船娘，但沿街而过的行人和沿岸而走的游人，都是最美最真的风景，此时此刻，你要做的唯一一桩事，便是搂紧你心爱的人，看雪花无声无息、一片一片地，落在老街上的每一个角落，落在黑色的瓦上白色的墙上灰色的屋檐上，落在古老精美的砖雕上，落在早已开败菖苔的荷花缸上，落在锈迹斑斑的门环上，然后，沉醉在这份极致的安静与宁和中，微微地笑，默默地感受她禅境般的淡泊与安然，把那颗躁动的心，彻彻底底地泊在飞舞的雪花里，泊在诗般婀娜、歌般璀璨、画般醉人的水乡老镇，欢欢喜喜、心甘情愿地，做一个快快乐乐的老镇人。

走过了老镇的四季，你会发现她早已美到了极致。然而，无论在柳云卿还是在我眼里，一直以来，老镇的美，首屈一指的还不是那条老街，而是落在了一个"水"字上。通榆运河、串场河、莲河、罗河，流经老镇的每一条河都是一个灵动的故事，每一朵浪花都绽放着姹紫嫣红的妩媚与多情。走近老镇，你无法避开水的温柔，贴着它的轻软，静静徜徉在它的怀抱里，你会发现，原来所有的美好都不是一场幻梦，即便眼前的一切都只是一个梦，你也会心甘情愿地为之沉醉不起。回眸，木桨一起一落，缓缓搅碎了坐落在老街北端的罗河水面，激滟的涟漪，一圈一圈地，在夕阳下慢慢扩散开来，那一瞬，古色古香的石板桥、青砖黛瓦的民居、绿色的菜园、高大的皂角树，纷纷以窈窕的姿势迅速融为一体，时光就此定格在这有着千年历史的水墨小镇，让归来的游子惊叹，也让早已离开了老镇的柳云卿惊叹。

汉风依旧，唐韵还在，大宋的风烟染醉了画梁雕栋的深宅大院，明清的雅致增添了水的魅力，放眼望去，你看到的不仅仅只是一座珠圆玉润的古镇，而是一缕历经沧桑却依然保持端庄风度的芳魂。如果没有范仲淹来过的身影，范公堤只是一条普通得不能再普通的海堤；如果没有老镇人吃苦耐劳与积极开拓的精神，老街恐怕还只是一条泥泞不堪而又无人知晓的乡间小道；如果没有无数先民煮盐煎盐时洒下的汗水，罗河还只是一条没有生气的河……世间万事万物，有结果，有后果，就是没有如果，于是，在老镇人千年不变的注目中，罗河成了一条川流不息的河，莲河成了一条人头攒动的河，串场河成了一条南来北往的河，通榆运河更是成了一条终日忙忙碌碌的河，而老镇，这座未曾被世人倾注更多关注的水乡，亦始终都徜徉在或静或动的水域中，缓缓流淌、流淌，把她丰盛豁达的美静静绽放在无数双期待的眼中。

于我而言，老镇是一个朦胧、飘逸、灵动、香艳而又不染纤尘的梦。那些在梦中一闪而过的小桥、流水、人家，还有时常徜徉在门前的月季、银杏、青石板，都仿佛传说中出现过的那一扇扇精美绝伦的月亮门，或是技艺早已失传了的镂空砖雕，正以它们独有的优雅与精致，一点一点地，沁入每一个探访者的心扉，即便只为之流连半晌，也会令人对她的过往心生神往，更想以最大的热情和欣喜，参与她即将与风儿携手同行的故事中去。

走在罗河由北向东的拐弯处，可以看到三两张铺设在水中的渔网，那深墨的绿和河两岸星星点点的绿色菜畦，在微微刮起的风中，组成了一首首婉转动听的曲子，仔细聆听，你可以听到南朝少女哼唱《采莲曲》的余韵。于是，走着走着，你的心便丢了，丢在了横跨罗河两岸的一座座如虹似玉的桥上，只想择一座拾级而上，呆呆地坐上半天，什么话也不说，什么事也不想，一边沐浴着清风，一边定定地看着老街，从一泓流水、一棵皂角树、一片菜地、一幢楼屋、一条顽皮的狗，到饰有兽头的屋脊、雕花的瓦檐、挂着灯笼的屋角、散步的老人、觅食的小鸟，然后，安安静静地把它们一一画在心里，任缥缈的墨香夹着芬芳的花香，一同袅袅升起在这座不应被人遗忘的城池，不说再见，也不说珍重。我知道，这里是柳云卿经常来浣洗衣服的地方，那个时候，虽然家家户户都早已安装上了自来水，也还没有节水的概念，但勤俭节约的老镇人还是习惯提着衣服到离家最近的河边清洗，因为桃花巷最北端就紧挨着罗河，所以三十年前的罗河边，不知道留下了柳云卿多少响彻云霄的欢声笑语呢，如果那时的你正好打那里经过，也许看到的那个最美的女人就是曾经的桃花西施柳云卿呢。

道别罗河，沿着老街一直往南走，过米市大街，便可以和老镇区最南端的莲河来一次愉快的亲密接触了。如果说罗河是老街的一个幻梦，那么莲河便是老街的一个富丽堂皇的梦，曾几何时，米市桥下，商贾云集，河中布满了各种商船，卖米的，卖菜的，卖八鲜的，卖鱼的，卖麻虾的，应有尽有，岸边则挤满了买米买菜的老街坊，大家挨挤在一起，说说笑笑，半袋烟的工夫便衍生出一个新奇的故事，而且故事每天每时每刻都在推陈出新，一个不大的镇子，便因为这水的灵动，演绎了许许多多的精彩，也更使她增添了几许烟火生气。

柳云卿曾经工作过的纺织厂也坐落在莲河边，就在米市大桥西边不远的地方，不过因为旧城改造，老纺织厂差不多在二十年前就拆掉了，取而代之的是各种时尚前卫的店铺，如果想费力从这里找寻到柳云卿留下的踪迹，我劝你还不如找一家上了些年纪的人开的小饭馆，要一碗新鲜出锅的鱼汤面，再要两个酥儿饼，一边吃面尝饼，一边向店主打听柳云卿的故事，我想对方一定会很乐意花上十几分钟的时间来给你讲讲他眼中所看到的这个老镇之花到底是怎样的一个人，不过他讲的到底有几分真几分假，我就不敢保证了。当然，你还可以来找我探听关于柳云卿的各种秘密，但我要对你说出的第一句话可能就会令你大失所望，因为我会告诉你，故事就是故事，柳云卿说到底只是一个故事里的人物，你当她是真她就是真，你当她是假她就是假，但有一点我还是可以拍着胸脯跟你打包票的，那就是某个特定的时间段内，柳云卿真的是我母亲最好的朋友，拿现在最时髦的话来说，她们就是闺密，无话不谈的闺密，千真万确。

徜徉在烟波浩渺的莲河边，每一个置身其中的人都无法不醉在水乡特有的曼妙、轻灵、朦胧而又缥缈的景境中，虽然曾经早出晚归的摇橹船，早就被终日停靠在水湄卖八鲜卖陶瓮的水泥船取而代之，但每每从那里走过，你心里仍会升腾起那些早已逝去的繁华景象，而且依然会感觉到心旷神怡，抖一抖肩，仿佛连六根都变得清净了。来过的人都知道，这一切，都源于莲河的秀美与豁达，而这种美，不仅携着与生俱来的隽永与意趣，而且入诗有声、入画有色，集流动之韵，厚天地之芳。可以说，莲河的水是温婉沉静的、安之若素的，是冰清玉洁、玲珑剔透的，它那亦真亦幻、古朴自然的雅致，落在柳云卿眼里，却是一种浑然天成的韵律，更是一种泼墨的抒怀，只可惜自打柳云卿离开这里后，懂得欣赏她的人就越来越少了，也鲜有人在夏日的傍晚像柳云卿一样静静地蹲在河堤上看着西沉的落日发呆，不得不说，这是一种遗憾，莫大的遗憾。

从古至今，老镇都没在游子的眼中真正远去过，也没因为高速发展的经济让她失去过原有的本真。印象里，她是安静的，也是繁奢的，是凝重的，也是缥缈的。小河悠长，古桥卧波，高楼矮屋，内庭深院，老镇上灰瓦白墙，一派古雅质朴的幽静，总是介于梦与现实之间。抬头望去，汩汩的莲河水面上总是摇荡着一条条小船，桨声欸乃，仿佛是在吟唱着一首古老的云水谣，蓦然回首，你要找寻的那个人便屹立在杏花微雨中，望着你甜甜地暖暖地笑，于是，你的心也跟着暖了，你的笑容则变得越来越真。只是，那些甜美的笑容里，有没有一朵是为了那个远去的柳云卿盛开，我不知道，你也无从说起。

一座座玲珑剔透的水泥桥横卧在莲河的碧波之上，于风中低低地讲述着老镇的沧桑与遥远，总让人情不自禁地想起周庄的双桥和那座与老镇同名的富安桥。有人说，老镇与周庄的气质最为贴近，或许这样的说法有些夸大其词，但若真的走近老镇，你便又会发现，这里的水，这里的桥，并不比周庄逊色多少，而那些游弋在水上、徜徉在桥洞里的故事，也丝毫不比周庄少，只要你有心，哪怕只是随意的东张西望，分秒之间也会变幻出各不相同的殊胜风景来。

悠悠的串场河，是点缀在老镇西首的一条玉带，也是飘拂在苏北平原上的一条生命之河。碧波荡漾、清澈照人的串场河，一年四季的流水都是丰盈的，就像母亲甘甜的乳汁，始终滋养着河道两岸的乡土，哺育着两岸的乡民，像一个历尽沧桑的老人，忠实地见证着河道两岸千百年间的历史变迁。这条河一年四季的色彩都是美丽的，放眼望去，总有望不尽的姹紫嫣红，那乳白的栀子、粉红的桃花、金黄的菜花、墨绿的荷叶、碧青的禾苗，瞬间便能勾起人们对所有美好的想象与憧憬，而那汪多姿的河水则像画家手中的调色板一样，总是不分昼夜地尽情涂抹着大地的春夏秋冬，更是让人流连忘返，无法不为之牵情。

串场河的形成与范公堤有关。筑堤自然需要取土，取出的土筑成了范公堤，沿堤挖土的地方便形成了复堆河，也就有了堤依河立、河随堤行的美丽风光。串场河俗称下河，初为唐代修筑海堤时形成的复堆河，是盐文化的摇篮。从宋代开始，沿新修捍海堤也就是范公堤一线，渐渐衍生发展出包括老镇在内的十大盐场，因是复堆河将这十大盐场给串联了起来，所以这条河又被称为串场河。

而今，古老的串场河，仿佛一位优雅的美人，由南向北缓缓流淌，淘尽了浪花，却淘不尽悠悠的往事、浪漫的情怀。找一个静谧的午后，静静偎着一株苍老的银杏树站在串场河边，你会看到水面上偶尔急速漂过的一小簇水葫芦，看到一两只长腿的水鸟悠闲地立在水葫芦上啄食，看到一两条机动船或是长长的拖队经过，看到船桨犁起高高的白浪，像巨人的手掌，一下子便擂倒两岸茂密的芦苇，将栖息在里面的野鸭水鸟扑棱棱惊起，看到水鸟飞快地掠过水面，一下子便消失得无影无踪，看到浪头过后，扑倒的芦苇再次挺直修长的身躯，依旧在天尽头摇曳出沙沙的声响，仿佛一切都没有发生过。

是的，这是儿时的记忆，老镇为你保留了这份纯真而又淳朴的记忆。只要你来，河两岸青砖黛瓦的村庄、高大的泡桐树、矫健的钉刺槐、伟岸的苦楝树、粗矮的桑树、青绿的杨柳，都会以最原始最本真的风貌欢迎你、接纳你，让你心生走在老镇四季的街巷里，再也不想走出再也不愿离去的念头。如果有幸的话，你会在串场河边某个古老的甚至破旧的码头边，遇见一个穿着旗袍、撑着油纸伞的丁香女子，正踏着布满青苔的小径款款而来，当你一昂首的瞬间，便会发现，只要她微微一笑，即使不倾城，也会把你的整个世界照得透亮。

说到水，其实老镇最著名的一条河，确非通榆运河莫属。通榆运河南起南通，北至连云港赣榆，在范公堤西侧流经老镇，是老镇名副其实的母亲河。毋庸置疑，通榆运河是老镇通往外界的大动脉，也是老镇最为繁华忙碌的黄金水道，她不仅承载着千年的美丽，更承载了老镇人千百年来的生计。而今的通榆河，依旧还能见到从前那条碧草覆盖下蜿蜒的泥土长堤，那水也依旧还是从前那泓波澜不兴婉约北去的细流，而那一座座破旧的木板桥和斑驳的水泥桥，却都摇身变成了一座座极富韵律之美的现代化桥梁。虽然那些曾经令儿时的我们魂牵梦萦的天然水上游乐场早已退隐进昨日的夕阳中，河两岸乐于栉风沐雨的扳罾打鱼人也早已乐业安居，但当我们再次伫立在现实的河畔，将那颗跳动的心贴紧坚固的混凝土驳岸时，将曾经远离故土的双脚踩实沿河伸展的公路时，将留恋不舍的目光高高搁在老屋上空高高架起的铁路桥时，思绪却是如水般缠绵。

时隔千年，昔日的海国，今日的水乡，古道还是那条古道，西风还是那缕西风，小桥还是那座小桥，流水还是那泓流水，河埠廊坊，过街骑楼，粉墙黛瓦，镂花雕窗，还有那临河的水阁，一切都还依旧在。人家呢？恐怕也未曾物是人非。昔日阁楼上那个倚窗眺望的女子，是否等来了她的意中人？米市桥下积攒的美丽传说，有没有被后人畅意续写？临水照花的妇人去了哪里，是继续徜徉在梦幻之境的罗河边吗？还有那随之飘走的阵阵捣衣声，是不是已经走进了历史，不再归来？我的答案是，米市桥下依旧有着数也数不尽的故事，罗河边的妇人依旧还在古老的码头上浣洗着总也洗不完的衣裳，至于阁楼上那个临窗守候的女子是否等来了她的意中人，那就要问问沿街而过的你了。

每次回来的时候，我时常会去罗河边走一走，也不是为了特意看些什么，就是为了寻找那些曾经遗落的时光。三十年前，我还是个孩子，柳云卿还是那个风华绝代的桃花西施，那时的她，是整个老镇的骄傲，更是整个老镇的体面，所有的男人都喜欢她，所有的男人都为之神魂颠倒，而那时总是出没在罗河边浣洗衣裳的她，心心念念的不过只是一个破碎了的上海梦。尽管从上海回来后不久，她就穿着上海女人才会穿的高跟鞋，涂着上海女人才会涂的红得夸张的口红、描着眉毛画着眼影地出现在老镇的大街小巷，但她仍然遗憾于自己没能穿着这一身行头穿梭在大上海车水马龙的繁华路口招摇过市。其实，在她答应嫁给齐老九时就已经认命了，也许，这辈子她注定跟上海无缘，所以每个夜深人静的时候她总是这么安慰着自己，可又总是按捺不住地后悔自己当初的决定，后悔这么早这么快就把自己给草草地打发了。上海那么好，为什么要回来呢？或许不回来的话，她就不用为处理不好和萧桂芳的婆媳关系而大伤脑筋，也不用天天都对着萧桂芳那张自私冷漠的脸生闷气，更不用去妒忌老十那个还从未与她谋过面的女朋友。她把要洗的衣服一股脑儿地扔在罗河边的码头上，胡乱抓起一件就丢在水面上漂洗着，一边洗，一边追问着自己这样的日子到底有什么意思。她就不该回来的，不该被马小芬和崔亮的事给吓住了，更不该就此打了退堂鼓彻底否定了上海的千百种好。无论如何，上海总是要比老镇好了千倍万倍的，如果当时自己能够咬紧牙关勇敢地撑下去，她所面对的就不会是今天这样的局面，尽管那个时候她还深爱着齐老九，但她也深知，始终让她处于两难境地的也是齐老九，如果不是因为他，也许她真的会不管不顾地丢下一切，一走了之。

罗河水清清，罗河水潺潺。柳云卿蹲在罗河的码头上洗净了一件又一件衣服，她的心思也跟着被那清清的水浣洗得通透澄澈。她知道，有夫之妇的她，已为人母的她，再也不能像从前那样，任性地作出任何决定，既然上海已成为她永远都蹚不过去的梦，那么就让自己在老镇的土壤里，盛开成那朵最艳丽最芬芳也最迷人的花吧！掬一捧罗河的水，透过那一缕缕晶莹剔透的水花，她郑重地告诫自己，无论如何，都不能输给老十的女朋友，不能让那个不知来历的女人取代她在齐家的地位，更不能让那个女人抢走在老镇上本应属于她的风采与光环。我不知道柳云卿到底经过了多少次激烈的思想斗争，才最终走进李大军的办公室并开口求他把那个宝贵的名额留给她，但我知道，那个时候的柳云卿还没有做好为取得那个职位所应该付出怎样代价的思想准备。其实她一直都知道李大军不会无缘无故地帮她，男人嘛，哪怕看上去温文尔雅，从头到脚都找不见一丝猥琐的气息，但本质上依然还是个男人，哪有不爱偷腥的道理？她一个吃定销粮的农村人，即便嫁到了镇上，户口依然还在农村，拿什么去跟那些有城镇户口的人竞争，还不就是她姣好的面容、窈窕的身材和桃花西施的美名吗？这个世界做什么不需要付出代价呢？柳云卿咬着牙使出吃奶的劲挤干手中刚洗净的衣裳，一把扔到脚边的木桶里，又从码头上拣起另一件丢在河里仔细地浣洗着，兴许李大军不是她想象中的那种男人呢，再说这世上也不是所有人在做任何事前都怀着不可告人的目的，万一人家就是单纯地真心想帮她一把呢？

柳云卿的思绪落在漾起一圈接一圈的涟漪上，显得有些紊乱。多少年以后，当我也像她那样蹲在罗河的码头边，并轻轻扔下一块石子，任那一圈接着一圈的涟漪荡漾在眼前时，我突然猜到，那个时候的柳云卿尽管思绪始终是紊乱的，但她依然非常清晰地意识到了前方的危险。再往前一步就是深渊，只要再往前一步，她就会掉进万劫不复的深渊，可面对潜在的危险，她并未想过要退缩，为了不再每天都站在织布机前不停地盯着那些永远也织不完的布，为了不让她涂满露华浓指甲油的手指头继续埋没在堆成小山似的各种布匹里，为了能在打心眼里从没瞧得上她这个农村媳妇的萧桂芳面前彻底地扬眉吐气一回，为了不输给老十的女朋友不让她抢走本应属于她的一切，哪怕前面是刀山火海，她也要去闯一闯拼一拼。水面上的涟漪在我眼里渐渐收缩，那一瞬，我看见柳云卿的嘴角露出了一丝诡异的笑容，从那丝充满神秘气息的笑里，我突地听到她斩钉截铁地说了句：别说是刀山火海，就算下油锅我也认了。

是的，柳云卿之所以投进李大军的怀抱，完全是她咎由自取。爱慕虚荣，好高骛远，不切实际，这些都是她的毛病，可话说回来，像她一样漂亮又有文化的女人，又有几个没点这些那些的毛病？李大军说得没错，人往高处走，水往低处流，她想让自己拥有份更加体面的工作，领到更多的薪水，有错吗？其实也没错，那么好的机会摆在面前，搁谁身上能彻底摆脱那份诱惑呢？从罗河码头上岸后，我想也没想就穿过桃花巷和桃花巷尽头的老街，朝南通过与桃花巷面对面的徽子巷进入凤凰池路，再折往西走了大约二百米的光景，过米市路向南，来到横架于莲河上的米市桥下，然后又迎着夕阳踩着散发着花香味的河畔小道慢慢朝西走去。那里在十多年前还坐落着柳云卿曾经工作过的纺织厂，而今厂子早已整体搬迁到了镇南七八公里之外的工业园区，除了头顶上那片依旧湛蓝的天空，一切都改变了原有的模样。往日里机器声轰鸣的纺织厂早就被无数如雨后春笋般拔地而起的各种门市取而代之，女工们藏身在织布机后发出的叽叽喳喳的谈笑声也彻底被充满颓废味道的流行歌曲湮没，就连眼前渐渐西斜的夕阳也好似换了模样，多了几分张扬和夸张，却再也没了从前的柔和与温馨。默默走在柳云卿曾经走过的路上，我迎着那一轮红得似火的斜阳，漫无目的地找了一块干净的草地，在莲河的岸边旁若无人地坐了下来。很多很多年前，柳云卿也像我一样呆呆地坐在莲河边，一边抬头看着夕阳缓缓西下，一边默默想着只有她自己才知道的心思。到底要不要去商业公司当那个办公室主任？答案似乎是显而易见的，可她仍然还有些犹豫，如果那么做了，很显然，老十是不会原谅她的，她喜欢老十，所以她也不希望老十会讨厌上自己，可若不让老十讨厌自己，她就必须眼睁睁地看着老十的女朋友从她手上抢走那唯一能够改变她命运的机会，到底奈之若何？

　　柳云卿似乎陷入了巨大的挣扎之中。往前迈一步是深渊，保持原地不动好像也不是什么好选择。因为自己是吃定销粮的，纺织厂的工厂又是齐蓉的丈夫动用关系才帮她找来的，所以这些年萧桂芳一直没少拿这些事对她冷嘲热讽，如果她去了商业公司，坐上了办公室主任的位置，又拿着比从前多得多的工资和奖金，萧桂芳还能这么轻贱她吗？至于老十，她是真的不想伤害到他，哪怕一点点的伤害她也不想，可转念一想，老十反正还没结婚，那女人也是作不得数的，就算因为这事跟老十吹了，凭他那副标致的长相，还怕找不到更好的女朋友吗？再说了，即便那个女人如愿以偿地坐上了本应属于她的位置，就能保证她将来一定会嫁给老十吗？说不定，有了好工作后她眼界高了就看不上老十了，没准还会把老十一脚给端开了呢！

我不知道最后让柳云卿下定决心要去商业公司上班的终极原因到底是什么，但我明白，无论是什么缘由，都和她极度贪慕虚荣的个性脱不了干系。拍拍屁股从莲河边的草地上慢慢站起身来，我随即又踏着暮色去了趟串场河和通榆运河。那里也是柳云卿从前经常路过的地方，只是这一次，我在老镇这两条名闻遐迩的母亲河边却没发现柳云卿留下的任何痕迹，一点一滴也没有，哪怕是绞尽了脑汁后的想象，也都显得相当的贫乏相当的苍白。老镇终是把柳云卿抛在了脑后，串场河和通榆运河也早就把所有关于她的故事滤洗一空，除了那些上了年纪的老人，柳云卿不再是老镇那最为浓墨重彩画龙点睛的一笔，也不再是人们每天茶余饭后都要尽兴聊起的桃花西施，而今，她只是一个老掉牙了的传奇，一个被埋藏在老屋底下的腐朽了的传说，如果没有人立志去挖掘那段早已被尘埃覆盖的往事，想必不出几年她就要空洞成一抹转瞬即逝的黄昏雨。

是的，老镇早就忘了柳云卿，从罗河北岸吹来老街的风里也早就嗅不出那些只属于她的芬芳。老镇走着走着就把柳云卿给走丢了，同样，柳云卿走着走着也把老镇给走丢了，尽管如此，在那条略显破败的老街上，我依然能看得见柳云卿妩媚的笑娇美的颜，看得见她穿着高跟鞋涂着夸张的口红昂首挺胸地走进商业公司那间临街办公室时充满自信的背影。她曾经惊艳了岁月惊艳了时光，也惊艳了一整条黯淡了许久却又因为她才焕发出无限光彩的老街，还有那形似蜈蚣的五十余条不甘寂寞的老巷道，虽然现在能记起她的人已经很少很少，但那一碗碗热气腾腾味道鲜美的鱼汤面，那一只只叫人吃得打嘴都舍不得丢掉的酥儿饼，在它们冗长而又古老的记忆里，不都留下了柳云卿最为美艳最为曼妙的那一帧倩影了吗？从通榆河畔走回老街的时候，天色已经彻底黑了下来，借着街两边的路灯发出的昏黄的灯光，我看到了前面不远处的老大同饭庄，它也已经很老很老了，老得我每次从它身边经过的时候都不忍认真地打量它一番，可不知道怎的，那晚我居然在它面前停了下来，久久地仔细地端详着它，临街墙上那一块块从剥落了的白色石灰里露出来的老青砖已经老到不能再老了，也许是明朝留下来的，也许是清朝留下来的，也许是民国的物件，但不管怎样，它们确实已经够老，比柳云卿老得太多，可为什么它依然还驻守在老街的街边屹立不倒，而柳云卿却已成了那匆匆的过眼云烟？

蓦然回首，身后远远地驶来一辆看上去很拉风的摩托。是一个女人，一个打扮入时的年轻女人，长发飘飘，车技娴熟，她经过我身边的时候，我故意瞥了她一眼，尽管路边的灯光黯淡，我还是看到了她身上的穿着，一件米白色的真丝绣花衬衫，一件洗得发白的还带着几个破洞的水洗牛仔裤，一双纯白色的运动鞋，那不就是三十年前被所有老街人称作桃花西施的柳云卿吗？

第九章

　　如果说齐老九是柳云卿心头的朱砂痣，那么齐老十就是她心中的白月光。柳云卿一直以为，她对老十的感情完全无关于爱，而是一种欣赏，一种仰慕，还有一种淡淡的说不上来到底是什么的情愫。

　　有时候，她会突然生出些天方夜谭的想法，甚至希望自己能够和老十成为朋友，无话不谈的那种。她会向老十诉说自己对齐老九的种种不满，比如他总不爱剪头不爱剪手指甲脚趾甲，比如他去公共浴室洗澡的时候总忘了带换洗衣服和洗发水，比如他总是记不住她穿多大码的鞋子，比如他每次帮她从梅安买回来的衣服不是大了就是小了，比如她每次去梅安看他的时候他都不肯陪她去看一场浪漫的电影，诸如此类，等等等等。

　　当然，她也希望从老十嘴里多听到些关于他自己的故事，比如这些年他为什么那么不愿意回家，比如他会对哪种长相的姑娘更感兴趣，比如他第一次谈恋爱是在什么时候，比如他第一次跟女朋友分手到底是为了什么，比如他喜欢看什么书听什么歌最喜欢哪个电影明星，比如他会因为什么事跟别人打架，只要老十愿意说的，她一定愿意洗耳恭听。但实际生活中，她跟老十的关系一直是淡淡的，见面了也就是点个头打个招呼罢了，顶多再扯几句似是而非的客套话，别说谈心，就连多说上几句题外话也是不可能的，而这，便也成了隐藏在她心底不足为外人道的莫大的遗憾。

也许，嫂子和小叔子间的相处之道就应该是她和老十这样的吧？淡淡的，若即若离的，像君子之交那样，可她怎么老是隐隐地觉得自己跟老十倒更像是一对彻头彻尾的陌生人呢？不应该是这样的啊，妈和几个叔叔平时聚在一起不都是热热闹闹的总有着说不完的话嘛，为什么到了她和老十这就不行了呢？到底，是老十这个小叔子不愿意多跟她这个嫂子套近乎，还是她这个当嫂子的给小叔子留下了不可亲近的印象？

　　好像都是，又好像都不是。虽然这些年她跟萧桂芳的关系一直不太对付，但老十也不至于因此就埋怨上她继而要跟她划清界限吧？尽管老十很少回来也很少说话，但她看得出老十不是个小心眼小肚鸡肠的人，那么就是自己在老十面前表现得太过清高了？其实老十每次回来，她都渴望能和他多聊上几句，可又不知道该打哪儿聊起，总不能一见到老十就拽着他跟他聊齐老九的种种不足吧？老十跟齐老九毕竟是一母同胞的亲兄弟，从一出生就注定到死都是一家人，而她这个嫁过来的嫂子才是真正的外姓人，孰亲孰疏还搞不明白吗？就算老十是个明事理的，也不乐意被嫂子拽住在他面前喋喋不休地数落自己的亲大哥吧？那跟他说点什么好呢，或者，什么才是他们之间可能存在的潜在话题呢？

　　一部由刘晓庆、张瑜、潘虹、傅艺伟等当红明星主演的电影，还是眼下正流行的由台湾女作家琼瑶的小说改编而成的电视剧？这几年，琼瑶的小说在大陆很是流行，不论男的女的都爱看，不知道老十是不是也不能免俗？如果老十也是琼瑶的读者，那么他会喜欢她哪部小说呢？《女朋友》？《穿紫衣的女人》？《窗外》？《海鸥飞处》？《几度夕阳红》？还是《庭院深深》？她猜应该是《几度夕阳红》吧，毕竟由台湾著名影星秦汉和刘雪华共同主演的同名改编电视剧正在各电视台热播，追捧这部剧的人如过江之鲫，多得数不胜数。

　　如果晚上不用上班的话，她每晚吃过饭洗完碗筷后都会准时守在电视机前等着看这部电视剧，只可惜家里的电视机是黑白的，还是跟齐老九结婚时买的，屏幕又小，才十四吋，加上接收信号一直很不稳定，看着看着雪花就跑出来了，总要不时地跑到院子里去摇晃那根自制的天线杆，所以看得很是不尽兴，不知道在鲁班镇住集体宿舍的老十是不是也有类似的经验。她很喜欢电视剧里的女主角刘雪华，女人就该长成刘雪华那样，端庄大气，又不失美艳与灵气，当然，她也很喜欢男主角秦汉，高高大大的，儒雅知性，就跟老十一样，是标准的翩翩公子，不过老十倒比秦汉年轻了许多，应该更受女人的青睐才是。

　　她猜测老十在鲁班镇一定很受女性的欢迎，那些每天都到供销社柜台上买东买西的女人，无论是未出阁的大姑娘，还是已成婚的少妇，肯定都是冲着老十去的，想必现在的老十在鲁班镇的知名度一定跟秦汉不相上下，只是那个在纱厂上班的姑娘，她是用了什么样的方法才把老十追到手的呢？以老十那样木讷而又沉默寡言的个性，让他主动出击去追求哪个女人的机率应该是微乎其微的，在她的想象里，老十每次谈恋爱都是处于被动的那一方，所以无聊的时候她总爱一个人呆呆地琢磨那些她从未见过的女人。是的，老十的女朋友她一个也没见过，因为老十从来都没把任何女朋友带家里给他们看过，不过她觉得以老十的相貌，他能看上的女人即便不是天仙模样，也一定有着刘雪华那样的花容月貌，而这个印象，直到老十把仲小月领到家里后，才彻底产生了颠覆性的改变。

　　仲小月就是那个马上要跟老十谈婚论嫁的女人。虽然老十从来没提过要结婚的事，但柳云卿心里一早就有数了，能为了那个女人兴师动众地把工作调回老镇来，还不是为了结婚做准备？然而，当那个叫作仲小月的女人第一次出现在她面前时，她的第一反应就是着实被吓了一跳。尽管仲小月也不叫长得丑吧，要个头有个头，要身材有身材，鼻梁高挺，眉毛弯弯，眼睛大而有神，尤其是一张樱桃小口，简直性感得可以勾魂摄魄，可不知怎的，她的五官堆积在一起总给人一种说不上来的阴森可怖的感觉，再加上她脸上抹的那层没有匀开的厚厚的美白霜，让她看上去就像是刚从坟墓里爬出来的僵尸，要多可怕有多可怕，要多奇怪有多奇怪，只一眼便把躲在桌子底下和老十玩藏猫猫游戏的倩倩吓得哇哇大哭起来。吃饭的时候，齐黄山、萧桂芳两口子也都懒得多看仲小月一眼，先前在肚子里打了无数次腹稿想要拿来问她的话也是一字不提。很显然，齐黄山和萧桂芳对这个未过门的儿媳很不满意，一顿原本应该吃得高高兴兴热热闹闹的家宴，到最后也吃得很是不尽兴，如果不是柳云卿总在不停地没话找话说，这气氛就要尴尬到不欢而散了。

　　柳云卿实在没想到老十的女朋友会是这个模样的，以他的条件，怎么就看上了仲小月那样的？莫非老十是为了找女朋友而找女朋友，为了结婚而结婚？老十已经二十七岁了，比齐老九当年跟她结婚的年纪还要大上一岁，萧桂芳已经为他的婚事急得如热锅上的蚂蚁团团转了，想必老十自己心里也很着急吧，可饶是这样，老十也不能随随便便地胡乱找个女人就把自己和自己的终身大事给打发过去了啊！尽管年纪是大了一点，可老十有文化有相貌，而且性格脾气也好，按理说他的择偶标准不该是照着仲小月这款去挑的，怎么就两眼一抹黑地看上了她呢？关于老十所做的事，柳云卿有着太多太多的无法理解，关于老十这个人，柳云卿也有着太多太多的看不明白，当仲小月几乎是拉长着一张驴脸被老十亲亲热热地赔着小心送出去时，她还是想不通看不透，不知道老十脑子里究竟是哪根弦搭错了。难道是看中了对方的家庭背景？可在鲁班镇，仲小月不也就是个最普通不过的纱厂女工嘛，又能有啥背景可言？

　　老十把仲小月送到汽车站回来的时候，柳云卿把他堵在了巷子里一个僻静的转角，以一种不容置疑的口吻告诉他，她有些不太方便在家讲的话想要跟他说。柳云卿自己也没想到她会突然生出那样的勇气，几乎是鬼使神差般的，要知道，在她嫁到齐家来的这三四年中她还从未主动找老十谈过话，更不要说是直接把他堵在巷子的转角里。你真打算把仲小月娶进门来？柳云卿怔怔地盯着老十，说句不中听的话你可别不爱听，我觉得你们不合适，仲小月压根配不上你。你？你觉得？老十望着她有些不怀好意地笑笑，你在这等我半天，就是要跟我说这个？嗯。柳云卿点点头，不然我等你半天还能讲什么？你又不傻，没见你爸你妈都不待见仲小月嘛，就差拿扫帚追着把人家扫地出门了。

那又怎样？老十依旧不在乎地笑着，跟仲小月结婚的是我又不是你们，你们待不待见的管什么用？老十，你用不着跟我抬杠，我这也是真心为了你好。仲小月跟你真的不配，你看她脸上抹的雪花膏，厚得都跟僵尸鬼一样，这品位走出去跟你也不搭啊！搭？那你跟老九也不搭啊！你不穿高跟鞋的时候，老九也比你矮上半个头，穿上高跟鞋，老九就只能跟你的肩平齐，这样的两个人走出去看着也很不搭啊！老十，我好心好意跟你说几句掏心窝子的话，你拿这些话故意损我跟你哥就没意思了。损？老十目光犀利地打量了她一圈，柳云卿，不，嫂子，你就没听到街上的人背后都在说你跟了齐老九，就是一朵鲜花插在了牛粪上吗？你……你怎么能这么说你哥？我说的不是事实吗？柳云卿，你敢发誓说你从来都没后悔过嫁给老九吗？要死了你，说你的事，你老扯我跟你哥身上干吗？你要不爱听，不听就是了，就当我狗拿耗子多管闲事，以后你的事我再也不多插半句嘴！你是怕我回来跟你们抢老齐家的家产吧？老十望着她冷冷地笑着，放心，回来我也不会住在家里，老齐家的房子存款，哪怕是一根绣花针，我也不把它们放在眼里，等我爸我妈两腿都一蹬的时候，你尽管什么都拿去好了，我连一根鸡毛也不会要的。

老十，讲这话就更没意思了，别说当初我提出分家完全不是因为你的缘故，就算因为你，我也不至于想撺掇了你哥独吞了你们老齐家的家产！再说了你们老齐家都有些什么啊？不就是几间瓦房几块破铜嘛，我柳云卿就算再没骨气，也不会指着这些发财！一句话，你想娶谁我这个做嫂子的是管不了，也不想再多说半句废话，不过作为差不多年纪的人，我还是想提醒你一句，终身大事马虎不得，别等到将来再后悔，那可就来不及了！还有，东厢房我已经给你收拾出来了，你爱住不住随便你，但请你以后不要动不动就说我怕你回来抢家产，就你们老齐家那些破房子破铜烂铁的，我柳云卿压根就不稀罕，你要喜欢，现在都拿走我也不反对！不知道是不是被柳云卿这番义正言辞的话说得哑口无言了，还是真的信了柳云卿压根不在意老齐家家产的话，老十一下子就变成了一只泄了气的皮球，低着头，一句反驳的话也没说。

那天，柳云卿着实为老十生了一肚子气。自己明明一片好心，却被当了驴肝肺，知道的晓得她是真心为老十着想，不知道的还真当她怕老十回来跟老九一起抢家产呢！老齐家也就是名声在外，底子里真不见得有几个钱，就算有些个积蓄，也都在几年前为帮老九把她娶回来时七七八八地花出去了，要说她因为怕仲小月在镇上抢了她的风头使了些小伎俩她是认的，但要说她会为了家产故意破坏老十跟仲小月的感情，那就算把她架到油锅上她也不认。

或许，在没有见到仲小月之前，柳云卿确实为了自己不被对方比下去，一直都在背后盘算着怎么从仲小月手里赢得商业公司南片分区办公室主任的位置，但在见了仲小月的庐山真面目后，她更多的想到的就是老十终身的幸福。这个女人真的不适合老十，这是她见到仲小月后，从脑子里蹦出的第一个想法。老十的对象应该是清水出芙蓉、天然去雕饰的那种，正所谓浓妆淡抹总相宜，浑身都清清爽爽、干干净净的，就算不是绝对的第一眼美女，也该是越看越让人觉得耐看的，可这仲小月算怎么回事，哪怕让她去给老十倒痰盂也是抬举了她，更别说要跟她结婚过一辈子了。柳云卿有种特别灵验的直觉，她觉得老十若是真的娶了仲小月回来，以后的他不仅不会得到一点点的幸福，恐怕一辈子都会在永无宁日中度过，可这小子，自己才跟他多说了几句而已，他就拿恶心难听的话怄她，真正是神仙也难救了！好吧，你要娶仲小月就娶仲小月吧，关我什么屁事？又不是我跟仲小月过一辈子，以后等你受够了窝囊气时，可不要跟我们任何人说你后悔了之类的话！

那一年的整个秋天，柳云卿都在秘密谋划着调动工作的事。她在谁面前也没提起过要去商业公司的事，就连齐老九那儿也都瞒了个水泄不通。告诉他干什么呢？他只会疑心她跟李大军之间有些什么，所以在事情办成之前，她决定半点风声也不向外透露。当然，唐见芸那里她也没提过，她知道妈心里放不住话，知道了肯定会在第一时间告诉小姨唐见芬，那样的话用不了几天萧桂芳也会知道了去，到时候可就过不了一天安生日子了。她可以想象得到，当萧桂芳知道李大军要调她到商业公司上班的消息后，肯定会瞪大那双怀疑的眼睛不住地打量着她，说出些她不想听到的难听话甚至是龌龊的言语，所以，把话闷在肚子里不说就是万全之策，就不用担心会有人来烦她骚扰她了。一切，都在有条不紊地进行着，她一趟又一趟地往李大军的办公室跑，李大军也一次又一次地向她保证，这个即将空出来的缺口他一定会替她争取，绝对不会让她这样的人才一直都埋没在纺织厂的织布机前。争取争取，争取不就是事情还不作准吗？一开始的时候李大军可不是这么说的，而是胸有成竹地征求她的意见，主动权在她，为什么现在她自己认真起来了，李大军那边倒又变成了一定会替她争取呢？

你放心，这个位置不出意外的话，十有八九就是你的了，跑不了。李大军笑容可掬地盯着她，怎么，这回是真上心了？能不上心吗？柳云卿举起茶几上的茶杯递到嘴边咕咚咕咚地喝了个痛快，又一把丢下空了的杯子，紧紧盯着李大军说，李经理，你就给个痛快话，要是成不了，我也就不想这个心思了。李大军端端正正地坐在办公桌前，有些心不在焉地拿起手边的钢笔，一边在面前摆放着的纸上胡乱画了几笔，一边抬眼盯了坐在他对面沙发上的柳云卿，轻轻皱了皱眉毛说，谁说办不成了？这不正想办法办着嘛！小柳啊，不是我说你，你这性子也忒急了些，你想啊，这么好的工作，肯定是大家都挤破了脑袋想要进来，你总得给我时间好好运筹帷幄一下嘛！

柳云卿有些按捺不住地，可就剩下四个月不到的时间了啊，我是怕万一被别人抢了先机，咱们不就竹篮打水一场空，空欢喜了一场吗？我说什么来着？刚刚还叫你性子不要太急，瞧瞧这又急上了。不还有四个月嘛，你急什么？再说你着急上火的也没用啊！李大军举起手里的钢笔挠了挠头，你还信不过我咋的？想要调你过来也是我提出来的，既然有了始我就一定会善始善终，你就不用天天胡思乱想着犯愁了。哎呀李经理，这事到现在八字还没有一撇呢，我心里总是不落实嘛！柳云卿带着些撒娇的语气说，我听说你们公司的金经理有个亲戚，原来在鲁班镇纱厂上班的，她好像也铆足了心思想往这个位置上钻呢！你说仲小月吧？李大军定定地打量着她，我说小柳啊小柳，平时我倒是小看了你，这内部消息你也能打听到，看来以后你到我这做事了，倒还真是个得力的助手。

李经理你误会了。柳云卿连忙解释说，那个仲小月是我小叔子的未婚妻。什么？仲小月是你家齐老十的未婚妻？柳云卿重重点着头，我想来商业公司的事，家里还一个人都不知道呢，我就怕这事日子搁长了，以后两妯娌见了面都不好相处。我还真没想到仲小月是你家老十的未婚妻，要不都说无巧不成书呢，你这一说，我心里就透亮多了。李大军也拿过桌子上放的茶杯呷了一口茶，既然仲小月的事你也知道，我就索性跟你交个底吧。你也知道，在商业公司里，我只是负责南片区域的分管经理，上头还有几个领导管着，最大的就是你提到的金经理，不过据我所知，金经理跟仲小月的亲戚关系也没多硬，也就是仲小月管金经理叫声表姨父，其实还拐了不止七八道弯。真正对你构成威胁的也不是这个仲小月，而是秦镇长老婆的侄子，虽然秦镇长只是个副职，也没多少实权，可他在县里头市里头都有人，所以要越过他这道坎把你的事办妥，确实有些棘手，不过你放心，既然是我想让你来的，我就一定会替你争取到底。边说边盯了柳云卿一眼，其实秦镇长老婆那个侄子是个十足的草包，高中还没上完就退学了，拼学历拼才华他都拼不过你的，所以你的机会还是很大的。

那，柳云卿嗫嚅着嘴唇，小心翼翼地打量着在办公桌后正襟危坐的李大军，那是不是意味着我也很可能会和这个机会失之交臂？你这个人，怎么又患得患失上了？不是说了我一定会替你争取的嘛！李大军忽地站起身，一把推开屁股底下坐着的椅子，在办公室里来回踱着步，虽说我只是南片区域的分管经理，可我手底下要用什么人我还是有最大的发言权的。边说边从裤兜里掏出包红塔山香烟，麻利地抽出一根叼在嘴上，又从桌上拿起打火机，慢慢点上火，轻轻吸一口，径直往柳云卿坐着的沙发边走了过来，你就对我这么没信心吗？金经理离退休也不远了，大家都知道他一退休就该我李大军接他的班了，所以我提议要用的人也不会有人会当着我的面提出异议，要摆平仲小月还不跟玩似的，至于秦镇长我也不是得罪不起，大不了争个面红耳赤，以后谁见了谁都当不认识了呗！李经理……感谢的话我就不说了，我……谁要你感谢我了？我就是喜欢人才，喜欢天下的人才都能为我所用。李大军一边说，一边伸出右手，看似无意地轻轻搭到柳云卿的肩上，小柳啊，你是个人才，不可多得的人才，我不会就这么放弃你的。

那是李大军第一次把手搭到她身体的某个部位上，也是她和李大军第一次超越正常范畴的近距离接触。当李大军那双白皙瘦削而又充满力量的大手搭到她的肩上时，她没有任何触电的感觉，第一反应就是突然觉得她和他之间将会不可避免地发生些什么，但具体会发生些什么，她不敢往下深想，也不愿细究。她没有躲开他的手，也没有提醒他应该拿回他的手，而是默认了他的行为，就那么静静地，静静地感受着他的手掌在她的肩部微微地起伏、缓缓地移动。终于，他还是拿开了他的手，一副若无其事的样子，还是第一次遇见他时的满脸谦和。她没有说话，他也没有说话，但她知道，从今天开始，他和她的关系就不只是李经理和小柳的关系了，接下来，无论她是想还是不想，是愿意还是不愿意，对未来的人生自己将要扮演何种角色，她都要做好最坏的打算，做足一切的心理准备。

其实她是想要给他一些不疼不痒的甜头的，在下定决心要来商业公司上班时，她就做好了这样的心理准备，男人嘛，不管是什么样的，看上去痞里痞气的也好，看上去谦谦君子的也好，对于女人，他们都是能占到两分便宜绝对不会只占一分，所以就算李大军对她做出更加逾矩的举动，她也不会觉得惊讶。有什么的呢，不就是拉拉手拍拍肩嘛，至多不过搂搂抱抱，何必非要把自己装扮成一个贞妇烈女呢？不给男人些甜头尝尝，这好工作好机遇能掉到自己头上来吗？说到底，人的好运气都是要靠自己去争取去努力的，为了将来可以过上更好的日子，为了能在老镇和齐家彻彻底底地扬眉吐气一回，让李大军摸上几把又有什么了不得的？

　　底线就是搂搂抱抱，再往前半步都是不行的，连亲嘴也不可以。这是柳云卿在心底为她和李大军的关系设置的警戒线，一旦超越了这个警戒线她就会立即逃开。可现在不才只是被搭了肩嘛，离她设置的警戒线还远着呢，既然他想搭就让他搭吧，搭多长时间都行，为了她想要得到的东西，这点牺牲她还是承受得住的。这个周末我要去市里开会，总共七天时间，其中有两天可以自由行动，想不想跟我一块去？李大军紧紧盯着她，又迅速避开她的目光，我可以带你去看丹顶鹤，就我们俩。他这是什么意思？柳云卿一下子蒙了，他去市里开会，却叫她跟他一起去，不是明摆着要让她往他设下的圈套里钻吗？不，这样的要求很显然已大大超越了她在他们俩之间设下的警戒线，工作调动的事八字还没一撇呢，她怎么能在这个时候对他投怀送抱呢？李大军看出了她的犹豫，对着她猛地吸了口烟，你别想多了，我就是随便这么一问，你要不想去就算了，要想去的话这个周末前你就给我回个话，我好给你安排个房间。边说边慢慢踱回办公桌后，又一屁股重新坐到椅子上，抓起桌上的钢笔放嘴里咬了咬，我有个老同学在丹顶鹤保护区做事，他可以带我们好好逛一逛的。

　　丹顶鹤？这个时候她能有什么心情去看什么丹顶鹤？柳云卿当然知道李大军是醉翁之意不在酒，可若不答应他，她工作调动的事十有八九也就黄了，到底是要好工作还是要葆有自己的清白呢？鱼与熊掌不可兼得，这么浅显的道理她自然是再明白不过，但事情落到自己头上的时候又都会不由自主地生出些侥幸心理，觉得天下所有的事都有个例外，可这李大军真的会是例外吗？一连几天她都食之无味，难道就这样眼睁睁地看着煮熟的鸭子飞了不成？如果要得到自己梦寐以求的好工作，就必须有所牺牲，如果不想付出任何代价，那她就不要对未来有所期许，照旧每天都老老实实地守在织布机前织她的布就好了。

织布织布，从早织到晚，又从晚织到早，日复一日地织，年复一年地织，看着那一匹比一匹长的布料，她几乎可以透过吱嘎作响的织布机，一眼便把自己的一辈子望到了头，可这样的生活有什么意义又能活出什么趣味？从头到尾都是一潭死水，激不起任何的涟漪，要真让她把大半生都埋没在纺织厂，埋没在织布机前，她死也不甘心的。她不想要这样的生活，从来都没想过，如果不是齐家帮爸爸还了赌债，她说什么也不会早早地嫁给齐老九，不会那么狼狈而又不情不愿地从上海回到老镇，说不定通过自身不断地努力，她现在已经成了幸福服装厂的技术骨干，甚至是管理几十号几百号工人的小领导了，哪还用得着天天趴在织布机前累死累活地织布？不就是个正式工嘛，再正式也就是个劳苦命的工人罢了，有什么可稀罕的呢？就因为这份工作，齐蓉两口子每次见到她都拿着端着，仿佛她欠了他们一样，说话都带着股居高临下的盛气，可这是她求着他们给的吗？齐蓉两口子之所以费心费力地托关系把她安排进纺织厂，不就是要让她乖乖地嫁给齐老九，她为什么要把他们当作她的救世主？要真掰扯起来，齐蓉两口子可以说得上是齐家的救世主，也可以说得上是齐老九的救世主，可就不是她柳云卿的救世主，她凭什么要感激他们？唯有李大军才是她的救世主，也只有李大军才能帮她改变现有的命运，无论如何，她都要牢牢抓住这唯一的救命稻草。

自打有了倩倩后，柳云卿想再去上海打工的念头也就彻底断了。可她对现有的生活状况依然充满了不甘，工作，婆媳关系，甚至是她跟齐老九的关系，都让她很不满意，而要改变这一切，首当其冲的就是必须离开纺织厂，离开织布机，到商业公司去坐办公室。不能再犹豫了，有得就必有失，只要自己把控得宜，即便跟李大军一起去市里，也不会让他占到些许便宜的，再说兴许一切都是她自己瞎琢磨，人家李大军压根就没那方面的想法呢！在柳云卿眼里，李大军仍然还是个风度翩翩的谦谦君子，不走到最后那一步，她是不会轻易给他的品行下结论的，或许她这回是真遇到好人了呢，或许李大军就是那坐怀不乱的柳下惠呢，也难说，不是吗？好了，不用想太多了，不就是去趟市里嘛，总不能人家给了她一份好工作，她连陪着去看一趟丹顶鹤也不愿意吧？再说了，如果去了发现什么可疑的苗头，她不是还可以逃开吗？李大军那么儒雅的一个人，断不至于要对她用强吧？

柳云卿似乎已下定了决心要陪李大军去趟市里，可就在这个节骨眼上，老十突然又从鲁班镇赶了回来，就在大家都以为他就要把调动工作的所有手续办妥了时，他却再次扔出了一个令人震惊的意外消息。老十在饭桌上当着齐黄山两口子和柳云卿的面宣布他决定留在鲁班镇不回来了，说这话时他偷偷瞟了柳云卿一眼，看得柳云卿立马感到浑身都不自在起来。怎么又不回来了呢？齐黄山伸出左手的食指轻轻了敲桌面，上次回来你不是说手续都已经快办妥了吗？就是不想回来了。老十淡淡地应着，不带任何感情。怎么说不回来就不回来了？萧桂芳瞪大眼睛讶异地盯着老十，你嫂子都替你把东厢房收拾好了，打扫得干干净净、一尘不染的，还给你贴满了明星海报，你怎么又突然变卦了呢？

不是说了不想回来嘛！老十低头夹着菜，一句话也不想多说。不想回来你折腾个什么劲？是不是跟小仲吵架了？老十点点头，我跟仲小月分手了。分手了？萧桂芳有些震惊，又有些失落，还有些掩饰不住的小欢喜，分手就分手吧，仲小月跟你也不般配，我跟你爸都没看得上她。我就是回来告诉你们一声，省得你们挂念。老十大口大口扒拉着米饭，我习惯了在外边的生活，回家反而觉得不自在，既然跟仲小月掰了，也就没必要再调回来了。可你也老大不小了，二十七了，怎么谈一个就分一个呢？齐黄山有些恨铁不成钢地盯着老十叹口气说，老十，我知道你不喜欢我，从小到大我管你是管严了些，可我也是为了你好。你说你哥吧，拖到二十六岁才结婚，你现在还比他那会大了一岁，要我说，有了差不多的合适的也就行了，干吗总是挑来挑去地没个完了？老十听了齐黄山的话，忽地把碗筷往桌上一搁，掉过头盯着齐黄山叹口气说，爸，要不是当初您非拦着不肯我在老九前面结婚，您孙子现在也该有桌子高了吧？你倒是怪上我了啰？老十依旧淡淡地回着，我哪敢怪您，您是一家之主，我们什么不都得听您的？你这是又想造反了吗？齐黄山很不满地瞪着老十，你妈说得没错，我是没看上仲小月，可娶老婆又不是娶回来看的，时间长了不就瞅顺眼了嘛！这工作都快调回来了，你跟人家又吵的哪门子架？去，你现在就回去跟小仲道歉，求小仲原谅你，她要是不原谅你，以后你也就不用再回这个家了！老十没说话，只是望着齐黄山笑了笑，然后轻轻起身离开桌子，冲萧桂芳说了句，妈，我走了，就甩着两条胳膊径直走出了院门。

老十这次愣是一句重话也没说，更没跟齐黄山发脾气顶嘴，但柳云卿却从这看似平静的表象下看到了这个家掩藏在骨子深处的危机，也感受到了老十对这个家的决绝。或许老十这次走了，他和这个家，和这个家所有人的隔阂也会变得越来越深，可她一个外人又能说些什么改变得了些什么？说到底，一切好与不好，都是他们老齐家自己的事，她一个姓柳的操这些闲心做什么？唯一让她担心的就是老十和齐老九的关系，经老十这么一折腾，恐怕这兄弟俩往后见了面就更尴尬了，可这些都是她干涉不了的事，就听天由命好了！本来，她是一点也不想参与他们齐家的纷争，可老十走了好一阵后，她一抬眼，竟看到倩倩手里拿着个黑乎乎的东西在地上玩得不亦乐乎，刚想问她在玩什么，那黑乎乎的东西就开始不断发出"哗啦哗啦"的声响，紧接着就看到各种文件和硬币迅即掉落了一地。那不是老十的公文包吗？柳云卿连忙从倩倩手里抢过公文包，麻利地收拾好掉落的文件，就骑着脚踏车飞快地追了出去。

幸好，老十还没有离开汽车站。柳云卿一边把公文包递给在候车室等车的老十，一边气喘吁吁地问他以后有什么打算，老十却故作神秘地把她叫到一个没有人的角落里，仔仔细细地把她打量个遍才忍俊不住地笑着说，以前很少跟你碰面，就算碰了面也很难有机会像现在这么看你，不过也不晚，今天我也算是真正领教了你桃花西施的风采。柳云卿顿时涨红了一张脸，老十，你别没大没小地跟我开这种玩笑，我可是你嫂子！老十仍然笑着，举起公文包在柳云卿脸前扬了扬，嫂子，知道这里面装的都是些什么吗？柳云卿有些气恼地盯着他，你别跟我来劲，我可没让你不调回来，也没想着要占你那份家产？家产？老齐家现在除了个空壳子还剩下什么？这包里装的都是我调动工作需要的手续，有的已经办好了，有的还差一个公章就行了，可我现在不想调回来了，这些文件也就成了一堆没用的废纸，所以你完全没必要追出来给我送这个包的！齐程，我现在郑重地跟你说，我从来都没生过要跟你分家产的心，也不稀罕你爸那些家产，不仅如此，我还一直希望能够跟你成为朋友，无话不谈的朋友。不管你信不信，我心里就是这么想的。

我信。老十眼里突地闪过一丝泪花，他几乎不能自抑地带着些哽咽的腔调，其实我真的很害怕回到这个家，一点也不想回。这个家的每个人都让我觉得可怕，我爸，我妈，还有老九，从小到大，我从来都不知道他们心里在想些什么，也从来都猜不透他们，唯一让我感觉到温暖感觉到亲切的，也就只有你这半个外人了。很多话我没法说，也没有人可以说，云卿，你能理解我这种孤独到近乎窒息的感受吗？我理解，我什么都理解。她重重点着头，其实也没你想得那么坏，你看我，不也慢慢熬过来了吗？老十摇摇头，还有很多事你都是不懂的。毕竟我已经在这个家生活了二十多年，而你才只生活了四年不到，你要再继续在这个家待下去，就不会这么看得开的。

我有什么可以帮得到你的吗？她没想到，原来在老十内心深处也早就把她引为知己了，很是有些感动，如果有什么我可以帮到你的，我一定会尽自己所能地去帮你。让你把商业公司办公室主任的位置主动让给仲小月，你也愿意？老十盯着她，不无促狭地笑着，知道我为什么跟仲小月吵架吗？柳云卿没想到她要去商业公司的事居然没能瞒过老十，难道他们吵架是为了自己？她骂你，用尽了世上最肮脏的字眼，比我妈骂我爸还要厉害，我实在忍不住了，打了她两巴掌，所以就分手了。老十依旧淡淡地说着，商业公司的金经理是仲小月的远房表姨父，所以李大军要调你去商业公司的事，仲小月已经摸了个底朝天，我受不了她那样骂你，也决不容许她在我面前骂你，所以……

齐程！柳云卿强忍住就要掉下来的眼泪，我不值得你为我做这么大牺牲，不值得的。你是这个家里我唯一想要保护的人，也是唯一可以信赖的人，为你做什么都是值得的。泪水终于顺着她的眼角肆无忌惮地流了出来，那一瞬间，柳云卿觉得自己是这世界上最幸福的人，可也是最无助最孤单的人。为什么要对我这么好？她在心里默默念叨着，其实你什么都不用为我做的，这样深重的情义，又该叫我拿什么去还呢？

汽笛声响了，老十抬手看了看腕上戴的手表，车就要开了，我该走了。什么时候回来？她几乎是想也没想地脱口而出。想回来的时候就回来了，就是不知道你和倩倩会不会想我回来。会的，当然会的，你不在家的时候，倩倩总是要念叨起你的。那你呢？老十怔怔盯着她，脸上充满期待的表情。可她什么也没说，只是冲他做了个快上车的动作。无论如何，她和他都只是嫂子和小叔子的关系，即便她此刻心里也对老十产生了异样的情愫，她也要故作镇定地不在他面前泄露出自己的任何心事。

老九不在的时候，你要学会着自己保护自己。临上车前，老十一只脚都已经跨上车了，可又突然反过身，飞也似的跑到她面前殷切地叮嘱她说，不要太轻信李大军，如果他欺负你，你就告诉我，写信打电话拍电报都可以，我知道你们纺织厂传达室有电话的。柳云卿不住地点着头，放心吧，我心里有数的。有数就好。老十终于还是上车走了，车子发动的那一刻，柳云卿整颗心都碎了，老天爷，为什么你不让我早点遇见齐程，为什么你偏偏要安排我做他的嫂子呢？

第十章

下了一夜的雨，嘀答嘀答没个停歇的雨声里，柳云卿蜷着身子缩在被子里，脑子里一片空白，映入眼帘的依然还是白天的时候陪李大军一起去黄海湿地公园看丹顶鹤的情景。

一只只落在她身边的丹顶鹤就像一个个美艳到极致的仙子，但她的心思却完全不在这些可爱的精灵身上，因为刚刚走着走着的时候，李大军那只有力的大手突地就拉起了她的手并把它整个儿攥到了自己的掌心里。他甚至都没看她一眼，伸手的动作极为自然，让她来不及做出任何思考，就那样懵懵懂懂地被他牵着手一起朝前走去。该来的终归还是来了，她轻轻吸了口气，迅速整理着被这突如其来的状况扰乱的心绪，尽量装作若无其事地，一会抬头看看瓦蓝瓦蓝的天空，一会伸出另一只手摸摸迈着悠闲的步子从她身边走过的丹顶鹤，一会掉头朝远处望去好似在寻找些什么，就是不肯打破沉默跟那个紧紧握住她手的男人说上哪怕是一句半句话。

云卿啊，你看这丹顶鹤是不是很漂亮？李大军把她的手攥得更紧，对她的称呼也由原来的小柳变成了云卿。她看上去有些不安，略微紧张地点了点头，答非所问地说，不错，这地方确实很美。很美吗？穿着一身灰色西装打着红色领带的李大军下意识地朝四周张望了下，又迅速掉转过头紧紧盯着她的脸，你要喜欢，下回我还带你来。边说边装作不经意地，用自己紧握住她手的那只手在她手背上轻轻捏一下，其实要论起风光，这里还不如我们老镇周边的乡下好呢，要没几只丹顶鹤，真没什么看头的。柳云卿偏过头不去看他，是啊，没有丹顶鹤，真不比我们乡下好看。就是，别的地不说，光你们梨花村就比这里强多了。湿地湿地，不就是几条小河几条大水沟子再加上一片芦苇荡和遍地的野草嘛，这些梨花村一样也不缺啊！李大军呵呵笑着，真搞不懂这些丹顶鹤，为什么非要飞到这儿来过冬，再往南飞一百公里不就到梨花村了嘛，瞧这偷懒偷的！

　　李大军的幽默终于让她忍俊不住地笑了，李经理，丹顶鹤飞到这儿以后，之所以不再往南飞了，是因为这里的环境比周边区域的环境要好多了，而且这里有更多适宜它们居住的水草和植被，这些我们梨花村都是比不上的。怎么就比不上了？李大军回头伸手指着几只刚刚从他们身边擦肩而过的丹顶鹤，快乐得像个孩子似的大声喊了起来，喂，我说你们这些呆鸟，这里有什么好的？再往南飞一百公里，你们就可以跟我们老镇上的桃花西施做邻居了！这鬼地方，别说西施了，连一朵桃花也没有，你们待在这里做什么？柳云卿被李大军这副模样逗得更开心了，李经理，它们都是些畜生，你跟它们较什么劲？李大军又在她的手背上捏了一下，这回的力道要比上次的大出许多，我哪有工夫跟它们较劲，我是替它们着急，好马配好鞍，这么好看的鸟不就该待在美女待的地方嘛！随便指着不远处的一只临水而照的丹顶鹤，我说丹顶鹤你叫什么名字，明天就跟我们一起去梨花村好不好？什么，不去啊？不去就把你这只鸟宰了炖汤给我们老镇的大美女桃花西施喝！

　　李经理，这里可是丹顶鹤保护区，小心你说的话被别人听了去。柳云卿没想到平日里总是一本正经的李大军幽默起来居然也会这么可爱，像个孩子一样疯起来就没完了，不过他这副看上去有一点傻傻憨憨的模样她倒挺喜欢的，浑身都充满了一种说不出的魅力，不像齐老九说话做事总是那般生硬无趣，这样的男人又有几个女人会不喜欢呢？她忍不住偷偷多看了他几眼，四十出头的人了，脸上居然还没有一丝皱纹，头发也没有一根白的，皮肤白皙，唇红齿白，跟琼瑶电视剧里的秦汉比起来也相差无几，女人嫁给了他就算不幸福也会在背地里偷偷美死吧？其实李大军除了年纪大点外真的没什么不好的，相貌好，身材好，气质好，工作好，人缘好，更重要的是脾气好，早个二十年他肯定会是她择偶的第一人选，就算现在，如果他未娶她也未嫁，她也不会轻易错过这么优秀的男人，可现实毕竟是残酷的，他家里早有了为他生儿育女的妻子，她也早就嫁给了齐老九，她和他的关系就像她和老十一样，是注定不会有结果的，而且他还比她大了将近二十岁，这样的两个人要走到一起，不被别人拿砖头砸死，也会被声讨他们的唾沫星子给淹死，她又怎么敢越过雷池半步呢？

是的，她不敢，当然，也不想。她很清楚地知道，她心里爱的人只有齐鹏一个，一直以来，她对李大军的感情也只限于感激与欣赏，并没有任何男女之情，更没有对他产生过任何的非分之想，那些龌龊的念头就更不要提了，可为什么眼下她竟对他产生了令人难以启齿的异样的情愫了呢？不可能的，她对他可从来都没有那种意思，就算为了工作调动的事她早就做好了随时被李大军吃豆腐的准备，可那也仅限于吃豆腐，并没有超越她在心底画下的那道警戒线，为什么此时此刻她非但不急于摆脱李大军紧紧握住她手的那只手，反而还在渴望他有进一步的行动呢？是她的身体在召唤李大军吗？是她在期待着和李大军之间发生些特别的事吗？不，这不可能，绝不可能！或许她真的在心底偷偷喜欢着李大军，但那种喜欢就像她对老十的感情一样，是不掺杂任何目的与企图的，是纯洁的无瑕的，从头到尾都跟"男女关系"这四个字沾不上任何的边，可为什么当她看着李大军的眼睛时，心却突突突地跳得厉害呢？

难道这不是一个女人对男人最原始的冲动与向往吗？她突地感到有些害怕，她怕再这样被李大军紧紧攥着手，不等李大军对她有所行动，她自己就主动缴械投降了，可她又不知道究竟该如何从李大军的手里抽回自己的手，如果让李大军觉得她在本能地拒绝他，那她即将到手的好工作很可能会跟煮熟的鸭子一样飞掉。她好不容易才得到这么个机会，千载难逢，难道就这样眼睁睁地看着它从自己的指缝间溜走？为了工作调动的事，老十已经跟仲小月闹掰了，就算不为自己，也应该为老十对自己的理解努力争取一回，不是吗？商业公司南片分区办公室主任的职位，她势在必得，既然所有的宝都已经押到了李大军身上，那又有什么好退缩的呢？如果自己真的被这个男人的魅力征服，再也无法把持住内心燃烧的欲望，那就顺应天命，遵从身体对他的所有响应吧！

怕什么，你以为我还真能把丹顶鹤宰了炖汤给你喝啊？李大军哈哈笑着，云卿，我虽然书念得比你少，可也不是法盲，丹顶鹤是国家一级保护动物，我要宰了它们，政府还不送我去吃牢饭？边说边又用力握紧她的手，我都这把年纪了，真要进去了，等出来时怕不得六十岁了，到时你还能认出我来吗？我可舍不得去吃牢饭，我还想安安稳稳地坐在商业公司经理的位置上好好地多看几年你这个桃花西施呢！我有什么好看的？柳云卿心不在焉地，都黄脸婆了，再看也看不出花来。谁说你是黄脸婆了？你要是黄脸婆，那我家那位岂不是丑八怪了？李大军满目含情地盯着她，你是桃花西施，是老镇之花，是整个花港县乃至整个黄海市的骄傲和名片，当然，也是所有男人心目中的梦中情人。李大军近乎直白的告白，把柳云卿本就乱了的心绪搅得更乱，看来今天不管是谁主动，她都逃不了李大军为她精心设计的圈套，可这又赖得了谁，在她决定要陪他一起到市里看丹顶鹤时她就已经想到了这层，既然人都来了，那就泰然处之地接受这一切吧！

柳云卿轻轻闭上了眼睛，但她却没等来急风骤雨般的狂吻。李大军毕竟还算是个正人君子，他不喜欢趁人之危，也不喜欢强人所难，所以他在她闭上眼睛的那一瞬，举起她那只被他紧紧握住的手轻轻放到嘴边，蜻蜓点水地吻了一下，随即便把她放开了。她慢慢睁开眼睛，看看刚刚被他吻过的那只手，又怔怔盯着已转过身背对着她两手叉腰的李大军，两行滚热的泪水不由自主地掉落了下来。说不清是感激还是委屈，也说不清是彻底的放松还是无法言明的失落，总之，她几乎是想也没想地就张开双臂从背后紧紧抱住了李大军，偌大的湿地公园里，湛蓝的天空下，除了偶尔扑打着翅膀从他们身边经过的丹顶鹤，就只剩下他们宛若雕塑般的身影。良久，李大军缓缓转过身，把她紧紧搂在怀里，并伸手替她轻轻拭去眼角的泪花，放心，我不会亏待你的。她依然双眼噙满了泪水，就那么静静地抱着李大军，一声不吭。她不知道自己到底做得对不对，也不清楚自己这么做到底是为了什么？爱情，还是感激？付出，还是代价？她不知道。

她唯一知道的，就是此时此刻她太需要一个温暖的怀抱了，而远在梅安县的齐鹏却给不了她最想要的东西，哪怕只是一个拥抱，在她最孤单最寂寞的时候他也给不了。她不知道说过多少次，让他尽快想办法把她调到梅安去和他一起工作，或是让他大姐夫再找关系把他调回老镇来，可他每次都只会说再等一等再等一等，仿佛除了等待他便什么也做不了。其实再努力些上心些，他们面临的问题不是不可以解决的，可齐鹏那个性格就跟温水煮青蛙似的，干什么事都是不踢不滚，即便踢了他，在没踢中要害的时候他也不会有任何改变。她不止一次地抱怨他，男人就该有点男人的责任心，他一个人远在离家几十公里之外的外县工作，每个星期才回来那么一天，却把她和倩倩娘俩丢在家里不管不顾的，哪里还像是个丈夫和父亲？而齐鹏也总是无一例外地望着她若无其事地笑笑说，再过阵子他肯定会想办法的，让她务必再咬着牙忍耐忍耐。想办法想办法，你倒是想出什么好办法了？柳云卿举起枕头朝齐老九身上扔过去，拜托你有点责任心好不好？我每天上班又要加夜班，还得带倩倩，再这么下去，我就算不累趴下也得疯了不可！调回来有那么难吗？我看你就是不想回来！哪的话，我做梦都想回来！齐老九抱起倩倩，在她额头上响亮地亲一口，伸过手拉拉她的衣襟，别生气了，下个礼拜我就去找大姐夫想想办法好不好？下个礼拜？你早干吗去了？她愤愤地瞪着齐老九，你就是把我的话当耳边风。一个人在梅安多好，不用帮老婆做饭洗衣，也不用在家带孩子，每个周末回来还有人像侍候皇帝一样侍候你，换我也不要回来了！可你不能只顾着自己，倩倩眼看着马上就要上幼儿园了，我就算是孙悟空会七十二变，也没那么多精力应付那么多事。再说，哪有两口子一年到头都两地分居的，你算算，一年里你到底有多少天是在家里跟我一起度过的？不是说了下礼拜就去找大姐夫了嘛！齐老九把头凑过来，在她耳朵上亲了一下，你以为我喜欢一个人待在梅安啊？要不是看他们那工资比我们这里的厂子高，我早就辞职不干了。工资工资，原来在你心里，我跟倩倩还没你那几个工资重要！柳云卿撅着嘴生气地说，齐鹏，你忘了当初是怎么追我的吗？你说你一个人守在上海，天天挤公交车去我厂里给我送饺子，就跟个奴才似的，怎么把我娶到手了就立马变了个人？陈芝麻烂谷子的事，你还提它做什么？怎么不能提了？齐鹏，我可告诉你了，我嫁给你不是为了在你们齐家独守空房的，你要是还不尽快想办法把我们之间的问题解决好，我可就要卷铺盖走人了！走什么走？齐老九一把将她搂在怀里，这么漂亮的老婆，我可舍不得让她卷铺盖走人！再说你能走哪去，又不是黄花大闺女了，你以为还有人会要你啊？这你就小瞧我了不是，你睁大眼睛好好看看我是谁，柳云卿呵呵笑着，我可是人见人爱的桃花西施，想追我的男人都排成加强连了，信不信我今天跟你离婚，明天就有男人找上门来提亲？

　　说实话，这些年柳云卿对齐老九的诸多不满，已经随着倩倩的不断成长，一天天地彰显了出来，只是还没有积攒到让她忍无可忍的地步，但她知道，终归有一天她会忍不下去的，而等到那个时候，她和他之间的感情也就不得不濒临破裂的边缘了。冰冻黄河决非一日之寒，长年两地分居的生活让柳云卿看不到生活的希望，也看不到自己未来的出路在哪，难道就这样拉扯着孩子年复一年地度日，直到齐鹏从梅安县饲料厂退休回来吗？齐鹏今年才二十九岁，离退休年龄还有三十多年，即便他能坚持得下去，她也熬不住啊！一年三百六十五天，五十二个周末，加上各种节假日，她每年正儿八经跟他一起度过的日子总共才六十天左右，难道这就是她想要的夫妻生活吗？一个人在屋子里哄着倩倩睡觉的时候，她总是无奈地问着自己，这真的是她想要的婚姻吗？如果真的是，那她这婚结了也跟没结一样，早知如此，还不如当初狠狠心什么也不去管，没准现在已经在上海找到了真正心仪的白马王子呢。当然，齐老九也不是不好，每次从梅安回来都会给她买上一堆东西回来，尽管不是衣服买大了就是鞋子买小了，要不就是压根就没什么用，但至少证明他心里有她，而且他每个月拿的工资都会一分钱不少地按时上交，这样的男人似乎也还不错，一般的女人嫁了他也该是心满意足了的。可她心里总觉得他们的婚姻里缺了些什么，或是有些说不上来的不对劲，到底是什么，真让她讲出来时她倒又讲不明白了。

你就是人心不足蛇吞象。唐见芸劝她说，齐老九真的很不错了，待你和倩倩都好，结婚以来这几年从没碰过你们娘俩一根手指头吧？他对我和倩倩好不是天经地义的吗？我是他老婆，倩倩是他女儿，他不对我们好对谁好？柳云卿嗤之以鼻地，妈，都什么年代了，你还以有没有动手打过老婆来评判男人好不好啊？那是你没被男人打过！唐见芸叹口气说，我小的时候，你外公每次喝醉酒都往死里打你外婆，你是没见识过那个惨。又说这些做什么？妈，您是不是觉得齐鹏没动手打过我，我就要谢天谢地了？他要敢动我一根手指头，明天我就跟他离婚！呸呸呸，别成天把离婚放在嘴边，多晦气，你以为唱歌呢？唐见芸狠狠白了她一眼，总之，我跟你爸都觉得这个女婿非常不错了，哪回逢年过节他不是烟啊酒的往家里送？云凤他们几个也都跟着沾光，没少吃老九买的糖果糕点。几条烟几瓶酒就把你们收买了啊？妈，我可是您的亲闺女，您这胳膊肘可不要老往外拐，要再这么说，下回我就不给您买衣服买鞋了！不买就不买！唐见芸瞪着她，我才不稀罕你买的衣服鞋子，我只稀罕我女婿送的糖果糕点！好好好，你稀罕你女婿，以后你就跟女婿过一辈子吧，还有，你和我爸再有个什么头疼脑热的，也别叫我陪你们上医院，尽管叫你们的好女婿去！唐见芸摇摇头，你就是这山望得那山高，身在福中不知福。两地分居怎么了？全中国也不是就只有你们俩两地分居，别人能过，你就不能过了？当初安排工作时，幸好老九没上船，他要是上了船，你就不是一周才能见到他一次，而是一年半载才能碰到他一回，就这还不知足呢！他要是当初上了船，我也不能够嫁给他啊！妈，说到底还是您跟我爸财迷心窍，要不是你们贪财，也不会把我推进齐家那个火坑。

　　柳云卿知道，爸，妈，还有弟弟妹妹，都是喜欢齐老九的。别看他在自己面前总是傻傻乎乎的连半句情话也说不周全，可拍起丈母娘一家人的马屁来，他齐老九的功夫要是在老镇上数第二就没人敢数第一。她就不明白了，她只是想要个更加健康更加美好的婚姻，为什么所有人都不理解她呢？大妹云凤居然偷偷笑话她离了男人就活不下去了，死丫头片子，她也太小瞧自己了，难不成要齐老九回来就是要跟他那什么什么吗？当然了，长期缺乏性生活，也是她要他回来的一个重要因素，可她也不是缺了男人就不能活的那种女人，更不是《金瓶梅》里的潘金莲，成天就想着那点男女之事，她只是要有个知冷知热的人陪在她身边，陪着她一起说说话打打趣罢了。在齐家她过得太孤单了，齐黄山整天板着张面孔不苟言笑，萧桂芳又跟她面和心不和，倩倩还小，她想找个说话的人都没有，如果齐老九在，她又怎么会一个人寂寞着熬过一个又一个漫长的黑夜呢？齐鹏，调回来真有那么难吗？不就是老镇的厂子里给的工资没有梅安饲料厂高嘛，可高又能高到哪去？重要的是我们一家人每天都开开心心地守在一起，不是吗？她不明白齐鹏为什么对任何事都是一副得过且过的心态，吃饭他从来不挑剔，买衣服他从来不挑剔，工作他也从来不挑剔，看上去他对什么都无欲无求，可正是这无欲无求最要命，她真不知道如果再让这样温吞的生活继续个几年自己会变成什么样，但她知道，她真的不能再对齐鹏听之任之了。

　　风从不远处的河沟里轻轻吹来，偎在李大军宽阔的胸膛里，她感到一种久违的暖流慢慢地在她周身扩散，每一寸肌肤，每一个毛孔，都散发着温柔与浪漫的因子。她不清楚自己是不是爱上了正紧紧搂着她的这个男人，但她知道，她需要他给的温暖，此时此刻，这世上再也没有任何东西比得上他的拥抱更温暖更真实了，她只想就这样醉在他给的暖里，永远永远，哪怕只是个虚幻不实的梦，她也不想从中醒来。李大军把她搂得更紧了，轻轻闭上双眼，在丹顶鹤时断时续的鸣叫声中，她能感受到他濡湿的唇吻到了她的嘴上。她没有回避，更没有抗拒，而是心安理得地接受并享受着接下来他为她带来的狂风暴雨般的热吻。有多久没有这么热切地忘我地接过吻了？好像从来都没有过。齐老九虽然很爱她，但他对爱的表达方式一直都是淡淡的，哪怕是在跟她温存的时候他也没有这么疯狂地吻过她，更别说什么情趣不情趣了。李大军的热吻唤醒了她心中沉睡已久的欲望，此时此刻，她才懂得，原来一个男人对女人的爱是这样的，为什么齐鹏从来都没带给她这样的感受？是齐鹏不够爱她，还是他从来都不知道爱为何物？

　　于她而言，爱情从来都不只是彼此心里挂念着对方，也不只是孩子和柴米油盐酱醋茶，更多的是需要些风花雪月的诗情画意与时不时就来上那么一回的激情。对，激情，当李大军的双手急不可耐地在她周身游移的时候，她终于明白她和齐鹏之间最大的问题是缺乏激情，哪怕在他最兴头上的时候，他也都进行得马虎了事，仿佛每一次都在例行公事，难道结了婚，他就把她列入了私有财产名录，再也不想竭尽全力地讨她欢心给她一些更加浪漫的感受了吗？每次她提出让他换个体位试试时，他总是会一本正经地把她推开，甚至不耐烦地说，搞什么搞，都老夫老妻了，你也不怕传出去被人笑话。谁笑话？她伸出舌头轻轻舔舐着他的脖颈，来嘛，又没人看见。她一使劲，突地抱着正趴在她身上的齐鹏一起翻了个身，满眼柔情地盯着已被她压到身子底下的齐鹏撒着娇说，就一次，好不好？齐鹏皱着眉，本能地避开她如雨点般击中自己脖颈、乳头、胸膛的热吻，一骨碌爬起身，叫你别搞了，你干什么嘛？她怔怔盯着齐老九，就一次，下不为例，好不好吗？你看看你这个样子，像什么话！齐鹏气呼呼地说着，转过身不再理她，倒头便睡。生气了？她贴着他的后背不停地摇晃着他的身子，生什么气嘛，我们是夫妻，怕什么？怕什么？齐老九在鼻子里冷哼了一声，你以为拍黄色录像呢，传出去了我这张脸还往哪搁，有意思吗？你这人怎么这样说话？她伸出手指，不满地重重戳着他的后脖颈，我是你老婆，我跟自己男人亲热还要怕别人说闲话不成？你也知道你是我老婆？老婆有你这样的吗？齐老九瓮声瓮气地说，潘金莲才那样搞，你是潘金莲吗？潘金莲？她没想到，在齐鹏眼里，夫妻间的温存与激情，居然被他视作了洪水猛兽，都什么年代了，他怎么还一脑子的封建思想残余？罢了罢了，她也懒得再跟他掰扯，索性在他身边正正经经地躺下，心如止水地睡了过去。

云卿，李大军轻轻咬着她的耳朵，双手突地伸进她的衣服里向她高耸的双乳袭去，我喜欢你，见到你第一眼的时候，我就喜欢你了。那一瞬，她仿佛被雷击到一样，迅速睁开双眼，有些不知所措地盯着眼前这个已经被情欲完全左右的男人，心绪再次乱成了一团麻絮。不，她必须立即停止这危险的游戏，不能再任由李大军继续下去，否则她必将滑入伸手不见五指的黑暗深渊，到那时她再想脱身就难于上青天了。潘金莲。她耳边突地闪过齐老九责备她的话，他说她是潘金莲，如果继续纵容李大军放肆下去，她就真的要变成那个连自己都恨得咬牙切齿的潘金莲了。她不要做潘金莲，不要成为西门庆的潘金莲，如果继续向前，她将会成为齐家的罪人，将会终身都被牢牢地钉在耻辱柱上，将会把她和齐老九的婚姻引入万劫不复的深渊，将会让齐鹏和倩倩都因为她的缘故被老街上的人耻笑谩骂。不，她不能给齐鹏戴上一顶绿帽子，更不能让任何人指着倩倩的脸叫骂，说她是潘金莲的女儿，说她是坏女人生出来的贱种。她知道老镇人会用怎样恶毒的语言去攻击并诅咒一个不守妇道的女人，尽管他们很多人都在私底下做着更龌龊更不堪的事情，但只要不被人揭发，不被人当众扯下脸上戴着的面具，他们就可以完全忽略自己的所作所为，以卫道士的身份自居，去指责斥骂那些和他们一样的人，而且还会冠上堂皇的理由，再加上一副义愤填膺的表情，不达目的誓不罢休。她不要受到那些虚伪之人的指控与侮辱，所以她及时推开了李大军，并及时阻止了自己随时随地都可能喷涌而出、一泻千里的放纵。

丹顶鹤都看着呢。她嗫嚅着嘴唇，低下头不敢去看李大军的眼睛。摸也摸了，抱也抱了，亲也亲了，她能给予他的甜头也仅限于此，过了这道警戒线，就算他现在就把调令塞到她手里，她也不能再让自己继续徘徊在危险游戏的边缘。是的，这是一场危险的游戏，玩不好就是玩火，尽管她并不讨厌李大军，甚至还在心底悄悄喜欢着他，但她知道，绝对不能再往前跨出一步，哪怕半步也不行。李大军是个好人，是个气质儒雅而又风度翩翩的好男人，可他不是她的男人，所以她不能贪心，更不能让自己成为在悬崖上跳舞的那个人，因为一旦错下去，她就再也不能回头，再也不能心安理得地以一个好妻子好妈妈的身份出现在齐鹏和倩倩身边，只怕到那时不仅悔之不及，就连她自己也会嫌自己太脏。

那咱们就回去吧。李大军抬头望了望依旧蓝得能拧出汁液的天空，转过身默默朝来时的方向慢慢走去。此时此刻，她不知道该对他说些什么，只是默默地、默默地跟在他身后，像个犯错的孩子。没关系的。李大军忽地朝身后伸出去一只手，她愣了一下，本犹豫着想要拒绝，但最终还是主动握住了他伸过来的手，并和他并肩走到了一起。李经理……柳云卿依旧低着头，她实在不知道还能对他说些什么。以后没人的时候，你就叫我大军吧！李大军叹了口气，反过来攥紧她的手，我没那么贪心了，这样就够了。真的，够了。我……对不起，李经理……不是说好以后没人时就叫我大军吗？李大军很温柔地掉过头瞥了她一眼，你不用感到不自在，能够这样我已经很满足了。我都四十好几的人了，你才二十五岁，在年龄上我都可以当你爸了，是我贪心了。不，李经理……大军，我，我不是一个好女人，我……什么都不用说，我明白。李大军的目光落在从他们身边经过的丹顶鹤上，你看它们，自由自在的，喜欢了干什么都行，可我们人类就不行了。很多时候，我们人还不如动物，不如一只鸟活得尽兴洒脱。

李大军的话，她不想去深究他到底表达了几层意思。那天回到市中心后，他们又一起去吃了晚饭，然后才回到各自入住的宾馆。李大军因为是来学习的，所以和其他县一起到市里开会的人住在一起，为了避嫌，他给她在宾馆附近找了一家旅社，两家也就隔了三四十米的距离。柳云卿是在李大军开完会的那天下午才来的，七天的学习时间，前五天李大军每天都在开会学习，不可能抽出时间陪她去玩，而她在纺织厂也请不了那么长的假，所以就事先商量好在他开完会的那天来。第一天晚上，李大军什么也没做，连半句带有暗示性的话都没有说，只是在帮她办完入住手续后陪她一起上楼，总共在屋里待了不到十分钟就起身告辞了。她以为他肯定会找些什么理由回来，比如纽扣掉在了她房里，再比如问她住得习不习惯，或者装作要帮她检查下水道是不是堵了淋浴花洒是不是不出水，可一直等到半夜他也没有再出现过，仿佛她从没来过这座城市，他也从没在这座城市的某个角落里见过她。第二天晚上，也就是看过丹顶鹤回到市中心的这天晚上，吃过晚饭后，他都没有送她到旅社，只是让她好好睡上一觉，明天早上再带她去城西的泰山庙转转，等到了下午他们也就该返程回老镇了。回老镇？这么快就该回去了吗？她记起来她和李大军可以单独相处的时间也就只有这两天，过了今晚他们便没有任何机会可以继续进一步接近彼此了，一旦放弃，这个男人或许将要永远退出她的世界，可她真的舍得真的甘心真的不会后悔没有把他留在自己的世界里吗？

不知道为什么，回到旅社房间后，柳云卿总觉得心里空落落的不好受。李大军是个好人，是个绅士，她不应该那么唐突地推开他的。她觉得自己的行为伤害到了李大军，可不推开他的话她又能做些什么？投怀送抱后除了上床还会有什么？是的，她心底一直有个声音在不停地告诉她，她不想错过这个男人，不想错过这个比齐老九更懂得女人的男人，不想错过他给她的任何一点点的温柔与浪漫。她喜欢他深情却并不猥琐的笑，她喜欢他深吻她时的激情与疯狂，她喜欢他搂紧自己时双手几乎摸遍她周身的各种不老实，可他毕竟是别人的丈夫别人的男人，而她亦是别人的妻子别人的女人，如果他们继续向前，不远的前方等待着他们的必然是比身败名裂更可怕的后果，她真的准备好并做好了破釜沉舟的准备了吗？别怪我，齐鹏，一切都是你的错。她拉上所有的窗帘，在昏黄的灯光下，对着房里的落地镜一件件脱去身上的衣服，直到一丝不挂，然后瞪大眼睛仔细打量着自己的身体，嘴角慢慢露出一丝诡异的笑容。要怪就怪你给不了我想要的。她伸手轻轻抚摩着自己的胸部，这么性感丰满的胸，这么性感的乳头，齐鹏却从来没有认真地欣赏过它们，甚至都不敢在灯光下直视它们。他把她对性的要求都当作是伤风败俗的行为，他说只有黄色录像里的人才会那么做，他说她是潘金莲，就差说她是荡妇了。她勾搭男人还是偷了人，怎么就伤风败俗了？黄色录像里的那些人难道不是跟他们一样的饮食男女吗？潘金莲？她今天就要尝试做一个现代版的潘金莲，怎么了？

她给李大军住的宾馆房间里打了电话。房号和电话号码是昨天他告诉她的，他说要是有急事就打电话找他。她说她浴室的下水道堵了，旅社负责维修的工人碰巧有事出去了，问他能不能来帮她通下下水道。他二话没说就应承了下来，让她在房间里等着他，五分钟后就到。放下电话，她又对着落地镜仔仔细细地把全身裸着的自己从头到脚打量了个遍，然后才志得意满地慢慢踱进浴室，轻轻拧开龙头，让花洒里喷出的热水将她彻底地淋了个淋漓尽致。咚咚咚。外面的门响了。她知道是李大军来了，几乎是想也没想地就走出浴室，浑身湿漉漉地拉开了房门，一把将愣在门口的男人使劲拽了进来，又迅即关上房门，飞快地锁上了保险。

身经百战的李大军怔怔地盯着浑身一丝不挂的她，掉头朝浴室里看了一眼，但见淋浴花洒正在淅沥淅沥地往外冒着雾气蒸腾的热水，不是说下水道堵了吗？我进去给你看看。她一句话也没说，立马就扑上去紧紧抱住他不松手，良久才腾出一只手转移到他的胸前要解开他身上穿的那件灰色西装的纽扣。小柳，李大军伸手阻止了她，小柳你别这样。他把她轻轻推到床边，伸手理了理被她弄皱了的西服，我想过了，我们……我们怎么了，不行吗？柳云卿瞪大眼睛盯着他，大军，你不是想要吗？今晚我就给你，我什么都给你！把衣服穿上吧！李大军偏过脸不去看她，我说过我不是一个贪心的人，我已经很满足了。你不想吗？真的不想？柳云卿鼓起勇气走到他面前，大军，你让我来不就是想让我……怎么到了关键时刻你倒退缩了呢？她再次把整个身子都贴到了李大军身上，大军，这或许是我们唯一的机会，过了今晚，你还是别人的丈夫，我也还是别人的老婆，我们……

你以为我只是贪图你的美色、觊觎你的身体吗？李大军再次轻轻把她推开，云卿，我是真心喜欢你的，我希望我们之间的感情是发自肺腑的是纯洁的是不掺杂任何目的的，而不只是简单的占有和兽性的发泄，你懂吗？李大军边说边转身从衣帽柜里找出一身干净的浴衣扔到柳云卿面前，听话，先把衣服穿上，一会该着凉了的。你不爱我吗？柳云卿有些不敢相信地觑着李大军，他到底是在惺惺作态，还是突然觉得必须在玩火之前就结束这场本不该有的危险游戏？我爱，从第一眼见到你，我就开始喜欢你，并无可救药地爱上了你，可我不想趁人之危，更不想强逼你做任何你不想做的事情。我是自愿的。柳云卿嗫嚅着嘴唇，大军，你没有逼我，是我自己愿意的。你欺骗得了自己，可你欺骗不了我。李大军慢慢走近她，轻轻拣起扔到她面前的浴衣，充满绅士感地替她披到身上，云卿，你有没有勉强，是逃不过我的眼睛的。我说过，你是个人才，我欣赏人才，所以工作的事我一定会竭尽所能地帮你解决，至于感情，那又是另外一回事，我不希望你把这两件事搅和在一起，更不希望你以后会因此恨我。不，不是的大军，我真的是自愿的。我喜欢你，我渴望得到你的爱，我……你爱的是齐老九，至少现在还是。李大军拉了拉她的手，又迅速放开，时候不早了，我该回去了，还跟邻县一个朋友约好了要一起吃夜宵喝啤酒的，不能让人家久等了。大军！柳云卿抬眼望着他，你真的不打算留下吗？走了，李大军轻轻笑着慢慢走到门边，伸出手麻利地打开保险锁，又回头瞟了她一眼，我会等着你，等着你真正爱上我的那一天。随即拉开房门闪身而出，紧接着她便听到了一声震耳欲聋的关门声。

李大军从她屋里走后没多久，整个黄海市就开始下起了连绵不断的秋雨。柳云卿几乎一宿都没合上眼睛，她想了很多，有想通了的，也有怎么想都想不通的。她举起电话又放下，放下电话又举起，就这样折腾了很久，最终还是放弃了给李大军打电话的想法。她看上去很幼稚很可笑，不是吗？李大军说他爱她，但又不想勉强她，李大军还说他会等着她，等着她真正爱上他的那一天。什么是真正的爱呢？她对齐鹏的爱算不算真正的爱？如果算，为什么今晚的她差一点就犯了千夫所指的错？齐老九说得没错，她骨子里就是潘金莲，一个渴望真爱与激情的潘金莲，她喜欢李大军，喜欢被李大军爱着的感觉，她好想回应他给的爱，好想在他温柔深情的目光里享受真正的鱼水之欢，一场毫无顾忌而又如痴若醉的鱼水之欢。毋庸置疑，齐老九是阻挡她寻找真爱的最大的绊脚石，只要她一天还是他齐鹏的老婆，她就不能随心所欲地去爱，不能尽情尽兴地去为爱疯狂，因为随之而来的后果是她无法接受也不能承受的，但她仍然希望能够让她重新选择一回，如果可以，她一定只会投进那个真正懂爱也懂得女人的男人怀抱，而那个人很显然不是齐鹏，永远都不可能是。

雨，依旧没完没了地下着，丝毫没有要停下来的意思，她裸着身子蜷在被窝里，侧过脸望着透过拉得严丝合缝的窗帘微微漏进来的晨光，往事一幕幕浮现在眼前，心，有着些许的疼。到底该怎么做才是对的？是顺应心底的欲望去追求属于她的真爱，还是继续任由自己把青春和美貌都消耗在波澜不惊的婚姻生活里？齐鹏，李大军，李大军，齐鹏，她在床单上用手指不停地画着这两个人的名字，可眼前出现的却是一只只从她身边从容走过的丹顶鹤。它们一点也不怕人，更不避人，李大军说它们是自由世界的精灵，可她呢？她连一只鸟都不如，要知道，在这滴答不休的雨声中，她唯一的念想，就是能像那些鸟儿一样自由，像它们自由自在地活，自由自在地追寻自己想要的幸福——她想，哪怕只给她一天这样的自由，她也会为之兴奋得手舞足蹈的。

第十一章

　　老十结婚了，对象是仲小月的同事卢婷，也在鲁班镇纱厂上班。老十跟卢婷认识不到一个月就领证了，他说不想沾齐家一分钱的光，就连婚礼也没回老镇办，只是把双方平时玩得比较好的同事和朋友叫上，在鲁班镇供销社的食堂里请了几桌酒。

　　请酒前一天，老十给纺织厂的传达室打了电话，并在电话里告诉柳云卿，希望她能来鲁班参加他的婚礼。柳云卿没想到老十对待自己的婚姻会如此马虎了事，隔着话筒有些着急上火的，这么大的事，你怎么不跟家里商量一下，结婚前怎么也该把对象领回家给你爸你妈瞅一眼吧？商量？跟谁商量？老十嗤之以鼻地，打小我爸就懒得管我的事，我结不结婚他真的关心过吗？还有我妈，她不过就是怕我一辈子都打光棍，现在我娶上老婆了，看不看也就无所谓了。齐程，婚姻大事不能闹着玩的，不管怎么说，回家操办婚礼才是正理，就算你不考虑你爸妈的感受，也得考虑人家姑娘的感受不是？老十停顿了半晌，轻轻咳了一声，卢婷是个孤儿，她家里除了她以外，一个亲人也没有，她什么都听我的。好了，爸妈那边你帮我告诉他们一声就行了，如果明天你能来，就直接到供销社食堂找我。

　　柳云卿还想说些什么，老十那边已经挂断了电话。这都哪跟哪的事啊？柳云卿着实有些气恼老十的决定，结婚这么大的事，他怎么弄得跟小孩子过家家一样？这才认识不到一个月就领证了，也太神速了吧？他了解那个叫卢婷的姑娘吗？一个月不到的时间他能了解些什么？就算要结婚，好歹也得回老镇请酒，由父母出面替他风风光光地操办啊，怎么能连一个亲戚朋友都不请，甚至都不让齐黄山和萧桂芳去参加他的婚礼呢？看来，老十已把这个家恨到了极点，可即便如此，他也不能将婚姻视同儿戏啊！他这是跟齐家人赌气还是跟他自己赌气？柳云卿想到了她和齐老九结婚时的排场，齐家连续摆了三天三夜六十桌酒席，老镇上哪个不拍手称赞？可轮到老十结婚怎么就弄得这么寒碜，传出去了，不知道的人还以为是她和齐老九这对兄嫂容不下他呢！

　　整个上午，守在织布机前不停忙碌着的柳云卿都是心不在焉、魂不守舍的。老十为什么要这么做，为什么突然决定跟刚认识一个月都不到的卢婷结婚？他是为了结婚而结婚，还是想以这种近乎荒唐的方式与齐家所有人对抗？很显然，老十一直都不喜欢这个家，所以高中一毕业他就早早地离开老镇去了鲁班，而且一年到头也难得回来一两次，现在他竟然连结婚这么大的事都要绕开齐家人，不是等于宣告他跟齐家再也没有半点瓜葛了吗？无论如何，他还是齐家的小儿子，还是齐老九唯一的弟弟，这么做究竟算什么呢，往后这一家人还要不要见面要不要相处了？整个齐家，她是唯一收到老十邀请参加他婚礼的人，柳云卿在感动之余不免也心生疑惑，他结婚的事就连父母和兄弟姐妹们一个都没有通知，为什么偏偏邀请了她这半个外人？尽管早已嫁给了齐老九，成了齐家名正言顺的媳妇，可与齐黄山夫妇和齐蓉齐鹏姐弟们比起来，她仍然要算个外人，那么老十如此抬举她到底有什么用意呢？莫非老十是想告诉她，在他心里，齐家所有人都不及她柳云卿来得重要吗？她算个什么？柳云卿苦笑了一下，她不过是他的嫂子，再重要也重要不过他的亲哥亲姐吧？看来老十就是想通过只邀请她去参加婚礼的事，告诉齐家人他有多么厌恶他们又有多么不想见到他们，如果她去了，不就等于向齐家人宣告她和老十是站在一个战壕里的队友吗？

　　去，还是不去，这让柳云卿颇费踌躇。去的话，齐黄山、萧桂芳夫妇，还有齐老九和那五个姐姐肯定会和她产生隔阂；不去的话，老十偏偏郑重其事地向她发出了邀请，而且这还是他人生中的头等大事，一个亲人都不到场的话好像也说不过去，即使老十不说什么，将来他媳妇肯定也会有满肚子的苦水要倒。那么，到底去还是不去呢？老十这次是真的给她出了道难题，让她觉得去也不是不去也不是，天杀的齐程，你干吗非要给我打电话只邀请我一个人去，这不是要让我夹在你们齐家人当中难做人吗？柳云卿很有些生老十的气，自己的终身大事你自己不在意也就算了，为什么偏要把我拽进这趟浑水？犹犹豫豫了半天，她最终决定还是先打个电话跟齐鹏说一声，没想到电话接通后，齐老九只是淡淡地回了她一句，让她自己看着办。

什么叫让她自己看着办？齐老九摆出一副事不关己高高挂起的态度有意思吗？难怪老十一直不喜欢接近齐家人呢！你这是当哥的该说的话吗？柳云卿替老十抱不平地说，好歹老十也是你的亲弟弟，他明天就结婚了，你这当哥的就这个态度？我还能有什么态度，他决定了的事我能改变吗？齐老九很是不痛快地说，我当他是弟弟，他当过我是他哥吗？这么大的事他一个人自作主张了不说，连婚礼都没打算叫我去，我管什么管？谁让你管了，这不是告诉你一声，咱们好商量接下来该怎么办嘛！爱怎么办怎么办，你操他那心干吗？我又不姓齐，我操的哪门子心？还不就是担心日后大家见了面不好相处，他不懂事，可我们不能也跟着他不懂事啊！那你说怎么办？我明天厂子里还有很多事要做，肯定请不了假！那我到底要不要去？不是跟你说了，你自己看着办。要不要打电话跟你几个姐姐说一声？要打电话也是老十自个的事，你跟后面什么劲呢？他这不是把电话打给我了嘛，我寻思着没准他是想让我替他一个个地通知呢。你是他肚里的蛔虫啊，瞎寻思什么？老十多大人了，二十七了，他又不是小孩子，干什么事他心里主意大得很，你瞎替他操什么心？你这人怎么说话的呢，好歹我也是他嫂子，要是一开始就不知道这事倒也罢了，可他电话打来了我也接了，现在就算想装不知道也不可能了，这会子我要什么事都不做，以后你们一个个都躲得远远的推得一干二净，最后落埋怨的还不都是我一个人！那你想去就去呗，又没谁拦着你。齐老九在电话那头轻描淡写地说，反正我是去不了，就算请得了假我也不可能去。那我带着倩倩一起去？你带倩倩干什么？她也是齐家的人，老十不是最不想见到齐家人吗？别到时候他再发起酒疯来吓到了孩子。你真不去？柳云卿试探地问着，以后真的不会后悔？后悔什么？是他齐程把事做到了绝处，我这个当哥的还得腆着张热脸去贴他的冷屁股不成？他可以当老齐家没人了，也可以不要脸面，可我丢不起这个人！好了好了，我要忙了，你想怎么做就自己做决定吧！那去的话我得包多少喜钱，总不能空着两只手去吧？你是他嫂子，一切都由你看着办吧！

　　看着办看着办，齐老九什么时候这么抬举过她柳云卿？她是齐老十什么人？不过是个异姓的嫂子罢了，齐家的人都不去参加老十的婚礼，就她一个人去算怎么回事？难不成她要在齐家人面前显摆老十只把她当自己人吗？她怎么想也想不通老十近乎武断的决定，这不是变相地在糟蹋自己吗？可老十已经作出了决定，她这个当嫂子的能说什么，又有什么资格说些什么？罢了罢了，还是等跟齐黄山、萧桂芳商量过后再做决定吧。齐黄山的态度跟她想象的完全一样，既没有发怒也没有动气，而是摆出一副漠不关心的架势，安安静静地端坐在桌旁，仿佛什么事都没发生一样，他想做什么就随他的意好了，反正他也从来没把齐家当成自个的家，也不在乎又多添了这么一桩不把齐家人放在眼里的事。萧桂芳自然又是另外一副态度，她站在晾衣绳前翻晒着被子，以一种不敢相信的目光打量着柳云卿，云卿，老十真的是这么跟你说的吗？柳云卿点点头，他特地把电话打到我们厂子的传达室里，我亲自过去接的。萧桂芳伸手理了理刚刚翻好的被子，你听清了吗？你确定你听清老十是这么说的吗？我听清了，老十就是这么说的。怎么可能呢？老十刚跟仲小月分手，怎么扭头就要跟别的女人结婚？萧桂芳紧紧盯着柳云卿的脸，又突地掉过头转到被子的另一面，听上去有些轻描淡写地说着，你肯定听错了，老十刚刚走了还不到一个月，这就要结婚了？他跟鬼结婚啊？他证都已经领了，假不了的。柳云卿轻轻叹口气说。证？什么证？萧桂芳从被子后探出头来，故作镇定地盯着柳云卿说，我跟他爸都还没同意呢，姑娘也没领回家给我们看上一眼，他领的哪门子的证？一听就是骗人的鬼话！柳云卿伸手掰弄着手指，十个手指甲依旧涂着色泽光鲜的露华浓指甲油，不过颜色已由常用的鲜红色变成了更加温润柔和的紫粉色，老十真领证了，他明天就在鲁班供销社食堂请喜酒了。你信他的鬼话！萧桂芳终于从被子后钻了出来，慢慢朝柳云卿身边走过来，嗓门也比先前提高了几度，他那些鬼话也就哄哄你，也就你才会相信。这种事他骗我做什么？老十这么大岁数了，他还能跟我玩过家家的游戏啊？可不就是过家家的游戏，你当什么真呢！萧桂芳一边淡淡地说着，一边走到墙角取过笤帚就开始扫起了地来，那样子似乎真没把柳云卿说的话当回事，仿佛老十真的就是在哄她玩呢。

　　这一家子人到底是怎么回事？老十明天就结婚了，他们一个个的，要么漠不关心，要么若无其事，到底是什么意思吗？柳云卿真的很替老十不值，也难怪这人生中的头等大事，他宁愿告诉她一个外姓人，也不跟所有姓齐的人吱应一声，换了她，摊上这样的父母，恐怕也没什么可说的吧？自打生下倩倩后，她就开始觉得齐家这一家子人缺了股子人情味，可让她没想到的是，他们对她一个外姓人表现冷漠甚至毫不在意倒也罢了，但老十毕竟是和他们有着血缘关系的亲人啊，怎么也能摆出这么一副态度？现在，她越来越能理解老十了，在这个家里，作为幺子的老十，本该集三千宠爱于一身，可因为父亲对他一贯的冷淡，以及母亲歇斯底里的性格，都把他逼到了一个绝境，一个除了他，没有任何人会留意到也没有任何人能够切身体会到的绝境，而这绝境，不仅慢慢消磨了他的意志，也让他对这个家越来越感到失望，随之而来的结果便是与这个家的距离变得越来越远，越来越远。

　　长时间浸淫在这种家庭环境里长大，还能要求老十怎么做呢？

其实老十已经做得够好了，他从来不要求这个家为他付出什么，也从不轻易对这个家里发生的任何事发表意见，他所做的最大的反抗就是尽量减少回家的次数，哪怕回来了也尽量在当天就离开，即便不得不住上一晚，也不会主动跟这个家里的任何人聊天谈心，仿佛他就是一个借宿的过客，等睡醒了，他依旧是他，而这个家也依旧只是个跟他并无多大关系的壳子罢了。柳云卿站在堂屋门口，怔怔盯着举着笤帚东扫扫西扫扫的萧桂芳，又回头盯一眼依旧坐在桌边的齐黄山，却见到他没事似的又抽起了他的旱烟，那一瞬，她的心突地有了种撕心裂肺的痛感。这就是老十的父亲老十的母亲吗？想必现在就算传来老十死了的消息，他们也不会有多大的触动吧？她深深倒吸了一口凉气，上次在汽车站给老十送公文包的情景再次映现在眼前，老十那么个沉默寡言感情不外露的人，那天居然当着她的面任由眼角闪过一丝泪花，由此便足以想见他的心底到底隐藏了多少难以释怀的痛、多少不足为外人道的遗憾与伤心事，也真难为了他这些年一人在外却始终没个可以替他分担忧愁与心事的人。这么想着，柳云卿突然觉得老十在这个时候选择结婚倒也没什么不好，轻率是轻率了些，但总好过他把什么都埋在肚子里一个人默默扛着啊！有个人能陪着他说说话也是好的，尽管老十和卢婷才认识一个月都不到，可人家谈了几年恋爱才结婚的不也有说离就离了的嘛！老十不是也说了，卢婷是个孤儿，家里什么亲人都没有嘛，这种家庭出来的女孩相对比较简单，家里也没那么多乱七八糟的事，结了婚倒也能省心不少，想必老十之所以急着要跟她结婚，就是看上了这一点吧？老十从小成长在一个复杂的家庭，他自然不希望自己的另一半也有个复杂的家庭，所以，孤儿出身的卢婷理所当然地成了他心目中最为理想的对象，那么自己又有什么理由去反对去阻挠呢？柳云卿觉得，这个时候不仅不应反对老十的决定，还应该以行动支持他才是，所以她冲齐黄山夫妇说出了她明天要去参加老十婚礼的想法。

你帮我们去鲁班看看老十也好。萧桂芳突地抬起身，目不转睛地盯着柳云卿说，我一会就上街去买藕，回来就给老十做藕饼，明天你帮我带过去，他从小到大就好这口。柳云卿抬手捋了捋头发，你们真的一个都不去吗？萧桂芳漫不经心地，我们去做什么？老十从小就喜欢搞怪，这事当不得真的。您还觉得老十在跟我开玩笑呢？你们信也好，不信也好，反正老十在电话里跟我说这话时是相当认真的。你听他的呢，他就是个孩子脾气，专门爱搞怪引起我们注意，小时候他就经常玩这些勾当。可我又不姓齐，他干吗要引起我注意呢？要不让大姐夫给他打个电话再探探底，老十不是跟大姐夫最亲嘛，大姐夫要开了口，真的假的不就都清楚了？那就让他大姐夫给他打个电话问问？萧桂芳像是在征询柳云卿的意见，我还是觉得老十就是在瞎闹，要不就算了吧，省得让你大姐夫他们也跟着闹心。

打打，云卿，你下午去上班时就给你大姐夫打电话，让他好好问问老十，到底还要搞些什么幺蛾子出来！一直端坐在桌边抽着旱烟的齐黄山突地打断了萧桂芳，昂起头盯着柳云卿大声说，让他大姐夫告诉他一声，甭管真的假的，他休想从我这拿到一个子，以后我们齐家就当没他这个人了，叫他以后也别再想着回我这个家来了！你这说的什么话？好歹老十是姓齐不是姓萧的，他胡闹你也跟着后面胡闹吗？萧桂芳一把扔开手里拿着的笤帚，像圆规一样堵在了堂屋门口，齐黄山，你说话做事都要凭凭良心，老十这个儿子到底怎么样，你和我心里都明镜似的，就算他一年回不来几次，可哪次回来不是给你又买酒又带烟的，又哪个月没往家寄钱孝敬你？你再不待见他，也不能说出这么绝情的话来！齐黄山狠狠瞪着萧桂芳，我说了，你能把我怎么着吧？他孝敬？以为每个月都往家里寄钱就是孝敬啊？一年到头都看不到他的鬼影子，他眼里哪有这个家啊？既然他心里早就不当这是他的家了，那还回来做什么？他不回来还不都是因为你吗？萧桂芳不甘示弱地，他哪次回来你给过他一个笑脸？从小到大，你什么时候把他当你儿子了？在你心里，他连条狗还不如，你只知道说他不回来，怎么就不问问自己都是怎么待他的？这些年他每次回来，你是陪他喝过一盅酒，还是陪他聊过一次天？

你问过他的工作吗？你问过他处没处对象吗？你问过他一个人在外边过得好不好吗？齐黄山把旱烟袋往桌上重重一摔，那你有没有问过我为什么这样对他？人要脸，树要皮，你就别逼着我当着儿媳妇的面再揭你那些老底了！萧桂芳也火了，我有什么老底你可揭的？你不就是又要说老十是我偷人养的嘛！齐黄山你个王八蛋，你自个亲兄弟都说老十长得跟你脸上剥下来的一样，你说我偷人养的他，我倒是偷的谁？齐黄山冷冷地，偷没偷人你自己不知道啊？怀老十那年你去上海做什么了？你自个掐着指头算算，老十是不是你去上海那段时间怀的？丧天良的，你个老不死的怎么还不死啊？萧桂芳脱下脚上的鞋子就朝齐黄山扔了过去，我算，我算你妈个大头鬼！

齐黄山和萧桂芳一触即发的战争又开始了。柳云卿不想搅和到他们齐家的烂事里去，索性抱着情情到邻居家串门去了。这样的家，这样的父母，别说老十不愿意回来，她也不愿意回来，这七天一大吵三天一小吵的，搁谁谁受得了啊？看来，老十就是扣在齐黄山和萧桂芳头上的一顶紧箍咒，而老十的身世更是所有齐家人心底的死穴，兴许这辈子也解不了打不开了。不知道怎的，柳云卿突然开始同情起老十来，摊上一个一直把自己当成野种的父亲，和一个只会用撒泼谩骂来对抗淫威的母亲，老十的心里该有多难过多痛苦，这样的家回来又有什么意思，除了添堵难受外还能收获些什么？对老十来说，家就是他的深牢大狱，就是他的劫难，他只想远远地离开它，离得越远越好，最好永远都不再涉足此地，永远都不要再想起那些令他悲伤痛苦的往事，所以这些年他总是避着齐家避着齐家所有的人，能不回来就不回来。老十已经习惯了没有家没有亲人的漂泊生活，甚至觉得一个人在外的日子要比在家过得舒心惬意得多，而他与齐家的关系也就只剩下了一个姓齐的名字罢了，既然如此，又有什么理由还能再让他抵近这个他永远都不想回来的家呢？

整个下午，已回到纺织厂车间工作的柳云卿，心思依然不在她面前的织布机上，脑子里浮现的全是老十的身影。他高大的身材、英俊的面容，一次又一次地闯进她的眼帘，让她陡地生出一种难以言明的恍惚感。老十不就是自作主张地结个婚嘛，跟她柳云卿有什么关系，为啥自从接了他打来的电话后她就一直心不在焉的？她在替他不值吗？婚姻本是人生中第一桩大事，就算不能风风光光、红红火火地大办特办，也该是和亲人们围坐在一起接受大家最诚挚最温暖的祝福的，可他却把家人无一例外地拒之在门外，并亲手锁上了所有的祝福与问候，日后就真的一点也不会后悔吗？柳云卿重重叹了口气，路是他自己选的，值不值只有老十自己心里最清楚，她觉得不值有什么用？完全与她风马牛不相及的事，连齐黄山、萧桂芳都懒得去管，她一个外人操的哪门子心，这不就是狗拿耗子多管闲事嘛！那么，她是在替他担心吗？老十比她还大两岁，她又能担心他些什么？难不成她真的以为，老十今后的日子如果过得不顺畅不舒心的话，都要由她来负责吧？不管卢婷有着怎样的家庭背景，她都应该提醒老十和对方再多交往些日子，不是吗？才一个月不到，他除了知道卢婷打小就是孤儿外还知道些什么？他真的了解卢婷吗？真的了解卢婷的脾气秉性吗？他甚至不知道卢婷最喜欢吃什么菜最喜欢穿什么衣服最喜欢看什么类型的电影，这么着就结婚了，能保证以后不会有矛盾吗？不管了，老十既然已经铁了心决定了的事，多说无益，她又何必找不自在讨没趣呢？她不过就是他的嫂子，在齐家，永远都只是个拿不了主张的外姓人，自己的烦心事还顾不过来呢，干吗非要讨个虱子往头上黏呢？

她没想到萧桂芳会找到挡车车间里来，第一反应就是倩倩是不是突然生病了。云卿，你跟我到外边来一下。柳云卿盯一眼萧桂芳，立即把机器停了，就跟着她走出了车间。倩倩怎么了？柳云卿着急上火地问，是生病了还是摔着了？倩倩没事，萧桂芳把柳云卿拉到一棵隐蔽的大树下，从裤兜里慢慢摸出一个用手绢扎起的包裹，轻轻地打开，从里面掏出一沓崭新的百元大钞，麻利地往她手里塞去，这是两千块钱，是老十这些年过时过节孝敬我的，我一直没花，都替他存着，明天你去鲁班时帮我带给他，就算是我给他和新娘子的喜钱。您不是说老十闹着玩？柳云卿撇了撇嘴，他要真是闹着玩的，您这钱可就打水漂了。我生的儿子，我不比你了解他？萧桂芳深深叹一口气，老十的脾气随了老头子，说一不二，他决定了的事，就算一百头牛也拉不回来。那个老不死的禀性你也知道，说发作就发作，我要不打马虎眼，还不定要闹成什么样呢！那您自个怎么不去？我走得了吗？老头子能让我去吗？只怕我前脚去了，老头子后脚就跟着来了，他要去了，婚礼不就成战场了吗？无论如何，老十的婚事办得再寒碜，也不能被砸了场子，那样的话，他一辈子也不会原谅我的。边说边把手里紧紧捏着的手绢也递给了柳云卿，你数数，看少不少，刚才在银行取钱时我已经数三遍了。柳云卿盯了萧桂芳一眼，想说些什么，话到嘴边愣是又咽了回去，不管怎么样，现在站在她面前的女人也和她一样是个母亲，她理解她的心情，也理解她不得已的苦衷，所以她决定不说任何可能刺激到对方的刻薄话，迅速低下头点了点手里的钞票，又飞快地拿手绢包好，然后一鼓作气地把钱放进工作服里面的口袋里，瞟着萧桂芳如释重负地说，两千，总共二十张一百块的，一分不少也不多。那就好，明天一定要当着新娘子的面把这钱亲手交给老十。萧桂芳继续叹着气，老头子那边你替我瞒着，最好也别告诉老九。柳云卿点点头，放心，我谁都不会告诉的。

看着萧桂芳蹒跚着离去的背影，柳云卿突然觉得这个曾经被她视作恶婆婆的女人也没有那么讨厌，而且还有很多值得她同情的地方。其实萧桂芳也不容易，十八岁就被家里人逼着嫁给了比她大十八岁的男人，换作任何别的女人，只怕到最后也都会活成她这副模样吧？一边是她从来都没真正爱过的丈夫，一边是从来都不让她省心的儿子，而且这几十年她还一直背负了个"莫须有"的偷了人的罪名，又教她如何不强悍不歇斯底里呢？其实，所有的强悍与歇斯底里，都是萧桂芳在数十年如一日的痛苦煎熬中磨出的铠甲，试问一个手无寸铁又软弱无能的女人到底要靠什么才能在这样的家庭环境中做到自保呢？是的，萧桂芳一切看似荒诞不经的行为，以及她身上坚硬的利刺，都是她自保的方式，她要保护自己，也要保护她的孩子不受到任何伤害，除此而外，她别无选择。为什么不离婚呢？柳云卿抬头望一眼湛蓝的天空，既然过得这么辛苦，为什么不一拍两散，给对方一片更加宽广的天地，又为什么非得捆绑在一起，让自己难受，也让别人都跟着难受呢？

第二天一早，柳云卿早早地就赶到汽车站坐上了第一班去鲁班镇的车，没想到车坏半道上了，直到中午十二点多才抵达鲁班，等她拎着一篮子萧桂芳给老十做的藕饼满头大汗地找到供销社食堂时，婚宴已经开席好一会了。老十看到她来了，既讶异又惊喜，连忙把她迎到主桌上，指着他身旁一个看上去还显得很稚嫩的姑娘向她介绍说，这就是卢婷，我老婆，又指着柳云卿对卢婷说，婷婷，这就是我嫂子柳云卿，我跟你说过的。卢婷站起身望着柳云卿，有些不好意思地叫了声嫂子，柳云卿也微笑着冲卢婷点了点头说了声你好，这才把满满一篮子藕饼搁到地上，麻利地从衣兜里掏出两个红包，一个递到卢婷手里说，这是我和老十他哥给你们的一点心意，又把另一个递到老十手里，满脸都堆着笑意地说，这是你爸你妈让我转交给你的，总共两千块，一会你好好点点，可别说被我拣了几张去。话音刚落，就有老十的朋友起哄说，齐程，这真是你嫂子吗？长这么漂亮，不会是你上学时的老相好吧？老十举起酒杯作势要朝那个起哄的朋友砸去，嘴里却不无得意地说，是吧，我嫂子漂亮吧？她可是我们镇上著名的桃花西施，当年追她的男人都排成加强连了，可最后还数我哥最有本事，才几个月工夫，就把我嫂子婆回家了！桃花西施？另一个已喝得醉醺醺的朋友也跟着起哄说，那你哥就是吴王夫差了？不过西施身边不是还有个叫范什么的男人嘛，齐程你老实交代，那个姓范的是不是就是你？就是，都一个加强连了，肯定少不了齐程这小子！老十朋友们开的玩笑，柳云卿并不放在心上，非但不气恼，心里还有些暗暗的得意，不过她也知道今天的主角不是她而是卢婷，她自然不能喧宾夺主让新娘子面子上过不去，连忙弯下腰从地上提起那只装满藕饼的篮子，一边围着桌子给大家分发着藕饼，一边大声笑着说，大家就别拿我这个黄脸婆开涮了，今天的主角是我们的新娘子，也就是我弟媳妇卢婷，大家要夸就使劲地夸卢婷吧！新娘子要夸，漂亮嫂子也要夸！嫂子，这藕饼是你自己做的吧？没想到嫂子不仅人长得好，手艺也这么好！这藕饼是老十他妈卢婷她婆婆做的，我可不敢居功啊！那也得感谢嫂子，要不是嫂子坐这半天车，我们哪有这样的口福？对了嫂子，老十他哥咋没跟你一起来呢？老十他哥啊，厂子里忙，每天都忙得晕头转向的，而且他厂子不在本县，实在是抽不开身，就委托我全权代表了！大哥他也真放心，让嫂子你一个人出门，你这么漂亮，他不就不怕我们哥几个把嫂子抢去当压寨夫人吗？哈哈哈，柳云卿开心地笑着，他巴不得呢，我要被别人抢了去，他正好可以讨小老婆了！

那天，老十的几个哥们闹酒闹得特别厉害，好几个都喝趴下了，就连新娘子卢婷也被他们灌醉了，早早地就离席回老十由宿舍改成的婚房歇下了。酒喝了一巡又一巡，到最后，整个食堂里就只剩下老十和柳云卿，老十还要再喝，柳云卿连忙从他手里抢过酒瓶，硬是架着他离开食堂，一摇三摆地往宿舍区的方向走去。嫂子，我没醉，我还能喝！老十不停地扑腾着，今天我结婚，大喜的日子，你不能这样扫我兴的！喝喝喝，大家都回去了，你一个人还跟谁喝？跟你喝啊！嫂子，你今天总共才喝了两杯，我可都替你数着呢！走，咱们回食堂接着喝去！柳云卿皱一下眉头，你又不是不知道我不会喝酒，怎么陪你喝？齐程我跟你说，今天是你大喜的日子，可不许这么胡闹，快走快走，新娘子还在屋里等着你呢！新娘子，谁是新娘子？老十瞪大眼睛觑着她，嫂子，你要是我的新娘子就好了！说什么胡话你！柳云卿狠狠白了他一眼，老十我可警告你，待会回了宿舍你可不能这么胡说八道，要气着了新娘子，我看你怎么收场！气不着，气不着，卢婷才二十岁，还是个孩子，她懂些个什么？老十满嘴喷着酒气，嫂子我跟你说，我就悄悄地告诉你一个人，知道我为什么跟卢婷结婚吗？因为她家里没有亲人，还因为她年纪小涉世未深，就跟张白纸似的，什么都不懂，所以好糊弄也不会管我，你知道吧？柳云卿没想到老十居然存了这样的心思，她怔怔地盯着他，仿佛一下子便不认识了他似的，老十，你酒喝多了，赶紧跟我回宿舍去！我不回去，我不回去！老十的眼里渗出了泪花，求求你，别让我回宿舍好吗？卢婷还是个孩子，她真的什么也不懂，我不想让她看到我这副模样，我不想……嫂子，就让我单独跟你多待会时间，好吗？老十！柳云卿不想继续跟他纠缠下去，你再这样我就不管你了，这样子要被别人看了去，传出去对你对我对卢婷都没好处！我不怕，我他妈什么都不怕！老十目光炯炯地盯着她，嫂子你怕吗？是不是觉得现在的我很可怕很令人讨厌？老十，你真的喝醉了，赶紧回宿舍，我给你弄碗醒酒汤喝喝。我没醉，我心里清楚得很呢！老十两眼发光地睨着她，嫂子你怕什么，怕我借着酒疯说我喜欢你吗？放心吧，我绝对不会跟你说这么无聊的话的，不过我还是要告诉你一桩不无聊的事，那就是我爱你——我爱你柳云卿，我爱你！

　　柳云卿蒙了。尽管她内心深处一直渴望有朝一日，老十会大胆地向她表白，可在这种场合这种境况下，她还是没有做好任何的准备，一下子便愣在了原地。老十说他爱她。是的，她没听错，老十就是这么说的，可她是他的嫂子，是他亲哥的女人，她和他永远永远都是不可能的，又何必自欺欺人自寻烦恼？老十，你再这么发疯，我就真不管你了。我没发疯，我也没醉，云卿，我爱你，从见到你的第一眼起，我就确定自己爱上你了，无可救药，欲罢不能，可你是我的嫂子，我只能把这份爱埋在心底，深深地埋在心底。本来，我打算一辈子也不说的，可我还是忍不住说了出来，云卿，我知道你跟老九之间并不存在真正的爱情，老九他根本就配不上你，如果你愿意，我们就一起走，带着倩倩一起走，去一个他们谁也不知道也找不着我们的地方，好吗？那个家我真是一次也不想再回去了，我懂你的，你也不想回去了的，不是吗？既然我们都不想回去，那个家里也没什么值得我们留恋牵挂的地方，为什么不给自己一个重生的机会呢？重生，她还能重生吗？说实话，当老十说出要带她一起远走高飞的话时，她不是没有一点心动，甚至真想不顾一切地跟他一走了之，可仅仅短暂的几秒钟后，她便意识到他说的一切都是天方夜谭，根本就行不通的，且不说她一个嫂子跟着小叔子跑了会在老镇上引起轩然大波，光眼下一个卢婷她就不知道要如何面对了，那么好的一个姑娘，白纸一样纤尘不染，她怎么能够做出伤害对方的事来呢？她不能，所以她唯一能做的就是丢下老十转身而去，带着满心的惆怅与难耐的忧伤迅速离开了鲁班镇，离开了曾在她心底激起了那么一点点涟漪的，想要去爱却又无法认真去爱的那个男人。

　　老十哭了，他一屁股坐在墙根下，哭得认真而又伤心。从小，老十就讨厌老镇上那个家，讨厌那个缺少温度的家，而他一直偷偷喜欢着的女人也和他一样厌恶着那个家和那个家里的人，为什么她就不肯接纳他，跟他一起远走高飞呢？看着她远去的背影，他又想起了那些被尘封在心底的往事，每想起一桩，便哭得比先前更加伤心。那个家他已经回不去了，可为什么他最爱的女人宁可选择回到那个依然没有温暖的家，也不肯跟他一起走呢？他记得，小的时候，每次放学回来，父亲都会追着老九的屁股后面不停地问长问短，拿着各种好吃的零食往老九手里塞，而他却是自始至终都被忽略了的那一个，不仅从来没有人过问他的学业，也从来没有人会特地把好吃的东西藏着要留给他。父亲宠着老九，五个姐姐也宠着老九，就连看上去对他最好的母亲也更加宠爱老九，他穿的衣服是老九穿旧了的，他穿的鞋是老九穿不上了的，他吃到嘴的零食也都是老九吃剩下来的，从小到大，他都活在老九的阴影里，任凭他再怎么努力再怎么发奋也没用，哪怕他考试每门功课都得了满分，父亲也只不过是看着他轻描淡写地说一句知道了，既没有鼓励的话，也没有任何的奖励，而母亲则是胡乱塞给他一把糖，让他吃完了糖继续好好念书，便再也没了下文。一开始，他不知道家人为什么要这么对待他，手心手背都是肉，为什么一直以来，父亲母亲对他和老九的态度总是有着让人难以理解的天壤之别？直到有一天，已经上了初中的他因为生病提前从学校回来，在门口亲眼看到父亲指着母亲的脸破口大骂，骂他是她和别的男人生下的野种，他才彻底弄明白为什么在这个家里他一直都是那个爹不亲娘不疼的奇葩存在。那一刻，心里残余的最后一点点尊严被彻底击溃了，野种，野种，他居然是个野种，难怪父亲一直不待见他，五个姐姐也都跟他不亲，这样的日子活着还有什么意思？

老十第一次离家出走就是那个时候。除了母亲，没有人出去找他，父亲甚至在桃花巷里戳着母亲的背叫骂着说还找什么找，这样忤逆不孝的儿子就让他死在外边好了。当时他就躲在巷子拐角处的一堆废弃的砖头后面，父亲骂他的话都被他一字不落地听进了心里，那些刻薄的语言就像一把利刃，一字一句地戳在了他的心窝上，这样的家他还能继续待下去吗？他怎么就忤逆不孝了？他成绩优异，门门功课都没有低于九十五分的时候，比语文考试总徘徊在六十分上下的老九不知强了多少倍，父亲让他点烟，他二话不说就会丢下手头的作业，举着洋火小心翼翼地给他点上旱烟袋，父亲叫他挨家挨户地讨要邻居们欠他的工钱，他一声也不吭地就会默默把事情做好，可在父亲眼里他竟然只是个忤逆不孝的儿子，这让他情何以堪？说到底还不就是因为他是个野种！野种野种，这几个世上最龌龊最肮脏的字眼，居然被父亲用在了他身上，简直就是奇耻大辱，怎么洗刷也洗刷不掉的奇耻大辱，而这耻辱注定从他出生开始，一直到他死去，都会像枷锁一样牢牢背负在他身上，甚至没有一天会是例外的，他真的无法想象未来的日子自己该怎么面对这一切，更不知道以后的以后自己该怎么才能好好地活下去，才能坚强地笑着活下去。

那天晚上，他躲在莲河上某座叫不出名字的水泥桥的桥洞下过了一夜，直到第二天早上才被萧桂芳找了出来，见到萧桂芳后他什么话也没说，尽管心里憋了很多话想要问她，但最后还是什么也没问。都被父亲骂成野种了，还问些什么？是要从母亲嘴里证实他千真万确就是个野种，还是想从母亲那里问出他的亲生父亲是谁？都是个野种了，还要知道那么多做什么，难不成他要以亲生儿子的身份去那个他从不知道也素未谋面的亲爹家里去滴血验亲吗？他恨母亲，恨母亲带给他这般的奇耻大辱，所以他拒绝跟她回到那个骂他是野种的男人的家。他试图逃跑了好几回，最后却被老九和几个姐姐堵在了一个死胡同里，在多番挣扎抵抗无效后，浑身已使不出一点力气的他只好乖乖地跟着萧桂芳回了家。父亲没有打他，也没有骂他，连正眼都没瞧他一眼，从那个时候他就开始意识到，在父亲眼里他从来都只是个无足轻重的角色，甚至都懒得打他骂他，这跟家里养的那条老黄狗有什么区别？也许，在父亲心里，他连那条老黄狗都还不如，父亲心情不好的时候还会狠狠踢上它一脚大声骂一句狗东西，可对他却连多骂一句也觉得是多此一举，这让他更加寒心更加难过，到底这样的日子还得持续到什么时候才是个头呢？后来老十又离家出走了好几次，最远的一次，一个人走了几十公里路一直走到县城花港，直到一个星期后才被警察开着车送回了老镇。那次齐黄山倒是真的如了他的愿，不仅狠狠揍了他一顿，而且皮鞭、鞋底、擀面杖、铁棍，一样不落地都被重重打在了他身上，如果不是萧桂芳哭天喊地地趴在他身上护着他，他的小命也就丢了，可饶是那样，他也因此一个月没下得了床，再后来就再也没敢离家出走过了。

　　妈，我亲爸到底是谁？躺在床上养伤的那段日子，老十终于忍不住向萧桂芳打听起自己的身世。萧桂芳气得甩手就打了他一大巴掌，他有病你也有病吗？老十嗫嚅着嘴唇，他说我是野种，我只是想知道我亲爸是谁，知道了我就去找我亲爸去。疯了疯了，你们一个个的都疯了！萧桂芳跳着脚骂着，那个老东西从年轻的时候开始就有很重的疑心病，你几个叔叔姑姑没一个不知道的，他说的那些屁话你也能信？老十怔怔盯着萧桂芳，我只想知道我亲爸是谁。小王八羔子，疯了吧你？萧桂芳从桌上拿起一面镜子，劈头盖脸地扔到老十怀里，你自己好好照照镜子，看看你这张脸跟那个老王八蛋有什么不同？你看看你的眼睛你的鼻子你的嘴巴还有你的下巴，看看你哪儿长得有跟齐黄山不一样的地方？！老十举起镜子，目不转睛地盯着自己的脸看了半晌，是啊，他的眼睛他的鼻子他的嘴巴还有他的下巴，长得都像极了齐黄山，可为什么父亲一直骂他是野种呢?

那年你表舅妈生了一场大病,在医院住了很长一段时间,你表舅又要上班又要带孩子,实在抽不出时间照顾病人,所以就写信拜托我去上海帮忙照应着你表舅妈。我去上海一待就是一个多月,等回到老镇后没多久就又怀上了你,那个老畜生也不知道吃错了什么药,从那个时候就开始起了疑心,怀疑我在上海做了见不得人的勾当,并认定你不是他的儿子。其实我在上海,几乎每天都在医院忙着照应你表舅妈,晚上大部分时间也都是睡在医院陪床,连你表舅的面都难得碰上几次,可齐黄山那个老家伙偏说我做了对不起他的事,我怎么赌咒发誓他也不听,能有什么办法?那会我去上海,也是征得他同意了才去的,你表舅也不是请我去白干活,每天都给了钱的,咱们家孩子多,你六姐又从小体弱多病,我心想着能多攒几个钱也不是坏事,谁知道老畜生突然就发了失心疯不讲理了呢?其实他也知道你是他亲生的,你小的时候还看不出来,但随着你一天天大了,他也就什么都明白了,可他心里就是过不去那个坎,所以时不时就翻腾出这事跟我怄气。萧桂芳心疼地摸着老十的脑袋,会过去的,都会好起来的。等你长大了,一定要找个情投意合的姑娘结婚,别像我,糊里糊涂地就把自个的一生都给毁了。

萧桂芳的话,老十牢牢记在了心里。这些年来他一直都在寻找那个跟他情投意合的姑娘,可这事说起来容易做起来难,找来找去他也没有找到真正跟他情投意合的姑娘,甚至连让他心动的也从来都没有过。唯一让他感觉眼前一亮的就是柳云卿,可他第一次见到她时,她已经是他未过门的嫂子了。让柳云卿嫁给齐老九,那就是一朵鲜花插在了牛粪上,这就是老十当时最真实的想法。这么漂亮这么标致的姑娘,老九怎么配得上呢?老十从柳云卿的眉眼中看出了她的不情愿,可她能怎么办,齐黄山掏钱替她爸还了赌债并给她几个弟妹交了学费,嫁给老九是她唯一的出路,也是她能做的唯一选择,如果不那么做,柳家欠齐家的人情她又拿什么还呢?他为她不值,甚至有种想要带着她一起逃跑的冲动,可他又没有那个勇气,更没有那个胆量。他算什么？在齐家他从来都只是个无足轻重的角色，一条小泥鳅还能翻了天不成？再说他又能带她逃到哪里，就算侥幸逃出去了，柳家欠齐家的钱就能一笔勾销了吗？看着她那副无助而又无可奈何的模样，他真的很想帮她一把，可他所有的积蓄加起来也没有一千块钱，这杯水车薪的又能起到什么作用？她马上就是他的嫂子了，想那么多不过都是枉然，况且他从出生开始就因为带着某种令人难以启齿的原罪被父亲视作了眼中钉，难道还要再给自己加上一条勾引嫂子的罪名吗？

他痛苦，他彷徨，他无助，他一次次徘徊在矛盾与犹豫的街口，有好几次跟同事一起出去喝醉了回到宿舍后，他都克制不住内心强烈的冲动，想要提笔给她写信，可每次摊开信纸，都只是刚刚写了一两句，便又突地放下笔，迅即就把信纸揉成了稀巴烂扔在了脚底下。他能给她写些什么呢？说他喜欢她？说他要带她一起去私奔吗？齐程啊齐程，你他妈的是谁啊？人家姑娘说过喜欢你吗？没有！那对你有过什么暗示吗？也没有！那就对了，人家根本就不喜欢你，对你也没那种意思，况且人家马上就要成为你的嫂子了，你写这些信有意思吗？没有！你就是癞蛤蟆想吃天鹅肉，跟那个不知道自己有几斤几两重的齐老九一样，可齐老九毕竟还有个疼他宠他愿意替他花钱讨媳妇的父亲，他齐老十又有什么呢？打小到大，他就是齐家的边缘人物，一个多余的存在，齐黄山连多看他一眼都觉得碍眼，他又拿什么去跟老九争老九抢？凭他对柳云卿的一片真心吗？其实他也说不好自己是不是真的爱上了柳云卿，也许只是同情她，同情她和自己有着类似的遭遇，甚至连同情都没有，只是本能地想要跟老九争老九抢，那么争到了抢到了又能如何，是要光明正大地把她娶回家，还是把她当成一件报复得逞后的工具毫不吝惜地扔掉？很多事他都不敢认真地去想，所以最终他还是放弃了向她表白心迹的所有机会，眼睁睁地看着她嫁到了齐家，嫁给了老九。老九和柳云卿结婚的那天，他发现她脸上的笑意是真实毫不做作的，那一刻他便知道她的心里是有老九的，他偷偷冷笑了一下，端起面前的酒杯一饮而尽，原来一直都是他一厢情愿，不过还好，在没有闹出笑话之前他就及时刹住车了，要不然他齐老十丢脸就丢大了。

决定和卢婷结婚请酒时，他只是心血来潮地给柳云卿打了个电话，根本就没真心指望着她来，可让他没想到的是，她居然真的来了，所以从他把柳云卿介绍给卢婷认识的时候，他就在心里暗暗下了决心，无论如何，他今天都要向她表白，哪怕被她臭骂一顿，他也要把这些年藏在心里的话，像倒豆子一样通通倒出来。他知道，这些年柳云卿对老九的种种不满越积越多也越积越深，也知道柳云卿和老九的感情从他们结婚的第一天起就没有牢不可破过，所以他觉得只要他敢于破釜沉舟，就一定会捅出一片新天地来，然而他还是高估了自己，也低估了柳云卿对老九的感情，看似煮熟的鸭子最终还是飞了，彻彻底底地飞了。不过这样也好，做不了情人做不了夫妻，还可以继续做他们的叔嫂嘛，反正他说的都是些醉话，又有谁会拿醉话当真呢？他不会她也不会，老天也没有长出一对耳朵一张嘴巴来，今天的事只有天知地知他知她知，又有什么好怕的呢？老十伸手拭去眼角的泪花，慢慢撑着从地上站起身来，一边摇晃着身子朝宿舍的方向走去，一边默默问着自己，如果今天柳云卿答应了他的提议，那他接下来又要怎么做呢？和卢婷离婚吗？可他才刚刚跟卢婷领了证，怎么能一结婚就又离婚了呢？这种缺了八辈子德的事，是他齐程能做出来的吗？他不知道，他把头摇得跟拨浪鼓一样，他真的不知道，也许会，也许不会，也许他骨子里天生就是一个坏人，一个缺了八辈子德的人。

第十二章

在我印象里，年轻时的柳云卿绝对是老镇上最美的女人，没有之一。俗话说"寡妇门前是非多"，而我们这，漂亮女人门前的是非更多，柳云卿就是个活生生的例子。我不记得从什么时候开始，来桃花巷的陌生男人越来越多了，只知道有一段时间，巷子里的人见了面都会窃窃私语一番，而他们所说的话题都无一例外地指向了柳云卿，说那些男人都是来找柳云卿的。

那些风言风语传出来后，母亲还和往常一样照例跟柳云卿玩得很好，柳云卿也没什么异样的变化，每次来家里找母亲闲聊时，总是人还没进门，在屋子里老远地就听到她一阵银铃般清脆的笑声。柳云卿爱笑，笑起来的时候格外好看，真的就像开在枝头的桃花，灼灼其华，美得不可方物。虽然从小就生在农村长在农村，但柳云卿身上并没有沾染一丝一毫的乡土气息，相反，在我眼里，她不仅比县城里的女人时髦，甚至比我见到的上海表哥的女朋友还要摩登。她不是一袭长发披肩，就是烫着一头大波浪卷，蝙蝠衫、蝴蝶衫、娃娃衫、灯笼裤、喇叭裤、踏脚裤，城市里什么衣服最流行她就抢着穿什么，即便不画眉毛不抹口红，十个手指也永远都不会忘记涂上她特地让人从上海带回来的露华浓指甲油。有一次我跟母亲去她家玩时，就在她的梳妆台上发现了十多瓶一字摆开的指甲油，清一色露华浓，几乎什么颜色的都有，难怪每过上一阵，她的指甲便又有了新的变化。

　　女人啊，天生就是要打扮的，不打扮那还叫女人嘛，不都跟大老爷们一样了吗？柳云卿总是笑着对母亲说，在老镇上，天天画眉毛抹口红，肯定要被人戳着脊梁骨骂妖精，可涂指甲就不一样了，你看有几个女人会因为涂指甲被人在背后指指点点着骂的？向美珠，你就得好好跟我学学，别整天把自己弄得跟个黄脸婆似的，眉毛不画，口红不抹，指甲油总可以涂的吧？你要再不打扮打扮，你家许培华可就要被别的女人抢走了！柳云卿似乎总能说出一大堆跟美有关的道理来，她不仅身体力行地实践着自己的美，也总是不放过任何一个可以说服母亲向她学习的机会，每次她和母亲一起逛街的时候，要是她觉得哪些衣服挺适合母亲穿的，就一定会在第一时间撺掇着母亲买下来，你看看你看看，这件衣服简直就是替你量身定制的，穿上它，你家许培华就不会有心思在外面勾三搭四的了。见母亲不言语，她又会故意用激将法激母亲，唉，你不买我就买了！一边说一边拿到自己面前比画着，然后又突地转向母亲，我还是觉得你穿上更好看，你是不是心疼钱舍不得，还是最近手头紧啊？没事，我先借给你好了，什么时候有钱什么时候还我。不等母亲同意，就自作主张地掏钱先替母亲把衣服买了。别说，柳云卿挑衣服的眼光不敢说是第一流的，但在老镇上也绝对是数一数二的，总之，只要是她替母亲挑的衣服，我和父亲都觉得好看，甚至认为母亲自己买的那些衣服完全都是垃圾货，每每听到我们对母亲发自肺腑的赞扬，柳云卿总会得意地炫耀一番说，你们也不看看我以前是干什么的，好歹我也跟老陈学了几年裁缝呢，又在上海做了半年衣服，城里流行什么我不是第一个知道的？虽然在外面没混出个名堂出来，但什么人穿什么衣服好看，只要打我柳云卿眼里一过，心里立马便清楚了八九分，以后啊，帮你家向美珠挑衣服的活就包给我好了，我不贪心，就收你们一杯茶钱好了。

　　在柳云卿的影响下，母亲的衣服变得越来越时髦越来越有品位，哪怕不是花大价钱买来的，穿在身上也都很好看。柳云卿说，衣服好不好看，不是看卖的价钱贵不贵，而是要看穿上后适不适合自己，只要适合自己的，哪怕十几块钱买来的衣服也能穿出品位穿出气质，不适合自己的，花几千几万买来的貂裘狐裘也只能穿出土财主暴发户的感觉。柳云卿不仅帮母亲挑衣服，还帮母亲挑化妆品，供销社柜台上一旦上了新货，她只要听说了，哪怕不吃饭，也会立刻放下手里的活计，叫上母亲跟她一块去逛商场，即便没有看上合适的，也要掏钱胡乱买上一两件回来，当然，母亲每次也都无一例外地被她怂恿着买回各种不知来历的美白霜防皱霜，但功效往往也就那么回事，和她挑衣服的能力比起来，逊色得可不是一星半点。在买衣服和各种化妆品护肤品上，柳云卿从来都不手软，只要是她一眼看中了，哪怕当时囊中羞涩，过后也都会想方设法地把它们一一拿下，有几次母亲实在看不过眼了，好心劝她说，衣服够穿就好了，你买那么多做什么？就算一天换一件也穿不完，不是浪费钱吗？眼瞅着倩倩就要上幼儿园了，再过个几年又该念小学了，咱们工薪阶层一年到头才赚几个钱，总要考虑考虑后路，不能光顾头面不顾屁股啊！柳云卿哈哈笑着，倩倩上学不还早着嘛！做一天和尚撞一天钟，以后的事以后再说，现在急着操那个心做什么？柳云卿是个大大咧咧的女人，她总是活在当下，只要今天活开心了就觉得够本了，而对于明天，她脑子里一直没有太过清晰的概念，仿佛那是距离她很遥远的事，遥远得让她一生一世都触碰不到，所以她从来都不想去考虑什么未来的事，总是打着呵呵地对母亲说，怕什么，今天花完了明天再赚呗，活人还能被尿憋死啊？好了好了，我们有一星期没去逛街了吧，你赶紧拾掇拾掇陪我一起去看看有没有什么好看的裤子，我上个月刚买的那条踩脚裤破了，这回得挑件质量好的。

　　劝了几次，母亲便不再劝她了。我听到母亲曾就这桩事对父亲郑重其事地说过，再好的朋友也得有个界限，不能想说什么就说什么，要是分不清界限话说多了，只怕以后连朋友都做不成。母亲说过这句话没多久，柳云卿就和齐老九大张旗鼓地闹起了离婚，事先完全没有任何预兆，就那天中午，巷子里所有人都在午休时，他们突然吵着从家里打到了巷子里，又从巷子里打到了家里，等他们互相撕扯着对方的衣领要去法庭离婚时，拉劝的邻居们才缓过神来，并从他们争吵过程中互相指责叫骂的各种零星片段里拼凑出了战争爆发的原因。

柳云卿骂齐老九和他们齐家一家子上上下下全都是混蛋王八蛋，齐老九骂柳云卿勾搭男人恬不知耻；柳云卿控诉齐老九和他妈一起设计她骗婚，齐老九指斥柳云卿在商业公司门口跟李大军眉来眼去；柳云卿说她爸当初之所以会被老沈叫去打牌并输了几万块钱，都是萧桂芳为了帮儿子把她娶到家，故意伙同老沈给柳海林设的陷阱挖的坑，齐老九说柳云卿这些年吃的花的都是他们齐家的，柳海林、唐见芸和她几个弟弟妹妹更是没少花他们齐家的钱。柳云卿笑话齐老九软弱无能，窝窝囊囊的没个男人样，齐老九讽刺柳云卿整天打扮得跟妖精似的，不知道要出去勾谁的魂。这是我第一次见到柳云卿和齐老九吵架，也是第一次见到他们动手，尽管柳云卿总在母亲面前念叨些对齐老九的各种不满，但也只是些鸡毛蒜皮的小事，诸如齐老九不爱剪头发剪指甲，齐老九酱油瓶倒了也不带扶一下，齐老九一直不把调回老镇的事放在心上，都算不上什么原则性的问题，也没有任何根本性的矛盾，怎么就突然大打出手并闹到了要离婚的地步？

冰冻三尺非一日之寒。柳云卿早就受够了齐老九那副干什么事都唯唯诺诺、得过且过的嘴脸了，不就是让他尽快想办法调回老镇嘛，怎么倒成了她的不是了？说她跟李大军眉来眼去，她若真想跟李大军有点什么，干吗还叫他调回来，不是乐得他离得越远越好吗？在邻居们苦口婆心的劝说下，婚自然没有离成，但柳云卿哪里受得了这口恶气，索性关上院门在院子里和齐老九再次针尖对麦芒地大吵特吵起来。其实，她早就想跟齐老九痛痛快快地吵一场了，这样的日子她真的一天也过不下去了！她到底怎么了？她不就是跟李大军在街口多说了几句话嘛，怎么就眉来眼去了？她每个周末都苦口婆心地劝他赶紧从梅安县调回来工作，可他哪次不是把她说的话当成了耳边风？都说嫁汉嫁汉，穿衣吃饭。可她嫁给他齐老九并不是为了吃饭穿衣，而是要他给她一个温暖的家，给她一段如胶似漆的情，可一年三百六十五天，他在家跟她一起过的日子加起来还不到六十天，而这还没算上他周末加班回不来或是去参加同事朋友婚礼的特殊情况。她嫁的哪是他齐老九，分明就是嫁给了一间空屋子，嫁给了一块木头，可她还年轻，还需要爱，需要温暖，需要呵护，她可不想把这种守活寡的生活再没完没了地继续下去了！

从鲁班镇回来的第二天，柳云卿又接到了老十打来的电话。老十告诉她，当年萧桂芳为了让她顺利嫁进齐家来，勾结她小姨唐见芬，故意伙同老沈给柳海林设局，让柳海林在牌桌上一输再输，然后再由她小姨出面，假意去找萧桂芳帮忙，让齐家替柳海林还上了赌债，并以使给她施加压力，不断要挟她嫁给老九。放下电话后，她整个人都蒙了，呆呆地站在传达室的窗口，好半天都缓不过神来。这是个天大的秘密，如果不是老十亲口告诉她，她怎么也不会怀疑到小姨居然会跟萧桂芳勾搭在一起算计他们柳家，更不会想到自己嫁给齐老九的背后还隐藏着这么多见不得光的故事。她不知道老十为什么要告诉她这些，妒忌老九也好，想让她进一步认清齐家人的真实嘴脸也好，要说服她跟他一起私奔也好，总之她相信老十，相信老十不会骗自己，所以她几乎是想也没想就骑着车，怒气冲冲地去了小姨家，把正准备出门打牌的唐见芬堵在了门口。

说吧，萧桂芳给了你多少好处？柳云卿把脚踏车横在唐见芬面前，挡住了她的去路，开门见山地说，我也不跟你绕弯子了，当初你跟萧桂芳设局让我爸输给老沈好几万块钱，这么快就都忘了吗？唐见芬没想到她是为这事来的，摆出一副死猪不怕开水烫的模样，大白天的你跑我们家抽什么疯呢？有话快说，没话说的话，就别耽误了我去打牌！打牌？柳云卿柳眉倒竖地瞪着她，我什么都知道了，今天你要不把话说明白，就休想走出这个大门！唐见芬也不甘示弱地瞪着她，你再抽风就别怪我不客气了！柳云卿把脚踏车停好，两手叉腰地挡在唐见芬面前，望着她冷冷笑着说，好，我今天就要见识见识你这个黑心婆娘怎么个对我不客气法！唐见芬怒了，你，你还有没有王法了？我可是你小姨，是长辈，你怎么能这么跟我说话？柳云卿狠狠白了她一眼，你也知道你是我小姨吗？天底下哪有嫡亲的小姨伙同外人设计坑害自己外甥女，非要把外甥女往火坑里推的？谁把你往火坑里推了，当初不是你自己要嫁给齐老九的吗？我自己？那还不是被你们逼的？你要不跟萧桂芳一起做局设计坑害我爸，他能欠下几万块赌债，我又能心甘情愿地嫁到齐家去吗？嫁到齐家怎么了，你现在要穿的有穿的，要吃的有吃的，齐老九大事小事的也都依着你，想干什么就干什么，有什么不好的？我就问你，是不是你跟萧桂芳一起设局把我爸套进去的？柳云卿近乎咆哮地瞪着唐见芬，不管有没有你的份，你今天都得给我把话说清楚！

　　唐见芬从没见过柳云卿发这么大的火，心知搪塞不过去，嘴上却依然强硬着说，你听谁信口雌黄胡诌的这些混蛋话？你告诉我，我跟他对质去！老十告诉我的，假得了吗？老十？唐见芬忽地挑起眉毛睨着柳云卿，那个野种说的话你也信？野种？你说齐老十是野种，是吧？柳云卿上前一步拽住唐见芬的衣襟，这话你跟我一块到萧桂芳面前说，信不信萧桂芳立马就能撕烂你的嘴？！唐见芬奋力挣脱开柳云卿，要去你去，我可没那个闲工夫！你不去也行，要不想我把萧桂芳叫来撕烂你的嘴，你就告诉我实情。放心，我不会把你怎么着的，我今天就是想从你这听到一句真话，也好让我活得明白些！唐见芬知道今天要不给柳云卿个明白话，她是不会偃旗息鼓的，索性把话挑明了说，要问你就回去问萧桂芳好了，主意都是她出的，我也是希望你好，嫁给齐老九总比你一个人在上海打工强吧？那就是有这事了？柳云卿没等唐见芬回答，就一溜烟地骑着脚踏车走了。她真的很伤心很难过，从来都没这么伤心难过过，为什么她最亲的亲人要伙同外人一起来坑她欺骗她呢？唐见芬说是为了她好，也许她的出发点就是为了她好，可为什么不好好跟她说，非要骗她算计她呢？齐老九并不是她最理想的对象，从来都不是，如果不是他们设计让柳海林输给老沈几万块钱，她是绝对不会答应嫁给齐老九也不会离开上海的，谁承想天算不如人算，到最后她居然被小姨和萧桂芳联合在一起算计了进去呢？

想当初，她在幸福服装公司干得好好的，老板宋梅也很欣赏她，只要她肯努力肯吃苦，假以时日，一定会成为厂里的技术骨干，也一定会在上海得到她梦寐以求的一切，可谁能料到，还没等到她有机会大展拳脚之际，所有的梦想与希冀就都被迅即扼杀在了襁褓中？父亲欠下了巨额赌债，她不得不带着满心的遗憾与失落回到老镇，违心地嫁给了她并不想嫁的齐老九，不得不任由齐家人摆布着进了她不喜欢的纺织厂，不得不每天都戴着口罩站在织布机前，没完没了地跟那些诸如棉絮之类的飞絮打交道，不得不忍受萧桂芳与齐黄山七天一大吵、三天一小吵，永远都没个终结的争执，不得不接受终日独守空房的寂寞与孤独，不得不面对不解风情、成天就跟个榆木疙瘩似的齐老九。她一直在忍，不仅因为自己在婚后已经慢慢爱上了齐老九，还因为柳家接受了齐家太多的恩惠，那些恩惠就像一座大山压得她透不过气来，所以每当萧桂芳冷嘲热讽着指桑骂槐地数落她时，她总是尽量克制着装作没听见不去回应，可现在她知道真相了，知道是萧桂芳耍了手段才让她嫁到齐家来的，这往后她还能做到像从前那样忍气吞声、息事宁人吗？不，她不能。但她现在还不想就这么揭穿萧桂芳，因为她要先搞明白齐老九到底有没有参与这桩事，或是他知不知情，如果他也参与进来了，或是一早就知道了萧桂芳的阴谋，那她将会毫不犹豫地选择跟他离婚，没有任何余地的。

你就说你是不是也参与进去了吧！柳云卿随手拣起桌上的花瓶就朝齐老九身上砸了过去，骗子，王八蛋，你们齐家就没一个好东西！齐老九闪身躲开她扔过来的花瓶，目不转睛地瞪着她怒不可遏地吼着，柳云卿，我早就受够你了，你要再发疯，我真对你不客气了！不客气？你倒是不客气给我看看！柳云卿蹭一下跑到齐老九身边，一手叉腰，一手指着他的鼻子骂着，你们齐家缺了八辈子德了！还对我不客气？你怎么不先问问自己都做了什么缺德事？我问什么，我有什么可问的？我身正不怕影子歪，没做过的事情就是没做过！没做过你心虚什么？没做过你怎么避重就轻不肯回答我？什么叫没做过，你没做你妈不是做了吗？你说你们齐家的人心术怎么就那么坏，设计坑害我爸的事你们也做得出来，就不怕天打雷劈吗？我说了，我没做过！柳云卿，你要再胡搅蛮缠，我这十个指头可是没长眼睛的！齐老九边说边举起右手，作势要打她。你打，你打！柳云卿把脸凑到他举起的手边，挑衅地瞪着他狠狠唾了一口，长本事了，敢打老婆了是吧？齐鹏，你今天要是不动手你就是乌龟王八蛋！你！齐老九举起的手僵在了半空中，你不要逼我，柳云卿，你真的不要逼我。我逼你？柳云卿睃着他发出令人毛骨悚然的冷笑，我逼你？我逼你跟你妈串通在一起设计陷害我吗？我逼你设局让我爸跟老沈他们几个一起打牌的吗？我逼你骗我嫁到你们齐家来的吗？齐鹏，你有贼胆做下的龌龊事，怎么就没贼胆承认呢？噼啪一声，齐老九举起的手终于落在了柳云卿脸上，他瞪大眼睛觑着她，像个做错了事的孩子不停地嗫嚅着嘴唇说，我说过让你别逼我的，我提醒过你的。柳云卿，咱们别闹了好不好？别闹了，行吗？

你打我！齐鹏，你真的吃了熊心豹子胆了，是吗？柳云卿没想到齐老九会真的动手打她，所有的委屈与不甘顿时通通涌上了心头，她再也不想无底线地继续忍受下去了，好，你打，那就打个你死我活吧！她腾地扑到齐老九身上，张开十个长着长指甲的手指便朝齐老九脸上发疯了似的挠去，直挠得齐老九满面鲜血淋漓、失声叫喊出来，也不肯就此收手罢休。他骗了她，骗得她好苦好苦，凭什么这么轻易地就饶过他？骗子！混蛋！龟孙子！乌龟王八蛋！她把所有能想到的骂人的字眼通通用在了齐老九身上，你能耐了是吧？你既会骗婚又会打老婆是吧？齐鹏，你就是个婊子养的，根本不是人！你跟你妈都是下贱胚子流氓强盗，你们都不得好死！你骂什么？齐老九不敢相信地盯着她，柳云卿你骂什么？你再骂一遍！我骂你是婊子养的，我骂你是萧桂芳那个老婊子偷人养的野种！你！齐老九终于忍不下去了，他一把将柳云卿推倒在地上，像发了怒的狮子一样顺势压倒在她身上，迅即扬起两只手，噼里啪啦着就左右开弓地赏了她几大耳光，几乎是歇斯底里地吼了出来，骂啊，你骂啊，你继续骂啊！柳云卿，你不是口口声声要跟我算账嘛，好，那我们今天就新账老账一起算！

好啊，新账老账一起算是吗？被齐老九死死压在地上的柳云卿翻不过身来，只好腾出双手使劲揪着齐老九的头发，一口一口地往他脸上吐着口水，杀千刀的骗子王八蛋，你还跟我算账，我有什么账让你算的？是我骗你娶了我，还是你骗我嫁了你？齐老九狠狠瞪着她，你装什么蒜，你以为你天天在老街上跟李大军眉来眼去地打情骂俏别人都不知道吗？我跟李大军？柳云卿又狠狠唾了齐老九一口，齐鹏，你跟我耍无赖是吧？我跟李大军说话怎么了，我还不能跟男的说话了吗？我说你跟李大军眉来眼去地打情骂俏，你听不懂吗？柳云卿一手继续揪着齐老九的头发，又腾出一只手来使劲挠着他的脸，你要是个男人，就别给我转移话题！打情骂俏？你哪只眼睛看到我跟李大军打情骂俏了？我是没看见，可有人看见了，你以为老街上的人都是瞎子，都跟你爸妈一样被猪油蒙了心装作什么都看不见吗？你别捎带上我爸妈，我爸妈已经被你们齐家人害得够惨了，再拐带上他们就没意思了！好，我不拐带上你爸妈，你就说说你跟李大军都怎么回事吧？我跟李大军能有什么事？柳云卿反问齐老九，你倒是说说哪个下流坏子在你面前嚼的舌头！谁也没跟我嚼舌头，你自己做的事你自己清楚！我什么也没做过，我清楚什么？齐鹏，一年三百六十五天，除了周末，我白天没一天不是在厂子里上班，除了上夜班，我晚上也没一天不在家的，你放的是哪个狗娘养的臭狗屁？我放的臭狗屁？那你上次请了两天假跑出去是怎么回事？还老同学结婚，你哪个老同学结婚？齐老九使劲捶着柳云卿，我都打听清楚了，你哪个老同学也没结婚，你是跑黄海去了，还有，李大军那几天也在黄海开会，你还说你们没什么，没什么怎么在同一时间跑到同一个地方去了？你们就是约好了的，你以为我都不知道呢？我就是不想撕破脸，给你留点面子，没想到你自己不要脸，还非跟我闹上了！你调查我？我调查你怎么了？你在外面跟野男人鬼混还不许我调查吗？调查你妈个逼！柳云卿彻底被激怒了，她张开嘴就在齐老九的手腕上狠狠咬了一口，你怎么不去调查你妈？你家老头子天天骂老十是野种，你倒是去帮老十调查调查他那个野种爹到底是谁！

　　战争就是这么打响的。柳云卿和齐老九早就因为各种琐事，彼此间产生了很多不满，两个人索性都借着这一场争吵把积压在心底的愤懑通通发泄了出来。让柳云卿始料不及的，是她和李大军一起去黄海的事竟然早就被齐老九调查了底朝天，那么齐老九是怎么知道她跟李大军之间的瓜葛了呢？是老十吗？老十能把萧桂芳做局设计她的事告诉她，就能把她和李大军的事告诉齐老九，可老十真的有这么卑鄙吗？她不相信会是老十告的密，再说老十也不知道她去黄海的事啊，肯定是那些想去商业公司的竞争对手干的好事，在暗中调查她和李大军的关系，然后又通过他们的渠道把她和李大军的事加油添醋地传到了齐老九或是萧桂芳耳里。肯定是这样的，柳云卿在震惊之余也暗暗松了口气，幸好在最后的关头李大军及时刹住了车，要不然她纵是有一万张嘴也说不清了，而接下来到底会发生什么后果就不堪设想了。反正她什么也没做，怕什么？谁爱嚼舌根就让谁嚼去吧，嘴长在别人身上她也管不了，大不了跟齐老九一拍两散好了！

　　柳云卿和齐老九吵架的那天傍晚，母亲把柳云卿叫到了家里。那几天父亲正好出差去了云南，母亲便特地炒了几个菜，留柳云卿在家里吃了晚饭。柳云卿没有提李大军的事，母亲也没有问，只是劝她别再跟齐老九闹了。我闹，我闹什么？柳云卿一边夹着菜，一边气犹未消地说，长这么大，我亲爹亲妈都没这么打过我，齐鹏这个王八蛋竟然敢这么打我，我得跟他没完呢！母亲叹口气说，算了吧，你不是把他的脸也都挠得直冒血了吗？他活该！柳云卿把脸凑到母亲边上，你看，脸都打肿了，这家伙的心比鬼还要狠呢！你不那么骂他，他也不会这么打你，少说几句不就什么事都没了吗？向美珠,你到底是谁的朋友啊?我都被打成这样了,你还向着他说话?柳云卿睨着母亲眉头一挑,随即掉转过头来问我说,小明你说,齐老九是不是活该?活该!我夹了一口鱼肉往嘴里塞去,头也不抬地回答说。母亲突地拿筷子捣了捣我的胳膊,大人说话,小孩子家家的跟后面起什么哄?小明说得没错,齐老九本来就是活该嘛!柳云卿盯一眼母亲,只许州官放火,不许百姓点灯吗?他们老齐家做了缺德事,设局让我爸在牌桌上赌输了钱,逼得我不得不从上海回来嫁给齐老九,我连问一声都不能问了吗?萧桂芳就是个老巫婆,她干的亏心事几箩筐都装不下,还总隔三岔五地拐弯抹角着骂我是吃定销粮的,说什么我的计划粮只有街上人的一半,价格也比定量户的贵上一倍还不止,可我也没占了他们齐家人的计划,更没拿他们齐家人的钱去买油买米啊!现在好了,国家不是刚刚取消了定量计划供应了嘛,看他们以后还拽什么拽?不就是个城镇户口嘛,把他们跩得都不像个人了,这以后农村人镇里人还不都是一样要掏钱到市场上买油买米吗?

就你牢骚多。母亲把刚刚炖好从锅里端出来的酱肘子往柳云卿面前一推,小明不吃这个,我也不吃,你多吃几个。你什么意思啊?想拿酱肘子堵我的嘴啊?柳云卿一边拿起一只酱肘子放在嘴边啃起来,一边继续发着牢骚说,你不让说,我还偏说上了,他齐老九算个什么东西,居然也学人家打起老婆来了!他也不撒泡尿牛脚塘里照照,要不是他们全家合着伙坑我们柳家,我柳云卿能嫁给他吗?少说几句吧,酱肘子也堵不上你的嘴!母亲瞟着她压低声音说,老九对你不错了,什么事不是依着你的?你一年到头各种买买买,老九什么时候说过什么?他凭什么说啊?我买买买又没花他的钱,我花的都是我上班赚来的工资,他管得着吗?你的钱他的钱有区别吗,还不是你们两口子的?我要像你这样天天胡乱着花钱,许培华早要说我不少债了,你们家老九什么时候说过你,还不是你想干什么就干什么?那是他心里有愧,谁叫他跟他妈一块设局骗我嫁给他的?我要不是被他们骗了,早就在上海发达了,想买什么买不起的?发达发达，你在上海不就是帮人打缝纫嘛，能发达到哪去？打缝纫怎么了？打缝纫低人一等吗？人家在上海捡垃圾的都发了财，我柳云卿就发不了啊？

好好好，你发财，你发财，母亲摆出一副缴械认输的架势说，待会回去你千万别再跟老九吵了，这巷子里的人你又不是不知道的，都爱看别人笑话，巴不得你们吵得越凶越好呢。你们打得热火朝天的，他们躲在背后笑个半死，何必呢？笑就笑呗，谁家还没个笑话让别人看的？柳云卿无所谓地一摊手，反正他们老齐家七天一大吵、三天一小吵的，大家早都司空见惯了，也不在乎多加上一个我。他们吵是他们吵，你们吵是你们吵，难不成你也想变成萧桂芳那样，一辈子都在吵架中度过啊？柳云卿撇了撇嘴，你以为我想跟他吵啊？你不是不知道，我跟齐老九下了多少回死命令，让他赶紧把工作调回来，可他就跟个死人一样，没一次把我的话听进心里去了的！他是无所谓，在哪儿做事不是一样做，可我凭什么要跟着他受这个罪，天天在家守活寡呢？他早听了我的话，把工作调回老镇来，不就没有了这些闲气吗？他倒好，不仅意识不到自己的错在哪，反而倒打一钉耙，这还有天理吗？当然没天理，要有天理的话，天下不早就大同了，哪还能今天这儿打仗明天那儿暴乱的？母亲一边收拾着桌子，一边对她说，好了，吃完了你就赶紧回去洗洗睡吧！我不回去！柳云卿抬眼盯着母亲，向美珠，我今天哪也不去，就在你家住下了！那可不行！母亲放下碗筷往外推着她，回去回去，你要不回去，以后真离了婚，齐老九还不得恨我一辈子？向美珠，我们还是不是朋友？你怎么这么对待自己的朋友？是朋友才不能留你在这住，柳云卿你给我听好了，老话说得好，宁拆十座庙，不毁一门婚，我今天要留了你就是害了你，以后你一定会指着我的脊梁骨骂我不是东西！我不回去，那个家我真的一秒钟也待不下去了！你不回去，我送你回去！母亲愣是把柳云卿推到了巷子里，走吧，夫妻哪有隔夜仇的，还不是床头打架床尾和？

那晚，母亲说什么也不肯让柳云卿留下，因为母亲知道要是把她留下了，往后我们家也就跟老齐家结下梁子了，但母亲要知道柳云卿那天会去找黎明的话，她说什么也不会放她走的，哪怕被齐老九误解，她也一定会把柳云卿留在家里的。错误往往就发生在一念之间，柳云卿本来想去找李大军的，可那会天已经黑了，她不想给李大军找麻烦，所以在李大军家紧闭的院门外来来回回地转了几圈后，她便突地掉转过头往通向黎明家的那条路走去。黎明家住在西街的一个死胡同里，以前上学时她和别的同学走错了路跑进过那个死胡同，后来才知道黎明的家就在那个胡同里，但自打那一次后她就再也没有进过那个胡同，总觉得那里有种说不出的阴森可怖，哪怕大白天从胡同口经过，她也会下意识地迅速走开，仿佛稍慢一步就要被里面的恶魔抓住，再也逃不出生天。鬼使神差的，她偏偏去了平常最令她恐惧的那条胡同，老镇上很多巷子都有过闹鬼的传说，偏偏黎明住的那条巷子从来都没有传出过什么鬼啊怪的闲话，但不知道怎么的，自打上学时无意中走过那条巷子后，柳云卿总是对那里心有余悸，从来都不敢打那里经过，可以说，那就是她眼中的禁地，若不是情非得已，她是绝对不会想到要走到那里去的。那晚，她本来可以不去那里的，可不知道怎么的，心里一直有个声音召唤着她往那儿去，就连两只脚都不听使唤了似的，一直朝着那个方向不停地走去，连让她停下来冷静地想一想的机会也不给她。或许，那就是命运的安排吧，很多年以后当她再回忆起这件事时，仍然觉得恍惚得厉害，简直就是匪夷所思，她明明怕那里怕得要命，怎么就会不顾一切地跑到那儿去了呢？

她走到那个死胡同时，才发现天已经整个黑了下来。望着巷子里长满的野草，她忽然感到害怕起来，可她知道，开弓没有回头箭，既然已经走到了这里，就没有再回头的理由了，于是，她几乎是想也没想地就推开了黎明家虚掩着的院门。黎明正在堂屋里摸着黑鼓捣他那些无线电，从小到大，他唯一的爱好就是无线电，一有钱就拿去买各种电子元件，家里的收音机、录音机，都是他自己摸索着装的，而他最大的理想就是再给自己组装出一台彩电，可前前后后折腾了几年，他的彩电非但没弄出来，工资倒是砸进去了不少。黎明没想到柳云卿会来，更没想到柳云卿会在这个时候来，一边拉开电灯开关，一边不无讶异地打量着她问，你来做什么？不会找我借钱来了吧？伸手指了指摆得满地都是的各种电容、电阻和线路板说，我每个月的工资都砸在这些玩意上面了，想借钱你还是另找别人吧！柳云卿有些不自在地站在他长满野草野花的院子里，朝堂屋里瞟了一眼说，谁找你借钱了？找谁借我也不会找你借的。那你这么晚来找我做什么？黎明抬眼紧紧盯着她，把她上下打量了个遍，我们镇上经常闹鬼闹怪，你不会是狐狸精变的柳云卿，要来迷惑我的吧？狐狸精？柳云卿慢慢走到堂屋门口，借着灯光轻轻瞥一眼他说，来了就是客，怎么，你不打算请我进屋里坐坐吗？你要是人不是狐狸精，当然欢迎！黎明把柳云卿让进堂屋，指着一张破破烂烂的椅子对她说，坐吧，我给你倒杯水去。柳云卿一屁股坐在那张破椅子上，不用麻烦了，我刚喝了水来的，不渴。你不找我借钱，倒是找我干吗来了？黎明丈二和尚摸不着脑袋地盯着她，不会想学狐狸精来勾搭我吧？柳云卿只当没听到他说了什么，抬眼仔细打量着眼前这间屋子，除了一张桌子还算是八成新的，别的没一样不是破破烂烂的，真不知道他们父子俩这些年都怎么住得下去的。

唉，你到底有什么事啊？没事的话就给我趁早走人，我可不想明天一早到了厂里就被人传闲话！你爸呢，不在家吗？柳云卿答非所问地没话找话说。在医院住院呢！黎明瞪着她瓮声瓮气地说，要不我一个开车的能这么穷吗？送货回头的路上随便帮人捎带些东西，一趟起码也能赚个千儿八百的吧？还不是给那个老不死的治病通通给花了出去！不在家啊？柳云卿嗫嚅着嘴唇若有所思地说，不在家就好，不在家就好。你一个人嘀嘀咕咕地坐那说什么呢？黎明伸手重重敲了敲桌面，有事你快说，没事请你快点走，没看我正忙着呢！柳云卿盯了他一眼，欲言又止，忽地站起身来往院里走去，一边走一边说，你看看你，草都长得快比人高了，我帮你拔了吧！你到底想干什么啊？黎明一把拽住柳云卿，你不会真想勾引我吧？

柳云卿愣了一下，随即扬起头，无畏地盯着他正色说，对，我就是想勾引你！你爸不是在住院嘛，正好，今晚我就在你这住下了。这回轮到黎明吃惊了，他怎么也没想到平日里一直高高在上的柳云卿居然会对他说出这番话来，看来不是受了刺激就是得了失心疯，要不站在自己面前的就真的不是人而是狐狸精变的妖怪了！你到底是人是鬼？黎明突然觉得浑身发毛，你要是鬼，我就拿扫帚抽你了！

鬼？你看我长得像鬼吗？柳云卿怔怔望着他笑出声来，黎明，你胆子不是大得很嘛，那年去上海的路上，你做的那些见不得人的勾当都忘得一干二净了吗？那会你不是什么都不怕嘛，怎么现在倒怕上鬼了？你是亏心事做多了，就怕鬼来敲门吧？我做什么亏心事了？你做的亏心事多了，我不是鬼也不是狐狸精，没有神通也没有法力，哪能知道你都做了哪些亏心事？柳云卿得意扬扬地，不过我倒是知道你是怎么把丁春梅给睡了的。丁春梅，我们厂里那个风情万种的女会计，你天天跟人家在办公室走廊里打情骂俏的，不会也都忘了吧？你想说什么就说什么，平白无故地把不相干的人扯进来做什么？不会吧黎明，才几年的工夫，你转性了啊？不是你自己跟我说丁春梅天天勾引你的嘛！你说说，这些年你抽了丁春梅多少烟，喝了丁春梅多少酒，又吃了丁春梅多少豆腐，怎么一转脸就不承认了呢？老实说，丁春梅那个儿子不会就是跟你一块生的吧？你是想讨揍吗？黎明握紧拳头蹿到柳云卿身边，你再胡说八道，信不信我大耳光子抽你？信，你们男人除了会操蛋外不就是会打女人吗？柳云卿把脸凑到他面前，看，这就是被男人打的，有一点点肿，看清了吗？黎明仔细瞅了她一眼，齐老九打的？柳云卿轻轻笑着，不然我来你这干吗？我是真的没地去了。你来我这，不怕齐老九再打你？怕他我就不来了！柳云卿嘴角微扬，带着些挑衅的意味目不转睛地盯着他，我来都来了，你还能把我推出门外去吗？边说边走到院门边，噼啪一声把院门从里面给闩死了，又慢慢踱回黎明身边，我今天就留你这不走了，要不要随你的便。

要不要随他的便？柳云卿这是什么意思？摆明了吃定他了

吗？的确，他一直都喜欢她，甚至差点就对她霸王硬上弓了，可他想要的不仅是她的身体，还有她那颗滚烫的火热的心，所以五年前在去上海的路上，本来已经快要得手的他最终还是放开了她。是的，他想要她，但他更想正大光明地要、明明白白地要，可现在又算是怎么回事？柳云卿你到底想干什么？黎明有些莫名地上火，你他妈到底什么意思？大晚上的你跑我这来就是为了跟我说这些疯话的吗？谁说我说的是疯话？柳云卿径直走进堂屋，伸手指了指西边的房间问，你是睡西边这间屋吗？不等黎明回答，抬腿就要往里闯。你他妈还真的不请自来？黎明腾地蹿进屋里，侧身穿到柳云卿身前，张开双臂把她拦在了门外，瞪大眼睛睃着她将信将疑地问，你来真的？我他妈的都送上门来了，还能有假吗？柳云卿不甘示弱地瞪着他，黎明，你还是不是个男人？是男人你就让我进去！为什么是我？黎明的语气有些软了下来，你不知道我的绰号是鬼难缠吗？被我缠上了，你再想脱身就难了。我说了，怕你我就不来了。你不是一直都想要嘛，怎么，你还嫌我不是黄花大闺女啊？柳云卿不无自嘲地笑着，你也不是什么处男了，还这么放不开啊？咱俩半斤对八两，谁也不要瞧不上谁。一边说，一边轻轻推开挡在她面前的黎明，一抬脚就走进了房间里去。灯在哪呢？柳云卿摸着黑问黎明。在靠门左侧的墙角边，有根绳子，一拉就亮了。柳云卿顺着黎明说的方向摸了好一会才摸到那根灯绳，一拉，灯果然来了，她抬眼朝四周打量了一下，才发现这房间里比堂屋里还要乱得厉害，到处都摆满了各种由他组装起来的小电器，刚想开口说些什么，黎明已经从外面走了进来，望着她不无紧张地说，你仔细点，别弄坏我这些宝贝，那些电子元件可不少钱买来的。

柳云卿一屁股坐到他那张凌乱不堪的床上，伸手东摸一下西摸一下，忽地叹口气说，这男人没个女人还真不行，瞧瞧，这个家都快被你整成狗窝了。整成猪窝也跟你没关系！黎明瞪着她愤愤地说。你凶什么？柳云卿满脸都挂着笑，嗳，你也老大不小了，为什么还不找个女人成家？成家？黎明瞥着她长吁一口气说，我这家徒四壁的，哪个女人愿意嫁给我？你不是说从来都不缺女人嘛，就没一个不贪财的？你不会是想跟丁春梅一直这么着偷偷摸摸下去，所以才不打算结婚的吧？你再说一遍，信不信我现在就抽你？好了好了，不说还不行吗？柳云卿一边说，一边动手开始脱起衣服，你到底要不要，给个痛快话！不要，我今天也不走了，到时候吃不着羊肉光惹一身骚，你可别怪我不够意思。这女人今天到底是怎么了？被齐老九打傻了还是气昏了头？黎明忽地来了一股无名之火，一脚重重踢在地上还没组装完工的电风扇上，柳云卿，你到底想干什么？你是把我当成报复齐鹏的工具了吗？柳云卿怔了一下，对啊，我就是要报复齐鹏，就是要让齐鹏知道我柳云卿不是他好欺负的，就是要让他明白我离开了他照样玩得转！当然，我更想睡你，我今天就是想睡你黎明这个鬼难缠，想尝尝丁春梅睡过的男人是个什么滋味，怎么了？

　　你他妈的怎么这么骚？比丁春梅还要骚！黎明走到她面前呸了他一口，臭婊子，今天可是你自己送上门来的，不是我强迫你的！你骂谁臭婊子？我骂你柳云卿臭婊子啊，你都迫不及待地送上门来了，还不是臭婊子吗？黎明呼啦一下，三下五除二地便脱掉了身上所有的外衣，不由分说地就朝柳云卿扑了过去，臭婊子，臭婊子，你就是个不折不扣的臭婊子！柳云卿咬了咬牙，愤愤地骂着，那也比丁春梅那个臭婊子香！好，你比她香，你比她香上一万倍不也和她一样是个臭婊子吗？黎明几乎是用嘴咬着啃着撕扯掉她身上最后一件衣服，同时也把自己飞快地脱了个精光，当他那一柱擎天的活儿插入她的体内时，柳云卿终于忍不住痛地大声叫喊了起来。她从未体验过如此兴奋的性爱，也从未体验过兴奋之后带来的极致高潮，和齐老九在床上办那事时，他即便不是力不从心，也都如蜻蜓点水般马虎潦草，哪像黎明这样疯狂带劲过？她第一次体会到性爱带给自己的快感与满足，她不停地喊要，她每喊一次，黎明就更加用力，而每一次深入的接触都让她感觉到无与伦比的快乐与欣喜。原来这才叫男欢女爱，原来黎明这样的男人才是真正的男人，才是她真正想要的男人，为什么从前的她一直都没发现黎明的好呢？她爱黎明吗？她不知道。她只知道她需要他，非常非常的需要，现在，哪怕叫她去为黎明死，她想她也是愿意的。在黎明的肚皮底下享受着极致的欢乐之时，她才发现，原来自己骨子里真的就是书里写的那个淫荡的潘金莲，可她不后悔，一点也不，她觉得自己这才算活明白过来了，什么礼义廉耻，什么伦理道德，什么三纲五常，通通到地狱见它的鬼去吧，她只要快乐，她只要发泄，她只要正趴在自己身上不停地喘着粗气的有着黝黑皮肤的这个阳刚的男人！

柳云卿和黎明搞到一起的事，母亲大概是半年之后才听说的。自那之后，来桃花巷找柳云卿的男人变得越来越多，有认识的，也有不认识的，但只要那些男人一上门，或只是从他们家门口经过，只要被萧桂芳碰见了，就会无一例外地站在院门前扯着喉咙大声叫骂起来。柳云卿有时候不理萧桂芳，由着她去骂，有时候也会跟萧桂芳对骂上半天，可也从来没见她们真正分出个输赢来的。一开始，巷子里的人有爱看热闹的，还总一边拉着劝一边偷偷看着笑话，后来大家都乏了，他们再骂再吵，即便在巷子里打得惊天动地，也没一个人跑出去看了。也就从那个时候起，母亲和柳云卿曾经亲密无间的关系开始出现了裂痕，且事先没有任何预兆，两个人说不搭理就不搭理了。其实母亲从未说过柳云卿的闲话，前一天柳云卿还亲亲热热地叫上母亲一起到电影院开开心心地看了一场电影，第二天一早柳云卿在巷子里碰上母亲时便装作不认识了似的，招呼也没打一声就从母亲身边擦身而过了。

怎么了这是？母亲后来告诉父亲说，那天柳云卿跟她一起看电影时，突然问她有没有听到外面在传她的闲话。母亲当时愣了一下，没有及时回答柳云卿的问话，柳云卿就笑着告诉母亲说，她有个处得好的同事把外面关于她的所有传言都跟她说了，母亲这才跟她掏心窝子地说，其实那些传言她也早就听说了，只是柳云卿没有提起过，母亲也只好把这些话都烂在了肚子里。向美珠，我俩是不是最好的朋友？是朋友，你怎么听到了这些鬼话都不告诉我一声呢？这是柳云卿唯一怪怨母亲的话，因为她说的时候语气并不重，所以母亲也没太当回事，哪知道柳云卿心里真的有了疙瘩，再碰面时连朋友都做不成了呢。父亲劝母亲说，不说话就不说话吧，她不跟你说话，你身上又不少块肉！话是这么说，可以前处得多好啊，怎么说翻脸就翻脸了呢？母亲不无埋怨地说，况且我也从来没传过她的闲话啊，这传的人反倒没事，我烂在肚子里不说却得罪了人，什么世道啊都？也许她知道你晓得了她那些事，不好意思再跟你说话了呢！可知道的人也不是我一个啊！那谁让你跟她说你什么都知道了呢，你这个人就是心直口快，你完全可以说你从来没听说过啊！我要那么说了就是朋友了？母亲不解地盯着父亲，我怎么觉得这话怎么说都是个不对呢？唉，不想了，反正就是猪八戒照镜子的事，怎么说都里外不是人！

第十三章

　　柳云卿是在和母亲的关系还没有出现裂痕时就迷上了卡拉 OK 的。老镇上当时只有两家卡拉 OK，一家在老街最东边的一个不起眼的平房里，一家在当时的新街九龙港路西首挨着 204 国道的一幢楼房里。柳云卿爱唱歌，跟她爱打扮一样，有事没事就会唱上一首，桃花巷里经常都会传出她百灵鸟一样美妙的歌喉。柳云卿最喜欢的歌星是台湾歌手陈淑桦，但凡陈淑桦唱火的歌，她几乎没有不会的，像《梦醒时分》《滚滚红尘》《一生守候》《明明白白我的心》等耳熟能详的经典金曲，更是被她唱得以假乱真，就连对音乐特别敏感的父亲都说她唱得好，要不是出生在这么个小地方被埋没了才华，兴许她真能成为像陈淑桦那样红遍海峡两岸及香港、澳门的大歌星呢。

　　父亲喜欢唱歌，也喜欢听歌，他是老镇上第一个拥有录音机的人。在我的记忆里，父亲最先买回来的是一台燕舞牌的单卡放录机，那时候电视上几乎每天都铺天盖地地播放着燕舞的广告，那句"燕舞，燕舞，一曲歌来一片情"的广告词更是在一夜之间就传遍了大江南北，尽管不久之后燕舞厂就倒闭了，但直到现在，我依然还能记起父亲用它录电视演唱会时的情景。没过多久，喜欢追逐时髦的父亲就淘汰了那台看上去模样有些呆笨的燕舞录音机，把它换成了更加先进外观也更加大方得体的熊猫牌双卡放录机，兴许是对它的感情太深了，在家里先后又买了录像机、VCD 和 DVD 后，这台录音机却始终都没有被淘汰，更没有被丢弃，至今都还端端正正地搁在老家堂屋里的香案上，即便几十年都不曾再使用过，这个家依然还保留着属于它的一片立足之地。我记得，那个时候，父亲隔三岔五地就会从外面带上几盘磁带回来，朱晓琳的、赖惠英的、杨桂兰的、朱明瑛的、龙飘飘的、董文华的、冯小文的、高胜美的、杨钰莹的、关牧村的、齐秦的、罗大佑的、李宗盛的、刘德华的、张学友的，只要是当时都还活跃在歌坛上的，无论是内地的、台湾的，还是香港的，尽收囊中，也不管是流行乐，还是民族声乐，应有尽有，百家荟萃。我记不清柳云卿和母亲是怎么成为好朋友的，如果说因为她们是同住一条巷子的邻居，抬头不见低头见的，一来二去就成了朋友，至少在我看来，这个理由是有些牵强的，所以我宁可相信柳云卿是因为喜欢唱歌总跟母亲借磁带回去听，才和母亲越走越近的。柳云卿不是个贪心的女人，这表现在很多方面，哪怕是借磁带，她每次都只借一盘回去，听够了再来换，绝对不会同时借上几盘，有时兴致来了，会买来几盘空白磁带让父亲替她翻录她喜欢的歌星卡带，然后再带回家放进她和齐老九结婚时买的那台没有录音功能的单放机里慢慢欣赏。

柳云卿经常在母亲面前抱怨齐老九抠门，连台录音机都不肯买，母亲则总是笑话她说，要是少买几件衣服少买几瓶化妆品，录音机的钱早就攒下来了。柳云卿说，女人买衣服买化妆品那是天经地义的事，像录音机、洗衣机、电冰箱这些东西，自然是要男人花钱买的，她又不是男人，干吗替男人花那个冤枉钱？母亲瞟着她说，齐老九每个星期才回来一次，平时不都是你一个人在家听歌嘛，你听当然你买了。柳云卿两手一摊，男人赚钱干什么的，不就是给女人花的嘛！天底下哪有女人不买衣服不买化妆品，反而贴钱出来买电器的？你家许培华一会买台录音机，一会买台电烤箱的，不会都是跟你要的钱吧？母亲呵呵笑着，我拿的那几个死工资还不够吃饭的，哪有钱贴给他买那些玩意？许培华就是喜欢跟时髦，城里流行什么他就攒钱买什么，哪怕几个月不吃肉，他也要把那些看上的东西想方设法地买回来。柳云卿听着听着叹了口气说，我倒希望齐老九跟你家许培华一样，能对生活有点要求，可你看看他那个样子，对什么都不上心，干什么都没热情，电影不喜欢，美术不喜欢，音乐不喜欢，交际不喜欢，打篮球不会，踢足球不会，唱歌不会，跳舞不会，就连电视剧都懒得看，跟这种人过日子闷都要闷死了，更别说什么情感上的共鸣了，再这么下去，我怀疑自己迟早都要得抑郁症。母亲盯一眼柳云卿，谁得抑郁症，你也得不了抑郁症。天天唱着过日子，哪能得抑郁症呢？柳云卿笑着说，你怎么知道我就不会得抑郁症？我天天唱着过日子，还不都是因为日子过得苦，没人哄没人疼的，只能自己苦中作乐呗！母亲也跟着她一起笑，许培华说你唱得好，他说你要是出生在上海、广州那样的大城市，没准早就唱出名堂了，可惜你投胎投错了地方，把个人才生生地给埋没了。柳云卿两眼放光地盯着母亲，许培华真这么说？母亲点点头，要让许培华夸人，着实不容易的，他说你唱得好，那就是真的唱得好了。柳云卿咯咯笑着，你家许培华也不错，他身上有艺术细胞，前几天我带倩倩从你家门口走过时，还听到他在家里唱《红灯记》呢。母亲打趣着说，你俩倒是能唱一出大戏。柳云卿笑得更欢了，好，只要你不妒忌，我就跟许培华到影剧院唱出大戏。母亲说，行，你们唱大戏，我去卖票！两块钱一张票，有人看吧？

柳云卿和母亲腻歪在一起时，总有着说不尽的话题谈不完的心，即便是互开玩笑，也从来没人会生对方的气，所以那些年她的身影几乎每天都会出现在我家，那银铃般的笑声时不时地就会闯入我的耳朵。有一次父亲新买了一盘林忆莲的磁带，她没好意思来借，就拿了空白带让我帮她翻录，翻录的时候她就静静地坐在录音机前静静地听，一脸的陶醉。那时的柳云卿真的很美很美，别人都喊她桃花西施，我却觉得她比桃花更美，比西施更俏，尤其是她在听《爱上一个不回家的人》时，脸上的表情只能用喝醉酒后的微醺来形容，简直美到了极致。那天，我就坐在录音机前的饭桌边写作业，一边做着难解的数学题，一边偷偷瞟着认真听歌的柳云卿，总觉得端坐在录音机前的她看上去有一种特别的美，既清新脱俗，又光彩照人，如果要让我用当时学到的有限的词汇去形容她，那就只有国色天香、美艳绝伦了。那几年，港台古装历史剧在内地很流行，潘迎紫在《一代女皇》中扮演的武则天，和冯宝宝在《杨贵妃》中扮演的杨玉环都美得不可方物，而我眼里的柳云卿看上去并不比电视里的武则天和杨贵妃逊色，甚至还要比她们美艳几分，所以也忍不住要在心里感叹一句，长得这么美的柳云卿嫁给了相貌平平的齐老九，那可真是一朵鲜花插在了牛粪上啊！

柳云卿很快就把林忆莲的《爱上一个不回家的人》唱得滚瓜烂熟，走到哪唱到哪，就连父亲都跟她开起玩笑说，柳云卿啊，我觉得这首歌的歌词要改一下，不是爱上一个不回家的人，是爱上一个不回家的齐老九才对。柳云卿哈哈笑着回答父亲说，齐老九一百年不回来我也不爱他。那你爱谁？爱上一个不回家的人啊！不回家的人不就是齐老九嘛！齐老九不是不回家，是天天要上班回不来！柳云卿依旧满脸堆着笑，有本事的男人才不回家呢，齐老九那种没本事的男人不回家也没人要，也只有我才会把他那个废品收回来再处理。母亲跟父亲说，别看柳云卿平时大大咧咧的看上去满不在乎齐老九的样子，其实她心里还是很在意他的，真不知道齐老九心里怎么想的，这说了好几年让他调回来，他就是始终没有动静，总这么两地分居着，即便夫妻感情再好，迟早也会出问题的。父亲却若无其事地说，能出什么问题？无外乎是齐老九在外面有人了呗！你是说齐老九可能有相好的了？母亲不无讶异地盯着父亲，不能吧，齐老九一副老实巴交的样子，他还能有相好的？人不可貌相，他外边有了相好的，还能敲锣打鼓地告诉你告诉我啊？母亲点点头，又摇摇头，柳云卿这么漂亮，齐老九有好日子不过非得作死啊？再说谁能看上他呢！这你就不懂了，萝卜白菜各有所爱，你以为柳云卿是省油的灯啊，她也不省心的。没根据的话你可别瞎说。母亲有些生父亲的气，人家送过来的梨你也没少吃，没看见的事就不要乱说。这还要看见啊？父亲不置可否地说，街上都传疯了，说她跟李大军，算了，不跟你说了。哪个李大军？还能有哪个李大军？商业公司的经理李大军，我们厂子和你一个车间的姚萍的男人。姚萍的男人？母亲不敢相信地觑着父亲，你是说街上传柳云卿跟姚萍的男人？我怎么一点也不知道呢？

　　母亲说什么也不肯相信柳云卿会和李大军牵扯上什么关系。这两个人风马牛不相及的，平常也没见过他们两家有过任何往来走动，怎么可能呢？再说李大军差不多比柳云卿大上二十岁，柳云卿又是个眼界很高的人，她能看得上都可以当她爸的李大军吗？那段时间，柳云卿照旧总喜欢哼唱着《爱上一个不回家的人》，走到哪哼唱到哪，在家做饭时唱，上街买菜时唱，到罗河边洗衣服时唱，在巷子里哄倩倩时唱，骑着脚踏车去纺织厂上班时唱，在织布机前工作时唱，而且每次来我家找母亲闲聊时，也总是聊着聊着就毫无预兆地唱了起来。母亲跟父亲说，街上那些无聊的人就是瞎传谣言，人家在街口说上几句话就是有一腿了？柳云卿心里天天挂念着齐老九呢，哪有心思跟李大军牵扯？父亲摇摇头叹口气说，要不怎么说你们女人头发长见识短呢？爱上一个不回家的人，你怎么知道那个不回家的人不是唱的李大军？好了好了，不扯人家的闲事了，我们还是过好自己的日子吧！

　　"爱过就不要说抱歉，毕竟我们走过这一回，从来我就不曾后悔，初见那时美丽的相约。曾经以为我会是你浪漫的爱情故事，唯一不变的永远。是我自己愿意，承受这样的输赢结果，依然无怨无悔。期待你的出现，天色已黄昏，爱上一个不回家的人，等待一扇不开启的门，善变的眼神，紧闭的双唇，何必再去苦苦强求，苦苦追问。"柳云卿的唱功了得，这曲《爱上一个不回家的人》，总能被她唱得声情并茂，甚至比林忆莲的原声还要动听还要深情，但我每次听她唱起这首歌时，却从未在她脸上看到任何忧伤遗憾的表情，相反，她总是一脸的灿烂愉悦，微微上扬的嘴角像极了一朵艳丽的芙蓉花。母亲不是说她唱的是齐老九，唱的是她自己的心情嘛，可我为什么总是找不见她眼神中透出的一丝一毫的悲伤与埋怨呢？

　　柳云卿一直在等齐老九把工作从梅安县调回老镇来，这是桃花巷里所有的人都知道的不是秘密的秘密，她希望尽快结束和齐老九两地分居的生活，她希望每天下班回到家后都能见到齐老九，她希望以后的日子里齐老九能帮她分担家务跟她一起带孩子，可齐老九在哪呢？他宁可每个周六傍晚下了班后骑着他那辆破脚踏车，吭哧吭哧地花上几个小时回到老镇，又在周一的凌晨再吭哧吭哧地骑回梅安，也不肯想办法调回来，哪怕一次都不肯，到底，在他心里，她和女儿都被放在了什么位置？她需要他，倩倩也需要他，尽管她并不奢求他每天二十四小时都陪着她们，但要他调回老镇能让她们每天都见到他，不为过吧？这些年她也算想明白了，齐老九哪是不肯想办法调回来，而是压根就没考虑过调回来的事，于他而言，县城里的工作待遇要比老镇上的企业好了很多，而且保障也多，可这些真的都比她们母女还要重要吗？就像歌里唱的那样，她总在期待他的出现，每一个日落黄昏的时候，她是那么那么地希望他能突然出现在家里，陪着她和女儿热热闹闹地吃一次团圆饭，可为什么这么简单的要求就总是无法实现呢？怪只怪，她爱上了一个不回家的人，可这个家的大门永远都为他敞开着，他为什么就不想回来呢？大妹云凤提醒她说姐夫可能在外边有了人，她总是嗤之以鼻地笑着说，就你姐夫那个榆木疙瘩，就算人家大姑娘脱光了主动钻他被窝里去，他也未必敢动一根手指头。他啊，就是个扶不起的阿斗，凡事得过且过，不求上进。有时候她倒是希望齐老九能干出些惊天动地的事来，哪怕出轨一次，她也会觉得这才像个男人，这才算是个大老爷们该干的事，可他那副唯唯诺诺的模样，除了能在她面前吆五喝六的，还能给她些什么惊喜与震撼呢？齐老九倒是没有善变的眼神，所以她也不必张开那张能言善辩的嘴去苦苦追问。罢了罢了，既然他毫无大志，又喜欢鼠目寸光地墨守成规，那就随他去吧，她又何必再苦苦强求苦苦烦恼？收起内心积郁已久的愤懑，柳云卿微笑向暖，把一首《爱上一个不回家的人》唱得婉转唱得悠扬，爱过就不要说抱歉，从今后，他不要对她说任何的抱歉，她也不必再觉得有愧于他了。

当柳云卿哼唱着《爱上一个不回家的人》走在老镇的大街小巷的时候，李大军却带给她一个不好的消息，尽管他经过多方努力、竭尽所能地为她争取了一回又一回，但那个商业公司空缺出来的办公室主任的位置到最后还是被仲小月给占了去。李大军给她倒了杯茶，慢慢递到窝在沙发里坐着的她的手里，上好的龙井，我同学前两天刚从杭州寄给我的。她轻轻放下茶杯，伸手捋一把披肩的长发，尽量装作若无其事地说，没事，我不怪你，你千万别有心理负担。李大军盯了她一眼，在办公室里来回踱着步，我把所有的精力和工夫都花在了对付秦镇长老婆的侄子上，做了大量的工作，目的就是不让他有任何机会进得了商业公司，可没想到千算万算，最后还是败在了仲小月手里。没事，真没事的，你不用跟我解释。柳云卿呵呵笑着，说真的，我也不知道怎么才能做好这个办公室主任，这下也好，省得我这颗心天天悬着，就怕做不好捅出些什么篓子来给你带来麻烦。李大军有些失落地叹口气，小柳，我真的尽力了，我也不知道仲小月怎么就突然成了牟县长亲侄子的未婚妻，你不是说她在跟你家老十处对象吗？柳云卿有些讶异地望了李大军一眼，唉，老十跟她谈了没几天就吹了，不过倒是没想到她这么快就攀上了县长的关系。李大军说，我一直以为她只有金经理这么个靠山，而且她跟金经理这层亲戚关系实在是远得很，所以就没把她当回事，谁知道她能耐了得，半路上搬出个程咬金来了呢！柳云卿依然满脸挂着笑，没事没事真没事，我这种没关系的人天生就是在纺织厂当挡车工的命，就算进了你们商业公司也端不上台面的。好了，时间不早了，我也该回去了，下次再来拜访你李经理啊！边说边站起身往门口走去，头也不回一下。你不要怪我，机会以后还多的是，我一定会帮你留意着的。李大军轻轻拽了拽她的胳膊，附在她的耳边低低地说，放心，你的事就是我的事，我会负责到底的。还负责什么，她需要他负责吗？柳云卿什么话也没说，一溜烟地骑着脚踏车飞快地跑了。李大军是她什么人，她凭什么要求他替她负责？尽管心里不是没有失落的感觉，但她并不是一个不明事理的女人，她相信为了她工作调动的事李大军一定是尽了最大的努力，可他也只不过是一个小小的片区经理，就算再能说得上话，又怎么能够跟县长相提并论并与之抗衡呢？

这就是她的命，尽管心有不甘，但又能如何呢？曾经，她试图通过去上海打工改变自己的命运，可还没来得及让她施展拳脚便已败下阵来，这难道还不足以说明老天早就注定了她只能留在老镇，只能在纺织厂当一个挡车工的命运吗？她想到了马小芬，那也是个希望通过自己的努力改变自身命运的女人，可最后还不是堕落到投进了一个有妇之夫的怀抱？自打被宋梅赶出幸福服装公司后，马小芬就再也没有出现在她的世界里，这么多年了都一直杳无音信，她家里人甚至早就当没这个人了，从来都不愿意提她，每次听到别人提到她时也都跑得远远的，仿佛梨花村真的从不曾存在过这个人。马小芬到底去哪了，怎么就人间蒸发了呢？是去了别的城市，还是一直躲在上海某个不起眼的犄角旮旯？是继续跟着崔亮，还是随便找了别的男人在四处鬼混？每次想起马小芬，总能惹起柳云卿万千思绪、无限感慨，到底，马小芬怎么就走上了那条路的呢？她工作积极、勤劳吃苦，即使不跟崔亮，她也能通过自己的努力赚到她想要的钱，为什么非要拿身体去换那些不干净的钞票呢？很多时候，她庆幸自己从上海那个大染缸逃了出来，但更多时候她都在后悔，如果继续留在上海，她就不会嫁给齐老九，也不会活得这么狼狈，更不会对这个世界心生诸多的不满，想必现在已经做出一番成绩干出一片天地来了。谁说留在上海她就一定会变成第二个马小芬呢？谁说声色犬马的大上海就一定会把她变成一个声色犬马的柳云卿呢？外面的诱惑很大，机会也很大，退一万步说，就算她经受不住诱惑，像马小芬一样堕落了，那也总好过死守在老镇上做一天和尚撞一天钟强啊！

理想与现实的巨大落差，让她对齐老九，对家庭，对工作，都充满了越来越多的不满。所以她总是逮住各种机会不停地跟齐老九吵，一个芝麻绿豆大的小事也会被她放大成珠穆朗玛峰，而且一吵就没完没了，到最后往往都会演变成她和齐老九、齐黄山、萧桂芳四个人的混战。要不是你们母子俩伙同起来存心欺骗我们柳家，我能嫁到你们这种蛮不讲理的家庭来吗？柳云卿伸手指着齐老九和萧桂芳不停地骂着，上梁不正下梁歪，有其母必有其子！我们家怎么了？嫁到我们家亏待你了吗？萧桂芳也指着柳云卿的鼻子气急败坏地骂着，你个乡下没户口的东西，要不嫁给我们老九，你还天天忙着在田里种梨种菜呢，哪能跑纺织厂上班去？种梨种菜怎么了，比街上人低一等了吗？不说纺织厂我还不来气，一说到纺织厂我就浑身都来气！我在上海好好地打着工，一天到晚都是坐着就把活干完了，不比现在天天站在织布机前当挡车工强？别老以为我柳云卿欠了你们齐家什么，鬼才稀罕什么纺织厂挡车工！你不稀罕你还天天屁颠屁颠地去上什么班？萧桂芳冷冷地笑着，有种从明天开始你就别去上班！不上就不上，让你儿子养我啊！柳云卿柳眉倒竖地瞪着萧桂芳，你养的儿子没本事，一年到头就拿那么几个死工资，我不上班我拿什么养活倩倩？我要指望着你们老齐家养活，早就跟倩倩一起去喝西北风了！

　　你当然不指着我们老齐家养活，你指着李大军呢！李大军在商业公司当片区经理，光每个月捞的那些油水就够你买那些新衣化妆品了！你别天天李大军长李大军短的，我已经跟你们说过了，李大军想把我调到他们商业公司，我是为了工作的事才跟李大军接触的。李大军凭什么不调别人偏要调你去他们公司啊？萧桂芳冷嘲热讽地骂着，你一个纺织厂的挡车工，还真把自己当人才了啊？我看李大军不是调你去工作，是调你去陪他睡觉才对！你！萧桂芳，你不要血口喷人！怎么血口喷人了？难道不是你三天两头地就往商业公司跑？不是你总站在街口跟李大军眉来眼去的？跟男人说话就是眉来眼去吗？你不跟男人说话？柳云卿气不打一处来地瞪着萧桂芳，你连野种都生下来了，还有脸在这诽谤我吗？要死了你，杀千刀的小婊子，你倒是说说我跟哪个生的野种，你要说不出来，今天我就跟你没完！没完？老十结婚那会是谁瞒着一家子人，偷偷塞给我两千块钱，让我当喜钱带给老十的？柳云卿双手叉腰地睨着萧桂芳，你心里没鬼干吗做这鬼事？什么两千块钱？一旁的齐老九把柳云卿的话听进了心里，怔怔地盯着萧桂芳问，妈，你真给了老十两千块？你信她个小婊子胡说八道？她嘴里有一句真话吗？跟李大军跑市里去偷情，她不还说是去吃老同学的结婚酒嘛！谁偷情了？萧桂芳，请你把话说清楚，我倒是跟谁偷情了？跟李大军啊，街上谁不知道？那天你跟老九打了一架后，一晚上都没回来，不是去找李大军开房了嘛！我跟李大军开房？好，萧桂芳，我们这就去李大军家，当着他老婆的面问一问李大军那晚到底有没有出去，他要是没出去，你就给姑奶奶磕三个响头，否则这辈子我都饶不了你！行了！越吵越不像话了！一直没有开口的齐黄山终于忍不住爆发了，随手就朝萧桂芳身上扔过去一个玻璃杯子，还没等大家反应过来，紧接着就听到一阵清脆的迸裂声炸响在萧桂芳脚边。要死了老东西！萧桂芳跳着躲开齐黄山扔过来的杯子，顺手脱下鞋子就朝齐黄山砸了过去，好人死得千千万，你个老祸害怎么还不死？齐黄山冷冷瞪着萧桂芳，我且死不掉呢，我还要睁大眼睛看看你到底还能偷偷给老十那个忤逆子塞多少钱呢！

其实，柳云卿也不想总这么吵下去，可她心里委屈，明明都是他们齐家的错，为什么到最后都怪罪到了她头上？她跟李大军始终都是清清白白的，凭什么总要受他们攀诬？是她柳云卿不想好好跟齐老九过日子吗？不，她一直都在努力，她一直都希望和齐老九能够像许培华、向美珠两口子一样，开开心心、和和美美地过着只属于他们的小日子，可齐老九都付出过什么努力，又为她做出过些什么改变？他总是唯唯诺诺地得过且过，从来都没想过要怎么做一个完美的丈夫，怎么做一个合格的父亲，更没有站在她的立场设身处地替她想过，哪怕只为她考虑一次，她也不会变成现在这副模样，不是吗？她需要一个家，一个温暖的家，在她感到孤单寂寞、孤立无援时他可以陪在她身边，即便什么话也不说，只静静地搂着她就够了；她需要他，一个能够撑起一片天的他，在她遭受萧桂芳的种种冷眼时，他可以站出来替她跟萧桂芳争辩几句。仅仅只是这些而已，可他永远都没有站在她的立场替她说过一句话，也没有按照她的心意替她做过任何一桩事，这样的男人要了到底有什么用，这样的婚姻又有什么必要继续维持下去？

我清楚地记得，那段日子柳云卿来我家的次数变得越来越多、越来越勤，害得母亲不得不狠了狠心，提醒她以后尽量少来，最好不要再来。这几天你婆婆看我的眼神都不对了，肯定怀疑是我在背后挑唆你跟齐老九的关系。母亲叹口气说，我们向来都是劝和不劝离，你要再这么闹下去，就少往我家跑，省得你婆婆总是疑神疑鬼的。柳云卿照例大大咧咧地说，怕什么？我都不怕，你怕什么？我又没卖给他们老齐家，她还管我跟谁交朋友啊？向美珠你也真是的，咱们处了多少年了，打我嫁到桃花巷的那年，巷子里的所有人就知道我们是最好的朋友，这节骨眼上你不帮我说话也就算了，还要对我下逐客令啊？母亲盯了她一眼说，我这可都是为了你好，你说你们都闹多久了啊，还不收手，到底想怎么样啊？那是我要闹的吗？你也听见了，萧桂芳天天指桑骂槐地恶心我，我还不能回几句嘴啊？要不是她设局让我爸欠了一屁股赌债，我就算瞎了眼也不会嫁到他们齐家来！行了行了，一提这茬你又没完没了了。我是说你跟齐老九还要闹到什么时候，要我说，老九算不错的了，拿的工资哪个月不是一分不少地主动上交给你的，而且人也老实，不赌不嫖的，你还折腾个什么劲呢？工资上交给我就不错了？柳云卿撇了撇嘴，不服气地说，不赌不嫖就算是个好人了？我倒情愿他又赌又嫖，至少那样才活得更像个男人。你看看他现在那个样子，又窝囊又怂，耳根子还软，什么都听他妈的，就跟个老婆娘一样，我要跟这种人过一辈子，迟早非气疯了不可！

你这说的都是气话，夫妻间哪有隔夜仇的？闹也闹了，打也打了，你要再这么较着劲，到最后只会伤到感情。感情？我跟他还有感情吗？不怕老实告诉你向美珠，我跟齐鹏早就没感情了，自打我知道他们老齐家设局骗我嫁过来后，我连对他最后葆有的一点好感也通通没了。我瞧不起他，真的，我现在看到他就觉得恶心，还不是一星半点的！那你还非闹着让他调回来做什么？你这不是拿自己的矛戳自己的盾吗？柳云卿，有句话说得好，当局者迷，旁观者清，你现在就是那个当局者迷，明明心里在乎得要死，嘴里还死犟着不承认。我怎么当局者迷了？我心里透亮着呢！我让他调回来又不是为了我，是为了他女儿，眼瞅着下半年倩倩就要上幼儿园了，他总得回来尽尽当父亲的义务吧？别不承认了，咱们多少年的交情了，我还不知道你心里那些小九九？好了，这个周末老九回来，你再好好跟他商量商量，我也让许培华找他谈谈，大家把话一次谈开，尽早把心里那个死结解开不就行了嘛！还有什么好谈的？我现在就等着跟他离婚了，他什么时候签字，我就什么时候带着倩倩滚出他们齐家。别总把离婚挂在嘴边，我家里忌讳说这些话，要再说，以后真不让你来了。

好了好了，不说还不行吗？柳云卿仍然没事人似的笑笑，忽地一眼瞥见刚刚放学正伏在书桌上写作业的我说，小明，去放盘磁带听听吧。你要听谁唱的？我头也不抬地问她。林忆莲的，就上次让你帮我翻录的那盘。《爱上一个不回家的人》？嗯，就那盘。我起身走到录音机前，打开抽屉找到那盘磁带，动作麻利地把它放进卡座里，一按播放键，很快，林忆莲那优美而又略带忧伤的声音就缓缓流泻在四周的空气中，听得人浑身都飘飘然起来。要听回你自己家听去，小明还要做作业呢。母亲有些不客气地对柳云卿说，你总待在我家算怎么回事，传出去，人家还以为许培华跟你有些什么呢。你婆婆又是个那样的，我可不想被她把我们家也搞得鸡犬不宁的。我跟许培华？柳云卿哈哈大笑起来，忽地又立马收住笑，伸手指了指正在播放的录音机，冲母亲轻轻嘘了一声说，就听两首，听完我马上走。你不是让小明给你翻录了嘛，干吗非得在我家听？这不是我家放音机坏了嘛，拿出去修还没修好呢！说着说着，录音机里开始传出了《当爱已成往事》的旋律，是张国荣和巩俐主演的电影《霸王别姬》的主题曲，从那一刻开始，柳云卿就再也没有发出任何的声响，而是静静地走到录音机前，一动不动地站着，直到一曲终了，整个过程都极其安静，极其梦幻。

"往事不要再提，人生已多风雨，纵然记忆抹不去，爱与恨都还在心里。真的要断了过去，让明天好好继续，你就不要再苦苦追问我的消息……"当爱已成往事，当往事里已没有了爱，一切的伪装和掩饰，都还有必要再继续下去吗？柳云卿知道，她的确很认真很用心地去爱过齐老九，但那段爱也早已随着生活中的各种消耗，变得烟消云散、随风飘去了。歌词里唱得不错，爱情它是个难题，让人目眩神迷，可齐老九偏偏不能给她最想要的安全感与激情浪漫的生活，奈之若何？一路走来，她已疲倦不堪，而今她深切感受到的就是这段婚姻带给她的种种伤痛与不快乐，她真的无法再说服自己就这样波澜不惊地跟齐老九过上一辈子。除了怨恨与不满，齐鹏赋予她的只有欺骗只有麻木不仁，她真的很想快刀斩乱麻，尽早地与他划清界限，尽早地离开那个只会让她产生无尽厌恶的家。或许，离开了不会立刻忘记他，也不会立马忘了所有的伤痛，但只有离开才是她走向新生的唯一选择，不是吗？她不知道在她内心深处是否还对齐鹏葆有哪怕一点点的爱意，但她知道如果要让她下定决心离开他，她的心一定也会痛，可事已至此，她真的已经无能为力了，即使再继续保持夫妻的名分，她的心也早已不在他身上了，还有什么必要再自欺欺人呢？

是的，她的心已经不在齐老九身上了，那么它究竟又去了哪里呢？是黎明吗？她摇摇头，从上学那会她就没看上过黎明，虽然他长得英俊潇洒、玉树临风，但她心里很清楚，他并不是她追逐的对象，更不会成为她的依靠。她不过是因为想要报复齐老九才上了黎明的床，不过是因为享受他给她带来的极致快感，才一而再、再而三地去他家找他，不过这些都无关爱，她真正爱的是李大军，是那个将近比她大上二十岁都能做她父亲的男人。其实她自己也说不清是从什么时候对李大军产生真感情的，或许是在黄海市他没有趁她意乱情迷时顺水推舟地要了她的那晚开始的吧，尽管直到现在她还是无法理清自己情感走向的脉络，但她相信就是那个时候她才真正对他另眼相看的。在她心里，他决非外表儒雅内心龌龊的伪君子，而是一个真真正正的谦谦君子，她喜欢君子，也钦佩敢爱敢当敢于对女人负起责任的他，那么，还有什么理由能够让她把他从心底彻彻底底地拔个干净呢？她不能，也无法把他忘怀，在她的生命里，这世上再也没有哪个男人能够比得上李大军，即便为他背负一世的骂名，她也愿意。"爱情它是个难题，让人目眩神迷，忘了痛或许可以，忘了你却太不容易。你不曾真的离去，你始终在我心里，我对你仍有爱意，我对自己无能为力。因为我仍有梦，依然将你放在我心中，总是容易被往事打动，总是为了你心痛。"林忆莲的《当爱已成往事》，偏偏被她唱成了要去大胆追求她想要的爱，当夜幕降临，当柳云卿再也不来我家听歌的时候，父亲却告诉我和母亲一个近乎爆炸性的新闻，这些日子柳云卿已经成了卡拉 OK 的常客，不是在老街东首的肥猫歌厅唱歌，就是出现在新街西首的玫瑰歌厅，镇上好些时髦的人都在那里遇见过她，甚至还有人在玫瑰歌厅的包间里看到她和李大军搂搂抱抱的，那亲密劲比真正的两口子还要浓上几百倍。

"别流连岁月中，我无意的柔情万种，不要问我是否再相逢，不要管我是否言不由衷。为何你不懂，只要有爱就有痛，有一天你会知道，人生没有我并不会不同。人生已经太匆匆，我好害怕总是泪眼蒙眬，忘了我就没有痛，将往事留在风中。"林忆莲的歌声里藏着柳云卿太多太多的无奈与怅痛，她无法做到快刀斩乱麻，三下五除二地就斩断她和齐老九的所有牵连，所以她只能沉浸在另一个她从前从未见识过的灯红酒绿的世界里，不断地迷醉，不断地放飞自我。她已经不在乎世俗的眼光了，她只在乎她是否还能痛痛快快地活着，只在乎她想要好好去爱的那个男人会不会一直陪在她的身边。对她来说，李大军是个好男人，一个绝对的好男人，那天傍晚，当她满面疲惫地出现在李大军的办公室，一字一句地告诉他，现在的她非常需要一个温暖的热情的拥抱时，他不仅给予了她最热烈最疯狂的回应，并应她的要求带她去了刚开业没多久的玫瑰歌厅，特地要了个包厢，陪她唱了一晚上的卡拉OK。

她唱了林忆莲的《爱上一个不回家的人》《当爱已成往事》，也唱了陈淑桦的《滚滚红尘》《一生守候》，而唱得最多的却是陈淑桦和成龙合唱的那首《明明白白我的心》。她要李大军和她一起唱，既然这首歌本来就是男女二重唱，当然不能让她一个人唱，再说这样的情歌她一个人唱着又有什么意思？在柳云卿眼里，李大军什么都好，风度翩翩，气质儒雅，又懂得如何讨女人欢心，唯一不好的就是五音不全，唱起歌来那叫一个难听，可她偏偏就是喜欢听他唱，哪怕他唱得鬼哭狼嚎，她也毫不在意。听玫瑰歌厅的老板说，那晚后半夜，他们几乎没有点别的歌，就一首《明明白白我的心》唱完了接着再唱，一遍又一遍，无限循环，直唱到日上三竿，才彼此手拉着手，极不情愿地离开了包厢。"明明白白我的心，渴望一份真感情，曾经为爱伤透了心，为什么甜蜜的梦容易醒？你有一双美丽的眼睛，你有善解人意的心灵，如果你愿意，请让我靠近，我想你会明白我的心……"天亮了，歌声依然响彻在老镇的大街小巷，几乎所有人都在风传她柳云卿和李大军好上了的风流韵事，但她一点也不在意，因为她知道她在意的只是他有没有用心陪她一起唱一曲情深不悔的歌。"星光灿烂风儿轻，最是寂寞女儿心，告别旧日恋情，把那创伤抚平，不再流泪到天明。我明明白白你的心，渴望一份真感情，我曾经为爱伤透了心，为什么甜蜜的梦容易醒？"他用心了，她听得出他是用真心真情在陪她一起唱，而那颗真心，那片真情，都只因为她柳云卿的存在而存在。一曲终了，她抬头望望那片怎么也望不见她未来的天空，轻轻叹息着喃喃自语着，即便为他爱到死去，她也心甘情愿、无怨无悔。

第十四章

　　周向涛是我小学同学周强的父亲，也是来桃花巷找柳云卿次数最多的那个男人。年轻时的周向涛长得很帅，浓眉大眼，高鼻子厚嘴唇，身材魁梧，个头接近一米九，搁现在绝对是打篮球的好手，但我印象中的他好像并不热衷任何体育运动，唯一的兴趣爱好便是结识各种各样的女人，漂亮的，不漂亮的，性感的，不性感的，已婚的，未婚的，温柔的，泼辣的，只要被他看上眼的，往往都逃不过他的手掌心，甚至会主动送上门，竭尽所能地讨其欢心。

　　柳云卿是周向涛第一眼就看中的女人，那个时候，他第一任老婆，也就是我同学周强的母亲梅一凤还没去世，而柳云卿和齐老九的婚姻也正处于甜蜜期，所以他无机可乘，即便心里痒痒的跟被猫爪挠了一样难受，也只能远远地望着这个名动老镇的桃花西施过过眼瘾解解馋罢了。周向涛是什么时候把柳云卿搞到手的，我一直不是特别清楚，也懒得去打听那样的八卦，只知道在柳云卿第一次离家出走前，周向涛的身影几乎每天都会掐着柳云卿下班在家的点准时出现在桃花巷，但他又很少会直接敲开门大大方方地走进去，惯常都是走到老齐家门前时就突然犯病了似的重重地咳嗽上几声，待柳云卿听见了走出来，两个人便鬼鬼祟祟地倚着墙根嘀嘀咕咕着耳语一阵，然后又迅速分开，各自该干嘛干嘛去，如果柳云卿一时半会没听到他的咳嗽声，他就会像幽灵一样，在桃花巷来来回回地走上一圈又一圈，搞得跟地下工作者似的，而他那没完没了的咳嗽，也被好事的邻居形容成了国民党特务接头的暗号。

　　周向涛喜欢女人，也喜欢柳云卿，但他对柳云卿到底有没有真心，有几分真心，我还真不敢说。老镇上的人都知道周向涛是个花花公子，没跟梅一凤结婚前他外面就有很多女人，跟梅一凤结婚时他身边的女人仍然多得有一个加强连，而梅一凤死后，他则变得更加放纵，同时脚踏几条船不算，还把人家未过门的媳妇肚子搞大了好几个，即使老了，关于他的花边新闻还是源源不断从没个消停的时候，也算是老镇上的一个传奇人物。老镇上一直有传言说，当年周向涛之所以打算抛弃发妻梅一凤，是因为柳云卿的介入，所以很多人都把梅一凤的死归咎于柳云卿，说她是害死梅一凤的罪魁祸首，其实这种说法并不公正，也缺乏依据，而且据我所知，柳云卿是在梅一凤死后才跟周向涛好上的，所以人们把梅一凤的死怪罪到柳云卿头上，就算不是在泼脏水，也是无端的猜测。真实的情况是，直到梅一凤去世，柳云卿都跟她不熟，很多年以后，柳云卿跟母亲聊天提到梅一凤的死时还大喊冤枉，我都没跟她说过一句话，认都不认识，怎么就害死了她？她死的时候，我跟周向涛也还不熟呢，真不知道老街上这些人都出于什么目的编造出这些没得影子的谣言！母亲相信柳云卿说的是真话，我也相信，因为在我的记忆里，周向涛常来桃花巷找柳云卿的那段时间，梅一凤已经去世差不多有一两年了，而梅一凤还健在的时候，也从未见过周向涛有事没事老往桃花巷跑的，这样算来，周向涛应该是在梅一凤去世后才对柳云卿展开激烈的追求攻势的，所以梅一凤的死自然与柳云卿毫不相干。

　　老镇人都知道周向涛不爱梅一凤，哪怕梅一凤给他生下了他们唯一的儿子，也没能收住他的心，每当梅一凤气不过埋怨他的时候，他都会毫不在意地告诉她，男人在外面有女人是再正常不过的事，如果她对此心生不满，可以选择跟他离婚，不过儿子必须给他留下。梅一凤不肯离婚，更不肯放弃儿子的监护权，所以她选择了隐忍，一而再、再而三地隐忍，但最后换来的却是周向涛无休无止的拳打脚踢和刻毒的辱骂与诅咒。梅一凤不知道自己到底做错了什么，她不就是喜欢发几句牢骚嘛，自己都已经把丈夫让给那些骚女人了，还要她如何？她不知道那些女人当中有几个是起了贪心要取她而代之的，她只知道不管周向涛在外面有多少女人，周向涛的老婆只有她梅一凤一个，只要她守在周家一天，就不会有人能够取代她的位置，却怎么也没料到周向涛会为了那些女人逼着她跟他离婚。无论如何，梅一凤也不肯同意离婚，因为她知道，一旦自己答应离婚，那么她除了会彻底失去丈夫，还会彻底失去儿子失去这个家，现在，她几乎什么都没有了，再也不能没了儿子和这个家啊！儿子是她的生命，是她所有的希望，她怎么能够丢开儿子离开这个家呢？周向涛说只要她同意离婚，就会给她一笔赡养费，并允许她随时都可以来探望儿子，可周向涛的话她真的能信吗？他也一直说以后再也不会打她了的，可哪次不是脾气一上来又把她揍了个半死？她不怕他打她，也不要他给她什么赡养费，她只要她的儿子，只要继续以女主人的身份留在这个家里，哪怕周向涛永远都不在意她，永远都在外面跟别的女人鬼混，她也不会在意，更不会再对他的行为有任何的埋怨和微词。

只要不离婚，她什么都可以迁就周向涛，这是梅一凤为保住自己名存实亡的婚姻作出最大的让步，所以当事态发展到周向涛把女人带回家当面羞辱她之际，除了默默流眼泪外，她什么谴责的话也没有说过，甚至连最起码的反抗都没有尝试过。丈夫的心从来都不在自己身上，她还能怎么样呢？反抗与谴责只会让他的暴行变本加厉，只会让他对她的拳打脚踢变得更加频繁，所以就算打落门牙往肚里咽，她也不打算再乞求他任何的怜悯与同情。对梅一凤来说，周向涛早就不是她的丈夫了，而只是和她同住一个屋檐下的熟悉的陌生人，他的所作所为已让她伤透了心，但即便如此，她也决不容许自己在娘家人面前提到他半句不好，因为那样只会让当初就死活不同意她嫁给周向涛的兄弟姐妹们更加轻贱她瞧不起她。自打决意要嫁给周向涛的那一天起，梅一凤几乎就跟娘家人决裂了，这个时候要跑回到他们面前哭诉，岂不是自己打自己的脸招人笑话吗？不管怎么样，不管周向涛还会从外面带回来多少女人当着她的面鬼混，她都铁了心打定了主意，那就是决不同意跟他离婚，决不离开这个他们一起共同生活了十多年的家。

茫茫人海，除了周向涛曾经给她的这个家，哪里才会是她的容身之地？父母早亡，兄弟姐妹都各自成家，而且都因为她自作主张非要嫁到周家跟她起过冲突，如果跟周向涛离了婚，她还能去哪呢？梅一凤知道，答应跟周向涛离婚，不仅会让她失去儿子，而且也意味着从她签字的那一刻起将会无处可去，所以她唯一能做的就是坚持不离婚，无论周向涛怎么折腾她虐待她，她都决不松口提"离婚"二字。梅一凤早就看透了周向涛，在她决意不肯离婚的时候，她就知道接下来的日子周向涛肯定不会让她好过，但她没想到的是，尽管她一味忍让，一再退缩，却依然换不回周向涛哪怕是一瞬的良心发现，以至于发展到最后，周向涛在当着她的面跟从外面带回来的那些女人行了苟且之事后，都会拿皮鞭抽她拿鞋底砸她，甚至要她给那些女人端洗脚水倒洗脸水。她一句埋怨的话都没说啊，也没当着他们的面哭泣扫他们的兴，从来都没有，可周向涛为什么还要这么大张旗鼓地折磨她虐待她？她已经把自己的丈夫完完全全地拱手让给了那些她甚至一点都不知道对方底细的女人，为什么周向涛还要视她为眼中钉，总是不停地打她骂她咒她呢？究竟，这种生不如死的生活还要继续到什么时候才是个头？

梅一凤知道，只要她不主动放弃这段婚姻，周向涛是绝对不会停止对她的各种折腾的，可一旦她同意离婚了，可以想见，她即将失去的会更多，既然迟早都是个死，与其一个人不明不白地孤零零地死在外头，还不如被周向涛打死在家里，那样的话，至少她死了也是他周家的鬼是他周向涛的亡妻，不是吗？梅一凤从来没跟任何人提过她被打的事，她是个自尊心极强的女人，哪怕深更半夜被周向涛打得鬼哭狼嚎吵醒了附近的邻居，她也从不承认自己挨打了，只说是自己不小心磕了碰了。当然，邻居们谁也不是傻子，不小心磕了碰了能发出鬼哭狼嚎、撕心裂肺的叫喊声吗？再说大半夜的早就该进入梦乡了，在被窝里都能磕哪碰哪呢？尽管梅一凤总是矢口否认自己与周向涛感情不和，也从来不肯在任何人面前提起被打的事，但她脸上的伤和身上青一块紫一块的瘀血是瞒不住人的，所以邻居们没一个是不了解真相的，可梅一凤自己不说，邻居们自然也不好去揭她的伤疤，除了替她感到不值外，只能一次次望着她无助的背影摇头叹息。

柳云卿跟周向涛好上后，曾在某个清晨，被梅一凤的女邻居田嫂堵在了周家巷子口。田嫂一把拉着柳云卿的衣袖，盯着她语重心长地说，姑娘啊，周向涛不是什么好人，他头一个老婆就是被他活活打死的，可怜啊，天天没头没脸地往死里打，都打成骨癌了也不肯送去医院。这十来年，被周向涛领回家的女人，没有一百个，也有九十九个，姑娘啊，你还年轻，又长得这么好，可千万不要被他的花言巧语骗了，趁早离开他才是正经事啊。柳云卿并没把田嫂的话放在心里，她并不了解梅一凤去世的真相，也不想了解，于她而言，梅一凤只是周向涛的亡妻，一个早已不存在了的人，跟她的生活能有什么关系？自打她跟周向涛好上后，周向涛都是想方设法地哄着她讨她欢心，别说打她骂她，就连一句重话也没说过，凭什么让她相信梅一凤的病是被他打出来的？还有，周向涛能骗她什么呢？她又不是什么未涉事的黄花大闺女，还指不定谁骗谁呢！

柳云卿心里很清楚，自己之所以跟周向涛好，从来都无关什么爱情，她就是压抑得太久了想换个不同的活法，就是想通过交往各种不同的男人来发泄她对齐老九和齐家的种种不满，而周向涛只不过恰好在她情绪最低落最需要男人慰藉的时候出现在了她的生命里罢了。在肥猫歌厅的走廊上第一次近距离碰见周向涛时，柳云卿因为事先喝了点酒，有些微醺，四目相对之际，总觉得眼前这个男人是她见过的最帅的男人，突地就变得心猿意马起来，当周向涛提出要和她合唱一曲之际，她想也没想地就把他拉进了自己的包厢，那一晚，他们唱了很多经典港台歌曲，也喝了很多的酒，当他借着昏暗的灯光伸过手轻轻撩开她裙摆的时候，她非但没有拒绝，而是一把抓住他的手就朝着自己的禁区慢慢游移了过去。有什么呢？今朝有酒今朝醉，大家都是成年人了，还不知道生活的本质就这么回事吗？柳云卿在紧紧握住周向涛向她侵袭而来的那双大手之际，轻轻叹了口气，这世上除了男人就是女人，上帝之所以创造出男人和女人，不就是为了让他们互相取暖彼此取悦吗？她知道，自己只是需要这个男人，需要他给她一点点温暖，需要他给她一点点欢喜，需要他给她一点点慰藉，需要他给她一点点浪漫甚至是刺激，至于爱，就让它下地狱见鬼去吧！柳云卿心里一直都很清楚，她并不爱周向涛，就像她不爱黎明一样，用她后来在回忆起这段感情时说过的话来形容，就是绝对尊重自己的身体，并积极响应身体的召唤。是的，从来都只是她的身体需要周向涛的抚慰，而不是她的心，所以从某种程度来说，并不是周向涛骗了她，而是她骗了周向涛。谁说只有男人才能玩弄女人，女人也完全可以把男人玩弄于股掌之间的，柳云卿回头瞥一眼那个善意提醒她的田嫂，嘴角扬起一丝不易被人察觉的胜利者的微笑，周向涛不过是她调剂空虚的精神世界的一剂药罢了，连良药可能都算不上，又何须替她担心替她不值？只要周向涛动手打了她，或是她对周向涛失去了兴致，她随时都可以一脚把他踹开并笑着对他说拜拜，又何必太认真呢？

　　她从来都没对周向涛认真过，也从来没想过要对这个男人认真。和周向涛结缘的那天，她的心情很不好，傍晚下班的时候，她被李大军的老婆姚萍堵在了纺织厂门口，当着所有人的面指斥她勾引她男人，并骂她是老镇上最下流的臭婊子，最不要脸的狐狸精，那一刻，她就像被脱光了拉到街上游街的罪犯一样，颜面尽失，唯一想到的对策就是挖个地洞迅速钻进去，可她没有任何的神通，只能任由姚萍叫骂了小半天，才在同事的掩护下摆脱了姚萍的围堵。她没有回家，也没有去找李大军，而是一个人骑着脚踏车去了镇东首的肥猫歌厅，要了个包厢，一边喝酒，一边唱歌，一边排遣心中的郁闷。她做错了吗？她抢了别人的丈夫，错误显而易见，可她是真的爱上了李大军，在琼瑶的小说里，爱情从来都没有错也不可能会是错，不是吗？她不就是比李大军小了将近二十岁，她不就是比姚萍晚认识李大军二十多年，可她比姚萍更年轻更漂亮也更懂得李大军，姚萍凭什么把她骂得那么难听？凭什么？凭的就是姚萍是李大军的合法妻子，凭的就是姚萍是李大军两个女儿的亲妈！可她也能给李大军生孩子啊，说不定还能生出个大胖小子呢！

姚萍的不依不饶和咄咄逼人，把她逼到了一个尴尬的境地，让她不得不认真考虑起自己和李大军的未来。尽管未来有很多种未知，可这世上真的会有种未来是属于她和李大军的吗？她算什么？她只是李大军的情妇，还是别人眼中破坏李大军和姚萍婚姻的第三者，即便她更年轻更漂亮更知性更优雅，她终究还是不能取代姚萍在李大军心中的位置，更不可能鹊占鸠巢，成为李家新一任的女主人，这样的一个她，又有什么未来可言？她以为只要他爱她她爱他，只要彼此心心相印就够了，所以在和李大军交往的过程中，除了爱情，她从未正儿八经地考虑过潜藏在他们之间的各种问题以及所有不可调和的矛盾，包括他的婚姻，包括他的家庭，包括他的事业，包括他的生活圈子。她只想好好地享受他给她的爱，只想心无旁骛地和他共谱一段良缘，有错吗？错，当然错了！错就错在她忽视了姚萍的存在，忽略了姚萍的感受，从投进李大军怀里的那一刻起，她就应该明白这是一场玩火的游戏，明白迟早有一天纸是包不住火的，可她没想到这么快就东窗事发了，她甚至还没享受够李大军的温存，就被姚萍牢牢地钉在了老镇的耻辱柱上，以后的以后，又让她如何去面对李大军和这段她舍不得就此便轻易放弃了的情缘呢？

事实上，她从来都不曾想过要取代姚萍的地位，也从没想过要伤害姚萍，可姚萍为什么还是不肯放过她，偏要以这样的方式当众拆穿她羞辱她？尽管老镇上很多人都在风传她和李大军的风流韵事，但只要他不说她不语，只要他们都抵死不承认，那么，一切的传言就只能是谣传，只能是恶意的诽谤，可姚萍跳出来现身说法就不一样了，作为李大军的妻子，姚萍的气急败坏，姚萍的义愤填膺，姚萍对她所有的斥骂与指控，都无一例外地把她推到了无法辩白更无法自圆其说的绝境。面对姚萍的愤怒，她什么也不能说，因为她知道，她的老底已被姚萍完完全全地揭了个底朝天，现在哪怕只回应一句话半句话，无疑都是雪上加霜，还会让看热闹的人们笑话她的浅薄与无知。因为一段真爱，她成了全厂的笑话，成了千夫所指的对象，这个时候，再多的解释都是无力的苍白的，她唯一能做的就是紧紧闭上她的嘴巴，不去回应姚萍的任何谴责，也不去挑衅姚萍的任何叫骂，活生生把自己憋成了一只缩头乌龟。

她知道，今天在厂门口发生的事，用不了多久，就会传到萧桂芳和齐老九的耳里，接下来，一场暴风骤雨式的家庭战争在所难免，不过她也无所谓了，齐鹏不是一直都在怀疑她和李大军有染嘛，正好借此事捅破这最后的一层窗户纸，彻底地了结他们这一段孽缘吧！她已经做好了离婚的准备，可离了婚后她又该何去何从？嫁给李大军吗？不，她没有那样的野心，也不想让李大军因为她犯难，无论如何，李大军和姚萍都是二十多年的老夫妻了，就算她再爱这个男人，她也不会逼他为了自己跟和他共同生活了几十年的妻子离婚，更不会让他成为人人喊打的过街老鼠。他不是那无情无义的陈世美，从她认识他的第一天起，她就知道他是个有担当有责任心的好男人，她又怎么能够为了一己之私逼他把姚萍变成那个凄凄惨惨戚戚的秦香莲呢？她不会的，即便她再爱他，她也不允许自己成为拆散别人家庭的千古罪人，但是被姚萍这一骂，她也彻底想清楚了自己到底想要什么，想清楚了她要的未来到底是什么样的。她不要嫁给李大军，也不要李大军跟姚萍离婚，她只要跟李大军在一起，哪怕一辈子都无名无分她也不在乎，至于姚萍，她唯一能保证的就是不去攻城掠寨，不去染指她李太太的位置，不登门入室，不在她面前耀武扬威，也不在任何人面前说她一句不好的话。她要的只是李大军那一颗真心，即便永远都被不理解她的人们在背后指指戳戳着骂她狐狸精，她也无怨无悔——这辈子还能够在自己最好的年纪收获一段她想要的真正爱情，她已经知足了，还有什么理由要去埋怨去痛恨呢？她不想把她在齐老九那儿得到的怨恨、指责、斥骂、愤怒，以及所有不好的负能量，带到她和李大军的关系中，哪怕一丝一毫也不行，她只想让更多的阳光洒进她和李大军的心里，只想让更多的鲜花与美酒充斥在她和李大军的生活中，所以她一再地告诫自己，面对姚萍的谩骂，她必须学会忍受，学会感恩，学会忽略所有的不开心与愤懑。

她决定了，下半辈子都要以情人的身份陪在李大军身边，并且不去强求所有不属于她的东西，包括李太太的名分和他所有的爱。她知道，他的爱不仅仅只属于她柳云卿，还属于姚萍和他的家人，所以她只要他能够给她的那一部分就好了，尽管心仍然不可避免地会疼，仍然会为不能拥有他全部的爱感到失落，但她也明白这已经是最好的结局，再贪心就该遭到上天的谴责与报应了。唯一让她想不通的是，为什么在她还深深爱着李大军的时候，毫无预兆地就上了周向涛的床？是喝醉酒了的缘故，还是她骨子里本身就是个水性杨花的女人？除了她合法的丈夫齐鹏，这半年以来，她已经先后跟黎明和李大军上过了床，现在她又上了周向涛的床，还不能说明她是个淫荡的女人吗？或许，她真的就是个淫荡的女人吧，尽管她一直都清楚，自己并不爱黎明和周向涛，可她还是不间断地跟他们上床，而且每次在床上都会毫不羞惭地对他们的床技品评一番，这难道还不足以证明她天生就有当潘金莲的潜质？或许，她只是为了找个让自己彻底放松下来的发泄口，和齐老九并不美满的婚姻，让她全身的神经持续紧绷了多年，也该是她寻求全面解放的时候了！

潜意识里，她一直都想报复，报复齐家对她的欺骗，报复齐鹏对她的无视，她受了那么多的气遭了那么多的罪，到最后还发现自己的婚姻完全就是别人为她设计好的一个陷阱，她又如何能够做到无动于衷？她已经隐忍得太久太久，也压抑得太久太久，现在，她不想继续当冤大头了，她不仅要让齐鹏付出代价，也要把这些年失去的快乐与自我通通找回来，而她唯一可以利用的武器就是她的身体和她的欲望。男人们喜欢她漂亮的脸蛋,喜欢她窈窕的身材,喜欢她在床上的风情万种与近乎变态的疯狂,这样的女人,他们又如何能够拒绝?黎明和周向涛通通拜倒在她的石榴裙下欲罢不能,而她只是不断地索取,不断地求欢,当他们趴在她身上一泻如注的时候,她不仅获得了无尽的欢愉,也彻底把男人们牢牢攥在了自己的手心里,即便要他们为她上刀山下火海,他们也在所不辞。她喜欢这种感觉,更享受这种可以掌控男人并把他们玩弄于股掌之间的快感。唯一让她觉得对不起的就是李大军,她是真心爱着他的,李大军也是真心待她的,本来她应该把自己的身心毫无保留地只交给李大军一个人,但报复的欲望和随之衍生的对男人强烈的把控欲,让她逐渐失去了理智,也失去了生命中最难能可贵的纯真与纯粹,并让她彻彻底底地变成了另一个她自己都不认识的人。

　　而今的她已经彻头彻尾地成了性的奴隶,成了一个唯欲望马首是瞻的大欲女。是的,现在的她,眼里只有男人只有欲望,而她之所以变成这副模样,还不是拜男人所赐?如果齐老九能够对她多一些关心,如果齐老九不总是无视他们两地分居的现状,她是绝对不会走到今天这一步的,至于李大军,她也不欠他什么,她又没想过要成为他的妻子独自霸占着他,他也就不能要求她只忠于他一个人,只跟他一个人上床,不是吗?说到底,她不过是李大军无数出轨对象中的某一个罢了,她为什么要替他守节替他负责替他安分守己,这要说出去岂不是一个天大的笑话吗?她和他,虽是真爱,她也为他付出了足够多的真心,但归根结底,他们终究还只是人们口中唾骂的奸夫淫妇,试问一个不被世人所理解并谅解的淫妇,她又有什么资格去替一个奸夫守身如玉?她叹息着摇摇头,她没有那样的资格,也永远都不会拥有那样的资格,所以她只能在堕落的道路上越走越远,越走越远,但与此同时,她也总在担忧着害怕着,害怕有一天李大军会以她为耻,会突然指着她的鼻子骂她是个人尽可夫的淫妇,到那时,她又该如何自处?是向他解释自己的种种不得已,还是乞求他的原谅?

李大军从来没有过问她和黎明以及周向涛的事，连他们的名字都未曾在她面前提过一嘴。她依旧偎在他的胸膛里轻轻抚摩着他发达的胸肌，依旧像个孩子一样紧紧搂着他的脖子疯狂地吻着他激情似火的唇，依旧用她那张温柔似水的樱桃小嘴暖暖地包裹着他的坚挺，当他喘着粗气趴在她洁白的肌肤上完完全全地要了她时，她也总是全身心地容纳着他，并低低地满眼深情地告诉他，她有多么爱他，又是多么多么地不想离开他。大军，我爱你，我对你是真心的。李大军紧紧搂着她，亲着她的额头呢喃着说，我知道，我知道的。宝贝，我的心肝宝贝儿，我也爱你，一生一世都爱，生生世世都爱。别离开我，好吗？柳云卿瞪大眼睛盯着李大军，答应我，不管发生什么事都别离开我，好吗？李大军把她搂得更紧了，又胡思乱想些什么，不是说好了这辈子都不会离开你吗？我们要一起活到老，活到天荒地老，活到海枯石烂。你不怕姚萍跟你吵，不怕她闹着跟你离婚吗？怕什么，她吵她的闹她的，我们只管爱我们的就好。你真的不后悔吗？后悔，当然后悔，后悔没晚生二十年，那样我就可以名正言顺地把你娶回家了。李大军伸手在她胳膊上轻轻捏了一下，你后悔吗？一次都没后悔跟了我这个半老头子吗？不，你不老，你一点也不老。柳云卿紧紧握着李大军的手，把它拉到嘴边满怀深情地狠狠亲了一口，我不后悔，从来都没后悔过，这辈子也都不会后悔。是的，她从来都没有后悔选择跟李大军走到一起，爱上他是上天赐予她的福分，她珍惜都来不及，又怎么会去后悔？她只是感到遗憾，遗憾她不能像妻子那样全身心地去爱他去守护他，如果真的有下辈子，她一定会跟他约好了一起去投胎，在最好的年纪嫁给年轻有为的他，从此，举案齐眉，白头到老。

　　和他在一起的日子，她总是尽情享受着他带给她的欢愉，总是想尽一切办法地取悦于他，仿佛只要她稍有懈怠，所有的美好迅即分崩离析。她一直隐隐地觉得，这一切都只是一场梦，一场只要她打上一个喷嚏就会迅速醒来的梦，而梦醒之后，她便不再是她，他也不再是他，剩下的不过是一地零落的荒草，还有她满心披裹着的疲惫与惆怅。柳云卿知道，尽管她和李大军都深爱着彼此，尽管他们许过一辈子都不会分开的诺言，尽管她一分一秒都不想离开眼前这个让她爱到痴狂的男人，但无情的时光终究还会把他们搁浅在离别的沙滩上，哪怕爱得再深爱得再用力，哪怕爱得死去活来爱得天崩地裂，到最后，他们还是无法熬得过岁月的变迁、人世的辗转，分道扬镳在所难免，而她和他这对曾发誓要爱到永远的情人，也会不可避免地成为这世上最熟悉的一对陌生人。只是时间的问题，分开是迟早的事情，这一切，她从一开始就心知肚明，只不过她一直不愿去想，也不敢去承认罢了。离别是这世上最痛苦的事，她那么迷恋李大军，又怎能舍得跟他分道扬镳？但她知道那一天早晚都是要来的，既然如此，再多的担忧与恐惧又有什么用，还不如好好珍惜当下，在他还没来得及选择离开她的时候，去尽情享受他的爱享受他的好，并用满腹的深情去回应他接纳他，那么即便将来不得不去面对离别的时候，她也不会因此心生怨尤，而他也不会一想起她便满脑子都蹦出厌烦的情绪来。

她已经做好了和李大军随时分开的心理准备，尽管她一直都想把这个时间尽量往后拖延。她爱李大军，有生以来第一次如痴如醉地爱着一个男人，所以她害怕失去更害怕承担失去后的痛苦，为此，她几乎是不顾后果地让黎明和周向涛同时走进了她的生活。在她眼里，黎明和周向涛不仅是她感情的备胎，还是她给自己找到的两条退路，如果有一天李大军不要她了，那么她还有重新选择的余地，到那时她也就不会因为难以承受的痛苦与煎熬而寻死觅活的了。黎明和周向涛，她更喜欢周向涛一些，在她看来，将近三十还没娶妻生子更没正儿八经地谈过恋爱的黎明是不可靠的，虽然他从来都不缺女人，主动向他投怀送抱的女人也不在少数，但他并不成熟，也从未真正懂过女人，跟他玩玩还可以，但要让她把自己下半辈子的某一段时光托付于他就太不值得了；相反，周向涛的名声虽然比黎明更加不堪，老街上几乎没人不知道他把老婆打成骨癌却撒手不管的劣迹，但在她看来，他既成熟又有味道，对朋友很讲义气，遇到事情也从未见过他退缩不前而且还很有些担当，对她也是极温柔极友善的，别说从没动过她一根手指头，就连一句重话也从未在她面前说过，这样的男人又怎能让她轻言放弃？

　　周向涛从来都不主动跟柳云卿讲任何关于梅一凤的事，所有与梅一凤相关的故事，她都是从别人那里零零散散地听来的，而故事听多了后，她也就得出了自己的结论。原来，周向涛从来都没爱过梅一凤，更没打算要把梅一凤娶回家，如果不是梅一凤以肚子里的孩子作为要挟，他是绝对不会跟她结婚也不会任由自己沉陷在那段没有爱情的婚姻里憋屈那么些年的，所以婚后他对梅一凤所做的那些事，她也就通通都能理解了。她见过梅一凤的照片，在周向涛家的抽屉里，是在他儿子周强的苦苦哀求下才被留下的。照片上的梅一凤绝对称不上漂亮，甚至比普通人还要丑上几分，而且右半边脸上还长了一大块几乎和脸同样面积的黑斑，这样的长相自然是配不上风流倜傥、玉树临风的周向涛的，也难怪他会不断地在外面找别的女人了。

　　她问过周向涛当初怎么就看上了梅一凤，周向涛近乎轻描淡写地告诉她，那会年轻，没尝过女人的滋味，成天都琢磨着要找个女人睡上一觉，偏偏又和梅一凤都下放在同一个村子，想找别的女人一时半会也没有，所以就勉为其难地要了她，谁知道就搞了那么一次便怀上了，想甩都甩不掉，到最后只能违心地把她娶了进门。周向涛说他也是受害者，如果不是那次冲动，他满可以娶一个真正让他动心的女人回来，可以全身心地投入对她好给她想要的生活，可上天偏偏跟他开了这么大个玩笑，他有什么办法？我不是没给她机会，只要她同意离婚，我周向涛绝对亏待不了她，可她宁可忍受着我跟别的女人当着她的面亲热，也不肯松口同意离婚，你知道我的心理压力有多大吗？我知道她过得憋屈，可我也同样很憋屈啊，天天对着她那张脸我就想吐，尤其是看到她那副逆来顺受的样子，好像全天下都欠了她似的，我就更加气不打一处来，所以就使劲地打她拼命地踹她，用各种污秽的语言刺激她。我以为她会走，从来都没想到她会那么坚持，那种坚持更让我觉得可怕觉得恐惧，我真的没办法跟这种女人过下去，你明白吗？周向涛深深叹一口气，说真的，她死了对她自己来说也是一种解脱，不然又能如何呢？我不爱她，永远都不会爱她，她困着我自己又能开心吗？我知道，现在很多人都在骂我不是人，骂我是禽兽，骂我是杀人凶手，可我真的没有办法，不那么做，她是绝对不会同意离婚的，可我也没想把她打死，我只是想逼她走，逼她主动离开这个从来都不存在爱情的家，谁知道她会被打出骨癌？我不是不让她住院治疗，我压根就不知道她会患上骨癌，她天天不是喊这儿疼就是叫那儿痛，我一直以为她在装病，我要是一早就知道她得了骨癌，又怎么可能不给她治疗呢？人心都是肉长的，尽管我不爱她，但说到底那也不是她的错，更何况她还给我生了个儿子，我就算再绝情再不是个东西，也不能连她的生死都无视了的。云卿，你相信我理解我吗？这十多年来，我一直活在痛苦的深渊之中，我想找个自己真心喜欢的女人和她结婚并和她过一辈子，这个要求有错吗，过分吗？

她不知道周向涛有没有做错，她只知道梅一凤是个无辜的女人。他可以不娶她，她也可以不嫁他的，或者，他们都可以选择放手的，为什么非要等到酿下不可挽回的后果才知道后悔呢？嫁给我吧，云卿，我会一辈子都对你好一辈子都宠着你的。周向涛不无深情地凝望着她，也许从前我不是个好丈夫，但我一定会学着做一个好丈夫，让你每一天都活在鲜花与阳光里。嫁给他？她还没和齐老九离婚呢，再说就算她跟齐鹏离了婚，他也绝对不会是她理想的再婚对象，更何况她压根就没爱过他呢！柳云卿很清楚周向涛在她心里的定位，他只是她感情的备胎，只是她为自己找的一条还算不错的退路，从跟他发生关系的那一刻开始，她从未想过要跟他有进一步的发展，又怎么会考虑嫁给他呢？这是一个荒唐的提议，也是一个可笑的提议，这辈子，除了李大军，再也没有哪个男人会让她心生想要嫁给他的冲动，所以周向涛最好还是及早把这可恶的不切实际的念头打消，彻底死了这条心吧！

很多年以后，已经重返桃花巷的柳云卿在听说了关于周向涛种种不靠谱的传闻后，对自己当初没有作出嫁给他的决定深表庆幸，并把那个事事都不肯尽责的男人在心底暗暗诅咒了个遍。几十年过去了，现在回过头看看，其实周向涛还不如她一直都看不上眼的黎明呢，当初怎么就瞎了眼觉得他什么都比黎明好呢？这些年他都干了些什么？梅一凤死后，他先是娶了汽车站吴站长孀居的儿媳钟海云，而且为了顺利入赘吴家，连自己亲生的儿子都不要了，直接把周强送到了乡下的寄宿学校去念书，等周强念完了初中便没有再管过他；后来他又赔光所有积蓄地跟钟海云离了婚，和一个年纪老大的有夫之妇姘居在一起，不仅被那个女人骗走了很多钱，到最后还闹得鸡飞狗跳，不欢而散；再后来，他又勾搭上了一个四川来老镇卖米饼的女人，每天都会到街上帮着那个女人一起叫卖米饼凉粉，日子才算是安顿了下来。周向涛不是个能够安分下来的人，柳云卿忍不住长吁短叹起来，狗改不了吃屎，周向涛只怕这辈子也学不好了！学不好又如何，跟她柳云卿有半点关系吗？眼下，她对周向涛仅剩下的一点好感也都没了，她只是在为死去的梅一凤不值，为他没有得到过父爱的儿子周强感到惋惜，虽然周强小的时候她只见过他几面，但她知道那是个好孩子——本来，他是他们班学习成绩最好的学生，也是最有希望考上好学校的苗子，一直都被老师寄予各种厚望，说他将来一定会考上清华北大，可却被枉为人父的周向涛给生生地耽搁了。柳云卿听说，周强这些年很是吃了些苦头，如果可以，她真想回去看看那个孩子，真想握住他的手一字一句地告诉他，这个世界上还是有很多人一直都关心着他念叨着他的，包括她柳云卿，也包括他早已去了天堂的母亲梅一凤。

去他妈的周向涛，这辈子他就活该做一世的孤家寡人！还大言不惭地说想跟她结婚，他配吗？他不仅配不上她，也配不上那些跟他好过的所有女人！真不知道怎么还会有女人看得上他，难道她们都不知道她打死了第一任老婆，几十年来一直对自己亲生的儿子都不闻不问的吗？她诅咒他半年之内一定会被那个卖米饼的四川女人抛弃，她诅咒他再也得不到任何女人的爱也得不到任何女人的身体。是的，她诅咒，深深地诅咒。

第十五章

　　岁月对很多人来说都是一个未知的永远也解不开的谜，如果没有亲身经历一番，谁也说不清那些姹紫嫣红的故事到最后会演变成如何的模样。风儿日复一日、年复一年地从罗河的北岸吹到罗河的南岸，又从罗河的南岸吹到莲河的北岸，人们在蓦然回首中记住了风的声音，却始终没有记住风的背影，就像他们一直都没能记住柳云卿到底是什么原因离开了老镇离开了桃花巷一样。

　　没人关心柳云卿是怎么离开桃花巷的，也没人有耐心去调查柳云卿到底是被齐老九赶走的还是跟人私奔跑掉的，大家都只知道她是在那年的夏天离家出走的，而那个时候她跟齐老九以及齐家人的关系已经到了水火不容的地步。在柳云卿离开老镇前的那几年，关于她的各种桃色新闻几乎传遍了老镇的每一个角落，而她本人也顺理成章地成了人们每天茶余饭后谈论的焦点，大家都在背后窃窃私语，这桃花西施果然命犯桃花，短短的几年时间就把老镇上有头有脸的男人都睡了个遍，简直不要太厉害了。谈论她的那些人有妒忌的，有羡慕的，有厌恶的，有惋惜的，有唾弃的，有理解的，更有甚者，还有特别崇拜她的，在他们眼里，一个女人能够无视世俗的眼光我行我素，本身就是桩很了不起的事，而且还能够随心所欲地想跟谁睡就跟谁睡，则更完美地诠释了一个自由主义者的罗曼蒂克。不管大家怎么看她，骂也好，捧也好，妒忌也好，崇拜也好，有一点是可以肯定的,那就是柳云卿从来都没有在意过别人如何评价她,嘴长在别人身上,他们爱说什么就说什么吧,反正唾弃她的也伤不到她一根汗毛,欣赏她的也不能让她多长一块肉,她只要照旧过好自己想过的日子就行了。

　　柳云卿刚刚离家出走的时候,老镇上的人都在忙着猜测她究竟跟着谁一起跑了。不是李大军,不是黎明,也不是周向涛,任凭他们绞尽了脑汁也想不出那个人到底是谁,更无法洞悉这镇上还有哪个男人会受到柳云卿如此这般的青睐。谁有那么大魅力能拐走桃花西施?都说柳云卿最爱的男人是李大军,可李大军一直都好好地待在老镇上呢,依旧和从前一样过着朝九晚五的生活,也没有要离开镇子的迹象,那么柳云卿究竟是被谁拐走了呢?大家都知道,柳云卿一向心高气傲,一般的男人她根本就看不上,难道她是跟刚刚调到县里的秦副镇长一起跑了吗?从柳云卿离开老镇的前一年开始,街上就传出了她跟秦副镇长好上了的消息,在所有人实在都想不出她究竟跟谁跑了后,秦副镇长便成了最大的怀疑对象,甚至有好事者特地跑到花港县城暗暗察访了一番,但最后得出的结论却是,秦副镇长自打调到县里任房管所所长后,每天除了上班就是在家带他刚出生的小孙子,根本就没时间搞什么婚外情,而且在花港县城里也没有发现柳云卿任何的蛛丝马迹,所以拐跑她的人绝对不可能是这位新上任没多久的秦所长,而她也绝不可能藏身在花港县境内。不是秦所长还能是谁?兴许秦所长把她给藏起来了呢!听说有些人狡兔三窟,而且天生奸猾得厉害,怎见得几天的工夫没发现任何蛛丝马迹,就一定能保证不是他拐走了柳云卿?

　　柳云卿就这样突然从老镇上人间蒸发了。因为没有人知道她到底去了哪,所以很长一段时间内,大家都把怀疑的目光聚焦在秦所长身上。当然,也有质疑这种说法可信度到底有多大的人,他们每天早上聚集在大同饭庄吃鱼汤面时,都会围坐在八仙桌边饶有兴致地探讨柳云卿到底跟谁跑了的话题。在经过一段时间正儿八经地研讨后,他们发现除了秦所长外,还有一个平常看上去不显山不显水的人身上的疑点最大，而那个人就是柳云卿的邻居，和齐家仅仅一墙之隔的老冯家的大女婿。老冯是茉莉花饭店的经理，膝下有三个女儿，偏偏就缺了个儿子，虽然这大半辈子都吃穿不愁，但老冯一直都开心不起来，始终对老婆没能给他生个儿子继承他的家业耿耿于怀，所以等到大女儿冯小霜到了适婚年龄，他就忙不迭地把在他饭店工作的外镇来的小伙子郑波介绍给了小霜，并让郑波入赘冯家给他当了上门女婿。要说起来，郑波和冯小霜倒也是郎才女貌，看上去很般配的一对夫妻，也从来没有传出过不和的传言，可偏偏就在柳云卿出走没多久后郑波便也离开了老镇，说是出去打工了，而老冯一家又说不上来他到底去了哪儿，所以镇上的人很容易就把他的离开和柳云卿的出走联系到了一起，说是他俩早就有了一腿，为了避人眼目便约着前后脚先后走了。

消息首先是从桃花巷传出去的，这也就更增添了这个传闻的可信度，而且那些日子冯小霜要么成天窝在家里不出门，要么一出门就铁青着一张脸，谁跟她打招呼都不理不睬，再加上萧桂芳每天都会站在巷子里指桑骂槐地叫骂老冯一家，人们对这种揣测便更加地深信不疑，好像柳云卿真就是跟着郑波私奔了一样。说实话，那些年郑波在桃花巷一直都是个没什么存在感的人，这大概与他入赘老冯家当上门女婿有关，那个时候人们总习惯戴着有色眼镜看待入赘女方家的男人，觉得他们不是没骨气就是吃软饭的，所以整个桃花巷的街坊邻居几乎都没太把郑波当回事，唯有柳云卿因为跟老冯媳妇和冯小霜的关系都还不错，所以跟郑波倒是走得比旁人近些，但也确实没有发现他们有超越普通朋友之外的关系。那段日子，桃花巷里的人只要碰到一起，就会七嘴八舌地议论开柳云卿跟郑波私奔的事，说得有鼻子有眼的，好像他们都亲眼看见柳云卿跟郑波约着一起走的一样，可母亲从来都不相信这些混话，她说柳云卿即便再乱也不会乱到要吃窝边的草，老冯媳妇和冯小霜平时都跟她玩得很好，要有多无耻才会做出这么下流的事？

你不懂，兔子才不吃窝边草，柳云卿又不是兔子，她是狐狸精，狐狸精都是见一个勾搭一个的。母亲板着脸一本正经地说，我跟柳云卿玩得好的时候，她几乎天天来我家玩，也没见她勾搭过我家许培华啊！你怎么知道她没勾搭许培华？兴许他俩早背着你好上了呢！这郑波不就是个例子，以前谁能想到他会跟柳云卿有一腿？现在不还约着一块私奔了！你们没看见的事就不要瞎说，郑波明明是出去打工了，干吗非跟柳云卿的事扯在一起说？打工？他好端端地在他老丈人饭店里当大厨，一分钱工资也少不了他的，奖金也没少拿，干吗非要跑出去打工？再说了，他早不出去晚不出去，为什么偏偏在这个节骨眼上出去了？还有，田秀兰一会说她女婿去了黄海，一会说她女婿去了无锡，一会又说她女婿去了苏州，她当丈母娘的都说不清女婿到底去了哪，还不能说明问题吗？是啊，田秀兰一直说不清楚郑波去了哪里，老冯和冯小霜也始终对郑波的去向讳莫如深，这里面当真没有一点点可疑的地方吗？当老镇的人几乎都一致认为柳云卿就是跟郑波跑了后，母亲终于开始狐疑起来，她告诉父亲说，以前的确经常看到郑波大夏天的穿着个三角内裤就往齐老九家跑的，但因为天热男人穿得都少，她也就从来都没往那方面想过，莫不是他们早就有了些瓜葛？父亲一边躺在竹椅上看武侠小说，一边漫不经心地说，郑波个头跟周向涛差不多高，长得一表人才的，是柳云卿喜欢的型，而且比周向涛年轻得多，这事还真难说。母亲轻轻叹一口气，这个柳云卿一天到晚也不知道怎么想的，倩倩眼看着马上都快九岁了，就算不为她和齐老九的家着想，也该替女儿多想想啊！算了，不说她了，一想起来这事就头疼，就当她中邪了吧！

和母亲一样关心柳云卿的还有小罗。小罗依旧还在老陈裁缝店对面的街上开他的脚踏车修理店，因为骑摩托车和轻骑的人越来越多，他的生意也变得越来越少，一天到晚也没几个人来找他修车，倒是经常有人过来借气筒给车胎打气，一次也就给个几毛钱，如果不是老陈一直在背后偷偷接济他，估计连最基本的生活开销也都维持不下去了。小罗还是十多年前刚认识柳云卿时的那副模样，瘦瘦小小的，衣服也照例松松垮垮地套在身上，相貌几乎没怎么变过，不过要仔细看上去，还是能看到他脸上多出的一道道皱纹和眼角怎么也没法藏得住的鱼尾纹。小罗老了，三十多岁的人了，再也不是当年那个懵懵懂懂的毛头小伙子了，可他心里自始至终还是没能放下柳云卿，一直都还在做着那个能把柳云卿娶回家当老婆的美梦。小罗的心思，老陈都一一看在眼里，这让老陈心里很是不爽快，尤其是老陈知道小罗听说柳云卿跟人跑了，心思也跟着活泛了起来后，老陈的心里就仿若被一块大石头堵住了一样的不舒服，为此两个人还闹起了一段时间说长不长说短也不短的冷战。

是老陈首先打破僵局的，那天一早，老陈早早地去了裁缝店，当他把临街的一扇扇木板门卸开放到一边之后，一回头，正好看到晨曦中的小罗站在街对面的修理店门口，阳光照耀下的他活脱脱就是个古老的将军，有一种不怒自威的神采，只一眼就把老陈的心给看化了。犹豫了几次，老陈最终还是放下自尊，主动朝小罗走了过去，怎么了，小东西，你还真跟我较上劲了不成？老陈双手捏拳，轻轻砸向小罗的肩部，不无怜爱地盯着他问，我不主动跟你说话，你还打算一辈子也不睬我了吗？小罗冷冷地盯了老陈一眼，语气极淡地回应着他，不是你不想睬我了嘛，怎么又赖到我头上了呢？好好好，全赖我好不好？老陈向他赔着罪说，我的小祖宗哎，都是我不好，我向你道歉打招呼，行不行？小罗慢慢转过身去，一边掏出钥匙默默打开修理店的大门，一边嗫嚅着嘴唇喃喃地说，你就是妒忌，你妒忌我，妒忌柳云卿。老陈轻轻踱到他面前，睁大眼睛瞪着他，我妒忌？我妒忌什么，我有什么好妒忌的？你妒忌我喜欢柳云卿。小罗紧紧觑着老陈，一字一句地说。你忘了当初是谁张罗着要把柳云卿介绍给你处对象的吗？老陈伸出右手食指在小罗额头上不轻不重地戳了一下，没良心的东西，我要妒忌还能给你们牵线搭桥吗？小罗冷冷笑着，那是我婶子可怜我，给我牵的线搭的桥，可不是你。老陈撇了撇嘴，不是我？我跟你婶子是什么关系？她就是我，我就是她，你懂不懂？她是她，你是你，你跟她从来就不是一回事。

怎么就不是一回事了？你婶子是我老婆，我是你婶子丈夫，你婶子的意见就是我的意见。

是吗？小罗不无挑衅地盯着他，那婶子也想跟我干那事吗？什么？老陈愠怒地瞪着小罗，吃熊心豹子胆了啊小王八羔子，你活得不耐烦了是不是？我活得耐不耐烦用不着你操心。小罗不甘示弱地，你就是妒忌，你一直都在妒忌，你说秦镇长那东西比牛鞭还粗还大，柳云卿就喜欢那样的，都以为我没听见啊？你这是在替柳云卿鸣不平？老陈伸手指了指他的鼻子低低骂着，臭小子，知道你这是什么行为吗？你这是癞蛤蟆想吃天鹅肉，异想天开！你也不撒泡尿牛脚塘里照照自己这副德行，整天面黄肌瘦病恹恹的，柳云卿能看得上你吗？我整天病恹恹的还不是被你搞的？好歹柳云卿也是你干闺女，有你当干爹的这么说自己干闺女的吗？干闺女？哪八间的干闺女？她那会天天围着我一口一口地追着喊干爹，还不是想让我把这几十年积攒下来的手艺都传给她？那她也叫了你好几年干爹，你那么说她就是不应该。那什么叫应该的？干闺女，她什么时候真把我当干爹了？自打她嫁给齐老九后，你看她什么时候来过我这里找过我这干爹？再说了，人家哪个干儿子干闺女过时过节不是忙不迭地给干爹干妈送节礼的，她柳云卿倒是给我和你婶子送过两块钱的糖没有？那还不是因为你自己为老不尊，怪别人干啥？我为老不尊？好好好，我不跟你争，你说什么就是什么吧。老陈忍不住叹口气说，今天我有句话倒是要跟你问个明白，你不会真的还在打柳云卿的主意吧？

小罗突地回过头，不去看老陈怔怔盯着他看的眼睛，一声儿也不吭，只一刹那的工夫，就跟泄了气的气球一样，再也没了刚刚的威风与神气。不是他不想回答老陈的问题，而是他实在不知道该怎么回答。他喜欢柳云卿，这么多年过去了，柳云卿身边的男人像走马灯一样，可他心里仍然惦记着她，希望有一天他一直期待发生的奇迹，会以迅雷不及掩耳的态势出现在他的生命中，然而他也明白，其貌不扬又无一技之长的自己根本就配不上柳云卿，就算他想破了脑袋也不可能如愿以偿，就跟老陈说他的那样，他对柳云卿的心思就是癞蛤蟆想吃天鹅肉，而且还是最丑的癞蛤蟆和最美的天鹅。他一直把自己的感情深埋于心底，从来都不肯向任何人走漏一句半句，因为他怕一旦被别人知道了他的心事，他就会变成老镇最大的笑话，而那是他无论如何也不能够去面对的残酷与不堪。说话啊，老陈伸过手拍拍他的肩头，不无语重心长地说，都这么多年了，你还放不下吗？不是我看不起你，也不是我故意想激你，你自己想想，你和她，可能吗？你们从来都不是一个世界里的人，风马牛不相及的，永远都不可能有交会的点，怎么就一直都想不明白呢？我没有放不下。没有放不下，你还那么在意我怎么说她？我那是看不惯你总那么说她，跟放不下有什么关系？她是老镇的桃花西施，我算什么？这点自知之明我还是有的。

你就别自欺欺人了。老陈叹口气继续说着，柳云卿那样的女人，你搞不定的，齐老九、李大军、黎明、周向涛，那么多有头有脸的男人都搞不定她，你能搞得定？你怎么就知道我搞不定？小罗昂起头，定定地觑着老陈，八仙过海，各显神通，各有各的道行。瞧瞧瞧，我刚刚说什么来着，你这就叫放下了？你这是一直都不肯服输啊！不服输怎样，服输又怎样？好歹我也跟她处了几天的对象！你那也叫跟她处过对象？老陈哭笑不得地，你是不是觉得她现在名声臭了，齐老九一准会跟她离婚，等她离了婚也一定没好男人敢娶她，到时候你就能拣个落地的桃子？那是你说的，不是我说的。不是你说的，可你心里就是那么想的！傻小子啊，说你傻你还就真的傻，就算将来齐老九不要柳云卿了，她嫁猫嫁狗也不可能嫁给你的，还是趁早死了这份心吧！那咱们就骑驴看唱本——走着瞧！嗨，你还真存上这心思了啊？小王八蛋，你这叫痴心妄想你知不知道？老陈一边说，一边从裤兜里掏出二百块钱塞到小罗手里，这个你先拿去，别给你婶子知道，晓不晓得？老陈恨铁不成钢地骂骂咧咧着，瞧你那个傻样，我真想替你爸抽你几巴掌！我不要！小罗愣是没伸手接过老陈给他的钱，以后你不用再给我钱了，我有手有脚的，自己会挣钱！

你会挣？老陈冷冷笑着径直走到小罗的修理店里，把钱放在门口那张沾满了油污的桌面上，又取过一块铁皮压住，待确认不会被风吹走后才慢慢踱着步子出来，等走到小罗身边时又恨铁不成钢地狠狠瞪了他一眼气呼呼地说，脚踏车都没几个人骑了，你一个月忙到头才挣几个钱？早跟你说过让你转个行当重新开始，怎么就老听不进去呢？要不过两天我跟你婶子说说，你就来我这学打缝纫吧！我就是饿死了也不会跟你学打缝纫的。小罗撅着嘴说，我妈说了，男人打缝纫，不男不女！啥？你说啥？你说我不男不女？好，就你是个男人，行了吧？你要是个男人，怎么三十好几了，非但没娶个老婆回来，连女人的荤腥都没沾过边？那还不都是拜你所赐！小罗不无哀怨地盯着老陈，忽然提高嗓门便冲他嚷了开来，实话告诉你，我就是在等柳云卿，等她从外面回来，等齐老九不要她了，我就立马上她家提亲去！去去去，你现在就去，看有没人拉着你？真是大言不惭啊，就你还想娶柳云卿，你当天下的男人都死光了吗？老陈一边跳脚地骂着，一边伸手指了指一只正沿着墙脚慢慢爬行的癞蛤蟆，没好声气地继续发泄着内心的不满，你随便地上拣个癞蛤蟆问问，看它们有没有愿意嫁给你的？这世上也就我心疼你了，癞蛤蟆都未必肯嫁给你！

就在小罗妄想柳云卿会回来嫁给他的那段日子，老镇上对桃花西施离家出走的传言也变得越来越多，越来越离奇。除了被传得最厉害的私奔说，居然还有说她被奸杀了的，而且传得惟妙惟肖的，说是有人在梅安县城附近的农田里发现了一具无头女尸，是被斧子砍了头，惨不忍睹，虽然没了头，但从女尸的身材和所穿的衣服进行判断，十之八九就是离家出走了的柳云卿。无头女尸的传言还没有消歇，紧接着又有人故作神秘地说，在发现那个无头女尸前，曾有人在梅安县城看到柳云卿坐在一个男人的摩托车后座上的，而那个男人满脸横肉、举止粗鲁，一看就是个凶神恶煞般的杀人犯，凡此种种，不胜枚举，一时间闹得人心惶惶，搞得那些要上夜班的女人都不敢一个人走夜路了。当各种流言侵袭而来的时候，人们似乎并不懂得要如何去甄别事情的真伪，也不屑于去进行任何的核实，而是习惯了热情地参与各种谣言的传播，就这样，一传十，十传百，柳云卿便真的成了那个谁也没见过的无头女尸。当然，也有传柳云卿是被老冯的女婿郑波杀了的，我清楚地记得，那段日子，整个桃花巷的气氛都变得很压抑很诡异，老冯家的所有人除了必须出门时，几乎都大门不出二门不迈，而这也就更惹得老镇人疑窦丛生，仿佛郑波果真就是那个变态杀人犯，再也没了第二种可能。既然柳云卿是被郑波杀了，那郑波又去哪了？尽管关于柳云卿"死讯"的各种传言一直都漏洞百出，但桃花巷的街坊邻居们对她是被郑波所杀的流言已经深信不疑，只要得空了聚到一起时，不是在探讨郑波为什么要杀了柳云卿，就是在猜测郑波杀死柳云卿后到底是畏罪自杀了还是因为害怕躲了起来。活要见人，死要见尸，郑波怎么就人间蒸发了呢？人们在唾骂郑波丧心病狂之际，显得相当的义愤填膺，并对公安机关的办案不力深表愤慨与担忧，这种没人性丧天良的恶徒，就必须尽快抓起来拉出去枪毙，可千万不能让他再跑回桃花巷祸害人了啊！

桃花巷的街坊邻居们对郑波的杀人行径表现出了极大的社会责任感，他们每天都在关注着梅安县公安局的动向，并对警方差强人意的办案效率感到不安。这么一个罪大恶极的杀人犯，要让他逃窜回老镇，那么受害者就不只是一个柳云卿了，所以当务之急就是必须督促警方尽快破案，把郑波迅速绳之以法，以杜绝各种潜在的危险。终于，有人开始怀疑郑波就藏在桃花巷的家里，要不老冯家的大门为什么总是一天到晚地关着，他家里的人也总是大门不出二门不迈？最危险的地方就是最安全的地方，可巷子里出了这么个杀人犯，谁能安心呢？柳云卿已经被他杀了，要再让他藏在家里继续逍遥法外，无异于在桃花巷安了一枚定时炸弹，万一他哪天又发了疯，从家里破门而出，拿着那把杀过柳云卿的刀见人就砍呢？邻居们害怕了，为此他们感到深深的恐惧，所以几个胆大不怕事的坐在一起经过一番商讨之后，便作出了意见统一的决定，那就是结伴去向派出所请命，要求派出所的干警们赶紧去桃花巷把那个杀人狂抓捕归案。

什么杀人狂？什么无头女尸？那都是谣言！派出所的刘所长正色告诉他们说，压根都是些没影的事，抓什么抓？我看你们就是吃饱了撑的在家闲得蛋疼！好了，都散了吧，以后别再捕风捉影、妖言惑众了！捕风捉影？妖言惑众？刘所长说压根就没什么无头女尸案，那为什么这些日子到处都在传这事，而且还说得有鼻子有眼睛的？看来刘所长一定是怕引起民心慌乱，造成不好的影响才故意这么说的，可事关桃花巷将近一百人的生命财产安全，他们怎么能够就这么回去了呢？杀人狂就藏在桃花巷呢，无论如何你们今天都要给我们一个说法。我们巷子一百多口人呢，而且还有很多小孩子，他们可都是祖国的花朵，万一受到了伤害，谁负得起这个责任？已经跟你们说了，无头女尸根本就是子虚乌有的事，你们怎么就不相信呢？刘所长，大家都知道您是上海下放来的知青，老镇压根就不是您的家乡，可您也不能看着我们每天都生活在危险之中而见死不救吧？我是上海下放来的知青不错，可我也娶了你们梨花村的姑娘当老婆啊！柳云卿和我老婆都是一个村子的，她有没有被杀我不知道？那柳云卿去哪了呢？好端端地怎么就突然人间蒸发了呢？那我就不知道了。她娘家婆家都没一个人来派出所报案要求立案调查的，我们也不好随便去调查人家。腿长在她身上，她又没犯法，谁也不能按着不许她离家出走，对吧？那老冯家为什么一天到晚都关着个门，他们家的人又都那么奇奇怪怪的？大家七嘴八舌地纷纷议论开了，老冯家就是反常，反常就肯定有妖，刘所长，您还是带几个人去我们桃花巷看看吧！不怕一万，就怕万一，要是传言都是真的，再弄出些事来，不就后悔莫及了？好吧好吧，我看你们就是不到黄河心不死，那我就带几个人到你们桃花巷看看吧！

然而，让大家始料未及的是，刘所长带人到桃花巷折腾了大半天后，非但没有在老冯家找到郑波，反倒被田秀兰、冯小霜母女破口大骂了一顿。郑波没藏在家里，那他到底去哪了呢？田秀兰说郑波被苏州某个大酒店请去当大厨了，冯小霜说真不知道这些人天天瞎传什么谣，矛头直指前院的萧桂芳，大家这才明白，原来传说柳云卿被郑波拐走了的谣言的源头都来自柳云卿的婆婆萧桂芳。萧桂芳和老冯家先前因为盖房子的事结下了梁子，和田秀兰、冯小霜没少拌过嘴吵过架，加上柳云卿和萧桂芳的关系一直不和，所以萧桂芳往老冯家和郑波身上泼脏水也就很容易理解了，但老冯家这些日子超乎想象的异常举止又要如何解释？关于老冯家出现的种种怪异，很快就露出了眉目，原来是老冯的二女儿冯小冰爱上了一个木匠，那个木匠家里很穷，兄弟姐妹又多，而且本人又是个游手好闲的，所以老冯死活不同意女儿跟对方处对象，就把冯小冰软禁在了家里，因为担心木匠会找上门来，便叮嘱家人没事千万不要出去，田秀兰索性就一天到晚紧闭着大门，摆出了一副闲人免进的态势，而冯小霜那些天也因为妹妹的事很是头疼，不知道到底是该帮着冯小冰逃出去，还是该帮着老冯一直看着冯小冰，所以人们看到她时才会觉得她总是板着一张脸让人不可接近。

桃花巷的街坊没有想到，因为一桩柳云卿"被杀"的悬案，竟然又引出了老冯家的一段奇闻。很快，柳云卿失踪的事就被冯小冰勾搭上穷木匠的新闻掩盖过去了，大家又七嘴八舌地议论了开来，说老冯真是不省心，大女婿的事还没说清楚，又来了个破落户的二女婿，这往后冯家还能有消停的时候吗？俗话说，好事不出门，坏事传千里，冯小冰执意要嫁给穷木匠的事很快就传遍了老镇的大街小巷，这下可把萧桂芳快活坏了，天天搬个凳子坐在巷子里对着老冯家的院门唱着各种小曲，兴奋之情溢于言表，气得老冯每次下班的时候，宁可特意绕到临近罗河的巷尾多走一半的路程，从巷道的另一头回家，也决不从老齐家门前过一次。就这样，萧桂芳和田秀兰、冯小霜母女的矛盾迅速发展到不可调和的地步，双方你一言我一语的，一天一小吵，三天一大吵，桃花巷再次陷入了无休无止的只属于女人的战争中。

我记得，萧桂芳和老冯家的几个女人成天闹得不可开交的时候，齐老九已经从梅安县城回到了老镇。确切地说，在柳云卿离家出走前的那年春天，齐老九就已经回到了桃花巷，当然，他并不是柳云卿叫回来的，也不是按照柳云卿的意思把工作调了回来，而是被梅安县饲料厂宣布为第一批正式下岗员工，不得不在一账算清后重新回到了镇上。不得已，齐老九又干上了铜匠的营生，照例像从前没结婚时那样，每天都挑着铜匠担子到老银行门口摆摊，继续做他的老本行混口饭吃。其实要说起手艺来，齐老九并不比父亲齐黄山差，他从上小学起就已经利用闲余时间跟着齐黄山学铜匠活了，除了修修补补兼配钥匙外，锻造各种铜器他也都手到擒来，煅烧、锤打、打磨、酸洗等十多道工序，在他手里那就跟玩似的，只不过干这行太过辛苦，特别是大夏天里，坐在大太阳底下，把一块块小件废铜通过高温加热化成铜水，再倒入沙盒子模型里一一制成锅铲、饭瓢、铜锁之类的毛坯器皿，然后再通过锉、磨，使之加工成可以使用的成品，整个过程下来，不死也得脱层皮，那难受劲可真不是普通人能承受得了的。如果不是柳云卿铁了心不想再跟他过下去了，他本琢磨着要拿厂子里给他一账算清的补偿费和她一起做个小本买卖，卖水果或是开个小饭店都行，可柳云卿除了对他冷嘲热讽，压根就不理他的茬，没办法，实在想不出更好的招了，所以只好重新拣起扔了将近十年的铜匠挑子，继续做起了他的小铜匠。

　　小铜匠，小铜匠，从前在老银行门口摆摊干营生的时候，大家就都不喊他的名字，而是亲亲热热地叫他一声小铜匠。之所以叫他小铜匠，不外乎两个原因，第一是老镇人一直习惯把在手工匠作行当"九佬十八匠"里占有一席之地的铜匠称之为"小铜匠"；第二便是他的年纪要比老铜匠齐黄山小了许多。他喜欢别人叫他小铜匠，毕竟人们打他小时候起就是这么叫他的，听上去特别亲切。可没想到这也成了柳云卿看不上他的理由，每次看到他挑着铜匠担子出门，柳云卿都会斜倚在门框上睨着他取笑说，嗬，我们的小铜匠又要上工去了，瞧瞧这小铜匠多有本事啊，在他手里还能有什么铜器修补不出来的呢？小铜匠怎么了，他靠自己的手艺吃饭，又没偷又没抢的，更没像李大军那样专会巴结领导顺藤摸瓜地往上爬，有什么可笑的呢？柳云卿轻贱他不打紧，打紧的是他自己知道这门手艺是货真价实来不得半点虚的，既然手艺还没有生疏，为什么就不能拿出来让它发挥下余热？再说现在饭碗丢了，总得找个得心应手的事做做赚几个吃饭的钱吧？

　　齐老九喜欢铜匠这门营生，老镇人一时半会也离不开铜匠这个行当，所以他从没觉得重新拾起铜匠活是什么丢人的事，更没把柳云卿对他的轻贱放在心上，照例每天都挑着铜匠担子出现在老银行门口，风雨无阻。二十世纪九十年代末，老镇人对铜器制品的需求还是比较大的，像一般家庭都会使用到的勺子、铲刀、茶壶、酒壶、香炉、烛台、门锁、手炉、脚炉、汤婆子、鞋拔子、毛笔套、笔架、熨斗，以及门窗橱柜上的拉手，还有婚嫁时必备的铜盆、铜踏，几乎都是铜铸的器皿，而当时老街上还在做这门营生的铜匠已经少到不能再少，除了一把年纪的齐黄山，几乎已经看不到任何老铜匠的身影，所以齐老九的回归，不仅让大家又找到了可以制作出精良铜器的匠人，又让濒临失传的铜匠手艺在自己手里得以发扬光大，完全可以说得上是两全其美的好事。然而柳云卿并不理解齐老九，她总是说现在都什么年代了，哪还有人爱用铜器，现在大家都喜欢用不锈钢材料制成的器皿，你这不仅是跟时代脱节，还是逆潮流而行，能有什么出息？齐老九每每听到她这么说，也总会争辩上几句，你以为老镇是上海、南京那些大城市啊，老镇人特别是附近乡下村子里的农民，都还是习惯用铜器皿的，而且过去每户人家手里都攒了好些铜器，特别是铜罐子铜汤婆子，底破了也舍不得扔掉，这个时候自然就需要有人帮他们用铜水修修补补的，怎么就跟时代脱节了？再说我凭自己本事吃饭，跟出息不出息又有什么关系？

　　有出息你就不会被厂子开除回来了！柳云卿瞪着齐老九没好声气地说，都说人往高处走，水往低处流，我见过往低处流的水，却没见过往低处走的人，你齐鹏是头一个有这好本事的人！我那是下岗，不是被开除！齐老九正色纠正柳云卿的错误说法，我是响应国家号召，光荣下岗，你不用说得那么难听。光荣下岗？柳云卿狠狠呸了他一声，真没见过你这么自以为是的，被下岗了还响应国家号召？你们厂几百号人，为什么偏偏你齐鹏就出现在了第一批下岗名单里？我懒得跟你说，你个头发长见识短的婆娘懂得个什么？我不懂，你懂？你什么不懂！柳云卿有些愠怒地盯着他，早就让你调回来，你要听了我的话早早地调了回来，能碰上下岗这倒霉事吗？调回来就不下岗了？柳云卿同志，下岗再就业可是中央的决策，全国各地哪个单位也避免不了的，你们厂子现在不也面临改制的困境了嘛！我看哪，你还是多操心操心自己的事，不要被人赶回来才好。我的事用不着你操心，不就是个劳苦命的挡车工嘛，赶回来就赶回来呗！倒是你，成天再就业再就业的，你天天挑着个铜匠担子往外跑就叫再就业啊？还有，你倒是把一账算清的那几万块钱藏哪去了，是不是给萧桂芳了？你既然没把这钱拿出来做买卖，就该交给我保管，你要再藏着掖着就别怪我跟你撕破脸地闹！闹吧，你爱怎么闹就怎么闹，爱怎么折腾就怎么折腾！柳云卿，我还就告诉你了，这笔钱你一分也别想打它们的主意，我那是给倩倩以后上大学存着的，谁也不能动一个子！给倩倩上大学用的？那不更应该交给我保管吗？你藏在萧桂芳那算怎么回事？柳云卿柳眉倒竖地觑着他，你们娘俩不会算计着要用那笔钱再给你新讨个老婆吧？不可理喻，你简直就是个泼妇！齐老九一甩手，挑着铜匠担子就往外面走去，我不跟你这种不可理喻的人扯了，我今天还要赶着替老薛家送来的散了架的木桶给重新安上个铜箍。

齐老九有一副非常考究的铜匠担子，小时候我每天都能看到他挑着那副担子在桃花巷里进进出出，甚至有那么一段时间，曾经怀疑他的担子里藏着些不为人知的宝贝，总想着偷偷打开看上一眼，可惜直到现在都一直没能找上那样的机会。那副铜匠担子实际上就是两个长方形的木箱，前担的箱体是存放各种工具和半成品坯件的抽屉式组合小柜，上面架着根木柄长锉，一般小器件的锉削工序就在这上面完成，其功能类似于钳工的操作台；后面的箱体上半边也有几只长抽屉，里面放着旧铜材和熔铜的坩埚、煤炭等物，下面则是只风箱，专供生炉子起火用的。这前后两个箱子，简直可以用包罗万象来形容，风箱、火炉、钢锉、钳子、沙泥盒子、泥碗、小矮凳，一应俱全，想要什么就有什么，而且轻便灵活，走到哪里挑到哪里便好，生意来了，直接放下担子在路边随便找个空地，也就可以忙活起来了。有道是"卖什么吆喝什么"，可铜匠行当的匠人从来都不吆喝，齐黄山那一代的老铜匠更是只管挑着担子埋头走路，决不会像卖米饼卖五香豆的生意人那样一路走一路叫卖，而他们吸引顾客的关键诀窍就在于那副五脏俱全的铜匠担子上。每副铜匠担子的前后箱体上都各自竖着一根柱式挑框，中间穿过一根横档使之固定成一个"门"字形的担头，而横档上则挂满了一串串的铜片、铜条，只要挑上它上路，随着铜匠晃动的脚步，担子上的铜片铜条便会相互撞击，发出"哐啷哐啷"的响动，附近的人们听到这种声响，便会知道有铜匠来了，如有需要，就会把他们叫住，请他们帮忙修补铜器或是锻造铜器皿。到了齐老九这一代，就已经不再挑着铜匠担子走街串巷地找活计做了，而是在老银行门口寻摸了块空地干起了类似于上下班的固定营生，人们有需要了就会直接来找他，因为他的手艺并不比齐黄山差，所以老镇人有铜器活要做了，十之八九都愿意请他，像什么老式衣柜的铜铰链断了、皮箱的铜包角坏了、铜脚炉拎襻脱落了、铜壶的底破了、铜灯座开裂了，只要找到他齐老九了，立马就能修好，所以多年积累下的小铜匠的好名声，他倒也不是浪得虚名。

从梅安县饲料厂下岗回来后，齐老九接得最多的活就是各种修补。那时候，老镇上每家每户用的门锁几乎都是铜制的，铜锁里的锁栓又特别容易失灵，加上有人又总是爱丢钥匙，所以，修铜锁、配钥匙便成了齐老九的主要业务，有时候别人来修补时临时缺了铜块，他就会从铜匠担子的抽屉里翻拣出几枚铜板或铜钱，作为修补材料使用。当然，这些修修补补的小活计对齐老九来说都只是小菜一碟，也挣不到几个钱，勉强可以糊口罢了，所以柳云卿那会总是一万个看不上他，也不完全都是无理取闹。你看看你，每天起早贪黑的，就差天不亮就出门了，可你赚的那几个钱够你自己一个人塞牙缝的吗？柳云卿一看到齐老九那副不求上进的模样就气不打一处来，瞅瞅瞅瞅，瞧瞧你现在都什么模样了？拎起来个不像个粽子，摊下来不像个糍粑，每天不是修铜锁就是给人配钥匙，你还有一点男人的担当没有？齐老九默默盯了柳云卿一眼，你不要欺人太甚。我不是征求过你的意见，说可以拿那笔一账算清的补偿费开个小饭馆或弄个水果店的嘛，是你不同意的啊，这会你又怪我没担当了？不怪你怪谁？开饭店，你嘴上说得容易，我又没下岗，你想老娘跟着你累死不成？还有那个什么水果店，街上那么多卖水果的，你倒是要卖给谁？脑子笨也就罢了，就怕你这个没脑子的，成天就知道琢磨些没用的！你脑子聪明，那你倒是拿个主张啊！我拿主张？我又不姓齐，我给你拿什么主张？你不拿主张还天天叫唤个什么劲？我叫唤的是钱，是你那笔补偿费，你必须拿出来交给我保管！交不了了，已经存银行了！存银行了可以取出来啊！存的定期，五年，现在取出来利息都泡汤了！齐鹏，你是不是存心要跟我对着干？我今天不怕跟你挑明了，你要是不把那笔钱取出来交给我保管，那咱们就拜拜吧！拜拜就拜拜，你以为我怕跟你拜拜啊？你以为光拜拜就行了啊？柳云卿在鼻子里冷哼了一声说，你得给我精神损失费，还要补偿我的青春损耗！青春损耗？你是损耗在李大军那还是损耗在周向涛那了？你要损失费也应该是找那些奸夫要去吧！奸夫？齐鹏你给我把嘴巴放清爽些，你说谁是奸夫？你自个心里明白！我不明白！柳云卿挑衅地，你把话说清楚了，老娘可不随便担那个臭名声！你也知道是名声啊？你蒙上脸上街上走一圈，去好好听听别人都是怎么说你柳云卿的？你不要脸我还害臊呢！你害臊？你个当龟公的有什么可害臊的？柳云卿拍着胸脯瞪着齐老九，近乎咆哮地大声嚷了起来，我就是偷人了怎么了？齐鹏你最后仔细想想，好好的老婆为什么就出去偷人了，还不是给你们全家逼的？！

柳云卿一把掀翻了齐老九的铜匠担子，钢锉、钳子、沙泥盒子、煤炭、铜块、铜板、风箱等家伙什，迅即掉落了一地。齐老九再也忍不下去了，一把就将柳云卿掀翻在地，紧接着，雨点般密集的拳头就没头没脸地朝她身上疯狂地砸了过去。他真的是受够她了，骂萧桂芳跟萧桂芳没完没了地吵架，他可以装作听不见，给他戴顶绿帽子让全镇的男女老少都在背后指指戳戳地耻笑他，他也可以选择无视，但她砸了他吃饭的家伙，砸了他从高中毕业后就开始挑着它做营生的铜匠担子，他便再也容不得她了。那副铜匠担子是齐黄山特地为他打造的，他用它赚到了人生中第一笔佣金，用它赢来了"小铜匠"的美誉，用它在老镇的铜匠行当里牢牢站稳了脚跟，对它的感情自然非一般的物件可比，甚至超过了对柳云卿的倾慕，所以面对任何人对它的亵渎与损害，他都无法让自己做到无动于衷。那天，齐老九把柳云卿狠狠暴揍了一顿，也是自他们结婚以来，他打她打得最厉害的一次，为此柳云卿特地把柳家人一个不落地叫到齐家兴师问罪，闹了好几天都没消停，夫妻二人的感情迅即濒于崩溃的边缘。

　　柳云卿离家出走后，齐老九的世界也彻底变清静了。要是当初没有听信母亲的话跑到上海去追求柳云卿就好了，好多个夜深人静的时候，齐老九总会陷入莫名的沉思，那会为什么就鬼迷心窍地迷上了柳云卿呢？如果没有娶她，就不会生出这么多的事来，柳云卿兴许已在上海谋到一份很好的差事，过上了她梦寐以求的上海人的生活，他也不会因为这些糟心事被人们在背后指指戳戳着偷偷取笑。一失足成千古恨，这话的确不假，娶了柳云卿就是他这辈子最大的失足，也是他生命中最大的污点，可生米早就煮成了熟饭，现在再来后悔又有什么用呢？老婆是他自己选的，婚也是他自己要结的，说到底还要怪自己一时利令智昏，偏偏贪图了她的如花美貌？她是老镇人心目中美得不可方物的桃花西施，也是所有老镇男人的梦中情人，而他只是一个下岗工人，一个马上就要与时代脱节的小铜匠，她和他，本身就是两个世界里的人，从一开始，他就不该对她动心的，不是吗？

　　夜，静得怕人，齐黄山、萧桂芳夫妇早就哄着倩倩在西房间入睡了，而住在东房间的齐老九因为心里存了太多事，总是翻来覆去地睡不着，索性披衣下床，取过铜匠担子去厨房修补搪瓷盆去了。搪瓷盆是和柳云卿吵架时被柳云卿摔坏的，本来没想着要修，也不值多少钱，再买个就是了，所以一直都扔在院子的角落里，不知道怎的，齐老九突然就心血来潮地想把这个搪瓷盆给修补好，二话不说便动起了工来。盆子已经锈得快穿孔了，齐老九小心翼翼地用砂纸把破损处一一打磨抛光好，再用木棒从瓶子里蘸点硝酸涂在上面，然后又拿出在炭炉里烧红的烙铁，粘上焊铜往盆子上轻轻一搁，迅即便听得"嗞"一声响，搪瓷盆也就彻彻底底地修好了。坏了的盆子好修，破裂的情感却难以修补，就算修补好，也不可能再恢复原样，齐老九瞪大眼睛紧紧盯着手中的搪瓷盆，这才发现泪水早已顺着面颊像断了线的珍珠一样掉落了下来，而与此同时，他也才意识到，原来这只盆子竟然还是柳云卿嫁给他时跟着一起陪嫁过来的嫁妆之一。怎么了这是？他居然还在想着柳云卿，还在想着那个给自己戴了一顶又一顶绿帽子的女人，是觉得自己受到的伤害和屈辱还不够多吗？他好恨，恨自己不争气，恨自己还是会情不自禁地想她，恨自己一直都不能做到真真正正地恨她，到底那个女人有哪里好，为什么总是勾着他的魂摄着他的魄，让他心甘情愿地为之沉沦呢？

　　就在齐老九每天都按部就班地挑着铜匠担子到老银行门口出摊之际，桃花巷的街坊邻居们也快想把柳云卿这个人物彻底抛诸在脑后了，然而不久之后郑波的突然归来，又一次打破了老镇的宁静，并迅即搅乱了人们平静的生活。好事者又在背地里七嘴八舌地议论开了，看来郑波真不是什么杀人凶手，那柳云卿呢？柳云卿不是跟着郑波一起私奔了嘛，怎么就他一个人回来了，柳云卿那边却丝毫没见到一点动静呢？让齐老九没想到的是，郑波居然会跑到齐家来找他，而且还是找他帮忙，要替冯小冰做一套铜器皿作为嫁妆陪嫁。他本来不想接这活的，郑波却开门见山地问他是不是也听到了那些谣言，齐老九默然不语，只是看了郑波一眼，便掉过来继续摆弄他那些铜匠担子里的宝贝去了。天地良心，我要是跟柳云卿有什么瓜葛，或者我知道柳云卿去了哪，我郑波就活该遭天打五雷轰，永世不得超生！发了这样的毒誓，齐老九自然不得不信他，只是淡淡地问了句，老冯不是不同意小冰嫁给那个木匠嘛，怎么突然就要给她准备嫁妆了？郑波摊了摊手叹口气说，小冰非要嫁，有什么办法？这都什么年头了，也不时兴包办婚姻了不是？再说也不能老把小冰锁在家里，那么大一姑娘了，谁能把她锁家里一辈子呢？听说是你丈母娘先松的口，看来还是当妈的更心疼女儿。你也知道的，我丈母娘那个人吃不住人哄，听小霜说，那小子隔三岔五地不是送两只鸡来就是送一百斤米来，把我丈母娘哄得团团转，所以也不管三七二十一，就瞒着我老丈人自作了主张，同意了这门婚事，还把小冰偷偷放了出去，现在小冰都已经有了两个月的身孕，再不嫁的话就纸里包不住火了。你丈母娘就是好吃坏事。齐老九终于笑出了声来，都要做些什么？铜盆、铜踏都要的吧？当然都要，郑波点点头，铜香炉、铜烛台、铜灯座、铜汤婆子、铜勺、铜熨斗、铜手炉、铜脚炉、铜锅、铜锁、铜首饰箱、铜马桶，一样也不能少。那可是笔大买卖啊！齐老九不无疑惑地打量着郑波，这一套全做下来，可不是笔小数目，你们可要想清楚了，东西做出来了，就不让退了的！你只管做就是了，钱不是问题，都老邻老居了，一分也少不了你的！那就这么说定了，明天我就开工帮你们赶制这批铜器，看在老邻居的分上，我给你打个九折，出去可千万不要跟别人说！

对当时经济处境并不好的齐老九来说，老冯家要的这批铜器活已算是笔很不错的大买卖了，不知要比他在老银行门口帮人家修修补补配几把钥匙强了多少倍呢！接了这桩生意，齐老九索性一个月都没出门，专心在家里支起了作坊，把风箱拉了起来，把火炉点了起来，把模子拿了出来，就等着跟郑波一手交钱一手交货了。铸造铜器要先做好模子，模子是很讲究的，要先把谷壳烧成灰，碾细，然后再用泥土粘起来，最重要的是要做得光滑，这样铸造出来的铜器才能光滑。齐老九一边专心致志地锻造着铜器皿，一边向守在旁边观看制作过程的郑波耐心地讲解着说，做我们这行的，讲究的就是手里的功夫，对老铜匠来说这些手艺活都不算什么，但要真练到熟能生巧、炉火纯青的地步，没个七八年是绝对不成的。你别看我将近十年不碰这些东西了，可我打小就跟着我家老头子后面学，看也都看会了，加上去梅安饲料厂工作前在老银行门口已摆了好几年的摊子，弄这些东西也都跟玩儿似的，不过话说回来，干我们这一行的，里面的诀窍还是很多的，一般的外行人都看不出来也不懂的。都有什么诀窍？郑波忙不迭地向他请教。其实干这行干久了也就什么都明白了，你要跟着我后面看上个把月，也能囫囵着懂个七八分的。你看，这铜块吧，就要烧得红色转成绿色，方算是彻底融化了，这时候才可以放到模子里铸造铜器，或是直接锤打成需要的铜器；铜器用银焊的话，会特别结实，器皿用破了，加了银的地方还是完好无损的；箍桶用的铜箍则要加点硼砂，并要有特别的配方才能做好；还有，浇制出铜器都不算什么难事，难的是辨别铜，拿到一块铜，要能看出是响铜，还是松铜、韧铜、脆铜，然后才能按照它们不同的性质，决定用它们来做什么东西。我跟着老头子学铜匠的时候，一块铜他断定出是什么性质后，我都会拿过来反复地看，边看边琢磨，一来二去就掌握了这门技艺，以后只要看见铜，就知道是什么铜，知道可以拿它来做什么。没想到铜匠行还有这么多学问。郑波一边听，一边感叹着说，都说隔行如隔山，老九，以前我不懂你这个行当，还真小瞧了你，现在一听，都对你佩服到五体投地了！齐老九呵呵一笑，你就别笑话我了。三百六十行，行行出状元，你们做大厨的，手上有的是功夫呢！我们做厨子的不就是烧烧菜配配菜，哪能跟你比？郑波不无谦虚地说，不过外面的钱倒是真的好赚，我在苏州的酒店帮人配菜，一个月的工资顶得上茉莉花饭店的三倍，要不是小霜天天写信催我回来，我还真舍不得辞了那份工作！齐老九犹豫地盯了他一眼，你真去苏州的酒店打工了啊？郑波也盯了他一眼，那还能去哪儿呢，你不会还在怀疑是我拐跑了柳云卿吧？

哪能呢？你想多了。齐老九故作轻松地笑笑，忽地探手从铜匠担子的抽屉里拿出一个沙泥盒子，不紧不慢地说，这里面的沙泥，我们都叫它南京沙，是从南京采来的，老镇和花港县境内以及附近梅安等地的沙泥都不能用，要去买的，花港还没得买，只有南京才能买到，所以宝贵得很。主顾要做什么，我们就会把模具放进沙泥盒子里按一下再拿出来，沙泥中也就留下了需要制作的器皿模型了。一边说，一边往放好木炭的火炉上面搁了只泥碗，继续说，烧上木炭后就得把这只泥碗搁到火炉上了，碗的大小，需要根据所打制的器皿用到的铜水多少而定。这碗虽然有得买，但价钱高，一般都是自己做的，需要用十几种泥土拌拢后才能做成，还必须极耐高温。碗里放上废铜后，风箱"呼呼"地抽上，等温度达到摄氏一千度后，铜块也就熔化了，质量差的容易熔化些，质量好的温度要高一点才能熔化，那些铜化解后，我只要看一看铜水，就能知道铜的成色好不好，一般来说，铜水又清又亮的，成色肯定都差不了。铜化成水后，直接把铜水倒入沙盒模子里，等冷却过后，器皿的毛坯也便做出来了，这时候毛的地方要用锉刀锉光，锉刀最好也自己做，买来的太粗糙不好用，当然，锉好后还要进行打磨，使外表看上去更加光鲜亮洁。稍微讲些品位的人家，还都有些特殊的要求，就拿你们老冯家要的这批货来说吧，你老丈人一早就关照过我了，器皿上都是要雕刻上花鸟虫鱼、飞禽走兽的吉祥图案的，那就更费工夫更需要沉下心来精心打磨了，相信你们之所以找我来做，也是因为知道我会雕刻吧？现在的人都很讲究，也很挑剔，不会雕刻的话，很少会有人请你做器皿的，不过这样一来，一套东西做下来几乎都要花上个把月的时间，最少也要十来天——得了，慢工出细活嘛，铜器皿做精细了，你家有面子，我也挣了工钱，大家都高兴不是？

大约是一个月后吧，老冯家的铜器皿终于在齐老九那双熟能生巧的手中一一出炉了。看着那一件件堪比艺术精品的铜器皿，齐老九的脸上终于露出了久违的灿烂笑容。这是有多久没这么发自肺腑地开怀大笑过了啊？这些年，在齐老九的印象中，他就没过过一天舒心日子，成天不是吵就是骂，要不就在无尽的痛与恨中度过，这哪里还是人应该过的生活？到底，他都做错些了什么？难道就因为他娶了柳云卿，便活该要受这诸般的痛楚与折磨吗？没错，他是配不上她柳云卿，可他爱她的这颗心却是千真万确，丝毫没有沾染些许的尘埃啊！总是说他得过且过、不求上进，他一个工薪阶层又能追求怎样的进步？除了这铜匠营生，他几乎什么都不会干，叫他调回老镇工作，说起来容易做起来难，他三十好几的人了，再重头来过难道不需要拥有极大的勇气与魄力吗？他不是不想回来，他只是害怕自己做不好那些不熟悉的工作，所以才总是犹豫着迟迟做不了决定，但那并不说明他不爱她不关心她啊，其实他的心里一直都放不下她的，不是吗？罢了罢了，既然她已经选择离他而去，既然她走得那么决绝，连一句话也没有给他和女儿留下，那么以后的日子，他便陪着这一副铜匠担子一起过好了，至少，它们还会给他欢喜，给他快乐，给他发自内心的笑，也不需要他回报它们什么，承诺些什么。

第十六章

在老镇上，同一辈的人群中，周向涛算是活得比较潇洒恣意的一个人，儿子不用管，孙子不用带，老光棍一个，想吃什么吃什么，想玩什么玩什么，就连女人也可以像穿衣服一样换来换去，神仙的日子也不过如此吧？要说遗憾的话，就是这辈子还有两个未能完成的心愿，终日盘桓在脑海中，无休无止，绵绵不绝，折腾得他总也睡不好觉，用他自己的话说，如果这两桩事在他有生之年都还不能得到妥善解决，那么他就算死了也一定不会闭眼。第一桩事，是一九四九年那会，他家的房子被政府没收了，他一直想把本应属于他们周家的产业要回来，但因为政策的原因，这三十余年来，尽管他一趟又一趟地往县里、市里、省里各相关单位跑门路，可最后还是无济于事、不了了之，至今都还只能跟女朋友一起蜗居在那间又破又小的公租房里；第二桩事，是要去上海继承他母亲的房子，当年他父亲在老镇去世后，他妈就带着他年幼的弟弟改嫁到了上海，再后来那个上海男人和他妈也都相继死了，留下的房子、财产，通通归了他那个改了别人姓的弟弟，他认为作为一母同胞的兄长，虽然当年没跟着母亲一起去上海，但上海的房子也应该有他一份，所以这些年来他一直都忙着跟弟弟讨要属于他的那份遗产，官司也打了好几回，但哪一次法院也都没向着他，那块看着就要到手了的肥肉，愣是怎么着也吃不进嘴里。

柳云卿刚认识周向涛那会，他就经常在她面前唠叨他家从前的那些房子。听他那意思，周家在一九四九年前应该是个大地主，而且还在镇上经营着各种生意，要不是因为政策等历史原因让周家一夜之间失去了一切，打他出生起，他便也是个想要什么便有什么的公子哥。柳云卿当然明白周向涛为什么总爱在她面前提及那些陈芝麻烂谷子的事，男人嘛，都喜欢在自己喜欢的女人面前吹吹牛夸夸其谈，以显示他比别人强比别人牛，可她又不傻，都一个镇子上的人，抬头不见低头见的，就算从前不知道他的底细，现在几乎天天都腻歪在一起，还能不清楚他到底有几斤几两吗？

　　什么大地主大土豪，无非就是在老街上开了两间酱园店，盖了几处有几进院落的房子罢了，小康之家倒是真的，大富大贵肯定是谈不上的，可饶是这样，一九四九年那会，他家的房子愣是被政府一间不剩地通通没收了，酱园店也没了，听说要不是老周气得当场吐了血，早死了几天，终归也是要被拉出去枪毙的。老周死了后，老周媳妇实在过不下去了，就把周向涛扔给了他大姑，自己带着还在吃奶的小儿子跑到上海改了嫁，不过周向涛在大姑家没过上几天踏实日子就因为受不了大姑父的冷言冷语跑了出去，小小年纪就在街上帮人擦鞋，一天忙到晚也攒不到几个钱，甚至连饭都吃不饱，还要到垃圾堆里翻拣别人倒掉的食物聊以充饥，晚上困了就卷着铺盖睡到东岳庙的厢房里，和一帮叫花子搭伙。

　　可以说，周向涛是从小苦到大的，虽然参加工作后终于过上了让他梦寐以求的安稳日子，但因为小时候四处流浪的经历，让他一直都安分不下来，改革开放后没多久，他便辞去了丝绸厂的工作，在 204 国道边租了个小门面干起了电焊的生计，但也没做太久，就把电焊行盘了出去，买了辆拖拉机四处给人拉货，一年到头辛辛苦苦下来，倒也赚了不少钱。那个时候，只要有想法，只要肯吃苦，钱还是容易赚的，这也是柳云卿最钦佩周向涛的地方，没有任何背景，也没有任何支援，他愣是从一个没人管没人要的野孩子白手起家，为自己开挂的人生积累了第一桶金，比那个娇生惯养着长大的齐老九何止是强了千百倍呢！然而，钦佩归钦佩，尽管周向涛在老镇上也算是个人物，大家一提到他就说他这些年开拖拉机发了不少财，但和真正的有钱人比起来毕竟还是小巫见了大巫，更何况他又是个花钱如流水的主，手上有了钱就会到处乱花，今天请这个人去大同饭庄吃饭，明天请那个人去茉莉花饭店喝酒，而且只要是跟他好过的女人，哪怕早就分道扬镳了的，一旦开口跟他要东要西，他也决不会说出半个不字，衣服、鞋子、手表、糖果，甚至是胸罩内裤，更不知道送出去了多少。

其实周向涛就是个外强中干的，外面看上去花里胡哨得厉害，不明就里的都以为他是个大亨，但实际上里子却是虚的，要不他开了这么多年的拖拉机，怎么就连个平房都买不起，还要和儿子一起挤在那个不足二十平方米的公租房里？柳云卿跟他好了一个月后，就已经把他的所有状况摸了个底朝天，但她也不揭穿他，毕竟她从来都没爱过这个男人，也没想过要跟他有什么未来，又何必非得捅破那层窗户纸呢？尽管她早就听腻了他那些老生常谈，不过倒也不讨厌，他要说就让他说吧，好不容易有个女人让他愿意每天都在她面前显摆那些"辉煌"的家史，她干吗要泼他的冷水，更何况她又是那么喜欢跟他腻歪在一起呢！

对于周向涛这个男人，柳云卿说不上爱，但喜欢还是喜欢的。除了那些不好的传言和爱吹嘘爱说大话的毛病，周向涛依然算是个不错的男人，而且唱得一嗓子的好歌，跟他在一起从来都不觉得累，总体上来说，他们相处得还是很融洽很愉悦的。柳云卿从来不问周向涛攒了多少钱，也从不会主动开口跟他要任何东西，但他送她的东西她都一样不落地照收不误，而且也不会对他说哪怕是一句半句的客套话，感谢就更甭提了。这么做倒不是为了在周向涛面前彰显她与众不同的个性，而是在她的潜意识里，她觉得这个男人更像是她的哥们而不是情人，既然是哥们，那些虚情假意的伪饰便可以通通忽略不计了，又何必非要惺惺作态地让他觉得她跟别的女人别无二致呢？跟他好，从来都不是因为他的钱，她并非一个贪财的女人，如果喜欢钱，她的选择会更多，干吗非要跟他一个开拖拉机的成天厮混在一起？她就是喜欢跟他在一起的感觉，不用彼此设防，也不用害怕会被算计，想说什么就说什么，想怎么玩就怎么玩，而且也不用担心她的出现会给对方的家庭造成任何伤害，即便只是一块唱唱歌喝喝酒，或是在莲河边走一走看一看落日，也会觉得内心充满了欢喜与愉悦，而这是包括齐老九、李大军、黎明在内的所有与她有过瓜葛的男人都无法带给她的一种美的体验。

等我把老房子要回来，你就等着跟我一起享清福吧！在周向涛家那个局促逼仄的客厅里，周向涛再一次向柳云卿信誓旦旦地保证说，别的我不敢说，保你跟倩倩母女一辈子都衣食无忧，我的能力还是绰绰有余的。还是先管好你儿子再说吧！柳云卿坐在那张半新不旧的人造革沙发上，一边削着苹果，一边抬头睨一眼看上去精神特别矍铄的周向涛说，外边都传你对儿子不负责任，你这个当老子的该反省反省了啊！周向涛紧紧觑着她，说我们的事你又扯到小强打什么岔？我跟你说啊，我家原来有七八处院落，全要回来我也不指望，可就算只要回来一两处，住一处租一处，你我下半辈子的吃穿用度也就不用愁了的！

总说那些有什么意思？柳云卿继续削着手里的苹果，都是些陈芝麻烂谷子的事，天天说了管什么用？要动动嘴皮子就能把老房子要回来，老何家几十处房产不早就拿回来了？周向涛轻轻捏一下她的手背，老何他爸是恶霸地主，一九四九年前就被枪毙了的，我家跟他家的性质不一样。你就等着瞧好了，我一定把那些属于我们周家的产业给要回来，最不济也得把房子拿回来，等房子一到手我就领你去看。柳云卿吁口气，把削好皮的苹果往他嘴里一塞，好了好了，我耳朵都快听出茧子来了，你还是别说这些没用的了。

怎么没用？周向涛"咯嘣"一声咬一口苹果，正色盯着柳云卿说，我听说县里好几个人跟我家一样的情况，前不久都落实政策陆续拿回了房子，怎见得就我拿不回来？柳云卿望着他摇了摇头，你都跑政府跑多少趟了啊，不还是竹篮打水一场空？慢慢来嘛，世上无难事，只怕有心人。我再多跑几次县里，实在不行，就去市里、省里找！我就不信了，别人家都能落实政策拿回房子，偏到了我这就落实不了！兴许人家跟你家的情况不一样呢，再说你县里市里又没个关系，不想给你你能怎么着？不给我也得给我个让人信服的理由啊，凭什么能给别人落实就不能给我落实？好了好了，赶紧打住，一说起房子你就没完没了了，我听着闹心。我要房子不还是为了你嘛！周向涛举着手里的苹果凑到柳云卿嘴边，硬是让她也咬了一口，等我把房子要回来，想怎么布置，一切都由你说了算！你倒还真是抬举我，柳云卿瞟了他一眼咯咯笑了起来，八字没一撇的事，弄得跟真到手了一样！

你还别不信，我迟早会要回来的。周向涛继续咬着苹果，上海的房子，该我的那一半我也得要回来，凭什么便宜了那个改了姓的狗娘养的东西？哎，别忘了你跟他是一个妈生的，怎么把自己也骂进去了？柳云卿用脚轻轻踢了踢周向涛的腿，忽地长吁一口气说，要我说，你家镇上的房子要回来可能还有点希望，上海的房子你还是省省，趁早死了那条心吧！都是一个妈生的，凭什么有他的分没我的分？可那房子也不是你妈的啊，跟你八竿子也打不着的关系。怎么就不是我妈的了？我跟你说啊，我妈带着向峰改嫁给了上海那个老头，老头死了后，房子就留给了我妈，房产证上都写了我妈名字的，我在上海的时候都亲眼见过，现在我妈也死了，按照遗产法，这房子本来就该有一半是我的。连遗产法都搬出来了呢！柳云卿嗤之以鼻地说，你想蹦跶就继续蹦跶吧，看你能蹦出什么花来？不过我还是想提醒你一句，在法律上，你弟弟才是那个上海老头的继子，也就是他合法的继承人，毕竟人家姓都改了呢！可你不是啊，你既没改姓，当初也没跟你妈改嫁过去，现在蹦跶出来就是无理取闹。我又不是要继承那老头的遗产，我要继承的是我妈的遗产，房产证早改成我妈的名字了，跟那个老头有什么相干？再说了，你不是喜欢上海嘛，我那么想把上海的房子要到手，说到底不还是为了你吗？等以后退了休，我们就一起住到上海去，每天都到外滩看日落，到南京路上吃冰淇淋喝老酸奶，对了，还要去凯司令西餐馆吃蛋糕！

　　得了，别再做那些美梦了。我看你有时间还是多关心关心下小强，别到临了老无所依。你说咱俩的事，你老扯那个喂不熟的白眼狼干吗？周向涛叹口气说，自打梅一凤死了后，他就没叫过我一声爸，见了面也都跟仇人一样，你是没看到他瞪我的样子，都能把我生吞活剥了，好像他妈真是被我给打死的。你不知道，现在一瞅见他，我浑身都来气，掐死他的心都有！你这么说话我就不爱听，俗话说，虎毒不食子，好歹小强也是你亲生的儿子，你这么待他，他将来能不恨你吗？恨就恨吧，反正他也不是今天才开始恨上我的，梅一凤死的时候我就跟他说了，将来不靠他养老，死了也不指望他给我送终！你跟孩子说这个干吗？小强没了妈已经够可怜了，你这当爸的不说多关心关心他，还总说些怄人的话，换作我也会反感，你是真盼着这儿子将来不认你了啊？不认就不认，大不了断绝父子关系！周向涛愤愤地说着，突然侧过身抬手捋了捋柳云卿耷拉在额角的头发，只要你认我就好了，小强认不认我，我无所谓。我是你什么人，我认你？柳云卿呵呵笑着推开周向涛，你这么待自己儿子，我看着都直打哆嗦，万一哪天我把你得罪了，还不知道要怎么对付我呢。

　　你是我的心肝宝贝，我哪里舍得对付你？周向涛探过头在她额头上重重亲了一口，嫁给我吧，我会让你幸福。嫁给你，然后等着被你打死？柳云卿不无促狭地笑着，嫁给谁都行，就是嫁给你不行。为什么？你嫌我是开拖拉机的，没人家当经理的走出去有面子啊？周向涛嗫嚅着嘴唇，好歹我也是个个体户，就算面子不如人家好看，里子却是实打实的呢，赚到的每一分钱都是自己的，想买什么买什么，你跟着我吃不了亏。柳云卿并不恼他扯到李大军身上，反而有些出乎预料的开心，你妒忌啊？妒忌比不过人家当经理的？我就是妒忌，不行吗？周向涛一把将柳云卿搂进怀里，一边伸手抚弄着她的头发，一边轻轻咬着她的耳垂，我不比李大军强吗？至少，我比他年轻，也没有家庭的拖累，跟着我，我保证让你和倩倩每天都吃香的喝辣的。保证？

你拿什么保证？柳云卿张开双臂，顺势紧紧搂住他的脖子，在他长满胡荐儿的下巴上狠狠亲了一口，我们这样挺好的，谁也不用管着谁约束着谁，想见面就见面，不想见面就不见面，何必非要被那一张纸牵着鼻子走？你那是贪心，周向涛吻着她的头发，人心不足蛇吞象，什么都想要，小心别撑破了肚子。瞧你这酸劲，成天就知道吃这没用的干醋。柳云卿轻轻笑着，我跟你好的时候你又不是不知道我的情况，天天说这些有什么意思？我就说，越不让我说我越说。周向涛像个孩子似的撒着娇，李大军有什么好的，半老头子了，就你拿他当个宝！我不也把你当个宝了吗？柳云卿伸手捻着他的胡荐儿，哪次不是随叫随到？说我贪心，我看你才是真的贪心。

　　就你贪心，你是我见过的最贪心的女人！周向涛把柳云卿搂得更紧了，我不管，我就要你嫁给我，风风光光地嫁给我，做我周向涛名正言顺的女人！凭什么？柳云卿咯咯笑出了声来，我把自个卖给你了啊？你这人也忒霸道了些。凭什么？周向涛紧紧盯着她的眼睛，就凭是你先勾引的我。怎么，你不想认账了啊？勾引了我又不肯嫁给我，你真把我当成别人的备胎了啊？边说边喘着粗气，突地出其不意地一把拉扯掉她的外衣，像一只饿极了的狼迅速朝她身上扑了过去。干吗？大白天的，你也不怕被人看见？柳云卿半推半就地迎合着他，一会小强该放学了的。他不到天黑了回不来的。周向涛急猴似的继续扒着她的衣服，大白天才有情调呢！我又不是妓女，更不是拍毛片的，柳云卿伸过右手食指，用指尖轻轻抚弄着周向涛厚厚的嘴唇，突地又伸出舌头在他的鼻尖上舔一下，死相，就没见过你这样的急色鬼！再急也没你急，周向涛三下五除二地就扒下了她身上仅剩的胸罩和内裤，瞧你那骚样，看我一会怎么收拾你这个狐狸精！

　　柳云卿一点也不排斥周向涛近乎变态的爱的表达方式。有时候他会狠狠地咬她，有时候他会让她拿皮鞭抽他，和他在一起，他总会变换出各种不同的花样讨她欢心。这也让她越来越觉得和齐老九共度过的那些日子是多么的枯燥无聊、味同嚼蜡。就这样和周向涛不带有任何功利性目的地厮混下去也没什么不好的，尽管她不爱他，也不想嫁给他，但却是极其享受他给她的身体带来的各种欢愉与快感的。或许，周向涛不是个好丈夫，也不可能成为一个好丈夫，但却绝对是首屈一指的好情人，跟他在一起，她从来不会想起跟齐家人相处过程中发生的那些糟心事，也不用担心会有第二个姚萍蹦出来跑到厂子门口堵着骂她羞辱她，如果不发生任何突发状况，她愿意就这样一直跟他鬼混着，直到他们都互相看厌了看腻了为止。

老了我也照样爱你。周向涛总是信誓旦旦地拍着胸脯向她保证，你变成什么样我都喜欢，哪怕牙齿掉光了胸也塌了，我照样当你是宝贝！你才胸塌了呢！柳云卿呵呵笑着伸出拳头重重捶着他的胸，瞧，现在就是塌的，用不着等到老！我说你的胸，你捶我的胸做什么？周向涛故意在她的胸脯上使劲捏了一下，嗯，还行，一点都还没松！去你的，再拿我寻开心，我就把你那狗玩意剁了喂狗！你舍得吗？周向涛一把揽住她的脖子，满脸淫邪地盯着她不无挑衅地说，剁啊，你赶紧剁啊！你激我啊？柳云卿哈哈笑着，再激我，我真剁了啊！一边说，一边装模作样地伸出手掌，做了个准备剁下去的动作。周向涛捏一下柳云卿的腮，突地瞪大眼睛觑着她，哈哈乐着说，你可考虑清楚了，这一掌下去，以后你就跟幸福绝缘了啊！去你妈的，有你这么恶心人的吗？柳云卿一把挣脱开周向涛，没了你，我还不活了？再恶心我，我真去厨房找刀了！这可是宝贝，它要是没了，就没人能让你欲仙欲死了。去去去，再不正经说话，真给你剁了，让你以后再也祸害不了别的女人。我祸害你就够了，干吗还祸害别的女人去？来嘛，一会我叫你尝尝我的厉害，看你以后还敢不敢张口闭口就给我剁了！

柳云卿做梦也想不到一向玩得很嗨的周向涛，最终会以入赘的方式娶了汽车站吴站长孀居的儿媳妇钟海云。钟海云她见过的，普通得不能再普通的一个女人，有个拖油瓶的女儿，关键是年纪还比周向涛大上几岁，可周向涛为什么偏偏娶了她，而且还是以倒插门的形式娶了她呢？对于周向涛的选择，柳云卿百思不得其解。按理说，周向涛身边一直都不缺女人，跟他有过那种关系的漂亮女人也是大把大把的，怎么一转脸就看上了其貌不扬的钟海云了呢？听说周向涛为了如愿以偿地娶到钟海云，还和钟海云签订了婚前协议，主要内容无外乎以下几点：一是周向涛必须以入赘的身份住到吴家来；二是周向涛从前的所有存款都必须交给她保管；三是周向涛以后赚的所有钱都必须一分不少地上交；四是周向涛必须负责她们母女日常生活的所有开销以及对吴站长夫妇的赡养；五是周向涛必须跟他儿子周强划清界限。钟海云提出的所有条件，周向涛几乎毫无异议地全部答应了下来，并特地在办喜酒的前几天替周强办好了转学手续，把正在镇上念初二的儿子送去了乡下的寄宿学校念书，并且不允许周强在不提前打招呼的情况下回到镇上来，如果被他看见了，逮着一次就往死里头打一次。

那会，周强的学习成绩很好，老师们都认为这孩子哪怕不用功学，仅凭着那股子聪明劲，考上北大清华也是绝对没有问题的，所以都对他寄予了厚望，自然一致反对把他转到教育水平和生活条件都远远比不上镇上的乡村中学去念书，可周向涛向来是说一不二的，他决定了的事根本没有商量的余地，老师们只能退而求其次，去找周强的舅舅姨妈们商量对策。梅一凤的死，早就让在一边冷眼旁观的梅家兄弟姐妹们心生内疚，所以当他们知道周向涛要把周强送到乡下念书的决定后，立马便进行了强烈的集体抵制，但周向涛为了顺利跟钟海云结婚，遂放了狠话出去，谁要是敢狗拿耗子多管他周家的闲事，他就会让谁一辈子都家宅不宁，吓得那些刚想跳出来替外甥出头的梅家亲戚们当即都变得鸦雀无声，又一个个地做起了缩头乌龟。周强最终还是被周向涛送到了乡下，周向涛也得偿所愿地入赘吴家，成了吴站长孀居的儿媳钟海云的第二任丈夫。对于周向涛这个近乎疯狂而又耐人寻味的选择，柳云卿无法用常人的思维去进行揣摩，或许，他就是真的想要有个家了，可为什么偏偏是钟海云不是别人呢？周向涛明明有那么多更好更明智更前途光明的选择，怎么就能心甘情愿地把自己的下半辈子和这个孀居了很久的寡妇捆绑到了一起呢?

钟海云到底有什么特殊的魅力,柳云卿想了好些日子也没想明白。在柳云卿眼里,钟海云实在是普通到不能再普通,满脸的雀斑,嘴大鼻子塌,身材也略显肥硕,而且身后还有个拖油瓶,再婚的条件又那么苛刻,周向涛能够同意入赘吴家给她当上门女婿,肯定不是脑子进了水就是喝多了迷魂汤,可钟海云都长成那样了还能端得出啥滋味的迷魂汤呢?难道那个女人精通房中之术,正中了他的下怀?会吗?就那个女人?柳云卿摇摇头。

那到底是什么原因让周向涛心甘情愿地对她俯首称臣,并且连儿子都不要了呢?那女人有钱?不过也只是个普通女工,能有什么钱?如果有钱,也就不会在婚前协议里要求周向涛以后赚的每一分钱都上交给她,不是吗?那女人有房?可房子是她公公婆婆的,房产证上并没她的名字,将来也不太可能会过户到她名下,更何况她跟前夫还有一个十多岁的女儿。既然不图貌又不图财不图房子,周向涛娶她到底图的个什么?莫非,他真的是觉得倦了累了,想找一个平静的港湾,安安稳稳地过一辈子吗?

或许,周向涛看中的就是钟海云的普通与平凡,一个扎在人堆里立马便会消逝得无影无踪的女人,对他来说可能才是最安全的最贴心的,也不会让他产生任何的后顾之忧,更何况他们都是二婚,一旦发生问题与矛盾时,肯定都能尝试着站在彼此的角度去理解包容对方,在互相迁就中达成某种婚姻的平衡,把生活中的各种消耗降到最低,以防止梅一凤的悲剧再次出现。如果这就是周向涛肯屈尊娶了钟海云的原因,看上去倒也是无懈可击的,但柳云卿总是觉得这里面有些什么不对劲,以她对周向涛的了解,她并不相信娶了钟海云后的他会变得安定下来,那个花花公子娶了谁都一样,闲不下来的,再说钟海云真的有本事能拿捏住他吗?

钟海云拿捏不住周向涛的。周向涛就是水帘洞里的孙猴子,除了如来佛祖,谁也拿捏不住他的。他从小就野惯了,对梅一凤说打就打说骂就骂,怎么就能被其貌不扬的钟海云收拾得服服帖帖的呢？尽管柳云卿打死也不相信娶了钟海云后的周向涛会改了性，但事实就是如此，入赘吴站长家的周向涛就像变了个人，除了对他自己的亲生儿子几乎不闻不问外，对吴家的所有人都是言听计从的，也从未传出过动手打了钟海云的只言片语，人们眼里看到的他和钟海云，也确实堪称是一对恩爱有加的模范夫妻。

也许是周向涛前世欠了钟海云的，所以今生要通过这种方式补偿她吧，柳云卿实在想不明白，一向浪荡惯了的周向涛怎么到了钟海云面前就变成了一只乖乖兔，只能用唯心的宿命论去解释，他们这场在她眼里看上去近乎到荒诞的结合。一块萝卜配一块糕，或许周向涛这块萝卜命中注定就只能配得上钟海云这块糕，柳云卿深深吸一口气，罢了罢了，他都跟别的女人结婚了，她还琢磨这些没用的做什么？

女人嘛，尽管明明知道自己并未对这个男人付出过哪怕一点一滴的真心，但当他越过自己娶了别人时，心里还是很不好受的，柳云卿自然也不能例外。他不是说过就算等她等到头发白了也一定要把她娶回家的吗？举起镜子，柳云卿坐在宿舍的梳妆台前仔细端瞧着镜中的自己，依旧花容月貌，灿若桃花，她才三十二岁，不仅一根白头发也没有，还相当年轻漂亮，周向涛怎么这么快就违背了对她的承诺，迫不及待地娶了别人为妻？不过才离开了他一年而已，这一年他就熬不住了？看来男人真是一个也靠不住的，如果真相信他们那张能把死的说成活的嘴，那她岂不要成为老镇最大的笑话？幸亏，她从来都没有松口要嫁给他，也没有给他与自己突破情人关系的任何机会，否则现在的她就是那个世界上最失意最悲催的人，一个可怜的可悲的而又可耻的可笑的被弃者。不爱就是不爱，自然不必用婚姻拴住一个只是喜欢着的男人，那么，为什么在听到他再婚的消息时，她心底还是忍不住地隐隐作痛？难道，她已经在不知不觉中爱上了这个男人吗？不，她没有。她很确定，而今的她，心里真正爱着的男人只有李大军，周向涛只不过是她空虚寂寞中的一味调剂品罢了，就跟黎明一样，实在没有在她心里占据更加重要的位置，既然如此，还有什么不能放下的呢？

拿得起，就要放得下。这是重出江湖的马小芬对她说的话，也是她在清理自己和周向涛的关系时对自己说得最多的一句话。周向涛从来都不曾真正属于过她，她也从不曾真正想要走进他的生活，两个萍水相逢的人聚到一起，只不过是想从对方的身上攫取到更多的快乐与欢愉罢了，现在，他终于回归他想要的婚姻中去了，她又何必还在原地踏步着纠结他到底是不是真的爱过她呢？爱不爱，真的有那么重要吗？当她一个人走在车水马龙的街头，在孤单寂寞中回想起他带给她的种种兴奋与欣喜时还能会心地一笑，不是也很好吗？

他不欠她的，从来都不欠，因为她从未回应过他对她作出的所有承诺，所以他完全不必因为最终选择了别人而对她心生内疚，更不必在遇见她时对她说任何的抱歉，哪怕是一句半句的解释也都是多余的。她不需要他的解释，也不需要他的道歉，她只需要隔着山高水长的迢遥对他低低地说一声，一切都过去了，结束了就别再来找我。是的，一切的一切都结束了，她和周向涛共同拥有的所有记忆都终成过去，从现在开始，她要做一个完全与周向涛无关的柳云卿，一个只与上海，只与新的世界相关的柳云卿。

当老镇的人们四处风传柳云卿和秦所长、郑波以及很多不知道姓甚名谁的男人私奔之际，她已经回到了上海，那个对她来说既熟悉又陌生的纸醉金迷的城市。她本来没想要来上海的，就在她和齐老九闹得天翻地覆之际，突然就收到了马小芬从上海寄到厂里的一封信，于是她想也没想，立马就收拾了行李，按照信封上留下的地址找到门上投奔马小芬去了。她没有想过马小芬会不会收留她，她只想尽快离开老镇离开齐老九，而马小芬是她唯一能依靠的人，也是她唯一可以信得过的人，所以她把马小芬当成了最后的救命稻草，抓住了便再也不想松开了。在上海一待就是两年，这两年内她没有回过老镇，也没有跟齐老九有过任何联系，娘家人那边一开始也都瞒了个天衣无缝，如果不是太想倩倩了，终于按捺不住地给大妹云凤写了一封信，让她给拍些女儿的照片寄过来，所有人都不会知道她这些年的行踪，也不知道她到底过得好不好，死了还是依旧活着。

她没有等来云凤寄来的照片，却等来了满脸憔悴的周向涛，和他公文包里装得满满鼓鼓的倩倩照片，还没等她反应过来，他就自我解嘲地望着她笑着说，太想你了，就自告奋勇地跑过来了。柳云卿一边迫不及待地看着女儿的照片，一边忍不住流出了开心的泪水，都这么大了，我都差点认不出来了。想女儿了就回去看看，周向涛掏出手帕替她轻轻拭去眼角的泪花，别忘了你和齐老九现在还是合法夫妻，你现在回去也没人敢把你轰出门外。回去？柳云卿坚决地摇了摇头，回去我也不会再去桃花巷的。你这是在跟自己置气。周向涛伸手捋了捋她的头发，满怀关切地问，当初怎么一声不响地就走了？你这个女人心也太忒狠了些，连个招呼都不打就跑了，害我担心了这些日子，要不是云凤告诉我你在这里，打死我也不会知道你又跑上海来了。告诉你让你跟我一块私奔吗？柳云卿盯着他冷笑着，你不怕我影响你和钟海云的感情？你都知道了？周向涛叹口气说，我那是退而求其次，你要不跑了，我能娶钟海云吗？说得好听，柳云卿在鼻子里冷哼了一声，我才走了不到半年，你就迫不及待地倒插门到吴家当了上门女婿，还好意思说这些？我不是没有找过你，周向涛无奈地摊了摊手，花港、梅安、黄海、扬州、泰州、南京、淮安、南通、宿迁、合肥，能找到的地方我都找过了，就连上海我也来找过好几回了，可这茫茫人海，要找个人就跟大海捞针一样，更何况你一点音讯也没留下，又让我从何找起呢？

所以你就收买了云凤，让她随时给你递送情报？柳云卿歪着头瞟着周向涛，这两年你没少在我娘家人身上破费吧？也就是过年过节会给你爸你妈买些小礼送过去，倒没怎么破费。送礼？柳云卿倒竖着柳眉，你凭什么给我娘家人送礼，我爸妈又没认钟海云做干闺女？周向涛望着她不无尴尬地笑笑，你爸妈不就等于我老丈人丈母娘嘛，我给他们送礼也是天经地义的。呸！你个什么肮脏破烂玩意，也配管我爸妈叫丈人丈母娘？你是我什么人？老公吗？你娶我了跟我领证了吗？生气了？周向涛一把握住她的手，还是妒忌了？妒忌？柳云卿一把抽开被周向涛拉住的手，我妒忌什么？妒忌你入赘吴站长家给钟海云当上门女婿？周向涛，你别忘了，当初可是我一直都不肯松口要嫁给你的。

周向涛满脸赔着笑，我当然忘不了，是你不肯嫁给我，可我不也确实一直都在向你求婚吗？云卿，我是真心想娶你的，你不能错怪了我。真心？真心的结果就是你宁可没有尊严地给一寡妇当倒插门，也没认认真真地出来找我！天地良心，我要没认真出来找你，就让我五雷轰顶，不得好死！周向涛连忙举起右手发誓说。赌咒管什么用？你身边那么些个女人，哪个面前你没起过这样的誓？要有用，你不知道都死几千百回了！好了好了，不扯这些没用的了，反正是我不想嫁给你的，话说多了别真当我在吃醋捻酸呢！钟海云算什么东西，我能吃她的醋？

当然不能！周向涛依旧赔着笑，钟海云哪能跟你比，她连你小趾头的十分之一都比不上！那你不还是着急上火地把她给娶到手了？柳云卿咯咯笑着，我听说她是个不笑的女人，不会私底下很浪很骚吧？再浪也没你浪，再骚也没你骚！周向涛边说边望着柳云卿诡异地笑着，要说这女人当中，最风情万种的还是要数你柳云卿。呸呸呸，你就不能念我点好的？不过话说回来，你到底图钟海云什么？年轻漂亮她一样不占，手头上也没存款，而且还带着个拖油瓶，更重要的是你还给人家当了倒插门，这一年多我想了很久还是没想明白，不会她真的在那方面很有一套吧？柳云卿呵呵笑着，能把你迷得神魂颠倒的女人，肯定在这方面都不简单的！对了，她到底是无师自通，还是你一点一点地教给她的？她哪能比得上你呢？能让我周向涛神魂颠倒的女人只有你柳云卿。周向涛抿了抿嘴唇笑着问，这两年你一个人在上海待着，不会闷坏了吧？柳云卿狠狠白了他一眼，你以为我来上海当修女当尼姑了？那是又找了别的男人？周向涛轻轻吁口气，也是，像你需求那么旺盛的女人，又怎么会安心过尼姑的生活？我不安心，就你安心？柳云卿继续瞪着他，只许州官放火不许百姓点灯啊，你能娶钟海云，我就不能找男人了？

能，能，谁说不能了呢？要不，咱俩今天谁也甭找了，就这一对孤男寡女的再凑合成一对得了！想得美！柳云卿忍不住唾了他一口，说你是个肮脏货你还真是个肮脏货，大白天的说这些你也不怕传出去丢人？怕什么？我们又不是没在大白天做过，再说这会在你宿舍里又没旁人，只要你不说我不说，谁还能传了出去？去去去，别忘了现在你可是有妇之夫！你就不怕钟海云知道了把你那玩意剁了喂狗？怕，当然怕，可她不是不知道嘛！周向涛嬉皮笑脸地走到她身后，张开双臂一把拦腰搂住了她，轻轻咬着她的耳朵低声呢喃着说，"貂蝉拜月"那招咱们一直没试成功，要不今天咱们再接着来一次？

要死了你！柳云卿挣脱着想要摆脱开他，无奈周向涛搂她搂得太紧，怎么也没法把他甩掉，你松不松开？信不信我把你鼻子咬了？信！周向涛轻轻伏在她的肩头，你说什么我都信。可这会你就算把我咬死了我也不会松开你的。宝贝，我太想你了，我们已经分开得太久太久了，不要再把我往外推了，好吗？可你已经是别人的丈夫，我不想让钟海云变成第二个梅一凤。钟海云钟海云，钟海云不就是你柳云卿的替身吗？你要不一声不响地走了，打死我也不可能娶钟海云，自始至终我心里只有你一个，你明白吗？我不明白。柳云卿有些把持不住了，可还在轻轻推着他，有那么多替身，你干吗偏偏选了钟海云？还不是因为她老实可靠？老实可靠？老实可靠会让你签那么苛刻的婚前协议，还让你跟小强清界限？我看她分明就是个河东狮！周向涛已经慢慢解开了她外衣的纽扣，那不是因为我在外面的名声太臭了嘛，她一个寡妇，又拖着个孩子，对再婚的事能不谨慎吗？我看你就是中了她的迷魂药，可她那个长相，也没比梅一凤好到哪去，你怎么就中了她的迷魂药？她的外衣已经被周向涛轻轻地脱去，但她仍然百思不得其解地问着，她到底哪儿让你中了意？不会真的是在那方面比别的女人都要强吧？再强也强不过你！周向涛一使劲，迅即扒下了她的裤子，现在，她已经被他脱得只剩下内衣内裤了。

死相，怎么还改不了这个急色鬼的毛病？柳云卿轻声嗔怪着他，已经无力也无心进行任何的抵抗了，我问你，她到底有什么好的？她？哪个她？周向涛明知故问地，那张滚烫的唇已经如雨点般疯狂地落在了她的脖颈处和肩头上。还能有哪个她？柳云卿满足地微微闭上双眼……

柳云卿趴到他身上，瞪大眼睛紧紧觑着他，老实交代，到底是她把你训练出来了，还是你把她教坏的？真没有，周向涛叹口气说，不是说了她是个无趣的女人嘛！那你还娶她？还不是因为她有房子！周向涛长吁短叹着，我这不也是没办法嘛，哪个女人愿意嫁给我这么个二婚还没房子的男人？正好，吴站长就一个儿子，儿子死了后，他们执意不让钟海云嫁出去，非要她找一个肯入赘吴家的男人，才同意她再婚，可这年头又有几个男人愿意倒插门的？我找不着合适的女人，钟海云也找不着合适的男人，这么一来二去的见了几面，都觉得找不着更好的了，所以就把婚事定了下来。

真的？柳云卿将信将疑地盯着周向涛。骗你是小狗，骗你以后就再也不举！那跟房子有什么关系？你不会打上吴家房子的主意了吧？我哪能呢？婚前协议白纸黑字都写得明明白白的，那房子我跟钟海云可以一直住到死，可产权跟我一点关系也没有。吴站长两口子精着呢，他们只想白得半个儿子替他们养老送终，房子的产权临了还是要给他们自个孙女的。那你就是把自己卖给吴家和钟海云母女了呗！柳云卿伸出右手食指指尖在周向涛胸前轻轻画着，你说你好歹也是个拉货的个体户，这么做值吗？那还不得怪你？你要肯嫁给我，我能把自己卖给钟海云母女吗？怪我？柳云卿突地张开口在周向涛肩头狠狠咬了一口，这会你倒怪上我了，得了便宜还卖乖的东西！哎呀你真咬啊！周向涛疼得嗷嗷叫了起来，不怪你怪谁，你要早点答应嫁给我，我何苦入赘吴家去受那个罪？活该！柳云卿笑着呸了他一口，嫁给你，你想得也太美了！那些整天在你身边的女人嫌你没房都远远地躲着你呢，凭什么我就要嫁给你跟你挤在十几个平方米的公租房里？

我这不是一直在跑政府，找他们给落实房子的问题嘛！找着了没有？没有，周向涛懊恼万分地说，天天这个部门推到那个部门，那个部门又推到这个部门，我就这么着天天被推来推去，花港、黄海、南京，跑了一趟又一趟，汽车票住宿费都不知道花掉了多少，可人家愣是轻飘飘的一句"回去等消息吧"就把你给打发了，你还不知道该跟谁发脾气！早就跟你说了这事没那么容易。你说你开拖拉机帮人拉货送货，一年下来也不少赚钱，攒个几年在镇上买个小院不就成了，干吗非得揪着那几间拿不回来的房子不停地烦心？谁说拿不回来了？你瞧好了，我一准儿通通给拿回来！还有向峰那边，我已经让人给他带话了，妈留下的其他财产我可以一分不要通通给他，不过房子必须两个人平分，要不两家人各占一半，要不一个拿钱一个拿房，没得商量！怎么又说上房子了？你这刚来半天就满脑子都是你那些房子，咱们还能好好说话吗？我要房子不还都是为了你？为我？你老婆是钟海云不是我，你有一百套房子也跟我没任何关系。怎么没关系？我要回的所有房子都会过户到你柳云卿名下，以后不管老镇还是上海，我的房子都是你的！

　　周向涛一直惦记着那些他认为本应属于他的房子，从他们刚刚认识时起，他就一直在做着关于房子的各种美梦，没想到两年没见了，他心里最最惦记的还是他那些房子，那些莫须有的房子。柳云卿冷冷笑着，说什么他最爱的人是她柳云卿，说什么他最想娶的人也是她柳云卿，可这些老生常谈的论调她还能信吗？她不信，从来都没信过，现在和将来也不可能信，永永远远都不会信！做你的大头梦去吧！她忽地一骨碌跳下床，使劲把光着身子的周向涛从床上给拽下来，滚，滚回你那些房子里去，以后再也不要来见我了！怎么了这是？周向涛丈二和尚摸不着脑袋地，我说错什么话了吗？你没说错，你什么也没错！柳云卿拣起他的衣服一一扔到他的脚边，赶紧穿上衣服拿着你的东西滚蛋，从今往后都不要再出现在我这！周向涛一边穿着衣服，一边怔怔盯着她，刚才还好好的，怎么说翻脸就翻脸了？

柳云卿几乎咆哮着瞪着他，别再在我面前提那些肮脏的字眼，恶心！恶心？刚才你怎么不说恶心？周向涛赔着笑脸地说，你要是吃钟海云的醋，我回去就跟她离婚，不过你先得答应我跟齐老九离婚，只要你前脚离了婚，我后脚立马娶你回去！离你个大头鬼！柳云卿忽地从床头柜上拣起一本书就朝周向涛身上扔了过去，我叫你滚，你听到了没有？除了倩倩的照片，只要是你带过来的东西，请你一样不落地都给我拿走！

　　不知道为什么，那天的柳云卿突然说发作就发作了，她不仅毫不留情地将几乎光着身子的周向涛赶了出去，还把他带来的所有东西通通扔到了楼道里，就连她妈托他带的她最爱吃的黄豆酱也扔了出去。其实她不仅仅是冲周向涛发脾气，还是冲她自己发脾气。她真的好恨自己，明明不爱这个男人，可身体却又是那么热切地渴望他需要他，这让她觉得自己是天底下最虚伪最肮脏的女人，所以她必须给自己找到一个出口好好发泄一下，痛痛快快地把对自己不满与厌恶的情绪通通释放出来。为什么，为什么自己还是这么不争气，见到这个男人就会情难自禁地想跟他上床？她到底把他当作了什么，一个只会在她身上发泄兽欲的雄性动物吗？对，他就是一只动物，一只彻头彻尾的动物！说什么爱她喜欢她想让她嫁给他，说到底都是言不由衷的谎言，在他心里，那些看不见也摸不着的房子不知道比她重要了多少，那么又何苦非要在她面前演戏呢？他不过是贪恋她的美色，可美貌总有一天会衰退的，她也终将会变成一个黄脸婆，到那时他还能嬉皮笑脸着说想娶她吗？不会的，她太了解周向涛了，别看他一直都很舍得给女人花钱，出手也都很宽绰，但他骨子里却是极为自私的，一个连自己亲生儿子都不闻不问的男人，他还能爱谁？他爱的永远都是他自己，这一点她不应该早就看透了吗？周向涛就是个不折不扣的败类，尽管她还是很舍不得他的身体，舍不得他给她带来的极致的快乐，但她知道，这次绝对是他们最后的一次，以后的以后，不管遇见还是再也遇不见，她也不想再跟他产生任何的瓜葛，至于他的房子，他愿意给谁就给谁吧，不过那也得先要回来不是？

　　柳云卿说到做到，打这以后就再也没有单独跟周向涛有过任何接触了，后来她重新回到老镇时，每次碰上了也都会远远地避开他，实在避不开的时候就会掉转过头不去看他，总之，能不说话就不说话，能不见面就不见面，能不提这个人就不提这个人。她不知道他心里究竟会想些什么，在她回到老镇的那几年里，周向涛虽然还和钟海云保持着夫妻的名义，但外面也一直没有闲着，听说跟他上过床的女人加起来都能从镇东头排到镇西头了，也听说钟海云一直都在跟他闹，不过也始终没离得了婚，大概是两个二婚的人都不想再折腾了吧！

　　再听说周向涛的消息已经是很多年后的事了，早就成为方圆百里著名的臭干西施，并带着齐老九一起去县城开饭店了。当别人告诉她周向涛被钟海云一脚踢开，不得不净身出户时，她不仅一点也不惊讶，反而还暗暗有些得意。这个渣男，就应该让他受到些教训！柳云卿在跟熟识的老姐妹们说，成天就知道骗女人耍女人，这下被女人给耍了吧？该！从前还总同情他被逼着签了那么个霸王条款的婚前协议，现在想想倒觉得钟海云有先见之明，是个女中豪杰！她要不签那个协议，还不定被那个渣男欺负成什么样呢？你们是不知道啊，那几年他天天追着我到处跑，又说要娶我，又说要送我房子，可那房子呢，不还在他梦里睡大觉嘛！

　　第一次从大妹柳云凤口中听到"左桂红"这个名字时，柳云卿怎么想也想不起来老镇上曾经有过这么一个人。管她左桂红左桂花呢，不就是个女人嘛，有什么好稀奇的？就是街东首修脚踏车的那个小罗的邻居，她男人姓毛叫毛小兵，早些年下岗了，一直在外面打工，不知道怎么的，周向涛就跟她搞上了，现在已经闹得满城风雨了！左桂红，柳云卿若有所思地轻轻念着这个名字，实在想不起来是谁，不会是从外地嫁过来的吧？柳云凤摇着头说，就是街上的，以前肯定见过的，只是你没印象罢了。老街上那么多人，我哪能个个都有印象？柳云卿叹口气说，周向涛也真不让人省心的，幸亏钟海云跟他离了婚让他净身出户了，要不还不晓得他要怎么祸害钟海云母女呢！

谁说不是呢，要我说，你当初跟他划清界限绝对是做得第一桩完全正确的事，就那么个花花公子，谁摊上他谁跟着倒霉！左桂红呢，左桂红是不是也倒霉了？左桂红倒什么霉？倒霉的是周向涛！周向涛？柳云卿盯一眼云凤，怎么，周向涛败走麦城了？可不是？柳云凤努努嘴说，天天起早贪黑的赚那些辛苦钱，一个子都不剩地被左桂红骗了去！还有这事？柳云卿带着些许幸灾乐祸的口吻说，他这是栽女人手里了啊！先是钟海云那边，十几年攒下的钱，一分不少地进了钟海云母女的腰包，现在又来了个左桂红，又被骗得一个子不剩，他这是流年不利啊！柳云凤说，听说左桂红是以给儿子买房的名义跟他借的，借完后就甩脸不认人了，当初两个人好得跟什么似的，连欠条也没打一个，毛小兵回来后，周向涛找毛小兵要，反而被左桂红两口子合着伙地打了一顿，还在医院住了好一阵子呢！

那钱要回来了吗？要个屁，人家根本就不承认借了他的钱！毛小兵让他把借条拿出来，他拿什么拿？肯定拿不出来嘛！总共被骗了多少钱？少说也有十几万吧！他儿子呢？也不管吗？柳云凤叹口气说，要不说周向涛是个混蛋王八蛋呢，本来我还挺同情他，结果他钱被奸妇骗了，没招了，掉头就去找周强要房子，非让周强两口子带着儿子搬出他们的老房子，你说这是人能干得出来的事吗？他家那老房子不是公租房嘛，要了也卖不出去啊！早就被周强掏钱买下来了，他非得胡搅蛮缠，谁有办法？我听说小强初中毕业后就到新疆做苦工去了，后来又去日本打了几年工，前些年才回来在镇上开了家五金行，是吧？是的，那孩子自打他妈去世后吃了不少苦，周向涛真的作孽啊！所以他才活该被左桂红骗！柳云卿长吁一口气说，周向涛就不是人，打死了老婆还不算，儿子也不知道心疼的，真是越活越不是个东西了！

柳云凤说，别说儿子了，孙子他也不理，大街上看见了，宁可给左桂红买鱼汤面吃，也不肯给他孙子买一个包子的。还有这么当爷爷的？柳云卿吃惊不小地瞪着云凤，仿若发现了新大陆似的，他真这么不是个东西？还能是个什么东西？现在镇上知道他底细的女人没一个愿意搭理他的，你知道他倒是又搭上了谁？谁？秦香莲！秦香莲？那不陈世美的老婆嘛！那女人真的就叫秦香莲，从四川过来做小买卖的，每天都在新街口卖米饼卖凉粉，周向涛就天天跟在后边推着车叫卖，干得可卖力了！他不开拖拉机了？这把年纪谁还找他送货？也是。柳云卿若有所思地，秦香莲，陈世美不是不认秦香莲吗？这倒好，秦香莲反倒被周向涛当成个香饽饽了！

　　左桂红也好，秦香莲也好，对柳云卿来说，都是彻头彻尾的陌生人，她们的事她都不感兴趣，最多也就是当个笑话听听图个乐子罢了。大概有将近十七八年没再见过周向涛了吧，尽管经常能从亲戚朋友那儿听到周向涛的各种消息，但她对这个人实在已提不起任何兴致，过去的既然都已经过去了，一切就让它随风飘散吧！其实她并不讨厌周向涛，更无从谈得上恨，她只是不欣赏他那些做法，无论是对女人的取舍，还是对他儿子的态度，都令她觉得他不是一个好男人不是一个好父亲，不过这又如何呢，和她柳云卿有什么关系呢？

　　她和他，半毛钱的关系也没有，他做什么喜欢什么，她又何必去听何必去管？听云凤说，周向涛还没有放弃跟政府讨要他家那些被没收的房子，看来这辈子最后的时光他也都要耗在那些没有任何意义的房子上了，可即便是要回来了又能如何？他都跟周强断绝父子关系了，很显然不会让周强继承那些房子，难道要回来送给秦香莲吗？柳云卿忍不住笑出了声来，看来这个四川来的秦香莲倒真是福气，背井离乡走了那么远的路跑到老镇来，到最后还能空手套白狼混到几处房子。谁说因果不彰呢，前世的陈世美欠了秦香莲的，这辈子就算变成了周向涛，不也要偿还上辈子积下的债吗？

第十七章

　　这世上有种女人之间的感情，叫作闺密，在柳云卿和马小芬的前半生，她们就曾把这种感情演绎到行云流水的地步，有段时间她们甚至好到无话不谈，秘密与隐私这样的东西，在她们之间则是完全不存在的，就连对各种男人的点评也都被她们当作茶余饭后的点心拿来消遣，而这种情况一直要维持到她们为了同一个男人闹掰为止。

　　直到跟马小芬彻底分道扬镳，柳云卿也没弄明白自己怎么就上了崔亮的床。不应该啊，她明明知道崔亮是马小芬的禁脔，而且崔亮也不是她喜欢的型，怎么就稀里糊涂地上了他的床呢？其实，她一直都很感激马小芬的，如果不是马小芬那封像及时雨一样的来信，兴许她到现在都还守在老镇过着浑浑噩噩的日子，又哪里会跑到上海重新开启又一段崭新的生活呢？

　　马小芬不肯听她解释，半句也不肯听，马小芬骂她是白眼狼，是专门喜欢勾引男人的狐狸精，是思想败坏到骨子里的娼妓，是她永远永远都不想再见到的灾星。马小芬让她滚，让她滚出她一手创办的广告公司，就像当初宋梅让马小芬赶紧卷着铺盖滚出幸福服装厂时一样，不留任何情面，也不留任何余地。那天，她简直狼狈到了极点，偌大的上海城，除了马小芬给她租住的那套两居室的公寓，她居然不知道到底该去哪里，只能拉着装满各种衣服的行李箱，一个人漫无目的地走在车水马龙、人声鼎沸的街头。

　　她不想回去，不想回到老镇，不想回到齐鹏身边，抬头望望眼前这座早已慢慢熟悉了的上海城，竟然在刹那之间变得那么的陌生，就连之前常去光顾的麦当劳快餐店好像也已改换了容颜，不再是她从前见过的模样。物是人非，一切的改变，无论是外在的还是内在的，无论是宏观的还是细微的，都迅速得让人猝不及防，她不知道这些改变究竟会给她带来巨大的灾难还是潜在的机会，但她知道此时此刻的自己即便已茫然到不知所措，但还是要打起十二分的精神去面对这突如其来的改变。走在喧嚣而又寂寞的路口，柳云卿孤独到只听见自己脚上那双高跟鞋踩在地面上不时发出的"咚咚"声，望着身边这一幕幕熟悉而又陌生的景象，她恍若隔世，仿佛瞬间便已忘了这世上的所有，唯一能记住的就只剩下那一串串不知道要延伸到何处去的脚印，以及那怎么也停歇不下来的咚咚咚的脚步声。

　　月光随着凛冽的寒风，隔着清冷的黄浦江缓缓落在她的心头。不知道为什么，她忽然猛地一低头，任目光定定地落在那双崭新的高跟鞋上，那一瞬间，这世间所有的况味，酸甜苦辣辛，都迅即涌入她的脑海，再一次打了她个措手不及。那是刚从香港出差回来没多久的马小芬，特地从连卡佛买来送她的最新款Ferragamo冬鞋，马小芬说她穿上了这鞋就跟女王一样，既风情万种，又端庄大方，只要见过她的男人，没一个不会拜倒在她的石榴裙下，只是那个时候的马小芬还没有发现她和崔亮的关系，否则马小芬肯定会说灰姑娘即便穿上了水晶鞋，本质上还是个端不上台面的灰姑娘。

　　是啊，她就是个灰姑娘，一个彻头彻尾的灰姑娘，可她一直都在做着一个不切实际的梦，在那个梦里，她是拥有美貌与智慧、财富与地位的，人人艳羡的漂亮公主，可实际上她只不过是一个村子里走出来的乡下妹，就算再努力再拼搏，涂再多的国际品牌化妆品，也不能彻底掩盖她身上散发出的原始的土腥气，不是吗？她和马小芬不一样，尽管她们都是从梨花村走出来的，但马小芬早已通过自己不懈的努力，奋斗成拥有好几家公司和十多家厂房的大老板，而她虽然也顶着广告公司副总经理的头衔，但本质上还只是个替人打工的帮佣，不是吗？

她不恨马小芬的无情，这四年多的时间，马小芬给了她太多太多的东西，金钱、职位、人脉、资源，可她为什么偏偏要去跟她抢那个在她看来并不出色的男人呢？马小芬一直说，她跟崔亮的关系只是互相利用，所以崔亮在外面有多少女人她也懒得去管更不会关心，既然这样，既然他们从头到尾都只是互相利用的关系，马小芬为什么又要在自己面前表现得那么在乎崔亮呢？女人的心思总是很微妙的，她知道，即便马小芬压根就不在意崔亮，也不可能大度到容忍她和崔亮走到一起，因为对马小芬来说，那就意味着背叛与伤害，而她柳云卿则是马小芬最最要好的闺密，无话不谈的知心好友，今天如果把马小芬所处的位置换作她，她又会做出如何的抉择呢？

马小芬并没有做错，换作任何一个女人都未必能够做得比她更好。既然是自己先背叛了友情，伤害了闺密，那么她就是罪有应得，活该被赶出马小芬花钱替她租下来的那套公寓，沦落到无家可归的地步。她不想去找那些通过广告公司的人脉关系结识的老总或合作方帮忙调解，也不想随便在灯火通明的大街上找一家酒店住下来，此时此刻，她只想沿着黄浦江静静地走，慢慢地走，直到找到一家破旧的小旅馆为止。

她还记得当初马小芬被宋梅赶出幸福服装厂时的情景，一点一滴，都记忆犹新。那晚，她给马小芬找了一家又破又烂的小旅馆，为防止马小芬一时想不开寻了短见，她一直都守在旅馆里陪着马小芬，两个人就那样面对面坐在那张脏到无法形容的床上抱头痛哭，哭了骂，骂了哭，一直折腾到第二天一早才彻底安静下来。说实话，那个时候的她，其实并不能完全理解马小芬当时的心境，但现在，当她和马小芬的处境完全颠倒了过来时，她终于完完全全地体会到了马小芬的所有疼痛与煎熬，所以她一定要找到一家和当年差不多的小旅馆住进去，因为唯有那样，她才能彻底体会马小芬当时的无助与茫然，才能彻底明白自己究竟做了一桩多么龌龊无耻而又无法寻求谅解的蠢事。

错了就是错了，无论结局如何，都必须去勇敢面对。柳云卿知道，她和马小芬的关系无论再怎样修补，也不可能再恢复原来的模样了，现在，她唯一能做的就是忏悔，就是远离崔亮，远离她所有熟识的人。老镇她是无论如何也不想回去的，可这车水马龙、灯红酒绿的大上海，哪里又还有她的容身之处？一切，都必须从头开始，大不了再跑到闸北和嘉定的交界处，找一家不起眼的服装厂，重新做一个每天都要与缝纫机打交道的女工好了，只要自己还有力气，还愿意吃苦，又能有什么过不去的坎呢？

柳云卿伸手紧了紧大衣领子，终于忍不住对着迎面吹来的凉风深深吸了一口冷气，视线也跟着变得越来越模糊。又是一个寒意逼人的冬天，再过几天就该下雪了吧？听天气预报说，今年的上海将会迎来一场长时间持续的特大暴雪，不知道她还能不能有机会亲眼见到，如果有机会，她一定会在凌晨天不亮的时候就起床洗漱，然后换上一身特别干净的衣服，趁路上还没有几个人出没时，到外滩堆两个雪人，两个漂亮又可爱的雪人——一个是她柳云卿，一个是她最要好的闺密马小芬。她会让她们手牵着手，肩并着肩，面带微笑地，走向光明，走向未来，她会把她们的名字用毛笔蘸着墨汁，清清楚楚地写在雪人的肚子上，让所有路过看见它们的人们都为她们的友谊欢呼呐喊，然，她和她真的还有未来，还能见到她想要的光明吗？

她从来都没有想到自己会和马小芬决裂，更没想到她们会为了一个男人闹到如今这样的田地。她还记得那年她接到马小芬的来信后，几乎是想也没想就跑到上海投奔马小芬时的情景。那天，当她按照信封上留下的地址，忐忑不安地敲开马小芬住处的房门时，一抬头，竟然意外地发现了站在门口替她开门的崔亮，将近十年没见了，崔亮还是那么不显年纪，甚至看上去显得比从前更加英俊刚毅，倒是他身后的马小芬见老了许多，虽然满脸都涂着厚厚的粉底，但还是掩盖不住她额角深深的皱纹和眼角明显的鱼尾纹。

崔亮热情地跟她打过招呼后，便借故先离开了马小芬的住处，还没等她主动发问，马小芬就掏出一支香烟叼在嘴上，一边抽着烟，一边主动交待说，我回上海半年后又遇见了崔亮，你也知道的，我跟他曾经有过一段，所以很自然地便又走到了一块。这些，马小芬在信里都没有提到过，马小芬只是在信里告诉她，当年她被宋梅在厂子门口狠狠打了一顿后，崔亮便偷偷给了她八九百块钱，没过多久她就拿着这笔钱一声不响地去了深圳，从在街口摆地摊卖发夹卖钱包等零碎小商品开始，到包揽了给几十家建筑工地送盒饭的业务，一直发展到现在拥有了属于自己的广告公司和服装厂，然后便在一年前回到了上海。

你还有什么瞒着我的？柳云卿问马小芬说，不会这些年你一直都和崔亮悄悄保持着联系吧？没有。马小芬摇了摇头，我又不是真心喜欢崔亮，为什么还要联系？再说当初我之所以跟他走到一起，还不就是互相利用嘛！那你们现在怎么又凑到了一块？孤独。马小芬慢慢吐着烟圈，你不懂的，你理解不了我那种孤独。她怎么会不懂呢？女人的孤独只有女人最懂，尽管她没有亲眼所见，但她完全可以想象出马小芬这些年都经历了些什么。一个单身女子，口袋里除了相好的男人给她的几百块钱，几乎什么都没有，更何况深圳比上海更加遥远，无论是风俗习惯，还是气候条件，甚至是思维模式，都跟老镇相差巨大，初来乍到的马小芬举目无亲，又听不懂广东话说不了广东话，身边更没有一个半个熟识的人，想要在那里立足并取得成功谈何容易？

说实话，柳云卿是佩服马小芬的。一个其貌不扬的女人，带着不足一千块钱就敢去深圳闯荡，这绝不仅仅是单靠勇气与胆识就能够决定的，真正让马小芬下定决心远离上海到深圳发展，恰恰是源自她内心深处的绝望与无尽的失落，而这与决意逃出老镇的柳云卿又是何等的相似何等的接近，唯一的不同，马小芬是近乎赤手空拳地出去闯荡，她柳云卿却是来投靠朋友，一眼望过去，立马便能够在她们之间分出个高下来。其实，马小芬当初只是想远远地离开上海，老镇和梨花村她自然是无颜回去，附近的南京、苏州、无锡、杭州、绍兴、宁波，她都觉得还不够远，所以那些藏身在小旅馆的日子，她每天从早到晚琢磨得最多的问题就是到底该去往哪里。崔亮想把她介绍到同学在松江开的刺绣厂上班，但她一口就回绝了，松江虽然远离主城区，可不还是上海的一隅吗？她不要再继续留在上海了，留在这里，她睁眼闭眼都会看到宋梅那副狰狞到让她心生恐惧的模样，所以无论如何她都必须离开上海，必须远远地躲开宋梅那双灼热得能够瞬间就把她点燃的目光，从此，与崔亮一刀两断，也与这座五光十色充满了各种诱惑的万国大都市一刀两断。

马小芬没什么可舍不得的，从一开始她就没有真心喜欢过崔亮，之所以跟了他，无非是因为她需要钱，也想借此打发寂寞无聊的生活，现在好了，见不得光的奸情终于败露在大家面前，正好给了她最好的脱身机会，为什么还要继续跟他纠缠不清，自找不痛快呢？崔亮给她介绍的所有工作，无论是上海市内的市郊的，还是周边城市的，她一概想也不想就通通拒绝了，崔亮问她到底想要怎样，她只是淡淡地回复他说，她的事不需要他管，他也不必为她挨打并丢了工作的事心生内疚。那个时候的马小芬特别迷茫，她几乎在那家又破又脏的小旅馆住了一个多月，才终于决定要去与香港一海之隔的深圳去看一看碰碰运气。她没有多大的抱负，也没想过要在深圳有什么发展，她只是想在远离上海的深圳混口饭吃，只是想在上海之外的地方找到一个可以让自己安顿下来的落脚点，而最终让她做出这个决定的理由也很简单，那就是某天早上她照例像往常一样，在小旅馆附近那家浙江人开的早餐店门口吃豆腐卤时，偶然地一抬头，目光正好定定地落在她对面喝着豆浆吃着油条的年轻人丢在桌上的一张沾满了油渍的旧报纸，那上面一条关于深圳的醒目的新闻标题，一下子便把她的神魂整个地勾了过去。

为什么不去深圳呢？听说那里到处都是机会，很多穷得叮当响的人到了那儿都摇身一变，成了人人艳羡的大老板，怎见得她就不可以呢？当然，那会的马小芬并没有想过要发财，更没有想过要发迹，她想到的只是那里够远，尽管并不知道它到底远到有多远，但还是觉得只有逃到那里，她才能彻底摆脱上海的阴影，于是，当崔亮把他身上不足一千块的积蓄通通掏出来给了她时，她连一句道别的话都没有说，就在第二天拂晓天还没有彻底亮透的时候，拎着她那只用到很旧的旅行包，一声不吭地走了。还用得着说道别吗？她只想尽快远离上海，远离崔亮，远离那些让她一想起来就犯恶心的糟心事，至于深圳到底有多远，到底能不能给她一个立足之地，那都不是她关心的问题，而且也从来都没有认真地想过。

就那样，马小芬坐了火车倒汽车，坐了汽车倒火车，历经各种颠簸，才终于从五彩斑斓的大上海，抵达改革开放的前沿阵地深圳。站在深圳汽车站繁华而又陌生的街口，抬头望向头顶瓦蓝瓦蓝的天空，她突然有种要哭的欲望，可仅仅几秒钟之后她就抬手拭去了眼角刚刚落下的那一滴泪水，拎着笨重的旅行包，毫不犹豫地走进了一条幽深而又掩蔽的巷子。她知道自己这个时候还没有资格哭，当务之急就是找到一个便宜的住处，然后再找上一份赖以生存的工作，否则等她花光身上带的那几百块钱，就只能打道回府了。她不想回去，饿死也不想回去，别人都能在这里白手起家，挖到第一桶金，凭什么她有手有脚的还要夹着尾巴再跑回去？再苦再难她也要留在深圳，不管干什么活，不管吃多少苦，不管受多少累，她都认了，哪怕要她站在幽暗的巷口做一个迎街招揽生意的野鸡她也决不会回头，那么，还有什么坎是注定趟不过去的呢？

从离开上海的那一刻起，马小芬就决定把自己完完全全地豁出去了，而事实上也正是如此，在深圳，她除了摆地摊卖发夹卖钱包、往工地上送盒饭外，比这些不堪上十倍百倍甚至千倍的事她都通通干过，比如掏大粪、通下水道、扛水泥、卖血，甚至是在按摩店里给那些丑到让人想吐的男人口交，但这一切，她一个字也没在柳云卿面前提过，不是有句话嘛，英雄不问出路，如今的她已是几家公司十多家工厂的老板，又有什么必要非得跟自己曾经最要好的姐妹分享她那些不堪回首的往事？不管她曾经干过什么，不管她过去有多不堪，现在的她已然是一个成功的女强人，就连那些男人都比不上她的，为什么还要让柳云卿看到当初那个卑贱懦弱到不值一文的她呢？

　　她之所以给柳云卿写信，就是因为她听说了柳云卿在老镇上的各种遭遇，作为曾经的好姐妹，她很想在柳云卿最无助的时候伸手拉一拉她，但她也知道柳云卿是个要面子的人，所以在信里她什么也没说，只是让她空闲下来的时候来上海找她玩，甚至连她自己在上海做什么也都只字未提。她知道柳云卿一定会来找她，只要柳云卿一来，她就会竭尽全力地帮她，让她也有机会蜕变成和自己一样的女强人。柳云卿一定可以的，她有文凭有知识，人又长得光鲜亮丽的，而且还能言善辩，很是讨人欢心，让她去跑业务或者做广告都绝对不成问题，说不定一两年磨砺下来，就会做出比自己更好的成绩，这样的人她又怎能不帮？从柳云卿敲开门走进屋子的那一刻起，马小芬就决定从当下开始，只让柳云卿看到一个人前人后呼风唤雨的她，同时把那些龌龊的猥琐的东西都通通藏进柳云卿看不到的地方，给她光明，给她希望，给她一个关于未来的最美的期许，还有那遍地开花洒满阳光的梦想。

　　那天，马小芬没有跟柳云卿讲太多自己怎么在深圳打拼的事，也没有过多提及跟崔亮相关的事，只是告诉她宋梅的那家服装公司现在已经被她出资收购了，如果她愿意，明天就可以把她安排过去挂个副经理的职。副经理？柳云卿不敢相信地盯着马小芬，我？不行不行，我一个挡车女工，哪干得了副经理的事？怎么不行？马小芬认真打量着她，你有学历有文化，人又长得漂亮，要不是经理的职位早就有人了，我肯定直接就让你当经理了。小芬，真不行，我真不行的。柳云卿有些发怵，我什么都不懂，真的干不了副经理的活，你要真心想帮我，就给我个领班当当。领班？马小芬"扑哧"

笑出声来，云卿，看你窝在老镇上这些年都窝出个什么熊样来了？领班？你对自己的要求也太低了吧？边说边伸手拍拍她的肩，当年刚来上海闯荡时的魄力都去哪了？不会结了婚就只知道丈夫孩子热炕头了吧？不是，我真不行。我从没管过人，别说副经理了，就算车间主任我也干不了啊！柳云卿不无紧张地盯着马小芬，小芬，我知道你念旧情，可副经理的职位我真的不合适，你就别赶鸭子上架了，成吗？这次出来，我只是想着兴许你能帮帮我拉一拉我，哪敢想什么副经理的职位啊？

不就是个副经理嘛！你别忘了，我现在是大老板，就算让你当总经理也只是一句话的事，我都不怕，你怕什么？我这不是怕给你添麻烦嘛，再说我真的什么都不懂，要是影响了你的生意，那我罪过可就大了。别前怕狼后怕虎了，好吗？谁也不是天生当经理的料，你不会可以慢慢学嘛，我空了也会带着你的。我还是觉得不成，柳云卿把头摇得跟拨浪鼓一样，小芬，你要真想帮我，就让我从领班做起吧，好歹我打过几年缝纫，做衣服还是有大把经验的，副经理以后慢慢再说，好吗？马小芬叹口气，用一种恨铁不成钢的眼神盯着柳云卿说，好吧好吧，你这个端不上台面的，就先依着你吧，不过说好了，副经理的位置我会一直给你留着的，这段时间你必须先给我好好熟悉熟悉公司的业务，下次绝对不允许你再找出任何的借口说自己不行！柳云卿点点头，如释重负地笑着说，马总的吩咐，我一定牢记在心。什么马总？以后私下没人的时候，你可不许叫我什么马总，否则我跟你急，听到没有？对了，厂子里当年的宿舍还在，改天我让他们给你收拾出一间独立的房间，以后你就住那好了，当然，我这里也随时欢迎你来，只要崔亮不在，你想在我这住多长时间都行。

马小芬没有问起任何关于老镇的事，也没有问及柳云卿这次来上海的原因，更没有过多地提起齐老九和倩倩，但从她一上来就自作主张地给自己安排起工作的情形来看，柳云卿心里已然明白了七八分，想必关于她在老镇上的那些传言，马小芬一定早就听说了的，而那封看似突如其来的来信，其实也是有备而来。既然马小芬不问，她也就乐得装糊涂，毕竟再好的姐妹，也得留点自我空间不是？就这样，重新回到上海后的柳云卿和她的新老板兼旧闺密马小芬之间达成了某种默契，她们谁也没有追根挖底地刨问对方在感情上的任何遭遇，尽管崔亮时不时地就会突然出现在她们面前，但柳云卿一直没有向马小芬打听崔亮跟她交往的哪怕一点一滴的细节，甚至连她怎么从宋梅手里收购幸福服装厂的过程也没有提一字半句。柳云卿知道，每个人心里都有属于自己的秘密，都有不愿向别人公开的隐私，既然马小芬不想说，她自然也不便问，不过如果马小芬愿意讲，她也一定会做一个最好的听众，并给她提供力所能及的帮助，从自己的角度替她解惑。

幸福服装厂已经被马小芬改成了黛米服装公司，从名字听上去确实比原来上档次了许多，但大部分的陈设和内部布局几乎还和十年前一样，无论走到哪，哪怕只是某个转角出现的一棵树一面墙，都可以迅速唤起那些曾被时光轻轻覆盖了的记忆。尽管只在幸福服装厂待了不到半年的时间，但这里的每一个角落都给柳云卿留下了极其深刻的印象，厂门口的玉兰树，车间大门前的合欢树，老宿舍边的法国梧桐，食堂后的紫藤，会议室的欧式印花玻璃，一切的一切，都还保持着原来的模样，唯一的不同，就是曾经熟识的面孔都已被一张张陌生的面容取代，而她也已经由一个普通的缝纫女工变成了一个管理好几十个工人的领班。

马小芬说以她的学识和能力，当个副经理都绰绰有余，可柳云卿却觉得当个领班就已经够吃力了，她所面对的这些年轻女工已经不是十年前那些任劳任怨、吃苦耐劳的乡下妹，而是一群有思想有个性的新新人类，一言不合就会撂挑子不干了，所以对她来说，压力和挑战还是比较大的。怎样才能让这些年轻人愿意留下长期为企业服务，并让她们对公司产生一种主人翁的责任感，成了柳云卿眼下最急迫需要解决的问题，所以她每天都在找员工沟通，以了解她们在工作和生活中遇到的各种问题，并竭尽所能地去替她们解决，然而几个月下来后她却发现，尽管自己付出了很大的努力，但收效依然甚微，想走的还是走了，人才流失十分严重，这也就导致了公司必须不断招进新人，如此循环往复，生产进度和效益都受到了严重影响，而这也让她越加感到头疼。原本，作为一个小小的领班，这些并不是她需要考虑的问题，她只要督促好工人们按时按量地完成她们的工作任务就好了，可因为她对黛米的热爱，让她很快就把这里当成了自己的家——她已经失去了老镇的那个家，自然不想再失去这个新家，更何况这里的一草一木、一砖一瓦都承载了她青涩时光的记忆，她又怎能忍心眼睁睁地看着它一天天蹉跎下去呢？为此，她特地从闸北区跑到马小芬位于陆家嘴附近的住宅，找马小芬长谈了一次，力图通过她们的努力改变黛米的现状。

你有没有搞错，从闸北跑这么远过来，就为了跟我谈这个？马小芬一边喝着咖啡，一边轻描淡写地说，一个电话就能搞定的事，你非要搞这么兴师动众。柳云卿接过马小芬给她冲好的咖啡，轻轻呷一口，说，能不兴师动众吗？每次给你打电话，你都只会说不着急不着急，可你看看，厂子里隔三岔五就有人离开，新招来的那些工人对流程都不熟悉，等手把手地教出来了，过上几个月就又跑了，这样下去，不仅会严重影响生产进度和厂子的效益，对公司的声誉也会造成很大的负面影响，难道你希望自己一手创立起来的黛米公司就这么毁了吗？

毁了？马小芬若无其事地笑笑，拜托了云卿，我手上几家公司十多家工厂，哪能把所有精力都花在一家服装厂上？实话告诉你吧，我最赚钱的是广告公司，几个方案几个策划，分分钟就是几十万甚至几百万的流水，区区一个服装厂不过是九牛一毛，只要不亏本就行了，我从没指望拿它赚钱的。不指望它赚钱你办它做什么？柳云卿不无讶异地打量着马小芬，做生意不就是为了赚钱嘛，你宁可眼睁睁地看着它一天天走向衰落，也不打算做些什么来挽回这种状况吗？为什么要挽回？马小芬呀了一口气说，做生意本来就有赚有赔，再说黛米现在的效益和投入一直保持持平，也没有亏本，干吗还要花大精力去弄它呢？

　　这就是你对黛米的态度？柳云卿不敢相信地盯着马小芬，那你当初为什么要收购幸福服装厂？既然收购了它，不就应该让它步入正轨，给你带来更多的效益吗？开什么玩笑？我广告公司赚的钱早就已经够我花一辈子的了，还会在乎一家服装厂能给我带来多少效益？马小芬忽地叹口气说，我也不怕把底子告诉你，之所以决定收购幸福服装厂，不过是想向宋梅证明我比她强比她厉害罢了。不是有句老话嘛，从哪跌倒的就从哪儿爬起来，我马小芬是从幸福服装厂跌倒的，就得从幸福服装厂爬起来，也好让宋梅看看什么叫作"三十年河东，三十年河西"，可这才十年不到呢，她就把一家服装厂开倒闭了，而我却已经是几家公司十几家工厂的老板了！什么叫没有对比就没有伤害？这就是！她要是个有骨气的，早就该跳苏州河自杀了！

　　你就为了这个？为了在宋梅面前出口气才收购了幸福服装厂？柳云卿突然觉得自己不认识了马小芬一样，为了报复宋梅，你连赔本亏钱都认了？小芬啊小芬，不是我说你，你现在是有钱了，可也不能这么任性啊，当初刚从老镇来上海时我们过的是什么日子，你都忘了吗？没错，你的广告公司是很赚钱，可哪一分不是你辛辛苦苦地打拼来的？你就这么忍心看着自己辛苦攒下来的钱一分一分地从黛米流出去啊？哪有你说得那么夸张？马小芬摇摇头说，黛米现在是不赚钱，可也一直没赔钱啊，当初我从宋梅手里把它接过来时就没想过它会赢利，我对它的愿景只要维持现状，一直都这样不赔就行了，何苦再花那个脑筋去琢磨该怎么让它发展壮大？还有，你说我报复宋梅，这话只说对了一半，要不是我肯出手收购，幸福服装厂和宋梅就都得玩完了，我出的钱可是高于市场价的，宋梅不仅没吃亏，还小赚了一笔，这世上有我这么报复的吗？我就是要让她看看，当初是她把我赶出了幸福服装厂，现在却是我把她赶了出去，要让她懂得什么叫作风水轮流转，以后再也不敢轻易欺负我们这些出来打工讨生活的乡下妹！

你真这么想的？柳云卿仔细打量着马小芬，就为了给我们这些乡下来的打工妹出口气？那还能怎么想？马小芬呵呵笑着，你以为我会小气到要把宋梅逼到绝境？我可是做大买卖的，心眼要那么小，这生意也就没法做了。再说我可没有对宋梅落井下石，当时幸福服装厂已经欠了银行一屁股债，差点就被拍卖了，如果不是我及时出手收购，宋梅还不知道要怎样收拾那副烂摊子呢，说不定早就进去吃牢饭了！帮宋梅？你有那么好心？柳云卿继续呷一口咖啡，你是为了帮崔亮吧？早就跟你说了，我从来都没有对崔亮付出过任何真情，无论是过去还是现在，我怎么可能会为了他去帮宋梅？那你为了什么？说了你还真别不信，我是真的对幸福服装厂有感情的，虽然被宋梅赶了出去，但我最好的青春和最美的记忆都留在了那里，要我眼睁睁地看着它从这个世界上慢慢地消失，我真的舍不得。

舍不得你还对它不闻不问，就这么任由它沉沦下去？柳云卿忽地瞪大眼睛盯着她，小芬，既然你对它是有感情的，咱们就好好地干一番，不要让它就这么自生自灭了，好吗？你要是没精力打理，就让崔亮过去帮你打理吧，毕竟他做服装厂做了几十年，对服装厂的一系列流程和业务都是再熟悉不过的。他？马小芬把头摇得跟拨浪鼓似的，他跟宋梅一起都把厂子开倒闭了，我还敢用他？可他毕竟有着丰富的管理经验和市场开拓的能力啊，再说厂子倒闭了肯定关系到很多原因，并不能以此就认定他没有能力做好一家企业啊！用他还不如用你呢！云卿，你如果真的有想法，真的想把黛米做好，那就接受挑战，来当黛米公司的副经理吧！

你这又赶鸭子上架了，柳云卿皱了皱眉头，我当这个领班就已经很头疼了，隔上个几天就要想尽一切办法去说服那些想要离职的员工让她们不要走，可就算我说破了嘴皮子，要走的还是走了，就这样，你还敢让我来当这个副经理啊？为什么不敢？早就跟你说了，我并没把黛米放在心上，也不指望它给我赚钱，既然你不想看到它垮掉，那我就把权力下放到你，该怎么弄，一切你自己看着办好了。至于现在这个经理，也就是放在那里做做样子的，只要我一句话，整个黛米都归你说了算，他也不会为难你的。不行不行，我是什么材料我自己心里还是清楚的，再说哪有让当经理的受副经理指挥的，这多不好，你还是让崔亮出山帮你吧！帮我？云卿，你搞搞清楚，在黛米这个问题上，我根本就不需要任何人来帮我，现在是你舍不得看着它就这么蹉跎下去，要说帮也是帮你的，好吗？帮我？柳云卿怔怔盯一眼马小芬，那就当是帮我好了，你让崔亮来当这个副经理吧，有什么需要我做的工作，我一定尽全力配合好他！

不行，我不会把崔亮安排进黛米的。马小芬斩钉截铁地说。为什么？你怕宋梅不让？我还没告诉你吧，崔亮和崔梅早就离婚了，崔亮想干什么，宋梅都管不了的。离婚了？嗯，离婚了。马小芬点了点头，就是我收购幸福服装厂那会。是你要求他们离婚的？也不算吧，他们早就感情不和，一直在闹离婚，不过让他们离婚，确实也是我收购幸福服装厂的附加条件，唯一的条件。我就知道你没那么好心，柳云卿不无疑惑地打量着马小芬，为什么非得让他们离婚，你不是一直都没真正爱上崔亮吗？不爱崔亮，不等于我不想占有他啊！我帮宋梅那么大忙，让她免于牢狱之灾，她总得拿点什么跟我交换吧？你把崔亮当作交换条件？

做生意嘛，总得有来有往。可崔亮是人不是东西。在我眼里他就是个东西。你不怕他恨你？恨什么？大家都是成年人，还能有什么想不明白的？他也一把年纪了，我能看上他就是抬举他，难不成还把他当公子王孙一样稀罕着啊？今时不同往日，现在的马小芬已经不是当初那个青涩懵懂的打工妹了，你都不知道有多少男人排着队想追我，想找个看得还算过眼的搞搞一夜情，还不就是分分钟的事？要不是我还念着他那么一点点好，像他这个年纪的男人，和那些嫩得能掐出水的年轻小伙子比起来，在我面前哪还有什么竞争力？不把他一脚踹开，他就得每天都对着佛龛念一声阿弥陀佛、菩萨保佑了！再说了，我那是救他于水火之中，这些年他在宋梅跟前受了多少气吞下了多少委屈你还不知道吗？说一千道一万，他应该感谢我才对，怎么还能恨我？

你变了，小芬。柳云卿嗫嚅着嘴唇，从前的你不是这样的。社会每天都在发展，城市每天都有新的变化，人当然也会跟着变了。马小芬觑了她一眼，你不也一样变了？现在的你哪里还有从前半点的影子？柳云卿自然明白马小芬话中有话，是啊，自己也早就变得面目全非，甚至连她自己都不认识了，又凭什么去怪怨马小芬变了呢？这个日新月异的世界每天都在变化，怎么还能用固有的思维和陈旧的眼光去看待身边的人和事呢？马小芬只是变了而已，但她也没做错什么，她花钱替宋梅解决了那么大一个麻烦，宋梅不就得拿出可以等价交换的东西来吗？崔亮是宋梅手上唯一的筹码，要不把崔亮让出去，等着她的很可能就会是深牢大狱，从某一个层面来讲，是马小芬拯救了她，不是吗？马小芬拯救了宋梅，只是让她把崔亮交出去罢了，也没对她造成什么不可逆转的伤害，这点牺牲对她来说又算得了什么？柳云卿知道，宋梅和崔亮早就貌合神离了，两个人捆绑在一起那么多年，谁也没得过真正想要的幸福，所以他们的分开即便不是你情我愿，至少也没有对双方任何一方造成伤害，这个时候再去质疑马小芬的动机就有些狗拿耗子多管闲事了，可不知怎的，内心深处她还是觉得这里面有些什么不对，可想了半天又没想出到底是哪不对，索性紧紧闭上了嘴巴，做了只噤口寒蝉。

　　你是觉得我没把崔亮的感受当回事吧？马小芬盯一眼默不作声的柳云卿，其实他早就不想跟宋梅过了，我只是在背后又加了把劲，起了回催化剂的作用。是叫催化剂吧，云卿？上初中那会没好好学习过，那些化学名词大多也没记住，唯独记住的就是这个催化剂，你说好不好笑？你说呢？柳云卿忍不住"扑哧"笑出声来，催化剂——上学时不好好学，现在用起这个词来倒是得心应手呢！那是。马小芬呵呵笑着，你知道我为什么不愿意把崔亮安排进黛米吗？不知道，我又不是你肚子里的蛔虫，哪知道你那些花花肠子有多少道弯。柳云卿无奈地摊了摊手说。很简单，我不相信他，所以公司的任何事，我都不想让他掺和进来，更何况黛米又是那么个情况，谁能保证他不会把公司的重要机密泄露给宋梅？不相信他？不相信他，你还成天跟他腻歪在一起做什么？你不是说追你的男人多的是吗，既然你不相信他又不爱他，干脆就跟他划清界限得了，干吗还搞得这么黏糊不清的？我习惯跟他在一起了。马小芬叹口气说，就像喜欢吃老镇的鱼汤面一样，我喜欢跟他在一起的感觉。喜欢跟他在一起还不是爱？喜欢是喜欢爱是爱，这两点我还是分得很清楚的。不过你要是愿意接受我给你的挑战，那我也不是不可以考虑让崔亮过去帮你。怎么样？是继续当你的领班，还是担起副经理的担子，你自己选。

　　我要肯当这个副经理，你就肯让崔亮去黛米帮我？柳云卿将信将疑地，你不怕崔亮把公司的机密泄露给宋梅了？马小芬郑重其事地点点头，你肯当这个副经理，我就让崔亮去黛米当总经理，如何？你让我再考虑考虑。还考虑什么？柳云卿，我可是随时都会改变计划的，你最好趁着我还没有改变心意之前尽快给我答复，否则过了这个村就没这个店了。我……小芬，你多给我些时间考虑一下嘛！唉，你忘了是谁跟我说不能再这样任由黛米自生自灭下去了吗？是你不想看着黛米一天天蹉跎下去，可不是我马小芬！你要真为黛米着想，就别左一个考虑又一个琢磨了，因为那样只会浪费时间浪费生命！好，我决定了，就给你当这个副经理好了！柳云卿突地变得立场坚定起来，她定定地望着马小芬斩钉截铁地说，不试一下，怎么可以轻言放弃呢？真的？这回变成马小芬以不敢相信的眼神打量着她，你真决定了？好，决定了就不许反悔，明天我就会在公司大会上宣布新的人事安排，到时你想临阵脱逃也不行了！决定了，我接受你的挑战，一定会让黛米为你赚到钱，让你不再打心眼儿里地小瞧它！

　　柳云卿做梦也没想到，只是因为她不想看着黛米一天天走向衰落，鬼使神差地，那些没完没了的业务和各种必要的不必要的讨论，竟然让她和崔亮在频繁的接触过程中产生了异样的情愫，并最终跨越了那道看似不可跨越的鸿沟，慢慢地走到了一起。她当然知道这是最不该发生的事，可她也没有办法能够控制好，感情的事说来就来说走就走，那天晚上，在广州出差时他们都多喝了一点，不过头脑却都是很清醒的，谁知道在回酒店房间的电梯口才一个趔趄她就倒进他怀里去了呢？他顺势把她抱进了怀里，直接就搂着她去了他的房间，然后就发生了所有该发生的和不该发生的事，而整个过程她甚至没有进行过任何的抵抗，更没有对他说出过半个不字。

她知道，其实她是需要他的，尽管在此之前他们谁也没在对方面前表现出过任何超越友谊超越上下级关系的举止，也没有说过任何让对方产生丝毫误解的暧昧的语言，但她心底总有一个声音在不断地提醒她，必须及早与这个男人划清界限，否则她终将守不住最后的阵地,让他们成为彼此的俘虏。她不想成为他的俘虏，也不想俘虏他，因为她很清楚那不仅意味着她对马小芬的背叛，还意味着一场不可避免的致命的终极灾难。星星之火，可以燎原，她完全可以想到会发生怎样的后果，所以她总是很努力很小心地避免和他单独接触，即便为了公司的事必须单独跟他接触，她也会时刻提醒自己不要在任何方面给他留下哪怕是一点一滴的错误信息，可每次一跟他碰面，她的心就会跳得厉害，所以只能装作心如止水的样子，尽量以一副高冷的姿态出现在他面前，不让自己对形势有任何的误判，然而姜还是老的辣，她那些小心思又怎能逃脱得了他的火眼金睛？

怎么说崔亮也比她大了十多岁，吃过的盐比她走过的路还要多，加上在商场摸爬滚打了这么些年，阅人无数的他什么人没见过，更何况他还是绝对的情场老手，又怎么可能看不出她内心的变化？尽管她每一次出现在他面前都表现得一本正经，除了工作的事，一句闲聊的话也不愿意跟他多谈，但他早就从她那双失神的目光里读懂了她内心迭起的波澜，不就是对自己动了心嘛，又何必遮遮掩掩的总是防备着他呢？爱是人类最高的情感，既然她一直都在偷偷喜欢着自己，为什么还要小心翼翼地把自己伪装成一个心如止水的女人？他不想看到她总是那么痛苦地压抑着自己的情感，所以他决定由他捅破这最后一层的窗户纸，让她彻底得到释放，得到升华，于是，很快便顺理成章地发生了在广州酒店出现的那一幕。

　　她不想这样的，真的不想，她只是太孤单太寂寞了，所以才会对眼前这个男人产生了强烈的依赖，可这绝对不是爱，甚至连喜欢都不是，更何况这中间还夹了个马小芬，到底叫她该如何自处呢？她告诉过崔亮，她和他之间绝对绝对不能再发生第二次类似的事件，可等回到上海后，他送来的一捧鲜花便把她彻底俘虏了，在那之后，她心甘情愿地成了他的情妇，他也乐见其成地做了她的情人，甚至把马小芬当成了透明人，在马小芬眼皮子底下便玩起了只属于他俩的危险游戏。

　　你以为我不知道她在利用我？崔亮在柳云卿面前完全不设防地表现出他对马小芬种种的不满，这么些年了，她从来就没有真正爱过我，从前她看上的是我的钱，现在她是因为孤独。虽然我对她也不能叫真心，但和她身边那帮男人比起来，至少我不是冲着她的钱来的，更不可能会处心积虑地骗她。柳云卿正色盯着崔亮，她也没有骗过你，不是吗？崔亮，我发现你跟别的男人也没什么区别，这山望着那山高，吃着碗里的盯着锅里的，跟小芬比起来，你的段位着实也高不到哪儿去。我说过我的段位比她高吗？崔亮摇摇头不无自嘲地说，我这人最大的优点就是不冒充好人，今天不妨跟你打开窗户说亮话，我崔亮一直以来都不是什么好人，我就是个混蛋王八蛋，不过也比那些假装清高、非要把自己伪装成正人君子的男人强。

　　你是拐着弯地骂我吗？柳云卿轻轻瞥一眼他，这话怎么听着就那么刺耳呢？你当我指桑骂槐呢？崔亮张开双臂，一把将她搂入怀中，轻轻咬着她的耳垂低声地呢喃着，我怎么舍得拐弯抹角地骂你？女人跟男人不一样，适当地装装清高，那是对自己的一种保护，在我看来，这可不是什么装腔作势，而是一种与众不同的魅力，一种能够让男人为她上刀山下火海、甘愿为之去死的魅力。那你愿意为我去死吗？柳云卿瞪大眼睛怔怔盯着他，愿意，还是不愿意？愿意，当然愿意，就算为你死一千次，我也愿意！你就骗人吧你！柳云卿不无促狭地笑着，你们这些男人吧，想要骗一个女人上床的时候，哪次不是拣最好听的话说？可要上了真功夫，你倒是见过哪个男人甘愿为女人去死的？只怕一遇到事，跑得比兔子还快呢！

要不要我把心掏出来给你看看？崔亮一边吻着她的耳垂，一边信誓旦旦地说，只要你想，现在我就可以把心挖出来给你。我要你的心做什么，当下酒菜啊？柳云卿定定地望着崔亮，这样的话你是不是也跟小芬说过？没有，绝对没有！你知道的，我跟她之间并不存在真爱，她一直都在利用我，我又何尝不是在利用她呢？自打跟宋梅结婚后，她就没真正瞧得起过我这个郊区上海人，在她面前我从来都是低人一等的，在家里也没有任何的发言权，哪怕只是说多了一句话，也能被她冷嘲热讽上半天，那样的日子我实在是过够了，所以我亟须找到一个发泄的出口，而这个时候小芬正好就出现了。虽然我也是如假包换的上海人，但在宋梅眼里，嘉定也是乡下，我跟你，还有小芬，并没有什么本质上的不同，所以每次看到小芬，我都能从她身上看到自己的影子，跟她在一起的日子，我觉得特别的轻松，特别的自在，特别的快乐，特别的满足，你能明白我那种感受吗？明白，柳云卿紧紧偎在崔亮怀里，那我呢，你觉得我们也是互相利用各取所需吗？不，你给了我不一样的感觉。那是种什么感觉呢？爱情的感觉。云卿，这些日子跟你相处的过程中，我发现自己越来越离不开你了，想必这就是爱情的感觉吧？爱情？你确定？我不知道。崔亮把她搂得越来越紧，我说不好，可我知道这绝不只是因为孤独，更不是因为我从你身上看到了自己的影子。你跟小芬是完全不同的人，我想我是真的喜欢上你了吧？可我并没有爱上你，一点也不。柳云卿轻轻叹口气说，我不想骗你说我有多爱你，至少直到现在，我都非常确定自己对你的感情肯定与爱情无关，但跟你在一起，我会感到特别踏实特别安心，或许我和小芬一样，就是太孤单了想找个伴吧？

不，你跟她不一样。崔亮亲昵地吻着她的额头，就算你是因为孤独才跟我走到一起，那也跟小芬不可同日而语，她只是想利用我解闷，打发孤寂无聊的时光，可你是发自内心地需要我，需要我陪着你，陪你说话，陪你一起看日出日落，陪你一起听花开的声音，陪你一起感悟这个世界，陪你做一切你真正想做的事。你真这么笃定地认为，我只是单纯地需要你一直都陪在身边？柳云卿突地瞪大眼睛，目不转睛地盯着他，也许我怀着些什么不可告人的目的呢？我不信。崔亮望着她温柔地笑着，我一个半老头子了，家没了，钱没了，公司也没了，你能图我什么？图你将来能东山再起啊！柳云卿打趣地笑着说，没准有一天你又飞黄腾达了呢！我？飞黄腾达？崔亮哈哈笑出了声来，你觉得我有过飞黄腾达的时候吗？从前跟宋梅一起开幸福服装厂的时候，发达了荣耀是她的，赚钱了存款是她的，我只不过是她的灭火器，哪里需要灭火了哪里就有我，这也叫飞黄腾达？说真心话，幸福服装厂最赚钱最辉煌的时候，我也从没觉得自己成功过，因为宋梅从来都不认为厂子发达了有我崔亮一星半点的功劳，在她眼里，我就是个十足的奴才，她叫我上东我就不能向西，她叫我向西我就不能上东，所以厂子赚再多钱，也都跟我没多少相干的，又哪里跟飞黄腾达扯得上边？崔亮边说边深深吁一口气，现在的马小芬就跟当年的宋梅一个模子里刻出来的一样，尖酸，刻薄，有样学样。都说男人有钱就变坏，我看女人一点也不差嘛！云卿，你以后千万别有太多钱，你要有了很多很多的钱，肯定也会变得跟她俩一样！

　　我？你觉得我有成为有钱女人的潜质吗？柳云卿自嘲地笑笑，我就一个打工的，也没什么大的理想，只想挣够供女儿念完大学再把她风风光光地嫁出去的钱就行了，哪里能跟宋梅和小芬比？想都没想过的。你就是太安于现状，不过这样也好，至少不会变成她们那样刻薄的女人。女人有了钱就会变刻薄吗？当然不是绝对的。云卿，你知道我喜欢你什么吗？你有上进心有事业心，假以时日，在职场上你完全有能力让自己蜕变成第二个宋梅、第二个马小芬，但你跟她们不同的就是你缺了些野心，而这正是你最大的优点，也是最令我着迷的一点，没有了这点野心，使你活得更像一个人，举手投足间也更多了一份女人味，跟你在一起，我也才觉得自己是个男人，一个真真正正的男人。柳云卿呵呵笑着，你跟她们在一起就不是男人了？她们有把我当人看吗？崔亮深深叹了口气，一个把我当奴才，一个把我当三陪，只有你，才是真把我当男人看待的。仅此一点，你就比她们强了许多，哪个男人能不爱你不想呵护着你呢？你可先别把这话说满了，柳云卿伸手在他鼻子上点了一下，否则将来你肯定会失望的。不会，跟你在一起，我永远不会失望的，崔亮轻轻捋着她的头发，你只会给我惊喜，给我满足，给我快乐，即便哪天你突然离我而去，带给我的也依然会是满满的美好回忆。

柳云卿不知道崔亮对自己到底有几分真心，但她相信他对她说的这些话的确是肺腑之言。说实话，她从来没想过要得到崔亮的真心，也不奢望从任何男人那里得到哪怕是一点一滴的真心，那么崔亮是真的爱她还是虚情假意又有什么关系？她也不爱崔亮不是嘛，从一开始，她就知道自己不爱这个男人，也不可能会爱上他，她只是太孤单太寂寞了，只是想在这灯红酒绿的大上海找一个相对还靠得住的男人一起相拥着取暖，而崔亮恰恰就是这个最合适的人选罢了。和崔亮在一起的日子，崔亮为自己付出的，远远大于自己为崔亮付出的，很多时候她都觉得自己跟崔亮腻歪在一起的目的，其实和马小芬并没有什么不同，甚至比马小芬还要势利现实，她只不过是抓住了一根感情上的救命稻草，为什么还要让他对自己上心上瘾呢？她不知道这么做到底是对还是错，她只知道她需要这个男人，也不想放手任他离去，可再这样下去，万一哪天他真的爱上了她，到那时她又该如何应对？很显然，她并不想跟他有进一步的发展，也不会任由自己对他付出任何超越情人关系的感情，那么她又该如何把握好这个度，既不伤害到他，又不会让自己深陷其中呢？爱情它是个难题，尽管她已交往过很多个男人，但她还是不懂得该如何处理感情生活中出现的任何棘手的问题，罢了罢了，既然怎么都搞不清楚更弄不明白，那索性不要去管好了，今朝有酒今朝醉，明天会出现什么后果就留到明天再去解决吧！

可以说，在黛米公司，柳云卿和崔亮堪称一对最完美的拍档。

在他们的通力配合下，很快便解决了厂里人才流失严重的问题，仅仅半年之后，黛米服装公司就开始实现赢利，前途一片光明，而他们的感情也在一起努力拼搏的奋斗中日益加深。在黛米公司任职的两年多时间内，他们一起出差，一起跟合作方谈判，一起参加各种展会，一起研讨宣传方案，一起搞定所有难缠的客户，他替她挡酒，她帮他提升士气，他替她摆平生意场上那些不怀好意的男人，她帮他扛下因失误导致的各种不良后果的责任，总之，他们已经不是单纯意义上的上下级关系，而是一对手牵着手、肩并着肩奔赴战场的战友，跟他们合作过的所有客户没有一家不心悦诚服地对他们竖起大拇指的。

　　我们这也叫作夫妻开店，情比金坚吧？崔亮总是喜欢这么跟她开着玩笑，而她每次也总是带着些许娇嗔的口吻回应他说，有没有情比金坚，不知道，我只知道要有什么夫妻店，那也是你跟小芬的夫妻店。嘘，崔亮伸出指头放在她的唇上，以后我们在一起的时候不要再提什么小芬小芬了，行吗？她身边又不止我一个男人，我跟她开的哪门子夫妻店？要开也是跟我的云卿小宝贝一起开才对啊！别肉麻了。柳云卿轻轻打开他的手，什么小宝贝，谁是你的小宝贝？你也不怕别人听见了觉着瘆得慌。怕什么？你本来就是我的小宝贝，谁不爱听谁就不要听呗！崔亮紧紧搂着她的腰肢，我真想永远都这么抱着你，永远永远都不离开你，可我知道，我给不了你想要的幸福，也给不了你任何的承诺，我连自己的未来都触摸不到看不清楚，又哪里给得了你一世安稳？所以，我只想在你还没有对我生厌的时候，抓紧时间享受跟你在一起的每一天，每一分，每一秒，只要你还要我，我就不会舍你而去，不会轻言放弃。

　　又说这些做什么？柳云卿忍不住叹口气说，不是早就跟你说过了，我并不奢求你给我什么未来，也不指望能跟你一辈子走到底，我要的只是当下，只是现在，哪怕只有一天，只要你是真心待我好，我便已经心满意足了。你就真的从没想过要跟我一辈子吗？崔亮不无惆怅地问着。没想过，柳云卿偎在他怀里轻轻摇了摇头，一辈子的感情太过奢侈，我不敢想象，更不敢要。人都是在变化中成长的，谁能保证谁永远都不变心呢？与其在失去后痛不欲生、寻死觅活的，还不如一开始就不要对任何感情寄予太多的厚望，那样即使将来不得不分开了，也不至于会闹得你死我活、鸡飞狗跳，老死都不相往来。说得也是。崔亮点点头，不过这是不是也说明了你一直都害怕走进一段真正的感情之中呢？如果真的爱了，你又怎么会不对二人世界的未来寄予深厚的希望呢？你是怪我爱你爱得不够吗？柳云卿轻轻瞥一眼崔亮，极其认真地说，我一直都在说，我对你的感情并不是爱，或许永远也都升华不到爱的层面，但我是真心喜欢跟你在一起的感觉的。崔亮，不管前路如何，我都很感激这几年来你给我的呵护和帮助，就算以后老了得了健忘症，你对我的好，这辈子我也忘不了的。

其实，柳云卿自己也说不清她对崔亮到底是一种什么样的感情。有时候她觉得他是一个好情人，有时候她又觉得他是一个好兄长，但更多的时候她则是把他当作了一个好前辈，总之，和他走得越来越近，也让她越来越分不清他到底在她生命里扮演了怎样的角色。这样的关系一直持续到两年多后马小芬一纸调令把柳云卿调到她最看重的广告公司出任副总经理为止，自那之后，她和崔亮接触的机会便变得越来越少，仿佛牛郎织女，约个饭都变得很难，但这并未影响他们的感情，或是一周，或是半个月，崔亮总会找到机会从位于闸北的黛米服装厂跑到马小芬给她租在南京路上的豪华公寓与她幽会。

小别胜新婚，距离产生美，尽管他们不能再像从前那样几乎天天都腻歪在一起，但正因为这人为的阻隔，让他们都慢慢意识到对方在彼此心目中的地位有多重要，柳云卿甚至开始怀疑自己是不是真的爱上了崔亮。怎么会这样呢？柳云卿知道，一旦自己真的爱上了崔亮，她所面临的境况便会出现巨大的逆转，从前她只是觉得孤单寂寞了才会跟他走到一起，所以她一直企图说服自己这并不是对马小芬的背叛，如果自己真的全身心地爱上了崔亮，那所有的性质就都不一样了，抛开别的问题不说，至少，她对马小芬的背叛算是彻底坐实了，铁板钉钉，再也不容置疑。不，她不能，无论如何，她都不能对崔亮动真感情，否则，她、马小芬、崔亮他们三个人都会陷入万劫不复之中，可她又无法拒绝崔亮对自己的种种好，更不能不去想他不去期待他的拥抱与热吻，到底，该怎么办，才能彻底打破这恼人的局面呢？

　　站在公寓面向外滩方向的落地玻璃窗前，穿着一身性感睡衣的柳云卿默默望向远处灯火通明的黄浦江，内心涌起无限激荡的波澜，一方面，她并不想离开崔亮，更不想就这样与他分道扬镳，可另一方面，她又觉得再这么继续下去无异于玩火自焚，只要一个不小心，她现在拥有的一切都将会化为飞烟消失在九霄云外，而这自然也包括她和崔亮这段说不清道不明的感情。放手，还是维持现状？她犹豫不决，事实上她也无法把控自己的感情，尽管知道不能再继续下去，但她的心却还是明明地告诉她，她是那么那么地需要他，那么那么地不想放任他彻底远离自己的视线。轻轻，点上一根烟叼在嘴上，柳云卿眺望着远处车水马龙的繁华街景，心一点点地飘移，一点点地沉落，最终缓缓搁浅在海关大楼的屋脊上，再也爬不上月亮的眼睛，只能一口接着一口地喷吐着烟圈，把所有的无奈与无助都推挤到了那一支点燃的烟上。学会抽烟已经有一年多时间了，是马小芬教会她的，马小芬说，压力大、心情不好的时候，抽根烟就能把所有的忧愁烦闷都通通阻挡在心门之外，可为什么抽了那么多烟，她还是不知道到底该怎么做才能让事情朝着两全其美的方向发展呢？我说过不管遇到什么事，我都会守在你身边保护着你的。崔亮从背后张开双臂紧紧搂住她的身子，一边低低呢喃着，一边伸手取走她夹在指间的香烟，毫不犹豫地扔到脚底下，轻轻地碾灭，不无心疼地吻着她的脖颈说，跟你说多少遍了，抽烟对身体不好，尤其是女人，不仅伤皮肤，还会长斑的。小芬说抽烟可以让人忘记烦恼，柳云卿轻轻拉过他的手放在嘴边满含深情地吻了一下，可这些日子，我却变得越来越烦了。小芬小芬，你跟她能学着什么好？她已经破罐子破摔了，你也想变得跟她一样？别那么说小芬，她也是你的女人。我的女人？我的女人只有柳云卿，我心心念念的女人也只有柳云卿。崔亮轻轻抚弄着她如瀑的秀发，嫁给我吧，嫁给我，好吗？什么？柳云卿突地浑身一颤，几乎是第一时间就把崔亮从自己身边推了开去。这是崔亮第一次对她说这种话，而这也让她彻底意识到问题的严重性和紧迫性，如果再不及时刹车，她和他都终将不可避免地跌落深不见底的深渊，于是，尽管她心里有一万个不情愿，还是对他说出了"分手"那两个字。

分手？崔亮不敢相信地怔怔盯着她，你是说分手？我，和你？柳云卿重重地点着头，是的。我们已经在罪恶的边缘徘徊得太久太久，如果再继续下去，将来会收获怎样的后果，你我都是心知肚明的。罪恶？崔亮无奈地望着她摊了摊手，你认为我们的关系是罪恶的？不仅是罪恶的，还是不可饶恕的。崔亮，是时候悬崖勒马了，再这么下去，小芬迟早会知道咱俩的关系，你也不想让事情发展到不可收拾的地步，不是吗？什么叫悬崖勒马？什么叫不可收拾？崔亮目光炯炯地盯着她，我们现在这样不是很好吗？为什么非要分手？可你是小芬的男朋友，而我是小芬最好的朋友，我不想把大家的关系都搞僵……

你不想？崔亮打断她的话，正色盯着她说，我从来都不是马小芬的男朋友，马小芬也从来没把我当成是她的男朋友，我想跟谁好，完全是我自己的自由，跟她马小芬有什么关系？可我们大家，公司里上上下下的人都认为你们是男女朋友的关系，小芬也一直都很在意你……她在意我？她那是把我当成她的附属品，她的玩具，她对我也只有强烈的占有欲，除此之外，我在她眼里什么都不是！男朋友？她每个月都要飞几趟深圳去见那些老男人，跟那些老男人一起鬼混，所以也只有那些老色鬼才是她真正的男朋友而不是我！

可她对外宣称的男朋友只有你一个。柳云卿忍不住叹口气说，你也知道她对你有着强烈的占有欲，如果让她发现我们在她眼皮子底下暗度陈仓，你说她会有什么反应？有什么反应？崔亮毫不在乎地说，大不了跟她撕破脸实话实说好了，这些年在黛米我也帮她赚了不少钱，她总不能强势到限制我的人身自由吧？话是这么说，可我还是不想因为这事跟她闹掰。从前我还在黛米的时候，她几个月才来一趟闸北，可现在我调到广告公司任职了，住的地方离她只隔了一条黄浦江，你又总往我这跑，长此以往，纸哪能包得住火呢？

包不住就让它彻底燃烧呗！云卿，我真不知道你在怕什么，都什么年代了，你还怕别人说你是第三者不成？别说我从来都不是马小芬的最爱，就算我是她的丈夫又能如何，还不是想离婚就离婚，分分钟便能解决的事？别忘了，在法律上，我还是个有夫之妇。就你那段名存实亡的婚姻？云卿，我想好了，只要你愿意，我立马陪你去苏北找到你老公跟他协议离婚，然后再把你风风光光地娶过来。别做梦了，柳云卿嗫嚅着嘴唇说，知道我为什么会在这个时候提出分手吗？因为我害怕我们真的会爱上彼此，可这并不是我跟你在一起的初衷，你明白吗？其实这些日子我一直在考虑我们的事，犹豫了无数次还是狠不下心来跟你一刀两断，直到你刚才对我说让我嫁给你，我才意识到咱俩在这条欲望的路上已经越陷越深，越来越无法自拔，如果再任由这种情况持续下去，你跟我都不会有好果子吃的，所以，咱们还是和平分手，彼此都给对方留些好的念想吧！

欲望？你认为我们之间只有欲望没有别的吗？崔亮一步步慢慢抵近柳云卿，你到底在害怕什么？怕我俩会真真正正、彻彻底底地爱上对方？可那又有什么不好的吗？难道爱情不是这世上最纯最美最真最耐人寻味又最值得期待的感情吗？我说过，我不希望我们之间会产生爱情这种昂贵的奢侈的东西。对不起，崔亮，也许我是自私的，但从一开始我就告诉过你，我不爱你也不可能爱你，更不会让自己爱上你，可现在，我发现自己错了，彻彻底底地错了，原来我还是拥有爱上一个人的能力的，可我并不想去爱，也不希望你会爱上我，你能明白我的意思吗？

我不明白！我承认，一开始我也跟你一样，并没有考虑过要跟你有什么未来，也从未想过自己会真的爱上你，我以为我们只是彼此需要，可通过跟你的相处，我才发现自己已经无可救药地爱上了你，并且欲罢不能。刚起头的时候，我一直试图压抑这种感情，甚至想把它掐灭在襁褓之中，可无论我怎么努力都是无济于事的，而且越想脱身事外就陷得越深。没办法，我只好在你面前装作漫不经心、若无其事的样子，可越这样我越发地离不开你，越发地想要跟你拥有一份天长地久的爱，所以现在我只能缴械投降，只能把一直埋在心底想要对你说的话一股脑儿和盘托出了。云卿，我的云卿，我的卿卿，嫁给我，让我一辈子都有机会保护你、呵护你、心疼你，好吗？不，不好。柳云卿尽量避开他的眼神，如果你真的爱上了我，就不要勉强我，好吗？

　　不好！崔亮突地上前一把将她揽入怀中，为什么我们不能顺其自然地接受这份感情呢？爱情是可遇不可求的，既然我们都已经意识到再也无法把对方从心尖剔除，为什么还要强逼自己去做那些并不愿意去做的事呢？是小芬给了我重生的机会，我不能，不能背叛小芬，不能。柳云卿的眼角沁出了伤心的泪水，小芬不会原谅我们的，决不会。为什么要她原谅？我们两情相悦，跟她有什么相干？崔亮紧紧握住她的手指，你是害怕被她扫地出门吗？别担心，我也在商场上摸爬滚打了几十年，尽管跟宋梅离婚时近乎被扫地出门，可这些年在黛米还是攒了些积蓄的，只要你一句话，我立马就可以再开起一家服装厂来，你要嫌服装厂做得太累，那咱们就开一家广告公司，反正这几年你也积攒了不少人脉资源，想必从头开始并不是什么难事。

　　你让我去挖小芬的墙角？怎么就叫挖她的墙角？大家各凭本事吃饭，不存在谁挖谁墙角，更不存在谁对不起谁的事。不，我就算死也决不会背叛小芬去挖她的墙角！那咱们就还做老本行服装生意。那些都是我自己过去积累的资源，跟马小芬一点关系也没有的。崔亮，我……别着急拒绝我，云卿，我给你一个月的时间仔细考虑，如果你想通了就给我打电话，我会陪你一起回老镇，帮你解决掉那桩最棘手的问题，如果你不同意，我也不会怪你。你知道，不管你做什么事，做什么决定，我都不会怪你的。还有，为了让你能够心无旁骛地考虑我们的问题，这一个月我都不会来找你，有事你就电话联系我，好吗？

柳云卿没有回答崔亮的话，因为她不知道如何回答，也不想回答。现在，她已经很清晰地意识到，自己是真的爱上了这个男人，而毋庸置疑的是，这绝对是一场玩火的游戏，一场让人欲罢不能的玩火自焚，到最后，所有参与其中甚至只是被动涉入的人都不会有好结果，所以她其实并不需要考虑什么，因为分开已是箭在弦上，不得不发的态势。然而她也不想伤害崔亮，既然他给了她一个月的期限，那就等到一个月后再把那个早就有了的确切答案告诉他吧，至少，让他少受一个月的煎熬，总比多一个月好上许多吧？

她没有想到崔亮真的会背叛马小芬，当马小芬把崔亮和宋梅勾结在一起挖黛米公司墙脚抢黛米公司业务的证据一一摆在她面前时，她除了目瞪口呆之外就是震惊万分，都不知道该说些什么才好。王八蛋！给脸不要脸的东西！马小芬指着那一堆厚厚摞起的证据，怒不可遏地骂着，我好吃好喝地侍候着他，还让他去黛米当总经理，他就是这么回报我的？混账，吃里爬外的龟孙子，我咒他断子绝孙，永世不得翻身！兴许是搞错了呢。柳云卿轻轻皱一下眉头，小芬，你先别着急上火，把崔亮叫过来问一问，不就什么都知道了？搞错？这还能搞错？云卿，你看看，这是十一月八号他跟宋梅在一起吃饭的照片，这是十一月十号他跟宋梅在黛米附近一起喝咖啡的照片，这是十一月十三号他在佘山和宋梅一起打高尔夫的照片，这是十一月十六号他跟我们的合作方雅华签订的合同，白纸黑字，错得了吗？马小芬愤愤不平地继续叫骂着，要不是雅华突然决定终止跟我们的合作，我都不知道黛米竟然出了这么个内鬼！我早就该防着他一手的，宋梅对他再不好，那也是他的发妻，更何况他们还有个在法国念书的女儿！他们就是成心的，从我决定收购幸福服装厂开始，他跟宋梅就想好了要算计我的！

不会的小芬，柳云卿尽量让自己保持客观与冷静，轻轻盯着马小芬说，崔亮绝对不可能勾结宋梅来算计你的。你想想，这些年，崔亮在宋梅那受了那么多委屈遭了那么多罪，他摆脱她还来不及呢，怎么会帮着宋梅来算计你呢？那他倒是帮着谁来算计我？马小芬瞪大眼睛睨着她，云卿，你这人什么都好，就是心太软，把所有人都往好处想，可社会不是你想得那么简单的，人心难测，你这个高才生不会连这个都不知道吧？我相信崔亮。不管怎样，我都觉得你应该先把崔亮叫过来好好问一问。你相信？你凭什么相信？你是他肚里的蛔虫吗？云卿，当初要不是你竭力在我面前推荐崔亮，我是无论如何也不会把他放到黛米去的！我早该想到会有这么一天的，崔亮在服装行业也摸爬滚打几十年了，从前在宋梅身边他一直都被那个强势的女人牢牢压着抬不起头来，现在好不容易给了他当家做主的机会，他能不为自己着想，不抓紧着替自己捞一把吗？这就是人性，不管时代怎么变迁，人和人的关系怎么变化，人性都是经不起任何考验的！

　　小芬，柳云卿嗫嚅着嘴唇说，对不起，是我考虑不周，是我太相信别人，所以才会搞成现在这个局面，不过我还是想请你给一个机会，让我去说服雅华不要终止和黛米的合作，好吗？马小芬叹口气说，不怪你，我跟你说这些，一点也没有怪你的意思。当初你也是为了黛米好，怎么会想到崔亮会是个吃里爬外的肮脏东西？好了云卿，你也不要自责了，雅华那边我自己会去搞定，崔亮那边我也会亲自去问他个明白，你现在要做的就是不用再想这件事了，广告公司还有很多重要的业务等着你去谈呢！小芬，我……我什么我？我们是最好的姐妹，我们是从老镇一起出来的，那些冤冕堂皇的面子话就不要说了，我也只是想借崔亮的事提醒你，这个世界上除了我，没有第二个人是值得你信任的，当然，我也只相信你，除了你，这世上没有任何人是可以让我放心的。

　　马小芬说她是这个世界上最让她放心的人，可她却抢了她的男人，这无疑是个莫大的讽刺。犹豫了很久，她还是决定亲自跑趟闸北去黛米找崔亮问个清楚，才发现马小芬已经把崔亮从黛米公司除名了。她打电话给崔亮，提醒手机关机，她去崔亮位于虹口区的家找他，却发现大门紧闭。崔亮失踪了，一个可怕的念头突然闪过她的脑海，莫非他真的决定要从人间蒸发了不成？马小芬冷着一张脸告诉她，从公司财务那调出的数据发现，这些年崔亮一直在挪用账上的钱，特别是上个月，居然一次就转走了一笔八十万的账，到现在都还没填上。这个狼心狗肺的东西，他不仅挖我的墙脚，还偷我的钱！八十万？柳云卿目瞪口呆地盯着气急败坏的马小芬，他要那么多钱做什么？你问我，我问谁去？马小芬没好声气地嚷着，这个王八羔子，我一定不会跟他善罢甘休，一定要把他告上法庭，直到让他把牢底坐穿为止！

兴许他只是拿去应急，过几天就还回来的。还？他拿什么还？柳云卿，事情都发展到这种地步了，你还替他说话，我看你就是长了张嫦娥的脸，脑袋却是跟猪八戒借的！小芬，你现在着急也没用，不如我们先冷静下来分析下到底是怎么回事，好吗？还分析什么？已经是铁板钉钉的事了，我还分析个什么劲？崔亮跑了，他拿着黛米公司账上的八十万跑了！不，还不只是八十万的事，这几年他前后从黛米挪用的钱加起来已经超过一百五十万了！一百五十万！柳云卿不敢相信地盯着马小芬，小芬，你是说崔亮总共挪用了黛米一百五十万的资金？只少不多。这个没良心猪狗不如的东西，这些年光我给他的零花钱，少说也有几十万，再加上他在黛米的工资和奖金，加起来起码也得有上百万，他怎么还能背着我做出这种丧尽天良的缺德事？

你不是说他跟雅华签了合约嘛，既然是他签的字，总该能顺藤摸瓜找到些线索吧？如果是他新注册的公司，咱们是不是可以向银行申请，暂且冻结他公司的账户？你以为他跟你一样长了个猪脑袋啊！自打那天我跟他正式摊牌后，第二天他就把那家新注册的公司注销了，而且把跟雅华合作的业务也都转去了宋梅的公司，我现在就算想起诉都不知道该起诉谁，毕竟咱们不能凭推测就说她和宋梅是勾结在一起来坑我的啊！

宋梅的公司？宋梅的幸福服装厂不是早就被你收购了，而且当年收购的那笔钱也早就被她拿去抵债和赔银行了，她哪里又来的什么公司？说你傻你还真的傻啊？就算是猪八戒，也能想到宋梅的公司是崔亮帮着她开起来的，要不崔亮从黛米挪用了那么多钱，倒是干什么去了？你怀疑崔亮挪用黛米的钱去给宋梅开公司？可他图什么呢？难不成他还想跟宋梅复婚？不是怀疑，是铁板钉钉、千真万确的事实！崔亮这个杀千刀的，平时看上去老实得跟只兔子一样，真没想到他居然会背着我来这一手。好，他不是想跟宋梅那个黄脸婆复婚嘛，那我就送他一份大礼，一份叫他永生永世都忘不了的大礼——云卿，这次我要不把他彻彻底底地给治服帖了，我就不姓马不是人！

柳云卿没想到崔亮真的从人间蒸发了，一连两个月都杳无音讯，去派出所问了几次，也始终查不出他的去向。她想不通他到底为什么要那么做，是为了兑现对她的承诺吗？他说过要开一家只属于他们的服装公司，可她怎么也不会想到他会挪用黛米账上的钱去开公司，更何况按照马小芬的说法，他并非从现在才开始挪用公款，而是持续了好几年，莫非真像马小芬猜的那样，他跟宋梅离婚转而投进马小芬的怀抱，只是为了有机会可以帮助宋梅东山再起吗？不应该啊，崔亮早就想摆脱宋梅的控制了，好不容易才逃脱了禁锢他的牢笼，他怎么还会想着自投罗网？不过这世上的事，很多时候都是说不清道不明，并且不按常理出牌的，或许他就是为了女儿呢？那她又算什么，崔亮到底把她柳云卿当作了什么？利用她特殊的身份引导马小芬不会对他产生任何怀疑吗？他到底有没有真心爱过她，是不是发自肺腑地说想要娶她，还是这一切都只是为了分散她的注意力而故意为之？很多看上去似是而非的问题她都不敢再往下深思，只怕越接近真相，到最后越难堪越难过的只是她柳云卿一个人，可她还是无法左右自己想要窥破一切的欲望，所以，当马小芬最终作出报警加起诉的决定来解决所有纷争的时候，她也作出了一个大胆的决定，那就是直接去找宋梅，想要通过宋梅把所有关于崔亮的事问个一清二楚，彻彻底底，明明白白。

我想你是找错人了吧？宋梅端坐在她那张宽大的老板桌后，依然摆出从前那副见到什么人都淡漠到极致的表情，小柳，我们也十几年不见了，你一来就兴师问罪的，好像不是正确的处世之道吧？宋姐，柳云卿正色盯着她长吁一口气说，该说的我都说了，我想你也听明白我的意思了，我们董事长这回是真的火了，你要不肯说出真相的话，只怕前面等着崔亮的就只能是深牢大狱了。董事长？宋梅冷冷地笑着，你就说马小芬好了。什么董事长？还不就是被我赶出幸福服装厂的小妖精？宋姐，现在不是置气的时候，崔亮挪用了黛米公司一百五十万的资金是铁板钉钉怎么也跑不了的事实，我们董事长已经报案并起诉了，接下来会产生什么后果，我想你这么个明白人，自然不会不知道其中的厉害，你现在咬死了一句话也不说，可到最后只会害了崔亮，当然，也会害了你自己。

害了我自己？小柳，你说这话可是得负法律责任的，你明白吗？崔亮挪用公款跟我有什么关系？别忘了，我跟他早就离婚了，他现在是马小芬那个小妖精的情人，他挪用了小妖精公司的钱，你跑来我这让我说什么？让我承认崔亮挪用的那些钱是给我了吗？你们有证据吗？有什么证据可以证明崔亮把挪用的钱给了我？再说，就算崔亮把钱都给了我，那也是崔亮自己的事，毕竟我还是他女儿的亲生母亲，他接济接济前妻也是理所当然的，不是吗？可你需要几百万的接济吗？柳云卿目光炯炯地盯着宋梅，不管你怎么认为，我今天并不是来兴师问罪的，据我所知，公安已经立案侦查了，崔亮挪用黛米公司的钱到底去了哪，相信用不了多长时间就能查个彻底明白的，如果你知道些什么，我还是希望你能主动配合警方调查，因为只有那样，我们才能帮助崔亮尽量减轻罪行，让他不要在犯罪的道路上越走越远。

我们？宋梅不无讶异地打量着柳云卿，听你这么一说，倒好像我们才是一条阵线上的，可谁不知道你跟马小芬是穿一条裤子、一个鼻孔出气的？好了，你有时间在我这说这些没用的废话，还不如早点回去好好劝劝那个靠卖身起家的小妖精——你就跟她说，崔亮不就挪用了她一百五十万嘛，这些年他陪她睡了那么久，没有功劳也有苦劳吧，怎么还那么斤斤计较？就算是个卖身的男妓，每年也得有好几十万辛苦费吧？一百五十万就闹出这么大动静来，那个小妖精未免也太小气了吧？柳云卿望着宋梅深深吁了口气，难道你真的希望崔亮把牢底坐穿吗？我知道，你们是离婚了，可你们毕竟还有一个女儿，就算夫妻情分全无，你也不能眼睁睁看着他掉入万劫不复的深渊却全然不管不顾吧？

你什么意思，这么紧张崔亮做什么？宋梅突地瞪大眼睛仔细打量起柳云卿来，良久才发出一阵令人毛骨悚然的笑声，我明白了，终于明白了！明白什么？你说呢小柳？宋梅满脸都挂着令人不可捉摸的笑容，我说崔亮怎么突然就火急火燎地要去注册新的公司，原来答案在你身上啊！小柳啊小柳，我还真是低估了你，原来你也跟马小芬一样，专门喜欢拣别人吃剩下的骨头啃！宋梅！柳云卿目光如炬地瞪着对方，请你注意自己说话的措辞，不要上升到对我人格的侮辱！侮辱？宋梅呵呵笑着，我侮辱你了吗？我说你怎么一口一个崔亮地叫着，本以为你是猫哭耗子假慈悲，帮着马小芬那个小妖精来算计我，没想到却是你在背后伙同崔亮算计了小妖精！我没有！我什么都没做！可崔亮什么都做了，而且都是为了你！你知道的，那笔钱根本就没有打入那家已经注销了的新公司，他挪用的钱都给了你，通通给了你！笑话，我一个早就跟他离了婚的半老徐娘，他为什么要给我钱？你那么年轻，又那么漂亮，他肯定是喝了你给他灌的迷魂汤，才去挪用公司的钱，然后把那些钱都给了你！

你血口喷人，胡说八道！明明是你，公司早就倒闭了，你哪来的钱再开一家这么大规模的公司？我哪来的钱用不着你操心，你还是多花些心思去把崔亮那个死鬼找出来，别赔了夫人又折兵，人财两空！你以为公安是吃干饭的？迟早会查到你头上来！你不承认就管用吗？只要查出是赃款，一分不少都得吐出来，而且还要承担刑事责任，值吗？呸呸呸，你这个乌鸦嘴跑这来咒谁呢？好，你想知道我开公司的钱是从哪来的，我现在就告诉你，一部分是跟我娘家人借的，一部分是我女儿给的。不信你可以去查，我好几个兄弟姐妹都因为拆迁发了大财，借几个钱让我重新开始还不行吗？还有，我女儿一直在法国半工半读，她每个月都省吃俭用，攒下来的钱也都寄给我先替她存着了，这些也都是有据可查的，你别信口雌黄诬赖我，就崔亮那些卖身得来的钱，我用着还嫌犯恶心呢！

别装蒜了宋梅，柳云卿以一副不怒自威的表情紧紧盯着对方，你心虚了，知道吧？虽然我不知道崔亮为什么会帮你，但我心里非常清楚那些钱就是给了你！既然你不肯跟我说实话，那就等着警察来问话，等着法院的传票吧！你吓唬我啊？宋梅用一种怪异的神情打量着柳云卿，小柳，你是个什么东西，咱们现在都心知肚明的，你说你他妈的以什么立场来这跟我说上这么一大堆废话？就以我一直都把崔亮当个人看，而你一直都拿他当奴才使唤。宋梅，从现在起，你给我竖起耳朵听好了，我不管你在不在乎崔亮的死活，但我知道我是在乎的，只要我还有一口气在，我就不会看着崔亮掉进万劫不复的深渊而坐视不管的！

你？你凭什么？你不也就跟马小芬一样，都只是他的编外情人吗？宋梅冷冷笑着，别告诉我他想娶你，除了我，年轻时候的我，他从来都没对任何女人动过真情。你怎么知道他没对我动过真情？柳云卿不无挑衅地盯着她，没错，他就是说过要娶我，就凭这一点，我就算上刀山下火海，也决不会看着你这么糟践他！我糟践他？好，你说什么就是什么吧！宋梅依旧满脸挂着令人心悸的笑容，既然你非要说崔亮把钱都给了我，那我也没什么可辩驳的，不过我宋梅从来都讲究明人不做暗事，为了自证清白，为了让警方和法院都不再怀疑我，我不得不抱歉地告诉你，今天咱们的对话我通通都给了录音，从头到尾，一个字也不多，一个字也不少，我待会就给马小芬打电话，让她也来听听我们今天都说了些什么，是非曲直就都交给马小芬请她自行判断吧！

当宋梅目无表情地从抽屉里掏出录音笔扔在老板桌上的那一

瞬，柳云卿整个人都彻底蒙了。她不是没想过会有这样的结果，但还是不能想象自己和马小芬这对曾经情比金坚的好姐妹，最后会以这样的方式被人为地推向对立面的位置。马小芬不肯给她任何解释的机会，事实上她也不知道该如何解释，几乎在一夜之间，崔亮就以人间蒸发的方式突然从这个世界上消失了，她不知道他到底去了哪儿，甚至搞不清他究竟是死是活，只能顶着凛冽的寒风，拖着她那只沉重的行李箱，一个人，漫无目地穿梭在浦江两岸。

　　灯火辉煌的外滩把她的寂寞照得更加通透，她听不到轮渡的鸣笛，她听不到汽车的呼啸，她听不到人声的鼎沸，她听不到自己的心跳，唯一听到的就是马小芬送给她的那双 Ferragamo 最新款高跟鞋踩在地面上不时地发出的"咚咚"声——咚咚咚咚——崔亮走了，无声无息地走了，无影又无踪，带走了她所有的欢愉，却把无尽的悲伤与遗憾通通留给了她——咚咚咚咚——马小芬把她赶出了公司，从此以后，她不再是马小芬的闺密，马小芬也不再是她的好姐妹，以后的以后她们即便再次相逢在江湖，也只能做一对熟悉的陌生人——咚咚咚咚——李大军的面容再次不期而遇地出现在她的脑海中，当初为了不让他为难，不让姚萍没日没夜地跟他争吵给他难堪，她选择了远离老镇远离自己最深爱的男人，如今离开家乡已近五年，时光早已改变了许多世事，不知道他现在有没有变老，日子还过得顺不顺心——咚咚咚咚——齐老九应该还在老银行门口摆他的摊做着他的铜匠营生吧？她已经很久没有听到齐鹏的消息了，尽管当初是齐鹏伙同萧桂芳骗了自己没错，但时过境迁，再大的恩怨也都该放下了吧？是的，该放下了，要么就凑合着继续过下去，要么就痛痛快快地跟他离婚，总这么不离又不合地算怎么回事？

　　咚咚咚咚，风儿沿着苏州河，肆无忌惮地侵袭着她的周身，她忍不住打了个寒噤，一抬头，却发现那灯火阑珊处不就是她想要找的那种陈旧到不能再陈旧的小旅馆吗？没想到在外滩附近竟然也能找到这样的所在，她轻轻吁一口气，伸手理了理被风吹乱的头发，只是犹豫了片刻，便继续拖着行李箱，迈开脚步，毅然决然地朝着那家其貌不扬的小旅馆走了过去。

那里肯定又乱又差、又脏又挤、又破又烂，与她现在的身份早就不匹配了，甚至可以说是格格不入，但若不住进那样的地方，她又如何能够找回那些失去已久的初心呢？她的初心是什么，她已经不记得了，或许是一张模糊的面孔，或许是一首不知道名字的老歌，或许是一个不再熟悉的名字，或许是一段早已忘怀的经历——尽管她早已把它忘记在风中，想必小旅馆却还是记得的——一切尽在不言中，那就让她跟着小旅馆的记忆，俯身拾起那些被时光湮没了的风尘，去慢慢追逐一段真正属于自己的清欢吧！

第十八章

在很多人眼里，上海是一个崭新的传奇，却也是个老掉牙的故事。浪花一朵朵卷起了千年的沧桑，那些老去的年华，早已在人们的欢声笑语或是扼腕叹息中，远离了喧嚣的尘世，留下的，唯有一段段寂寞，依旧固执地沉溺在天高云淡的辽阔中，孤孤单单地书写着那时的花开那时的芳菲，还有那时的灯红酒绿、车水马龙。

过去了，就不会再回来了，纵使记忆再冗长，情义再深重，相思再浓烈，转过身去，便再也无法凝望彼此对视的眼神，到最后，就连那渐行渐远的背影也会被彻底地锁进青苔的印痕里，平淡成流水的寂寥，只余下那一声声无奈的叹息，被一丝丝浮泛的涟漪悄悄捎往那些不知去向的遥远。

关于未来，柳云卿从未仔细地思考过自己到底想要些什么，走在大上海繁花似锦的春天里，过去在她眼里已成为一道飘忽不定的苍老风景，尽管还时时想起那些令她心痛的往事，但她知道，最深的痛都已随着上个季节落下的最后一场冬雪，被苏州河涤荡得一干二净，以后的以后，她必须抛下所有的怨恨与陈见，去迎接一个崭新的明天，一个充满阳光与鲜花的明天，哪怕她并不清楚明天在哪里，更不清楚该怎么才能好好地把握住那样的明天。

或许，她也和老上海一样，早已在岁月的变迁中沧桑成了一个老掉牙的故事，只能日复一日地徘徊在从黄浦江江心吹来的风中，一遍遍地，把曾经梳理成只有她还记得的模样，但她并不服老，也不愿意承认自己老了，她仍然觉得自己身上还流着崭新的青葱的血液，仍然对未来还抱持着希望与心动，只是，那些即将迎来的日子，又有多少梦想与热忱是真正属于她柳云卿的呢？

她累了，哪怕再往前迈上一步，也觉得力不从心，那双穿着高跟鞋的脚总会搁浅在人头攒动的街头，撕心裂肺地痛着。整个冬春相交的日子里，她一直住在那家陈旧破烂得不堪入目的小旅馆里，每天都无一例外地，孤孤单单地躺在那张用砖头垫起断床腿的小木床上，孤孤单单地想着那些个和她一样孤孤单单的人。

孤单的从来都不只是她柳云卿，还有齐老九、齐老十、李大军、黎明、周向涛、崔亮、马小芬、宋梅，但凡她周围认识的人，就没有一个不孤单的，只不过他们中的大多数人都擅长伪装、擅长用迷人的微笑和满不在乎的态度来麻痹自己、迷惑别人，唯独只有她，孤单的时候也只能用孤单调和着内心的寂寞，然后，皱着眉头，在逼仄狭窄的空间里，继续把孤单一以贯之地演绎到底。

崔亮到底去了哪，怎么就一点音讯都没了呢？他是害怕被警方逮捕，跑到一个没有人认识他的地方躲了起来，还是畏罪自杀了？如果他真的把那些挪用来的钱都给了宋梅，从一开始他就应该意识到将来会发生什么后果，不是吗？他早就想逃脱宋梅对他的高压掌控了，为什么还会帮助宋梅东山再起？是他对宋梅余情未了，还是有什么把柄被宋梅攥在了手里才迫不得已做了这违心的勾当？可他又能有什么把柄落在宋梅手里呢？

宋梅说她开新公司的钱，一部分是跟兄弟姐妹们借的，一部分是在法国留学的女儿给的，听上去倒也天衣无缝，似乎并不能从中找出什么重要的破绽来，但她总觉得这里面大有文章，莫非，崔亮当初之所以答应跟宋梅离婚再和马小芬走到一起，真就是存了心要给马小芬设局下套骗她的钱，所以一早就想好了退路和各种应付的说辞吗？不，崔亮绝不会是那种存心骗女人钱财的男人，更何况马小芬落难那年，他把身上所有的积蓄都掏出来给了马小芬，又怎会处心积虑地去算计她呢？没理由的，尽管崔亮从来都没有真正爱过马小芬，可也不至于要坑她啊，而且马小芬还在宋梅很可能就要面临牢狱之灾的时候伸手拉了他们一把，他又怎么能恩将仇报呢？不，不会，决不会。虽然马小芬在她面前近乎歇斯底里地把崔亮的祖宗十八代都骂出来了，可她还是无法相信崔亮会故意要算计马小芬的钱，也许他是遇到了什么难言的苦衷，也许他是被逼无奈才不得已为之，总之，他肯定有他的理由，而这理由绝不会是成心针对马小芬，更不会是见钱眼开。

她知道，崔亮的骨子里和她一样是个很孤单的人，一个孤单的人要那么多钱做什么？挥霍吗？崔亮并不是一个乱花钱的男人，也没什么不良嗜好，连烟都几乎不抽，平时也没什么私人性质的应酬，很难想象他对金钱会有那么大的欲望；炒股吗？最近她身边倒是有很多朋友都因为炒股损失惨重，难道，他也背着她去炒股，最终导致难以弥补的亏空，所以才要挪用公款去填坑吗？可也从没听说他炒过股或对股票产生过任何兴趣啊！

除了宋梅，不会再有任何的理由！她思来想去，还是把崔亮近乎荒诞的行径跟宋梅画上了等号，一定是宋梅让他干的，可他为什么对宋梅那么言听计从，这背后到底掩藏了些什么骇人听闻的秘密与真相呢？对于崔亮挪用公款的动机，她仍然百思不得其解，但她坚信宋梅才是幕后的主使，可要宋梅开口承认一切都是她的谋划，那是绝对不可能的，所以她把解开终极疑惑的焦点对准了宋家的兄弟姐妹，为了还崔亮一个清白，为了让崔亮早点现身，她决定从宋家的人身上打开突破口，很快，一场关于爱与正义的较量就此拉开了盛大的序幕。

为了搞清宋梅开新公司的钱到底是不是从她娘家的兄弟姐妹那借的拆迁款，柳云卿开启了一系列的侦察活动。她先是打听清楚宋家的兄弟姐妹现在都住在哪儿，在什么单位工作，然后通过伪装成推销员、钟点工、送货员、查水表的、保姆等各种各样的身份去接近他们，打探他们的经济状况；同时又通过各种渠道打听到宋家兄弟姐妹原先的街坊邻居都有哪些，按照相同的方式去接近对方，旁敲侧击地询问宋家人的各种情况以及当时拆迁的补偿款到底都有多少。

不到一个月的时间，她基本就把自己想知道的所有问题都搞了个一清二楚，没错，宋梅是有两个哥哥一个姐姐一个妹妹，而且无一例外地都是拆迁户，也就是说宋梅在这方面并没有撒谎，但她打听到的实际情况还有，宋梅和大哥家的关系并不好，而且因为父母老房子拆迁补偿的事还闹过很大的矛盾，兄妹俩至今都跟仇人似的见了面都互不搭理，所以大哥家是绝对不会借钱给她的，而宋梅的大姐家生活条件并不好，当年拆迁拿到的补偿款大部分都拿出来给儿子买了婚房，手上应该也没几个余钱，所以也不太可能有钱借给宋梅，剩下的最有可能会借钱给宋梅的就只有二哥和小妹了。二哥和小妹都不是等闲之辈，二哥在上海某著名医院当主任医师，不仅不缺钱，而且身价不菲，小妹早就移民到了加拿大，据说夫家从前也是做大生意的，最兴旺的时候光工厂就有七八家，这样的体量要借个百十万几十万的给宋梅，似乎也不是什么难事，可柳云卿还是觉得这里面有问题，毕竟宋梅的幸福服装厂已经倒闭了几年，为什么当时不找二哥小妹帮忙保住公司，却要等到几年后再从头开始？

唯一的可能就是二哥和小妹跟宋梅的关系也都不咋的，可小妹远在加拿大，二哥一家口风又特别紧，想要进一步证明宋梅开公司的钱不是来自他们，肯定还有几场不可避免的硬仗要打，但这并未难倒柳云卿，在进行过各种权衡利弊后，她终于带着自己在小旅馆花了一个星期整理出的资料和疑点去了马小芬报案的派出所，并要求公安在办案时酌情参考她提供的材料和线索，既不要冤枉了一个好人，也不要放过一个真正的坏人。

她能做的也只有这么多了，无论是为了崔亮，还是为了马小芬。不管怎样，她都希望警方能够尽可能地帮马小芬追讨回那笔钱，让公司少受些损失，同时她也希望崔亮能够尽快现身并主动投案自首说出真相，让他免于更多的刑责。然而，希望总是与绝望同行，一个人，孤孤单单地守候在上海的寂寞里，她唯一等到的讯息就是崔亮很可能早就潜逃出国了，如果消息可靠，那么也就意味着马小芬的钱一分都追不回来，崔亮短时间内更不会出现在上海，一切的一切都将朝着她最不愿意看到的方向发展。

崔亮为什么要跑到国外，难道他打算一辈子都不回来了吗？就为了那一百五十万，就为了宋梅，他打算永远都躲在无边的黑暗里直至终老吗？崔亮你这个混蛋，你不是说要陪我去老镇找齐老九协议离婚嘛，你不是说要跟我结婚嘛，为什么连吭都没吭一声就突然人间蒸发了，你这是要把我置于何地？这是柳云卿第一次因为崔亮感到心痛，无法左右更无法阻挡的心痛，不管怎样，他总该走出来给自己一句解释啊，就这么跑了算怎么回事，难道他打算一辈子都不再回来也不再见她了吗？

知不知道，她已经因为他那些表白的话心动了？知不知道，她坚定的立场已经因为他发生了剧烈的动摇？知不知道，如果他再坚持下去，她很可能就要答应嫁给他了？偏偏，就在这个节骨眼上，他突然失踪了，她找不见他，打不通他的电话，她用尽了所有办法都没能打探到任何关于他的可靠信息，到最后居然被警方告知，疑犯很可能早就通过偷渡的方式逃到了国外，于她而言，这得是多大的嘲讽与失望啊！

为什么连跟她说一声的勇气都没有，就突然玩起了失踪？无论如何，他都应该跟她说一声的，不是吗？至少要把他的去向告诉她，那么她也就不用像现在这样成天为他牵肠挂肚着却又跟没头苍蝇似的六神无主，不知道到底该怎么办才好了。崔亮，你到底躲哪儿去了？公安说你逃去了国外，可你为什么要逃呢？不就是挪用了一百五十万公款嘛，你把账填上再跟警方把事情的前因后果讲清楚不就好了？大不了坐个几年牢，可也不至于要一辈子都躲着不见人啊！你不是说要娶我嘛，现在这么东躲西藏着又让我如何嫁给你呢？回来吧崔亮，就算要坐上十年牢二十年牢，我也会等着你的，只要让我知道你在哪里，我的心就不会像无根的浮萍一样没有依靠，只要让我知道你的去向，我就会坚定不移地等着你回来，可你到底在哪里，又该让我到哪里去把你找寻啊？

寻寻觅觅，觅觅寻寻，痴痴等待只为他，却不意，等来等去，最后等到的竟然是天王巨星张国荣跳楼自杀的噩耗。张国荣是柳云卿的偶像，他主演的电影她几乎都看过，《英雄本色》《胭脂扣》《阿飞正传》《金枝玉叶》《春光乍泄》《红色恋人》《大三元》《东邪西毒》《东成西就》《倩女幽魂》，一部也没落下，而最令她印象深刻的就是那部令他蜚声国际的《霸王别姬》。

柳云卿一直觉得，张国荣和他在《霸王别姬》里扮演的程蝶衣一样，是比女人还要漂亮还要精致还要风华绝代的男人，那么好看的人突然间就这么窝窝囊囊地死了，实在是太可惜了，不仅对华语影坛和乐坛造成了不可弥补的损失，对他们这些影迷歌迷来说更是一场空前巨大的灾难，可那又有什么办法，斯人已去，除了心疼难过舍不得外，她还能做些什么？

她什么也做不了，唯一能做的就是和衣躺在床上，把那首耳熟能详的《当爱已成往事》默默含在唇齿间，低低地唱了一遍又一遍。"往事不要再提，人生已多风雨，纵然记忆抹不去，爱与恨都还在心里。真的要断了过去，让明天好好继续，你就不要再苦苦追问我的消息……"这首《霸王别姬》的主题曲，是她在老镇的歌厅唱得最多也最动情的几首歌之一，却从来没能像现在这般唱得如此婉转深情、悲伤难抑，想必多多少少都沾染了些兔死狐悲的伤心意绪吧？

好端端的，怎么说走就走了，而且还走得那么令人猝不及防，以后的以后，还能叫他们这些铁杆影迷上哪里去一睹他的风采？张国荣的弃世，让她再次联想到了崔亮的失踪，莫非崔亮也因为过不了心里的那个坎选择了自杀吗？如果不是，又如何解释他的不辞而别？就算畏罪潜逃，也不该走得那么匆忙，连一句话也不给她留下的，至少也该告诉她到底发生了什么事，告诉她接下来他都会有哪些打算，不是吗？按照她对崔亮的了解，他不应该一声不吭地就突然人间蒸发了的，不管去向哪里，在走之前他一定会对她有所交代的，不是吗？

难道，他真的也和张国荣一样，选择了一条不归路吗？不会的，尽管崔亮看上去有些软弱甚至懦弱，但还没有到达脆弱的程度，怎么会因为挪用公款东窗事发了就连命都不要了呢？崔亮啊崔亮，你可千万不要死，不要自杀，如果你死了，自杀了，我不仅这辈子不会原谅你，下辈子也要继续恨你，知道吗？

因为张国荣的死，柳云卿总是会不由自主地胡思乱想，她害怕真的就此再也见不到崔亮了，所以每天都会跑去派出所打听崔亮的消息，哪怕警员们一次次正色告诫她不要再来了，她还是管不住自己那两条不争气的腿，只要一闲下来，就会毫不犹豫地找上门去。不是说崔亮偷渡跑到国外去了嘛，那就告诉她崔亮到底跑去了哪个国家啊，加拿大、法国、英国、美国、德国、日本、韩国、泰国、菲律宾，还是澳大利亚？

负责办案的警察告诉她，他们也不知道崔亮到底跑去了哪，说他可能早就通过偷渡跑了出去，也只是他们根据他的海外关系进行的大胆猜测，并非定论，一旦他们将他抓捕归案，肯定会在第一时间通知她，如果没有新的情况要向警方提供，以后就不要再兴师动众地跑过来影响他们正常办案了。

我是有新情况要向你们反映啊，如果崔亮没有偷渡出国，他肯定就藏身在附近的某个地方，所以你们得抓紧时间找到他，万一去晚了他很可能就自杀了啊！柳云卿不断向警方传递着崔亮很可能会自杀的推断，并把她的理由陈述了又陈述，分析了又分析，颠过来倒过去地讲了又讲，仿佛办案的不是那些警察，反而是她柳云卿柳大侦探，搞到最后，但凡认识她的公安都怕了她，见到她就头疼得厉害，甚至有人扬言她若再来，就以妨碍公务的由头，把她送到看守所先拘留个十天半个月再说，可饶是这样也没能让她偃旗息鼓，照样见天有事没事地就往派出所跑。

事实上，那段时间柳云卿的状况非常不好，已经脆弱到濒临崩溃的边缘，而每天去派出所打探崔亮的消息便成了支撑她活下去的唯一精神支柱，如果不是"非典"疫情暴发，迫使她不得不离开上海，她随时都有可能瘫倒在外滩附近的某个角落，再也无法回到那个生她养她的老镇了。但即便如此，当她在电视上第一次听到"非典"这个词，第一次在街头发现行色匆匆的路人纷纷戴上了口罩，她心心念念的依然还是崔亮的生死存亡以及他的下落。

她很后悔，后悔他给她时间考虑要不要嫁给他的那一个月始终都没有给他打过电话，后悔自己没有听从内心的召唤及早作出决定，如果她一直都跟他保持着原先的联系，也许就不会发生这突如其来的状况了，而他当初也只是说不会给她打电话以免影响她的决定，可并没有让她也不跟他联系啊，为什么自己就没有想过要主动给他打个电话呢？

也许，只是一个电话，就可以改变并扭转所有的结局，可她那会都在害怕些什么担忧些什么呢？她是爱他的，尽管她一直都试图说服自己那只是假象，但她的心根本就说不了谎也欺骗不了自己，现在，她很清楚自己最需要的是什么最渴望的是什么，可他已转身而去，消逝得无影又无踪，就算她把肠子都悔青了又有什么用呢？

崔亮，你这个混蛋王八蛋，你到底死哪去了？你以为你是张国荣吗？张国荣跳楼自杀了，全国的影迷都在缅怀他纪念他，可你自杀了，除了我和你远在法国的女儿，还有谁会记得你怀念你？你以为宋梅会想念你思念你吗？不，那个永远居高临下、心高气傲的女人根本就没有一颗良善的心，她眼里只有她的事业和你给她的钱，除了钱，她什么也不在乎，更不会顾及任何人的死活，你自杀了还是逃跑了，对她来说压根都是无关痛痒的事，可你为了这样一个冷酷到无情的人作出这么大的牺牲，值得吗，有意义吗？

崔亮不会自杀的，他说过他很爱他的女儿，还说过要亲眼看着女儿风风光光地嫁出去，又怎么会舍得自杀呢？那么他到底躲哪去了呢？法国？对，法国，他最心爱的女儿就在法国，如果他真的偷渡了，法国绝对是他最理想的首选地，想必藏身在那里，也不至于太过寂寞太过无助吧？

住在小旅馆的人都接二连三地走了，剩下没走的每次见面说的第一句话就是你囤了多少食物，如果还没有买就赶紧出去买，否则去晚了，接下来的日子就只能喝西北风了。

小旅馆的老板娘戴着厚厚的口罩，把每个还没有离开的房客都小心翼翼地堵在了门口，一再告诫他们必须打开所有窗户进行通风，务必做好各种防护措施，并挨个地把消毒水、口罩、预防"非典"的中药发到了所有人手中。马上就要戒严了，旅馆过几天就要关门打烊了，老板娘挨个地告诉所有房客说，派出所的片警已经发出了通告，要旅馆尽可能地疏散客人，还没有离开旅馆的房客如果有想离开上海的就赶紧离开上海，否则戒严了就出不去也进不来了。

出不去进不来？柳云卿瞪大眼睛盯着那个和自己差不多年纪的老板娘问，是要把我们关在旅馆里吗？当然不是关，你们又不是罪犯，怎么会关着你们？老板娘叹口气说，不过跟关着也没什么区别了，现在为防止疫情进一步扩大，政府只能采取限制人流的措施，这也是没有办法的办法。那买东西也不让出去了？也不是完全不让，总不能把你们一个个大活人都给饿死在我这里吧？不过以后出去都必须严格进行登记，回来必须马上打针吃药消毒，反正就是各种各样的麻烦呗！老板娘微微挑了一下眉头，现在形势都这么紧张了，你怎么还不回去？我记得你老家就在苏北吧，离上海也不是太远，要回去就抓紧时间回去，听说上海往返苏北的汽车马上也要停运了，到时候想回去也回不去了的。

回去？回老镇？五年了，这五年她因为出差，去过深圳、香港、广州、杭州、绍兴、宁波、嘉兴、湖州、温州、福州、厦门、南京、苏州、无锡、常州，甚至是苏北的扬州、泰州、南通、徐州、淮安、连云港，却唯独没有回过老镇，没有踏上过那条在梦里梦了千回百回的返乡之路。她真的不想回去吗？答案肯定是否定的。尽管她跟齐老九感情不睦，和齐家人也处不好关系，但她的父母，她的弟弟妹妹，还有她最爱的女儿倩倩，和她最爱的男人李大军，都还在那个有着千年历史的老镇上，她又怎么可能不想回去不想重新流连在它的怀抱里呢？

　　五年了，她没有一天不想着老镇，没有一天不想着那些令她牵肠挂肚的人，可当初她走得那样的狼狈，那样的仓促，那样的决绝，现如今就只因为"非典"的传播便要回去了吗？或许，"非典"才是她回去的最好借口，除此之外，她又能找到什么比躲避疫情看上去更合理更显自然的说辞呢？

　　一走就是五年，可老镇并没有因为她的消失而遗忘她的存在，每年，甚至每个月，老街上都会出现很多关于她的新的流言，云凤、云玉每次到上海看她，都会无一例外地告诉她，镇上的人们又在传些什么关于她的闲话了，总之，不是无端的揣测，就是恶意的造谣中伤，如果不能给自己找出个最令人信服的理由，回去后人们又会如何看她如何诋毁她呢？

　　他们肯定会把她的归来当成茶余饭后的谈资，时不时地就拿出来取笑消遣一番，甚至还会说她肯定是被哪个老男人抛弃了才不得不回来重新赖上齐老九的，不是吗？她太了解老镇人的特性了，更知道老镇人的唾沫星子是可以淹死人的，所以，唯有躲避"非典"这个看似冠冕堂皇的理由，才能够帮助她逃过人们的好奇心与向她投来的各种疑惑的目光，可即便如此，那个早已不是家了的家，她真的还回得去吗？

　　要是倩倩问起这五年她都去了哪里又干了些什么，为什么丢下她和爸爸不闻不问，面对孩子的各种质疑，她又该如何回答如何解释？还有，一个早被街坊邻居定性为抛夫弃女的坏女人，此时此刻，她又能以什么样的身份再度回归，万一齐老九和齐家人不肯向她打开大门重新接纳她，她又该如何自处？回去，还是不回去？柳云卿着实没了主张。

　　她早就不爱齐老九了，也不想跟齐老九重修旧好，就算齐老九和齐家人不计前嫌地接纳了她，她也不能毫无芥蒂地继续和齐家人生活在同一个大院的，不是吗？既然这样，那还回去做什么，不是自寻烦恼自找没趣吗？可总这么拖着不回去也不是回事，无论如何，在法律的名义上，她柳云卿现在还是齐鹏的合法妻子，他们一天不离婚，双方就都不能得到彻底的解脱，既然如此，又何必总这么耗着呢？

有些事，结束了就是结束了，齐老九已经四十岁了，如果条件允许，也该重新找个女人开启他另一段全新的生活了，自己又怎么能够还继续霸占着齐鹏媳妇的身份，妨碍他找寻真正属于他的那份安稳与幸福呢？不，她不能。尽管她并不愿意再次面对齐鹏，不愿意再和齐家人发生任何的龃龉，但她知道，自己不能够那么自私，既然感情已经不复存在，就不应该一直拖泥带水着含糊不清，否则她就真的要成为历史的罪人了。离婚吧，回老镇去吧，去和齐老九离婚，趁着人们的注意力都还集中在这场可怕的"非典"疫情上，偷偷回去把离婚证给神不知鬼不觉地办了，以后的以后，就彻底跟齐家人分道扬镳，再也不会跟他们出现任何的牵扯与瓜葛了。

带着和齐老九离婚的目的，在上海实施戒严之前，经过消毒和测量体温等一系列严格的筛查之后，柳云卿终于坐上了回老镇的大巴，经过几个小时的颠簸，回到了那座让她又爱又恨的小镇。如她所愿，人们都因为"非典"而自顾不暇，根本就没时间去讨论她回来的问题，当她拖着那口笨重的行李箱，踩着高跟鞋出现在比往日冷寂了许多的桃花巷时，也并未引起街坊邻居的侧目，就连一向爱扯闲话、东家长西家短说个不停的老冯媳妇田秀兰看到她时，也只是略带讶异地说了一句云卿回来了啊，便再也没了下文。

云卿回来了，是的，她回来了，带着满心复杂的情感再次回到了桃花巷，回到了那条曾经留下她无数欢声笑语与悲伤哽咽的巷子，回到了那个在她心里早已不成其家的家。只有她自己知道这次的回归意味着彻底的诀别，等办完那件该办的事后，她就要永远永远地离开这里，再也不会回来，所以她尽量保持着低调，能不出门就不出门，能不见人就不见人，直到居委会的人戴着厚厚的大口罩找上门来，要求她去医院接受隔离观察，人们才得以一睹她的庐山真面目。

离开了五年，回来的时候，柳云卿已经三十六岁了，但因为保养得当，看上去依旧还和从前一样的年轻美貌，只是多了几分无法言说的洋气，气质也比走之前好了很多，就连母亲在吃饭的时候都忍不住跟父亲唠叨说，柳云卿一点没变，还是原来那个样子，要不说底子好就是底子好呢，一般人到了她这个岁数哪还能有这副模样？

　　柳云卿回来没多久，已在北京参加工作的我也因为"非典"疫情的影响暂时回到了老镇，在巷子里和柳云卿打过几回照面，每一次她都会主动热情地跟我打招呼，不是问一句小明回来了啊，就是问一句小明上哪去啊，仿佛在她眼里，我还是过去那个她所熟识的小孩子。在我的印象里，柳云卿跟黎明好上的那年，就因为母亲没把听到的关于她的闲言碎语告诉她而跟母亲产生了隔阂，好多年都没再说过一句话，可"非典"那会，她竟然破天荒地跟母亲搭讪了，尽管感情并不似从前那么融洽，但总算是有了个好的开端，慢慢地，她又开始来家里找母亲聊天，有一搭没一搭的，聊的都是些从前的事以及她这次回来后在娘家的各种见闻，而她在上海的经历却是只字不提，母亲也从不问她。

　　柳云卿告诉母亲，云凤和云棠为了分家的事正闹得不可开交，所以她也懒得回娘家去，否则两边都拉着她评理，一个是亲妹妹，一个是亲弟弟，她帮了谁都落不着好，干脆就窝在桃花巷哪儿也不去，耳根子倒也落得清净。云棠还没结婚吧？母亲轻轻盯一眼柳云卿说，自打你走了，就没见云棠来过桃花巷，倒是云凤、云玉，隔三岔五地就会来看看倩倩。柳云卿叹口气说，男人嘛，肯定比不上女人的心细，当舅舅的自然也没有当姨妈的更疼外甥女。不过也怪不了云棠，他工作上一直不顺心，加上先前谈了几个对象都因为云凤招了上门女婿在家不得已吹了，眼瞅着都二十八了，可婚事还是没有着落，心情不好也是可以理解的。

　　云棠都二十八了？母亲抬手捋了捋头发，正色望着柳云卿说，真不明白你妈当初为什么非要让云凤招个上门女婿回来。人家没儿子才要招个女婿上门的，可你们柳家明明是有儿子的。柳云卿撇了撇嘴无可奈何地说，那会云玉跟云棠不是还小嘛，我爸妈身体又一直不好，家里缺个能下地干活的人，所以只好让云凤招女婿上门了，可谁能想到会因为这事把云棠的婚事给耽搁了呢？那些姑娘一听说家里还住着个姑爷，便一个个把头摇得跟拨浪鼓似的，好话说尽，就是死活都不肯嫁过来，有什么办法？

母亲说，那也怪不得人家姑娘。别说现在了，就算倒退一百年，又有哪家的姑娘愿意一嫁过来就跟姑爷住在一起的啊？柳云卿点点头，谁说不是呢？前阵子云棠好不容易又经人介绍处上了个对象，不过那姑娘就提了一个条件，要让她嫁过来可以，但必须跟云凤两口子分开门头过，云凤男人怕吃了亏，死活不同意分家，所以云棠的婚事又被耽搁了下来，这阵子双方就因为这事正闹得不可开交呢。母亲说，云棠结婚才是大事，你应该好好劝劝云凤两口子，总不能让云棠一直打光棍吧？柳云卿摇摇头说，我劝，我怎么劝呢？毕竟柳家这十几年，里里外外都是云凤两口子在操持，家里新盖的楼房也是云凤男人掏的钱，这家该怎么分呢？说实话，柳家现在的一切都是云凤两口子挣下的，他们能同意给云棠腾出三间房供他结婚后使用就已经是吃哑巴亏了，可另一边云棠也觉得自己吃了亏，他认为他才是柳家唯一的合法继承人，柳家的一切，将来都应该是他的，所以他提议要么不分家，要分家就必须是一碗水端平了，一人一半。你说这事闹的，我还能怎么劝？

母亲皱了皱眉，问，那你爸妈是怎么个态度？柳云卿摊了摊手说，那还要问，他们当然是向着儿子了。你知道我爸说什么？他说云凤男人当初入赘柳家时穷得裤裆叮当响，就带了赤条条一个人来，作为柳家的上门女婿，他就是柳家的人，他赚来的钱自然也是柳家的钱，所以分家的话该怎么分什么时候分，自然都要听他这个一家之主的安排。我妈更是抱孙心切，天天坐在云凤的房门口捶胸顿足地哭，骂云凤男人没良心，要害柳家断子绝孙。可我那个妹夫嘛，也不是盏省油的灯，他就坐在那掏出个厚厚的本子，一笔笔地算着这些年他花在柳家人身上的各种开销，那叫算得一个细啊，就连哪天吃了什么菜，买味精花了多少钱，都记得一清二楚，你说这时候我要再横插上一杠子，不就成了猪八戒照镜子，里外不是人了嘛！

　　母亲听她这么一说，忍不住深深叹了口气说，家家有本难念的经，这么一大笔糊涂账，你确实不适合多嘴，讨好了这个就得罪了那个，何必呢？柳云卿说，我就这么想的，所以这次回来，我宁可躲在家里不出门，也不想回梨花村搅进他们的是非中。反正等"非典"一过我就又该走了，为这些事跟他们闹个面红耳赤的，让他们谁都不念我的好，不值当。母亲紧紧觑着她，怎么，这次回来你没打算留下啊？云卿啊，不是我说你，你也老大不小了，倩倩今年都十四岁了，眼瞅着下半年就要念初中了，你也该替孩子好好着想着想了，别等倩倩将来长大了，记恨上了你不认你，到时可就想后悔也来不及了。

　　柳云卿被母亲一顿数落，这才意识到自己刚刚说漏了嘴，连忙搪塞着说，我就这么一说，走不走还两说呢。走？你还走哪去？你说你这心也真够狠的，倩倩才九岁不到的时候，你说撇下她就撇下她，一声不吭地跑了，从来都没考虑过孩子的感受，好不容易回来了，又想跑，这孩子的心情才刚刚好点，你就又要往她的伤口上撒盐啊？谁说我又要跑了？柳云卿盯着母亲，装作一副嬉皮笑脸的模样故作轻松地说，我不跑，不跑，行了吧？腿长在你身上，跑不跑关我什么屁事？母亲轻轻睨一眼柳云卿，我只知道一句古话，忠言逆耳利于行，听不听由你。

　　母亲那个时候并不知道柳云卿从上海回来的主要目的就是为了跟齐鹏离婚，尽管柳云卿隔三岔五就来找她叙旧，却从来都没在她跟前说过要离婚的事，所以一直到齐老九找上门来请母亲说项，她一直都被蒙在鼓里。俗话说得好，宁拆十座庙，不毁一门亲，母亲自然希望柳云卿从此以后能和齐鹏和和睦睦地过下去，可她也知道柳云卿的心早就不在齐鹏身上了，即便留得住她的人，也留不住她的心，所以心里也一直犯着嘀咕，不知道这样的婚姻到底还值不值得维系下去，但最后还是决定找柳云卿敞开心扉地好好聊一次。

你到底怎么想的？母亲认真地打量着柳云卿问。什么怎么想的？柳云卿装作一脸懵懂地说。母亲轻轻吁了口气，你知道我的意思。我不知道。不知道？那我就不跟你拐弯抹角了，你们家齐老九来找过我了。他找你做什么？柳云卿不屑地撇了撇嘴，他都跟你说什么了？还能说什么？让我劝你不要再闹了呗！闹？柳云卿突地笑了起来，那笑容比盛开的桃花还要灿烂，我什么时候跟他闹了？桃花巷就这么巴掌大块地方，这次回来，你们谁听到我跟他吵架了还是看到我跟他打架了？知道你没跟他吵也没跟他打，可你这次回来不就是要跟他离婚嘛，他说他不想离婚，传出去对孩子影响不好，而且倩倩马上就要升初中了，你们要是在这个节骨眼上离婚，肯定会干扰孩子学习的。那他到底是不想离婚，还是不想在这个节骨眼上离婚？当然是不想离婚，拿倩倩说话不就是要找个看上去还算冠冕堂皇的理由让你心甘情愿地留下来嘛！

他早去哪了？美珠，别人不知道，你还不知道吗？不管大家怎么说，认为我是潘金莲也好，阎婆惜也罢，可当初我确确实实一直都很努力地想要挽救这段婚姻的，不是吗？我给了他那么多次机会，白天劝，晚上哄，嘴皮子都磨破了，可他就是死活都不肯回镇上来，他要是肯早点从梅安调回来的话，又怎么会发生后面那些糟心事？人非圣贤，孰能无过？再说你就没有一点点错吗？一走就是五年，生不见人，死不见尸的，要换了别的男人还能让你再进门吗？齐老九真的算不错了，他说只要你同意以后跟他好好过日子，你说什么他都听你的，哪怕你要继续出去打工他也不会拦着你，而且萧桂芳也保证过了，以前发生的所有事她都会当作从来没有发生过，以后也决不会在你面前再提半个字。她保证？她拿什么保证？萧桂芳是什么人，桃花巷的街坊邻居有不知道的吗？实话跟你说，我这次回来根本就不是因为害怕被传上SARS，而是想借着"非典"暴发的由头，悄没声息地就跟齐鹏把该办的手续都办了，谁知道说一千道一万，他就是死活都不同意跟我离，我也是懒得跟他吵了，为这点事大动干戈，没意思。

可你不看僧面，终归也得看看佛面啊！不是还有倩倩嘛，你不能只顾着自己潇洒，凡事总该先替孩子好好想一想吧？我要不是为了替倩倩着想，能大老远特地从上海跑回来吗？要不你以为我稀罕再回到他们齐家门上来啊？柳云卿深深叹了口气，我想把倩倩带去上海，可齐鹏不肯放手，他说倩倩是齐黄山、萧桂芳一把屎一把尿地带大的，决不会眼睁睁看着我把孩子从他们手里抢走。母亲瞥一眼柳云卿说，老九也没说错，萧桂芳平时虽然霸道了些，但对倩倩这个孙女还是好得没话说的，你走的那年，倩倩总不好好吃饭，我们每天都能看到萧桂芳一手端着碗，一手拿着勺子，满巷子地追着倩倩一口一口地喂，许培华还跟她开玩笑说她上辈子肯定欠了倩倩的，所以才要她这辈子像老妈子侍候大小姐一样地侍候着倩倩。

我刚生倩倩那会，天天站在门口指桑骂槐的又是谁？柳云卿满不在乎地说，倩倩是她唯一的孙女，她对倩倩好不是天经地义的吗？倩倩是她唯一的孙女不错，可她不还有唯一的孙子嘛，老十那个儿子，我们从没见过萧桂芳像宝贝倩倩那样宝贝的，就冲这一点，你也不该总埋怨着她的。我埋怨她什么了？我根本就懒得去埋怨她，我现在一门心思想的都是离婚的事，齐鹏要是不答应，耗的也是他自己的时间，我反正无所谓的，嫁不嫁人还不都是一个样？你都无所谓了，为什么还非要离婚呢？说了你也不信，我是为了齐鹏好，他都四十岁了，往后年纪一天天大了，就更不好找女人了，我不想耽搁他，也不想拖累他。

你能这么想，就是心里还有他。云卿，你听我一句劝，十年修得同船渡，百年修得共枕眠，今生今世做一次夫妻那是好几世才修来的缘分，如果还能凑合，就凑合着过下去吧！你也老大不小了，眼瞅着奔四的人了，还能蹦跶个几年呢？有句话怎么说的，少年夫妻老来伴，图的就是老了有个伴，你又何必再折腾下去呢？要是能凑合着过，我还折腾个什么劲呢？美珠，实话跟你说，我心里早就没齐鹏这个人了，强扭的瓜不甜，就算勉强再凑合到一块，将来迟早还是要散了的，倒不如早点了结了好。

你不试过怎么知道一定不行呢？云卿，我知道你跟齐鹏即便是和好了，也不可能修复到从前那样的关系，毕竟杯子破了再怎么补也是有裂缝的，可这世上谁跟谁没个磕碰的时候，咬一口咬牙，睁只眼闭只眼的，不就什么都过去了嘛！就拿我们家许培华来说，你也知道他外面那些事，我们是吵也吵过，打也打过，闹也闹过，一点也不比你跟齐鹏的事省心，可最后又怎么着了，还不是就这么将将就就地过下来了？

你跟许培华不一样，许培华在外面闹得再不像话，心里还是有你的，可我跟齐鹏之间就连最后那么一点点的爱也都被消耗光了，实在是没法再一起过下去了。你先别把话说死，感情没有了，还可以再慢慢培养嘛，母亲继续劝她说，齐老九来找我的时候就跟我发誓赌咒了，说往后决不会再委屈着你，更不会给你半点气受，你看他都这么诚心了，就再给他一次机会吧！

你以为是在菜市场买菜啊，我给他机会，谁给我机会？齐鹏现在是说得好听，不过谁能保证他以后不犯浑？冰冻三尺，决非一日之寒，就凭他这几句赌咒发誓，我便能相信他不再心存芥蒂了吗？美珠，我跟他之间的心结是个死结，打不开的，这辈子也不可能打得开，尽管他现在什么都不说，可心里指不定怎么腹诽我呢，就这样还非得凑一块过，不是自己给自己找罪受吗？我心里有数，也许一两年之内，大家面子上都还能过得去，可时间久了，鸡毛蒜皮的事也会跟着多起来，将来一旦再闹上，肯定比从前还要厉害的，既然那样，又何必再折腾上这么一回？我现在的宗旨是，干脆什么都不要想，利利索索地把婚离了就好，以后谁也用不着烦谁，井水不犯河水的，干净，利落。母亲睨了她一眼，你老实跟我说，是不是上海有人了？柳云卿愣了一下，突地重重点了点，是，不过又没了。

不管母亲再怎么苦口婆心地劝说，柳云卿就是不肯答应跟齐老九复合，连一句松动的话都不肯落下。齐老九见说服不了柳云卿，就一趟又一趟地往我家跑，一见到母亲便耷拉着脑袋哭丧着张脸，求母亲无论如何也要帮他把柳云卿给留在镇上。我能说的都说了，她不听我有什么办法？母亲哭笑不得地，我又不是镇长，更不是妇女主任，我哪能解决得了你们家那摊子事？可你是她最好的朋友，你多劝劝她，你的话她一定肯听的。你又不是不知道，她离家出走前，我们都好多年不说话了，即使她这次回来又跟我走得近了些，可毕竟不比从前，也没过去那么交心了。这样吧，我给你出个主意，你去趟梨花村，好好求求你丈人丈母娘，只要他们肯出面帮你说话，要扭转她的想法倒也不难。

这我还能想不到吗？齐老九唉声叹气地说，云卿回来的第二天，我就去梨花村求他们出面了，可他们现在已经被云凤、云棠折腾得精疲力竭了，哪还有工夫管我们的事？再说我老丈人一直都还生着当年被我妈设局赌输了钱的气，差点就把我轰出来了，我看这事他们未必帮得了我。你得拿出点诚意嘛，一次不行就去两次，两次不行就去三次，三次不行就去四次，总之，礼多人不怪，你多去上几次，他们瞅着你这么有诚意，心不就软下来了嘛！这，真的管用吗？齐老九将信将疑地盯着母亲，对我丈母娘来说可能有用，可我老丈人……

你管它有用没用呢，先去了再说。母亲恨铁不成钢地盯着他，我问你，你到底想不想跟云卿和好？想，当然想了，不想我还天天来求你做什么？你要真的想跟云卿和好，这事就必须有些耐心，当然，还得要有些策略。策略？什么策略？你得循序渐进地来。先自己去，然后再带着倩倩去，接着再让你爸你妈跟着一起去，母亲给齐老九出谋划策着，最好把镇上的妇女主任和咱们这片的居委会主任都找出来帮着你好好劝一劝云卿，你丈人丈母娘那边，也得请出梨花村的村支书和村长，让他们多替你说说好话。多管齐下，事半功倍！当然，最主要的是你得有颗诚心，你要心不诚，再兴师动众也不可能管用的。

齐老九连忙拍着胸脯表态说，我诚心着呢，我要不诚心，她一个人在外面这么些年，换个别的男人早就把她轰出去了，还能给她这好脸色看吗？母亲听他这么一说，忍不住狠狠白了他一眼，你要这么说，就是心态还没端正。你以为当初她很想走啊，还不是因为你把她伤的？那么多闲言碎语的，你又从来没替她设身处地想过，她不走还能怎么办？是要等着被镇上那些无聊的人用唾沫星子淹死，还是等着被你委屈折磨死？要我说，你心里如果还没放下从前那些事，干脆还是分了的好，省得以后再闹个没完。

齐老九瞥一眼母亲，又迅速耷拉下脑袋，嗫嚅着嘴唇不无沮丧地说，好，我端正心态还不行吗？凡事总得有个过程，这不是一时半会还没缓过神来嘛！那就等你缓过神来了再接着慢慢考虑复合的事！母亲突地气不打一处来的，别人帮忙那都是假的，真正能帮到你们的只有你们自己，你如果真想继续跟云卿好好过下去，就必须从现在开始忘掉过去所有的事，一桩都不要搁在心里，更不要觉得是她做了对不起你的事，明白吗？

齐老九当然明白母亲对他说的这些话的意思，要想跟柳云卿从头再来，不把过去那些糟心事忘得一干二净，又怎么能够做到真正的和好呢？可他真的能够忘掉吗？齐老九不知道自己到底能不能彻底忘记过去那些不开心的事，但他真的想把所有的不好都抛到九霄云外，从此，只和柳云卿做一对恩爱夫妻，享受平淡如水的静谧与幸福，所以，在受到母亲的点拨后，他立马便按照母亲教他的方法，一步一步地开始实施起留住柳云卿的计划，以至于那些日子，街坊邻居们三天两头地就能在桃花巷里碰到镇里各种有头有脸的人物，连父亲都忍不住叹息着说，齐老九能做到这个分上真的是可以了，柳云卿要再不肯听劝，那就只能说明她自己有问题了。

为了把柳云卿留住，齐老九明里暗里做足了文章，可柳云卿就是不肯松口，哪怕最后由齐蓉出面，费尽心思地把镇长给请了来，柳云卿依旧像先前招呼前来说项的居委会主任、妇女主任那样，照例客客气气满脸堆笑地给人家又端茶又递水，但对方一说到正题上，她便立马拿别的话岔开，上至天文，下至地理的，东拉西扯，一会说到"非典"疫情又如何如何了，一会又扯到伊拉克的战争局势，搞得镇长想劝也劝不了，临了只好望着齐老九丢下一句"实在管不了你家的事"，摇摇头摆着手，一点脾气也没有地扬长而去。

齐老九的努力，柳云卿一点一点地都看在了眼里，但她还是不想给他任何的机会，所以那天等镇长走后，她破天荒地找齐老九开诚布公地谈了一次。别费劲了，我们不可能破镜重圆的。柳云卿望着他叹口气说，与其把时间浪费在这些毫无用处的地方，还不如再好好地找个女人，安安稳稳地过一辈子。齐老九像做错了事的孩子一样，满面委屈地盯着她说，你告诉我，你对我还有哪些不满意的地方，我一样一样地改，行吗？柳云卿摇摇头，你知道的，我们的问题不在这里。齐鹏，我不爱你了，你明白吗？在我离家出走前早就对你没有感觉了，你何苦非要继续这段没有爱情的婚姻呢？可我们还有倩倩，倩倩下半年马上就要念初中了，我们现在离婚，对孩子会造成什么影响你肯定比我清楚，咱们就不能为了孩子，彼此将就将就吗？

将就？你是让我将就你，还是说你要将就我？齐鹏，我也早就跟你说了，咱们离婚的事不要搞得这么大张旗鼓的，能瞒着倩倩多久就瞒多久，可你这么一搞，倩倩不知道也知道了，你说，咱俩到底是谁在影响孩子？我也说了，我不想离婚，你一回来我就说了的。云卿，我知道从前我也有对不起你的地方，可你也得摸着良心说句公道话，那些年总体来说，我还算是个合格的丈夫吧？我一不酗酒，二不抽烟，三不赌博，四不嫖女人，五不在外边结交任何狐朋狗友，搁什么年代，想要找到我这样的男人也都不容易吧？

柳云卿轻轻瞥一眼齐老九，要是找丈夫都按照你说的这个标准去找，差不多算十全十美了，可我跟别的女人不一样，我需要的不是一个一天到晚都正正经经、规规矩矩的男人，你怎么到现在还没弄明白呢？我知道，你不就是喜欢情调嘛，我给你想要的情调不就好了？齐老九望着她努了努嘴，这些年你不在的日子，我也前前后后地想过几百遍了，我是不解风情，也不懂得浪漫，更不会别出心裁地讨你欢心，可这些我都会学的，只要你喜欢，每天晚上我都给你点上蜡烛，逢年过节各种重要的日子我都给你送上一大捧鲜花，哪怕一起洗鸳鸯浴，我也愿意为你尝试。云卿，不管从前我们闹得有多不愉快不开心，毕竟也还是有过一段快乐时光的，你要还念着我哪怕一点一滴的好，就再给我一次机会，让我好好补偿你，让我好好爱你，好吗？

鸳鸯浴？柳云卿"扑哧"笑出声来，看来我走的这些日子，你倒真没白浪费工夫，连鸳鸯浴都知道了呢！你别往歪处想，齐老九连忙赔着小心说，我是从《故事会》里看来的，真的，不骗你，我真的是从《故事会》里看的。谁说你不是从《故事会》里看来的了？柳云卿盯着他呵呵笑着，突然有些心酸地哽咽着说，就你那么个呆头鹅，把你脱光了跟美女一块扔浴缸里，你除了手忙脚乱、不知所措，还会什么？你知道就好，齐老九叹口气说，你走了五年，我从来没找过任何女人，也没出去鬼混过一次，想那个的时候我都是看着你的照片用手解决的。云卿，你年轻的时候真的很漂亮，难怪镇上的人都追在你屁股后面一口一口地叫着桃花西施，尤其是那一头大波浪卷，每次都看得我心痒痒的，可惜，从头到尾，我只能看着那张不会说话也不会动的照片……

哎呀，别说那些恶心的了！柳云卿连忙打住他的话头，这要让孩子听到了得多害臊！怎么老了竟学得这么没正经了？孩子这会不是还在学校上学嘛，她哪能听得到？齐老九把头慢慢凑到柳云卿身边，你回来这些日子，一直都一个人睡在东厢客房，不如今晚就搬回咱们自己屋里来住吧！你想干什么？柳云卿警惕地瞪了瞪他，下意识地朝着相反的方向挪了挪身子，齐鹏，我正式警告你，千万别在我身上打歪主意，否则我对你不客气！歪主意？怎么就是歪主意了？齐老九继续朝她身边挨挤过去，我们是夫妻，夫妻不就该做夫妻该做的事吗？你一直说对我没感情了，咱们这么久没在一起过了，你又能对我有什么感情呢？云卿，你喜欢什么招式我都可以满足你，要不现在我就把自个脱光了给你玩，好吗？你变态啊！柳云卿不敢相信地瞪着齐老九，你以为这就叫情调就叫懂得风情啊？齐鹏，我看你真的是没救了，无可救药！你不喜欢吗？齐老九仍然不甘心地，你要不喜欢就告诉我，咱们换个你喜欢的不就行了？你不说，我怎么知道你喜欢什么样的？云卿，只要是你喜欢的，哪怕让我舍命陪君子，我也心甘情愿。换个我喜欢的？好，齐鹏，你给我把耳朵竖起来听清楚了，柳云卿正色盯着他，一字一句地说，我只喜欢跟你离婚。离婚，你听明白了吗？

柳云卿怎么也没想到齐鹏会变成如今这副猴急色鬼的模样。就齐鹏这副德性，还要跟她洗鸳鸯浴、玩 SM，简直太恶心了，想想都让她觉得窒息，真不知道他都从哪里学来的这些下流东西！她猜不透他到底是为了留住她才出此龌龊的下策，还是真的因为五年没沾过女人的荤腥变得按捺不住了，总之，越是这样，她越想尽快跟他解除关系，要再这么下去，她非被逼疯了不可。

向美珠，是你给齐鹏出的馊点子吧？那天柳云卿刚摆脱齐老九的纠缠，就跑到我家来找母亲"兴师问罪"来了，你要再这样，咱俩就绝交了。柳云卿装出一副气呼呼的模样，盯着母亲一本正经地说，有你这样损人不利己的吗？弄上一堆人成天跑家里来劝我，先是妇女主任，然后是居委会主任，现在连镇长也搬来了，过几天是不是还要把县长请来？母亲呵呵笑着说，不这样怎么能显出老九的诚意呢？诚意？他倒是有诚意了，可我每天都要忙着应付那一大帮子不请自来的人，你说我回来躲"非典"的，这下倒好，一刻都不得安静了，早知道还不如赖在上海等着被传染上 SARS，一了百了的好。

胡说什么呢？母亲劝着她说，该见好就收了啊，现在齐家人都拿轿子等着把你给抬回去呢，可别抬你上轿不坐，非等着要自己走上轿。抬我上轿？柳云卿不屑地摆摆手说，他们爱抬谁上轿就让谁上轿好了，反正我这辈子都不可能再上他们齐家这顶轿子的！云卿，齐家这回真的是给足你面子了，台阶他们也都给你搭好了，你要再不顺坡下驴，就是你的不是了。

怎么就成我的不是了？柳云卿怔怔盯着母亲，向美珠，你不会以为我要跟齐鹏离婚只是说了玩玩，要借这次机会彻底把齐家人都拿住了吧？不是我以为，是你自己心里就这么想的。母亲叹口气说，差不多就得了，这往后的日子还长着呢！你这么说就是太不了解我了。我对齐鹏早就死心了，对齐家人也早就失望透顶了，这次回来我就是想趁早把这笔糊涂账给彻彻底底地了结，以后大家谁也不欠谁的，各过各的日子！你要真那么想，这次回来就不可能跑桃花巷来的，云卿，也许你自己没意识到，但你潜意识里就是不想离开这个家，也不想离开齐老九的。我不想离开齐老九？柳云卿不无尴尬地笑着，美珠，我们认识多少年了，我的性子你还不知道吗？你以为我想回桃花巷来啊，这不是因为云凤两口子跟云棠闹得不可开交的，我实在是不想掺和到他们的事情里去，才不得已住回来的嘛！再说我也没跟齐鹏同房，这些日子一直带着倩倩睡在院子东头的客房里呢！

你这是自欺欺人。娘家不能住，街上不是有旅馆吗？你在上海这些年，手头上也该攒了些钱吧，总不会连镇上的旅馆都住不起了吧？依我看，你就是放不下这个家，放不下老九，否则你要真恨他们恨到咬牙切齿的地步了，还能像现在这么平心静气地跟他们一起住在一个院子里吗？我那是麻木了不在乎了，心里也早就没了那些恨，恨都没了，住在那儿又有什么关系？再说我现在不还没跟齐鹏离婚嘛，没离婚之前，齐家也是我的家，怎么就住不得了？

瞧瞧瞧，露馅了吧？母亲笑着揶揄她说，谁说不是你的家了？你心里一直都还把齐家当成自己的家，还说什么不在乎不在意，这不是自欺欺人又是什么？我跟你说不清楚，反正我就是铁板钉钉要跟齐老九离婚的！好了好了，你要离就赶紧离，别天天在我家说这些晦气话。母亲瞟一眼柳云卿，没好声气地说，你就继续骗自己吧，可劲地骗，反正骗自己也不用上税！

骗自己？她是在骗自己吗？柳云卿听了母亲的话回到家后，一宿都没能睡踏实。借着床头昏黄的灯光，柳云卿望着倩倩熟睡中的脸蛋，心里像打翻了五味油瓶一样，刹那间，所有曾经品尝过的滋味都迅即涌上了喉头。向美珠说的是真的吗？在她自己都没有察觉的潜意识里，她真的对这个家还有牵挂，对齐老九还有念想？五年了，离开老镇离开桃花巷离开齐家整整五个年头，说是从来都没有想过齐老九，那肯定是骗人的鬼话，可那念想也只限于对过往的种种不甘才衍生而出的，不是吗？齐老九早就不是那个每天都会坐上几个小时的公交车，只为给她送上一碗热气腾腾的饺子的齐老九，而她也不再是那个懵懂无知，一心只想着要走出去闯一闯看一看的小女人，他和她早已越过了彼此的交叉点，正朝着两个不同的方向延伸延伸再延伸，又怎么能够再走到一起呢？

回来的这些日子，她不是没想过为了倩倩就这么跟齐老九凑合着过下去算了，可她的世界除了倩倩还有崔亮，那个说过要娶她的男人，她怎么可以在他生死未卜的时候重新选择回到齐老九身边呢？崔亮跟她说好了的，要陪她回来找齐鹏断个一干二净的，现在他不见了，她就可以出尔反尔，说话不算数了吗？尽管她并未给过崔亮任何承诺，但在他让她好好考虑的那一个月时间里，她心里早就有了清晰明了的答案，只不过是还没得及说出口罢了，怎么能够一转身便把自己的初衷丢了呢？

不，她不能，她不能再任由自己感情用事，至于齐鹏，她早就不爱了，现在的她对他连一丁点的感觉都没有，难不成为了倩倩，就必须让她再次作出巨大的牺牲吗？她知道自己最对不起的就是倩倩，可她会补偿倩倩的，她会带倩倩去上海上学，她会给倩倩买所有她喜欢的东西，只要倩倩想要的，她都会想方设法地给她，可她也明白，倩倩是阻挡她跟齐鹏离婚的最大障碍，只要女儿不肯松口，她势必不可能顺顺利利地跟齐鹏把婚离了，而女儿平时又是最听齐鹏话的，看来，想妥妥当当地彻底跟齐家断利索了，还是要从齐鹏身上下手才行，但齐鹏又一门心思地想要跟她复合，要说服他同意离婚，简直比登天还难，奈之若何？

柳云卿心里很清楚，离婚的事不能再拖下去了，越往后拖，处理起来就会越麻烦越棘手，所以她决定破釜沉舟地跟命运赌一把，当即披了衣服悄悄走到主屋外齐老九的窗口咚咚咚地敲起来。齐老九也没睡，他听到柳云卿低低唤他的声音，立即下床打开屋门把她迎了进去，正当他想要把她抱到床上的时候，柳云卿却立马躲了开去，轻轻倚在梳妆台边，面无表情地盯着他说，我们做个交易吧，我陪你睡一晚，你同意签字离婚。我不同意！齐老九两眼直勾勾地盯着她，压低声音坚定地说，坚决不同意！你不同意我明天就走，你就守着这有名无实的婚姻过一辈子吧！柳云卿忽地转过身去，背对着他一件一件地脱着身上的衣服，你现在只有两种选择，一是现在就把我睡了，从此各走各路，二是什么便宜都占不着，以后你永远都只能天天对着我的照片干你那些龌龊事。

你别逼我。云卿，你别逼我。齐老九嗫嚅着嘴唇，浑身都打着战，我已经够做小伏低了，该给你的面子也都给足了，你还要怎样？非得让我跪下来求你，你才肯回心转意吗？我知道这些日子你为我做了很多，可你也明白我心里早就没了你的位置，何苦非要留下我自欺欺人呢？我不管，我只知道我不想离婚也不想失去你，云卿，为了倩倩，为了咱们这个家，你再好好考虑考虑，成吗？没什么可考虑的了，我这次回来是铁定了心要跟你离婚的，你不同意我也没办法。不就是一张纸嘛，大不了我一辈子都不再结婚，又有什么了不得的？

说来说去，你就是不肯跟我复合，不肯好好跟我过日子。说真的，你是不是外面又有了可心的人？你又不是不知道我是什么人，当初我怎么离家出走的，你都忘了吗？柳云卿冷冷笑着，是，我就是外面有人了，我想跟他过一辈子，不行吗？不行，我不许！云卿，我不许，我不许！齐老九悲痛得不能自抑，我才是你合法的配偶，你只能跟我过一辈子！可我们马上就要离婚了。我不会同意离婚的，死也不同意！你那是跟你自己过不去，不同意也只会拖累到你自己。柳云卿重重叹口气，我之所以提出离婚，完全都是为了你好，我一个水性杨花的女人，你不嫌留着我，会被人戳着脊梁骨骂你是戴了绿帽子的老乌龟吗？

我不在乎！你跟李大军，跟黎明，跟周向涛那些事，我都已经既往不咎了，还能在乎别人骂我老乌龟吗？云卿，你扪心自问，结婚这么多年，在男女问题上，我有没有做过对不起你的事？没有。柳云卿淡淡地回应着。那你为什么非要跟我离婚？你做的那些事，我都可以当作没有发生过了，可你为什么就不能原谅我当初的无心之过呢？我没有怪你，也早就原谅你了，可我真的再也没有办法继续接纳你了。柳云卿慢慢转过身来正对着齐老九，齐鹏，不要再逼自己了，过了今晚，找个比我更好的女人，平平淡淡、快快乐乐地过上一辈子，不是要比留着我这个破罐子强多了吗？你不是破罐子，我从来都没这么说过你。齐老九的眼里涌出了悲伤的泪水，他们都说你是坏女人，可我知道你不是，虽然我也骂过你打过你，但我自始至终都相信你不是坏人。云卿，不要走了，再也不要走了，让我们重新步上正轨，开启一段崭新的生活，好吗？

　　晚了，太晚了。柳云卿望着齐老九哽咽着说，谢谢你还能这么看我，可我就是个破罐子，这是永远都无法更改的事实。镇上的人没有一个不知道我是个乱性的女人，而且我还爱上了别的男人，你干吗非要留下我自寻晦气呢？不，你不是。齐老九伸手捋着她的头发，在我心里，你永远都是最好的，你是桃花西施，是我的女神，是倩倩的母亲，是一个美丽的风情万种的女人，是我一辈子都想好好心疼呵护的老婆。可我已经不爱你了，也不可能再爱上你了，你明白吗？柳云卿伸过手轻轻拉起齐老九的双手，一直引导着它们游移在她高耸的双乳上，我不想骗你，也不想骗自己，不爱了就是不爱了，如果你还想要我，就趁着我还没反悔的时候，赶紧要了我吧！

　　云卿……我……齐老九两眼放光地盯着眼前这个曾经让无数的男人都拜倒在她石榴裙下的尤物，游移在她双乳上的两只手却突地耷拉了下去。他哭了，压抑地哭，委屈地哭，痛苦地哭，悲愤地哭，溃不成军地哭。这算什么？让他占她便宜吗？如果她不是心甘情愿地想跟他上床，又何苦摆出这副架势来作践他呢？没错，他是很想要她，很想跟她上床，可也不是在这种情境下跟她上床啊！如果就这么要了她，他会觉得自己很猥琐很卑微很下流很低贱，为什么她非得用这种方式来羞辱他刺激他呢？你真的很爱他吗？他？你说的那个男人。是的，我很爱他。柳云卿点点头，可他失踪了，我找了他好几个月都没找到他。失踪了？齐老九怔怔盯着她，还是躲着你不肯出来见你？这不关你的事。齐鹏，你要是个男人，就接受我提出的交易，不管怎样，对你都没有坏处的。

交易？齐老九深深吁口气，既然你那么喜欢做交易，你也跟我做一桩交易，可好？什么交易？我说过，我可以脱光了让你玩，你想怎么玩就怎么玩，如果你玩上瘾了，觉得对我有感觉了，那就答应跟我复合，如果你依然还对我没有感觉，我立马签字同意离婚。怎么样，敢不敢跟我做这个交易？你疯了吗齐鹏？柳云卿不敢相信地盯着他，毛片看多了变态了吧？这跟毛片跟变态都没关系，就是我俩之间做的一笔交易。齐老九一边说，一边麻利地脱着衣服，愿赌服输，你要是赢了，我保证日后决不会再纠缠着你，你愿意跟谁结婚就跟谁结婚，今生今世，我都不会再成为你的障碍了。

柳云卿做梦也没想到，有生之年，自己还会面对这样的一个齐鹏，可话都说到这分上了，她又能怎么样呢？如果可以顺顺当当地跟他把婚离了，就这么疯一次又有什么不可以的？齐鹏也太小看她了，以为是个男人就会让她有感觉吗？在马小芬的广告公司做事的那几年，为了拿下大额订单，她不是没跟完全让自己提不起性趣的男人上过床，整个过程零高潮零亢奋，最后搞得那些男人纷纷兴趣索然地缴械投降，临走前都还不忘骂她一句做作，可饶是那样，该拿的钱依然一分不少地装进了自己的荷包。不就是玩男人嘛，她又不是没玩过，既然齐鹏非得用这种方式来决定离婚与否，那她就豁出去陪他玩一次好了。

拿着。齐鹏把从裤腰上解下的皮带塞到柳云卿手里，一会你想怎么打就怎么打，打多疼都没关系，绳子和蜡烛我也都准备好了，就在你梳妆台左边第一个抽屉里。真要玩这么变态吗？柳云卿犹疑地盯了齐老九一眼，这个曾经在她眼里从来都不懂得风情为何物的老实巴交的男人，怎么一下子就变成了一个让她不认识了的人呢？罢了罢了，不管他葫芦里卖的什么药，他让她打就打好了，他让她烫就烫好了，可她又真的下得去手吗？

　　来吧！齐老九已经把自己脱了个精光，赤条条地躺在了床上，把我捆起来吧，你要下不了手，就想想我当初怎么打你怎么骂你的，有多少劲就使多少劲。他疯了，真的疯了。柳云卿"哗啦"一声拉开梳妆台的抽屉，从里面麻利地取出绳子、蜡烛和打火机，眼睛眨都没眨一下，就嚯地一下跳上床，费了九牛二虎之力，好不容易才把齐老九给捆成了一个大肉粽子。是的，现在在她眼里，他就是个大肉粽子，她抽他，她烫他，她亲他，她舔他，她咬他，她啃他，他说只要她不会对他产生感觉，就会同意跟她离婚，这对久经战场的她来说还不是小菜一碟吗？崔亮，等着我，等齐老九在离婚协议书上签字画押了，我立马就去上海找你，可你千万千万不要再躲着我跟我玩捉迷藏的游戏了，好吗？捉迷藏，那是小孩子玩的，我们要玩就玩个大的，你看结婚好吗？

第十九章

　　老镇变大了也变漂亮了，柳云卿记得，她离家出走的那年，镇上还只有两条街，一条老街，一条新街，而等她再度归来时，才发现莲河南岸居然奇迹般地多出了几条更加宽敞更加气派的街道，各种商店也如雨后春笋般——点缀在街巷中，热闹繁盛的景象丝毫不亚于十年前的花港县城。

　　令她感到惊奇的是，在老镇做生意的除了本地人外，还多出了很多来自安徽、浙江、江西、四川的外地人，随便在街上走上一圈，就会听到夹带着各种方言的吆喝声叫卖声从四面八方漫溢而来，置身其间久了，甚至会让人产生一种错觉，怀疑自己是不是走进了一个新的移民城市。老镇的变化实在是太大了，这说明老镇的经济发达了，老镇人的生活好了，可她总觉得哪里有些不对劲，一个到处都充斥着外地人的老镇还是她原来认识的老镇吗？

　　这次回来，除去了几趟梨花村的娘家外，柳云卿的活动范围基本上都局限在桃花巷内，可以说是足不出户，要不是母亲硬把她拽出来透透气，她可能直到再次离开的那天也不会发现老镇这些日新月异的变化。在她的印象中，老镇就是老街加新街，尽管现在的老镇变得更时髦更光鲜了，但她却打心底不喜欢它改变后的模样，甚至有些排斥，所以逛了一圈后就不耐烦了，愣是拉着意犹未尽的母亲回头朝老街的方向走了过去。

母亲讶异地盯了她一眼，从前的柳云卿不是最爱逛街的嘛，老街加新街两条街每次逛下来最少也要花个把钟头，而且回去的时候手里总会提着几个装满衣服鞋包及各种化妆品的袋子，怎么今天突然改了性，非但一样东西没买，就连逛的兴致也没有了呢？柳云卿好像看出了母亲的心思，一边伸过手挽着母亲的胳膊继续朝前走，一边微微笑着说，这街不逛也罢，你看哪点还有一点老镇的影子？走半天也没碰上几个熟人，整个街道几乎全被外地人占了，不知道的还以为走错地方了呢！

　　要不说老镇这几年变化大呢，母亲叹口气说，街上的人都说生意越来越难做了，可跑镇上来的外地人的生意却一天做得比一天红火，也不知道中了什么邪。图个新鲜呗，就像男人对女人的口味，谁不喜欢原先尝都没尝过的？柳云卿憋一眼母亲，不无遗憾地说，不过我还是喜欢咱们那条老街，虽然冷清多了，却有种说不出的人味儿，哪像莲河南边那几条新开辟的街道，热闹是够热闹了，但就是少了人味，让人看一眼就知道没法对它生出半分的亲近感来。

　　社会总是要发展的嘛，老镇也不能永远就只有两条街道吧？母亲望着她呵呵地笑着，上海不还开发浦东了嘛，要不是浦东大开发，现在的上海能有那么好吗？这比较也不是这么比的。上海是什么城市？那是国际化大都市，咱们这小镇子跟它比得了吗？我也不是说发展不好，可一个镇子，干吗弄这么些外地人在这里做生意？你听听他们说话的口音，南腔北调的，这哪里还是我们从前熟悉的那个镇子，完全就是个不知道打哪冒出来的移民城市嘛！还有，你看看他们做生意的那个剽悍劲，就差没硬拽着你进店光顾了，哪里能跟原先街上那些做买卖的人比？过去我们一走到街上，几乎没人会主动喊你买东买西的，都是我们看上了问过了价后，人家才会跟你简单寒暄上几句，伸个懒腰的工夫就把这笔生意给做了，从来都没有强买强卖，也不会求着哄着你买，更不会玩任何花头，买回去的东西也都物美价廉、结实耐用，可这帮外地人又都是怎么做生意的？恨不得拿大喇叭没完没了地吹嘘他们的商品，价格还都标得虚高，就我刚才看到的那个太阳帽，足足比上海城隍庙卖的贵了两倍还不止，我都说不买了，那个安徽女人偏拽着我说个不停，这儿好那儿好的，真以为我都跟镇上那些没见过世面的女人一样不识货啊？要我说，我们镇子就是被这帮外地人给搞坏的，热情有余，见人就笑，说出来的话比唱大戏的还要好听，可心眼却是大大的坏，恨不能把本地人的生意通通都给抢占了去。一开始我还纳闷呢，街上那些做买卖的老熟人怎么都不见了呢，原来是被这帮伶牙俐齿的外地人挤兑得没了生存的空间，比笑脸他们比不过，比嘴巴甜他们比不过，比嗓门大他们比不过，比拉客的功夫他们比不过，比心眼他们还是比不过，成天坐在柜台后边连动都懒得动一下的，这生意还能做得下去才怪！不过我这人念旧，就是喜欢跟从前的那些熟人买东西，别看他们一天到晚都懒洋洋的，但心眼最是实在，跟他们买什么都不怕被坑，真不知道现在的政府都怎么想的，满脑子都是招商引资，再这么下去，不出几年，满大街上跑的都会是说着各种外地方言的外乡人，谁还会记得我们的本土语言和文化？依我看，发展发展，老镇迟早都要被他们给毁在这"发展"两个字上！

逛了一次街，柳云卿愣是把外地来老镇做生意的人当成了洪水猛兽。在她的意识里，正是那些源源不断涌入老镇的外乡人破坏了这里的风水，要不是他们，老街就不会变得越来越萧条，原先的那条新街也不会跟着处于没落的窘境中，而今，街道是越来越多越来越宽敞了，生活在这里的人也超出了原先的好几倍，可繁华富庶的表象背后，隐藏的却是老街的彻底沉沦，要不是那些迁徙而来的外乡人通通集中在莲河南岸新开辟的街道上做生意，把镇上的人流都转移到了南边的凤凰池路，老街又何至于落寂到终日都看不到几个人影？

曾经的老街是何等的喧嚣热闹，大同饭庄、茉莉花饭店、八鲜店、酱园店、水果店、茶馆、饺子店、五金店、字画店、篆刻店、剃头店、猪头肉店、茶食店、服装店，各种小卖部，一家挨着一家，无论是白天，还是晚上，从西到东，没一处不人声鼎沸，没一处不人头攒动，可现在呢，除了两三家店面还照样懒洋洋地开张着，其余的几乎全部关张大吉，要不是两边的巷弄里还住着些一直都舍不得搬走的老街坊，老街就要成为名副其实的鬼街了。

柳云卿知道，老街落魄的原因有很多，不过主要的原因不外乎两点：一是像我这样出生在巷弄里的孩子们，长大后在城市里接受了高等教育后，毕业了都不愿意再回来了，房子也都买在了城里，久而久之，家里的老人们也就都跟着出去了；二是前些年政府对老街进行了拆迁改造，紧挨着老204国道的整个西街被拆得一块砖头一块瓦片都不剩，好好的半条街硬是改建成了一条不伦不类的仿古街，而那些拆迁户也都被赶到了莲河南岸新建的商品房里，自此，只剩下半条东街的老街元气大伤，不仅再也没能恢复原来的繁荣鼎盛，而且日趋落寂萧条，简直可以用"满目疮痍"来形容。

柳云卿离家出走的那年，西街就已经拆掉好几年了，不过整个老街还没冷寂落寞到现在这个地步，这次回来的第一天，她便已经察觉出老街异乎寻常的冷清，可还一直以为都是"非典"给闹的，后来出去打了几次酱油，慢慢发现有些不对劲了，回去跟萧桂芳一打听，才知道大部分还留在镇上的老街人都在莲河南岸买了商品房搬去楼房里住了，光桃花巷就走了将近三分之一的住家，再加上临街所有的店面也几乎都迁到了凤凰池路，这往日里热闹非凡的街面又怎么能够不落寂不萧条呢？

柳云卿想不通那些老街坊老邻居为什么非要搬到莲河南岸的商品房去住，楼房真有那么好吗，无非是钢筋混凝土浇筑出来的鸟笼，哪比得上住在老街的院子里自由畅快呢？要叫她说，那就是花钱买罪受，不过这也怨不得老百姓，在小镇子小巷弄生活久了，难免会对以前只有城市人才能住得上的楼房动心，再加上当地政府为了拉动经济，提升GDP，大肆盖楼，全方位铺天盖地地宣传，想方设法地让大家去买商品房，又有几个人能够抵挡住这种诱惑呢？都是那些眼里只看到金钱利益只看到个人政绩的地方官把老镇给搞坏了，柳云卿在心里暗暗骂着，好好的一个千年古镇，就这么被那些急功近利的官员生生毁了，就不怕将来良心发现时悔之不及吗？哼，他们才不会后悔呢，只可惜了那些被拆掉的老房子，那些雕花的砖头，那些菱形的窗格，那些青灰的瓦片，那些古色古香的院子，这要搁在苏州，保护都还来不及呢，没准就会打造出一个新的周庄来，可现在说这些又有什么用，毁也毁了，败也败了，她再着急上火、扼腕叹息，也是无济于事的，不是吗？算了算了，管那么多干吗，再说这是她一个平头老百姓该想的事吗？

经过老大同饭庄的时候，柳云卿挽着母亲的胳膊，特地在它临街的大门口驻足了片刻。从前门庭若市、喧闹异常的大同饭庄早就和老街一样，彻彻底底地衰败落寂了，如果不是大门左右斑驳的白色墙壁上还留有尚可辨识的红色大字"大同饭庄"，谁还能知道这里就是老镇上生意曾经最为红火的饭店？柳云卿知道，大同饭庄早就不是从前的饭店了，空下来的屋子都被些不知来历的住户占据着，因为鲜与人交往，就连母亲也搞不清楚里面住的到底都是些什么人，或许是附近乡下的，或许是外地来的，一年到头几乎每天都从早到晚紧闭着门户，很少看到他们出来，也难得碰上他们从外面进去，总之神秘诡异得厉害，也不知道他们平时都做些什么工作靠些什么生活，仿佛就是那天外的来客，说来便来了，关于他们的过去，他们的历史，他们的生平，就更是一部莫测的天书，连些许的蛛丝马迹都从不曾出现过。

柳云卿不无惋惜地伸手摸了摸石灰剥落的墙壁，抬眼望着那两扇紧闭的老木门，心里陡地升起一股强烈的失落感，老大同饭庄没有了，连同它曾经的故事一起消失在了九霄云外，以后的以后，又教她去哪里找寻那些遗落在时光背后的记忆呢？她还记得小时候父亲带她来这里吃鱼汤面时的热闹景象，尽管几十年的光阴早已从指缝间倏忽溜走，可那些熟悉的味道熟悉的面孔熟悉的灯光，还依旧徘徊在她的心头，让她每次路过门前的时候都流连忘返，可现在，繁盛一时的大同饭庄已随着老街的没落被岁月锁在了沉寂的风中，即便张开十指与之肌肤相触，她也无法再感受到它曾经给过她的温馨温暖，取而代之的则是一片冰凉，一片死寂，一片荒芜，一片凄冷，一片沉到心底的怎么也挥之不去的惆怅与痛楚。

老街已经死了，就像她对齐老九的感情一样，死了就不可能再度死灰复燃，而她，也终将跟随着老街衰亡的脚步，一步步走向沉沦，走向毁灭，走向涅槃，永不归来。俱往矣，一切的一切都过去了，还有什么舍不得的呢？柳云卿的眼里闪烁着一丝不易让人察觉到的泪花，她以为母亲没有看到，连忙抬起手背飞快地将眼角的泪水拭去，故作轻松地望着母亲笑笑，好久没吃过鱼汤面了，镇上做鱼汤面的馆子也就只有大同饭庄最正宗了。

母亲装作什么也没看见，附和着她说，现在什么东西都没有从前的好吃，可能是人们的嘴变刁了吧！柳云卿轻轻咬了咬嘴唇说，也是，过去哪能吃到现在这么多好东西？我们小的时候，想吃顿红烧肉不知道要盼上多长日子呢，现在就算每天吃、顿顿吃，也都供大于求，哪还能吃出过去的好滋味来？柳云卿一边说，一边盯着母亲若有所思地问，美珠，你说人这种动物是不是很奇怪，同一样东西，很容易得来的往往都不会太珍惜，必须经历千难万险得来了才会觉得弥足珍贵，如果从一开始就不厚此薄彼，以平常心看待每一样事物，是不是就不会错过那些本就不该错过的风景了？母亲定定地盯着她看了一眼，我听不懂你说的这些话，太深奥了，理解不了，不过我知道做人不能这山望得那山高，外面的风景再美，那也不是属于你的东西，只有家里那个看上去朴实无华的小院子才是真正属于你的。人啊，不能什么都想要，太贪心了，最后什么都捞不着，吃亏的还是自己。

行啊向美珠，几年不见，你都学会拐着弯地骂人了啊！柳云卿咯咯笑着，迅速挽着母亲的胳膊从老大同饭庄门口离开，继续沿着街边朝着桃花巷的方向走去，走着走着，忽地叹口气压低声音对母亲说，美珠，我下个月就回上海了，你要来上海，一定记得过来找我，我请你去吃城隍庙的五香豆、老酸奶。母亲很是诧异地盯着她，你犹豫了这么久，还是决定要走？柳云卿点点头，齐鹏已经在离婚协议书上签字了，我们说好等倩倩放了暑假再去民政局办手续，尽量在家里多待些日子好好陪陪孩子。

齐鹏同意了？他不是一心想着要把你留在家里的嘛，怎么突然改变主意了？母亲怔怔盯着她问，你逼他的？我没逼他，是他自愿的。柳云卿嗫嚅着嘴唇说，他也觉得没意思了，所以决定放手了。那倩倩呢？倩倩知道你们要离婚的事吗？柳云卿摇摇头说，孩子马上就要升学考试了，怎么能让她知道呢？我也想过了，离婚的事先瞒着倩倩，能瞒多久就瞒多久，等瞒不过去了再慢慢跟她说。那倩倩以后跟着谁？我跟齐鹏商量过了，为了不让孩子生疑，倩倩还是先跟着齐鹏和爷爷奶奶一起过，等过上个几年，我在上海落定了再来把她接走。

母亲听她这么一说，忍不住狠狠瞪了她一眼，没好声气地斥责着她说，你知不知道这么做会伤害到多少人？云卿，真不是我想说你，可我真看不过眼了，难道在你心里，那个人真的比你亲生的女儿还要重要吗？跟那个人没关系。我就是没法再跟齐鹏过下去了，即使不离婚，我也不会再跟他生活在一起，这样的婚姻真的还有必要继续维持下去吗？美珠，我一直以为你会理解我的，为什么你也跟别人一样，非觉得我选择跟齐鹏复合才是走上了一条正道？这桩婚姻从一开始就是个错误，为什么非要一错再错呢？母亲冷冷地盯着她，我理解你，我一直都理解你，所以你这次回来，当巷子里的人都像躲瘟神一样躲着你时，我依然还把你当作最好的朋友看待。可你真的让我失望了，好说歹说，怎么劝，你这个脑筋偏生就是转不过弯来，既然你那么喜欢到上海给别人当情妇去，那以后咱们就当从来都没认识过，你也别再来我家找我说那些乱七八糟的事了，反正以前咱们也不是没有闹过别扭，一切照旧就行了。

母亲说完这句话，一把甩开柳云卿拽着她胳膊的手，生生把她一个人撂在了老街上，头也不回地，自顾自地走了。柳云卿没想到母亲真的生了她的气，满腹的委屈迅即涌上了心头，为什么会是这个样子呢，她到底做错了什么？难道在所有不相干人的眼里，追求真正的爱情和幸福就那么不道德不能被人接受吗？柳云卿知道，在向美珠所能理解的世界里，除了与齐鹏复合，但凡她作出任何其他的选择，都会被认为是可耻的下流的龌龊的猥琐的错到离谱的，可向美珠真的有站在自己的立场上替自己设身处地地想过吗，哪怕只有一次，有吗？

她不爱齐鹏了，早就不爱了，她不明白为什么人们总是希望她把这段名存实亡的婚姻进行到底，难道只有这么做了，自己才有机会成为一个正直清白的好人吗？维系一段没有爱情的婚姻才是真正的不道德，她又有什么理由非得把自己和齐鹏捆绑在一起，而且一绑就是一辈子？其实齐鹏之所以还想跟她在一起过日子，并不是真的有多爱她有多舍不得她，只不过是他习惯了这段婚姻，习惯了一种固有的生活方式，尽管明知自己已经不再爱他不再对他有任何的感觉，但仍然不想改变不想打破原有的秩序，可这又何苦呢，为了继续保持一份空洞的夫妻名分，却把自己拥抱幸福的机会置于随时都可能崩塌的假象之上，值吗？

柳云卿知道，齐鹏打心底里不想跟她离婚，但她依然感谢他遵守了与自己的约定，在离婚协议书上签上了他的名字。只剩下最后一步了，只要走完那一步，她和他便都可以得到彻底的解放，也许刚开始的时候，他会想不通，会痛苦，会不甘心，但随着时间的推移，他一定会想明白的，与其跟她做一对貌合神离的夫妻，不如彻底放手，去找寻一段真正属于他的美满与幸福。他才四十岁而已，正当盛年，又有一身的好手艺，而且膝下没有男孩的拖累，只要用心去找，肯定能找到一个比她好百倍好千倍的女人，过上幸福美满的生活，又何必非跟她这么一个水性杨花的女人将就着呢？

一个人，慢慢走在清冷落寞的老街上，放眼望去，往日里喧嚣繁华的街头，除了她，和她拖在地面上冗长冗长的影子，只剩下了死一样的沉寂和一眼望不到头的孤单。人们走的走了搬的搬了死的死了，剩下没走的，不是些老弱孤残，就是些还没有能力搬走的，但即便如此，依然还有很多人随时都准备着要离开这里，比如许培华、向美珠夫妇他们已打算到北京买房去，以后就跟儿子许小明也就是我一起在北京生活了。走吧走吧，都走吧，老镇迟早都会变成一座空城，用不了几年，那三两家依旧懒洋洋地开在老街上的几乎没人光顾的门店也都会跟着关张大吉的，到时候只怕会有更多的老街坊老邻居从这里搬走，而这样的趋势，势必会一直延续下去，直到人们把这座有着千年历史积淀的古镇彻彻底底地遗忘之后。

望着自己倒映在水泥路面上清瘦的影子，柳云卿的心里突然生出些莫名的惊怕来，也许这次离开了，再回来时，老镇便会永远地烟消云散了——西街早就拆掉改建成了一条没有人气的仿古街，仅存的东街想必最终也会面临同样的结局——旧的不去，新的不来，人们总是喜欢尝试新的东西，接受新的事物，拥抱新的生活——可那些真正热爱老镇的老街人，又真的会希望以摧毁老街作为代价，去换取那些苍白的突兀的繁荣吗？

人们人为地毁掉了一条具有重大历史文化价值的老街，却又投入巨大的资金，耗费大量的精力，打造出了一条条表面上看上去光鲜亮丽、喧嚣异常、实则早已丢了灵魂的崭新街道，这难道不是一种得不偿失吗？那么多好东西好物件就这么硬生生地被毁了，那么多悠闲浪漫的好时光就这么被以发展的名义生生撕裂了，而今的老镇已经变得面目全非，这仅剩下的半条老街也处于风雨飘摇中，以后的以后，还能去哪里找寻那些曾经青涩的甜蜜的记忆呢？

心，真的很痛很痛，举目四望，老镇不再是原来的老镇，老街不再是原来的老街，就连她自己也不再是原来的自己——世间的一切都处在不断的变化之中，她能够接受自己的改变，为什么就不能接受老镇的没落？罢了罢了，天要下雨娘要嫁人，都是命中的注定，老镇如斯，老街如斯，她柳云卿也如斯，又何必执着地固守在一成不变的世界里自欺欺人？

一直以来，她都觉得自己是个懂得变通也愿意正视所有改变的人，这表现在她对待自己和齐老九感情的态度中尤为突出，为什么就不能以另一种眼光去看待老镇的落寂呢？生老病死是每个人都逃不过的经历，老镇虽然不是人，但从宏观的角度去看，它和人一样有着生命，一样会经历生老病死，既然如此，就应该坦然面对它的萧条甚至是默默的消亡，不是吗？道理她都懂的，可看着眼前这条萧瑟到只剩下她和她的影子孤孤单单地流连徘徊在其中的老街，她仍然生出许多许多的舍不得，而这不舍也包括了她对即将来临的与齐老九永远的分道扬镳的一份心疼。

是的，她心疼，十五年的婚姻，尽管有五年时间她都一直缺席，尽管齐老九骗过她伤害过她又让她伤心难过了那么那么久，但他毕竟是她生命中的第一个男人，也是她为之付出过第一份真心的那个男人，就算他们在一起的日子有的只是各种不堪和难以承受的痛，可一旦意识到永久的离别已近在咫尺，还是有些难以割舍的。

就这么彻彻底底地了断吗？分开之后她真的可以了无牵挂吗？她不知道未来将会以怎样的姿势在前方的路上等着她，但她知道，选择和齐鹏离婚才是最好的了结，无论眼下有多么心痛多么彷徨，她都必须做出远离他远离老镇的决定，义不容辞的，毅然决然的，就像人们带着诀别的心情搬离老街一样，不会给自己任何的退路，也不会再容许自己找到任何后悔的借口。

过了老大同饭庄，往东一直走到桃花巷的巷口，原本只有二百多米的直线距离，她却走走停停、停停走走，几乎花了半个钟头的时间才总算走完了。马上就又要离开了，她真的害怕下次回来的时候，这些熟悉的街巷也会面临西街被改造得面目全非的命运，所以她想尽可能地多看上它们几眼，把那些老屋脊、老木门、老灰瓦、老青砖、老石阶，都一股脑儿地不厚此薄彼地通通收拾进脑海中，等到日后念起的时候，再把它们早已融入记忆深处的画面像放电影一样地，在眼前一帧一帧慢慢地播放。她不会忘记老街的，无论走到哪里，走得多远，走得多久，她都不会忘记这里的一草一木、一砖一瓦，还有她认识的所有街坊邻居，更不会忘记这条街带给她的欢喜忧愁，一点一滴也不会忘，只是，当她再次转身离开后，这里还会有多少人能够记得她桃花西施柳云卿呢？

她一直没弄清人们为什么叫她桃花西施，或许是因为她长得跟桃花一样美艳，或许是因为她嫁给了桃花巷的齐老九，或许是大家的潜意识里都认为她命犯桃花，总之，她的前半生就这么跟桃花结下了不解之缘，至于后半生还会不会继续与桃花有些什么牵扯，那就不是她能够回答的问题了。桃花巷，多美的名字，像诗一样缤纷，像歌一样灵动，却可惜这条古老的巷子从来都没有长过一株桃树，更没有绽放过一朵桃花，想必先人们之所以替它起这么个名字，只因为这里曾经住过一个叫作桃花的姑娘吧？

　　顺着桃花巷巷口，慢慢踱进地面铺着水磨青砖的桃花巷，柳云卿抬头望了望头顶湛蓝湛蓝的天空，情不自禁地伸了个懒腰做了个深呼吸，又慢慢低下头来，张开纤长的十指，满怀深情地轻轻抚摩着那些早就斑驳了的古老砖墙，一边贴着墙根迈着细碎的步子缓缓向前挪移着身体，一边在心底默默思忖着桃花巷的来历，甚至生出些古怪荒唐的念头，期盼着真有个叫作桃花的姑娘会突地推开哪家的院门，面带微笑地朝她走来，把这条巷子的所有缘起都一五一十、原原本本地告诉她。

　　桃花，一朵诗意的浪漫的花；桃花巷，一条古老的充斥着柴米油盐酱醋茶的巷子。柳云卿知道，不管桃花巷究竟为什么起了桃花这样的名字，都无法改变一个事实，那就是这条巷子在人们的记忆中早已被烙上了桃色的印迹，哪怕经年后桃花巷也会遭遇上西街巷道被毁掉的命运，人们在茶余饭后提起老镇时，依然还会记得那些年他们一起追逐过的桃花西施，还有那一段段沉淀在他们心底的桃花梦。可人们又哪里晓得，在她心里，桃花和桃花巷都美得恰到好处，美得神圣不可侵犯，哪怕只是想一想，都会令人心旷神怡，而唯独只有她柳云卿，却令"桃花"这两个美到不可方物的字眼深深地蒙羞，如果可以，她情愿人们永远都不再想起什么桃花西施，也不再记起桃花巷里曾经住着个命犯桃花的可悲的女人。

　　桃花巷，她一定会时常想起它来的，也会想起曾经住在这里的每一个人，包括许培华、向美珠夫妇，老冯、老冯媳妇田秀兰，冯小霜、冯小冰、冯小雪姐妹仨，以及那个在流言中曾被人们说成是她姘夫并跟她一起私奔了的郑波。老冯已经因病去世多年了，郑波和冯小霜夫妇早就搬去了莲河南岸新买的商品房里，冯小冰自结婚后便和长年在外打工的木匠丈夫定居在了花港县城，而冯小雪也在几年前跑日本打缝纫去了，现在，老冯家就只剩下田秀兰一人还固执地守在老街，守在那个空荡荡的寂寞老院里。究竟，是什么时候开始的，那些曾经熟悉的面孔，便一个接着一个地离开了桃花巷？

柳云卿记得，她离家出走前，桃花巷还是很热闹的，那时候每家每户都门户大开，只要是下班时间，随便走在哪家的门口，大声喊一声主人的名字，肯定会从屋里传出应答的声音，可现在，三分之一的人家都门户紧闭，不是随子女迁居到外地，就是把家搬到了莲河南岸新建的商品房里，要不是因为许培华夫妇还没去北京给儿子买房，这次回来她都不知道该去哪里串门。还有一个月，就要离开桃花巷了，离开这给她留下无数甜蜜的悲伤的桃花巷，彻彻底底地离开，永永远远地离开，可不知道怎的，自打齐老九点了头同意跟她离婚后，她却一点也高兴不起来，反而总是生出些莫名的不舍，难道，真像向美珠说的那样，她潜意识里还是没放下齐鹏和这个家吗？

齐老九输了。那天晚上，她按照齐老九跟她的约定，用绳子把他捆得结结实实的，又抽又烫，又啃又咬，折腾了大半个晚上，对方早就被她弄得精疲力竭了，而她愣是没有出现任何高潮，第二天一早，二话没说，就把早已拟好的离婚协议书扔在了齐老九的枕边，硬是眼睁睁地看着他举起颤抖的手，很不情愿地在那张纸上签上了他的大名。大丈夫一言既出，驷马难追，他还能怎样，耍赖吗？可即便耍赖又能管什么用，她的心早就不在他身上了，强逼着把她留在身边就能让她回心转意吗？她不会回心转意的，她还要去上海找崔亮，还要履行对崔亮作出的承诺，还要披上婚纱嫁给崔亮，又怎么会只因为一份暂时的不舍与心疼，就轻易改变了心意？

我不知道那一年柳云卿为什么到了最后最关键的时刻又突然改

变了主意，不仅毫无征兆地留在了桃花巷，还当着众人的面亲手撕毁了齐老九早已签好了大名的离婚协议书。那个时候我已经重新回到了北京，正在给一个非常著名的公众人物写一本有关他生平的人物传记，那天接到母亲的电话在跟她闲聊的过程中，才从母亲口中得知柳云卿不仅没跟齐老九离婚，还特地跑去南京学了一身做臭豆腐干的手艺回来，没多久就跟齐老九一起，在米市桥底下支起了一个流动摊子，做起了卖臭干的小买卖。桃花西施居然干起了卖臭干的营生，这也太不可思议了吧？我以为自己听错了，连忙问母亲是不是张冠李戴，把别人说成了柳云卿，没想到母亲居然卖起了关子，跟我说，你不信就自己回来看吧！

我当然没空回去，也不会为了这么无聊的事，特地坐上几十个小时的汽车回老镇，就为了证实柳云卿是不是真的卖起了臭干，可心里仍然充满了疑惑，委实不敢相信这一切都是真的。她可是柳云卿哎，见过世面、心高气傲的柳云卿，人见人爱的桃花西施，她怎么会放弃大上海灯红酒绿、纸醉金迷的生活，以一副邋里邋遢的形象出现在街上跟齐老九一起卖臭干呢？一定是出了什么事，而且还是重大到影响了她整个人生观的特大事件，否则按照柳云卿的心性，就算打死她，她也绝对不会做出这种有违常理的决定的，可到底发生了什么事呢？

母亲说，柳云卿把这些年在上海攒下来的钱，一部分存了起来留作将来倩倩上大学的学费，其余的都拿出来给了云棠，让云棠在自家的宅基地里重新盖了一幢房子，不仅解了云棠怎么也找不到愿意嫁给他的姑娘的燃眉之急，也化解了云棠和云凤夫妇曾经闹到不可调和的矛盾，而齐老九也表示了赞同与支持。钱本来就是柳云卿自己赚的，她想怎么花就怎么花，齐老九不赞同不支持管个鸟用啊？柳云卿能答应他留下来不走了，并且不再跟他闹离婚了，就已经是菩萨显灵了，他还能怎的？想必他现在睡觉都会偷偷乐着笑醒了呢，怎么还会去计较钱财的事？

钱没了还可以赚嘛！这是柳云卿那段时间经常挂在嘴边说给齐

老九听的一句话。卖臭干虽然苦点脏点累点，可也是凭自己的本事赚钱，没什么可丢人的。这是柳云卿跟母亲说的。尽管母亲一直没搞清楚柳云卿到底为了什么突然改变了主意，但她看得出，柳云卿这次是真的铁下了心要跟齐老九好好过日子的。她不再在乎形象，不再画眉毛涂口红，不再穿着光鲜亮丽的衣服，高跟鞋也早就丢到了鞋柜底部，就连涂了十几年露华浓指甲油的十个指甲也被彻底清洗得一干二净，每天都起早贪黑地围着臭豆腐打转，生生把自己从一个美艳无双的桃花西施给折腾成了臭干婆子，而也就从那个时候开始，有好事者又给她起了"臭干西施"的绰号，渐渐地，但凡买过她臭干的人都会亲亲切切地唤她一声臭干西施，那桃花西施的名声反而慢慢地被湮没在了时光流逝的潮水中。

臭干西施，柳云卿喜欢人们送给她的这个新绰号，虽然听上去不太雅观，甚至有些土气，不过却充满了浓厚的烟火气息，比桃花西施更接地气，也更有人味，还少了某些令人遐想万千的色情成分，所以每当听到人们喊她臭干西施时，她总会报以热情的回应，该收三块钱的臭干她只收两块五，还时常背着齐老九给老顾客塞上几块加送的，所以一来二去，愿意来买他们臭干的街坊邻居变得越来越多，很快，他们的生意就在同行中占据了最大的营业份额，就连附近其他乡镇和花港县城的居民也都纷纷慕名而至，就为了尝一尝名震花港的"齐老九臭干"，见一见百闻不如一见的"臭干西施"。

那年春节前我又回了趟老镇，并亲眼见识到了由桃花西施变成臭干西施的柳云卿。她依然还是那个风情万种的柳云卿，即便换上了最普通的衣服，不施粉黛，可跟从前比起来，魅力值不仅丝毫未减，还衍生出一种难以言表的说不上来的妩媚性感。当然，也没有出现我想象中的那副邋遢模样，反而干净利落得厉害，卫生工作做得十分到位，难怪镇上的人都追着抢着买她的臭干。一直到回北京之前，我几乎每天下午都会特地跑到他们支在米市桥下的流动摊位前买上一份五块钱的油炸臭干带回家吃，那股子又香又臭的味道令我至今都记忆犹新。

臭豆腐全国各地都有，其中尤以长沙臭豆腐最为闻名，但柳云卿做的臭干却别具一格，和长沙臭豆腐比起来，并未有一丝一毫的逊色。我记得，那会的老镇，每到下午三四点钟的时候，各家卖臭干的摊点就会陆陆续续地在固定的地点铺设开来，齐老九和柳云卿也都会准时从家里拉出那辆上面搁置着油锅等一应家什的拖车，先后经过桃花巷和老街，一直来到新街的米市桥下，待停当稳妥后，便一边做着各项准备工作，一边吆喝着叫卖起来。可以说，从外表来看，柳云卿和齐老九的臭干摊子并不是老镇上最好的摊子，但从味道和臭干的好吃程度来说，却绝对是最好最叫座的摊位。

　　那段一起卖臭干的时光，也应该是柳云卿嫁给齐老九后最幸福最快乐的时光，每天下午摊位支好后，她便负责把发酵好的臭豆干放入烧滚的油锅反复煎炸，待臭干从锅底浮上油面并呈现出金黄的色泽时，便用漏勺及时把它们捞出来放置在事先准备好的竹篮中，等稍稍冷却后，再由一直守在旁边的齐老九拿着一把剪刀，熟稔地将整块臭干剪成一个个小方块，然后配上虾油、辣椒汁、味精、姜丝、蒜泥、蒜花，打包装进塑料袋，就可以把它们交到排着队等候的顾客手里了。

　　就这样，柳云卿和齐老九一个负责炸臭干，一个负责剪臭干卖臭干，配合得相当默契，而由他们做出来的臭干更是外脆内酥、色、香、味俱全，既可以当作逛街时边走边吃的零嘴小吃，也可以拿来充作饭桌上的下酒小菜，一经面市，便受到老镇人的特别青睐，很快便把原先那几家卖臭干的老摊位给比了下去，每天都供不应求，发展到最后，实在是忙不过来了，就连萧桂芳都撸起袖子走上街头，帮着儿子儿媳一起叫卖了。

第二十章

　　花开了，花落了，寂寞涨醒了疼痛，思念还在花心里翻滚着纠结，而她，已在青春的枝头摇摇欲坠。

　　三十六岁的女人，徐娘半老，即便是风韵犹存，又还能有什么指望？坐在梳妆台前，柳云卿仔细端瞧着镜中的自己，才发现眼角的鱼尾纹又凭空增添了一些，可这还不算完，那头仿佛瀑布般丰茂润泽的秀发居然也无端地出现了几根白发，再这么下去，她迟早会变成一个老态龙钟的阿婆，到那时，还会有谁成天嬉皮笑脸地追在她的屁股后面不停地吹着口哨，一口一口地喊着桃花西施，并发出令人震耳欲聋的笑声？

　　桃花西施，三十六岁的她还是从前的那个明艳照人的桃花西施吗？其实她并不反感人们喊她桃花西施，也不厌恶那些一看到她就没完没了地喊她桃花西施的促狭鬼，甚至还有些暗暗的得意，并打心底里感谢给她起了这么个绰号的人——西施就不用说了，谁都知道她是中国历史上最具知名度的四大美女之一，而桃花，则象征着美丽、香艳、璀璨、明媚、丰饶、性感，这两个词随便挑出一个就已足够窈窕生姿了，组合在一起，更是招摇得不避人耳目，意味着她柳云卿在人们的心中美得不可方物，美到绝伦，即便听上去有些不怀好意，但她仍乐得欣然接受。

　　到底是谁先这么叫她的？小罗？黎明？还是桃花巷的街坊邻

居？好像都不是。小罗那个榆木疙瘩，看到谁都只会腼腆地傻傻地笑，哪会有那个心思给人起绰号；还有黎明，轻浮是够轻浮了，但还没促狭到那个地步，也不屑给她起什么绰号；至于桃花巷的街坊邻居，除了郑波，就没听到有谁当面这么叫过她，似乎也不太可能是他们给她起的绰号。

唯一可以肯定的，是她嫁到桃花巷后才开始有人这么叫她，可她想了半天也没想起来究竟谁才是第一个吃螃蟹的人，或许只是一个人，或许是很多人一起，但不管怎样，这个名声算是被彻底叫响了，而且一叫就叫了十多年，也不知道那些长在枝头灼灼生艳的桃花会不会因此生出些嫉恨来，要那样，可就真的违背了她的初心了。

其实，到底是谁第一个喊她桃花西施的并不重要，重要的是她已经作为桃花西施被老镇人生生仰慕艳羡了十几年，而现在，她眼角的鱼尾纹开始一天比一天明显，从前那一头乌黑油亮的秀发也慢慢冒出了白发，哪里还再担得起这四个活色生香的字眼呢？

她继续定定地打量着镜中的自己，目光变得越来越暗淡。是真的老了吗？柳云卿忽地抬起手，使劲抚弄着眼角的鱼尾纹，想把它们拉平抹平，可它们却完全不听她的使唤，一个个瞬息之间都变成了调皮的促狭鬼，任凭她怎么抹怎么拉，愣是纹丝不动地继续趴在她的眼角，得意扬扬。

看着那一条条斜插进鬓发的鱼尾纹，柳云卿心里陡地生起一股强烈的委屈与不甘，她还没到四十岁呢，怎么一下子就变老了呢？她从来都没想过自己也会变老的问题，从小到大，她都是别人口中的美人坯子，走到哪都能吸引到一大堆钦羡的目光，即便是最落魄的时候，也会有很多男人站出来向她大献殷勤，可眼下，又有谁会注意到一个长了鱼尾纹有了白头发的她呢？

唉，她忍不住重重叹口气，想要彻底消除掉鱼尾纹看样子是行不通了，但白头发总还是可以揪掉的吧？这么想着，她又对着镜子认认真真地揪起了白发，每揪下一根都会连着心扯着肝地痛，可饶是这样，她愣是眼睛眨都不眨一下，生生揪下了五根白头发来。再这么下去可如何了得？老人们都说白头发越揪长得也越多，可她顾不了那么多了，揪掉一根是一根，总不能任由自己就这样慢慢变成一个白发魔女，却无动于衷什么也不做吧？

她不要变老，可变老是谁也避免不了的生理现象，唯一可行的办法就是通过各种护理来延缓衰老，让自己看上去比同龄人更显年轻更显美艳，可这样的方法到底又能持续多久呢？大荧幕上的潘虹、张瑜、刘晓庆、林青霞、张曼玉、傅艺伟、何晴、赵雅芝、关之琳、王祖贤、钟楚红等大明星也都一个个地老了，她柳云卿一个普罗大众又怎么可能不老？

女人一旦过了四十，就会很自然地走上"美人迟暮"的道路，尽管自己才三十六岁，离四十还有四年时间，可四年还不是眨眨眼说过完就过完了吗？青春易逝，红颜易老，她不要顶着桃花西施的名声，却以一副苍老憔悴的模样出现在老镇人面前，可要让自己恢复昔日的巅峰颜值也不是说到就能做到的，既然无法做到让自己永远灿若桃花，那还不如让大家看到一个更加真实的自己，因为唯有那样，等自己真老到让所有人都猝不及防时，想必便不会生出诸多的失意与厌恶的情绪来吧？

"噼啪"一声，她把镜子翻了个身，重重反扣在了梳妆台台面上，也懒得再去搭理那些还藏在一头乌发中的白发了。与其像只没头苍蝇似的，没完没了地揪着白头发却总是揪不完，还不如就由着它们肆意地疯长下去，反正人终归是要老的，就算躲过了今天也躲不过明天，躲过了明天也躲不过后天，等到了满头白发的时候，总不能拿着剪刀把它们通通剪了吧？

人，总是要学着接受各种无情的事实，几根白头发怎么了，鱼尾纹爬上了眼角又怎么了，只要还没有死去，就比什么都强，不是吗？人活着到底是为了什么？欲望？没完没了的欲望？不，这并不是她的初衷，她的初衷只是嫁给一个心仪的男人，陪他笑，陪他哭，陪他一路走过春夏秋冬，直至人生的尽头，而这很显然是与欲望无关的。

起初的起初，她只想一直活在齐老九深情望向她的目光里，只想把自己所有的美都完完整整地展现在齐老九面前，可齐老九又是怎么回应她的呢？除了漠视，还是漠视，她就算比西施还要美得让人震撼又能如何？曾经，她想过要跟齐老九白头偕老，也只想跟齐老九平平淡淡、安之若素地走下去，跟齐老九快快乐乐、心无旁骛地过上一辈子，却不意，在最后的那一刹，才失望地发现，一切的一切，终不过都只是她的一厢情愿，所以，她彻彻底底地死了心，再也不会刻意让他看到她撒娇时高高噘起的小嘴，看到她像星星一样熠熠生辉地朝他眨着的眼睛，看到她抬起腿高高踢掉高跟鞋的那份娇俏。

　　他心里没有她，她又能怎么办？年轻的时候，齐老九都一直漠视她所有的情感需求，更何况是而今已然步上人老珠黄的她？退一万步说，即便她永葆青春永远不老，齐老九又真的愿意陪她天涯海角走遍，直到走到生命的尽头吗？她不过就是渴望一份真切而又平淡的感情，为什么，老天爷就是不肯遂了她的心意，不肯让她拥有一份她真正想要拥有的爱呢？

　　跟齐老九发展到而今水火不容的这一步，她也不想。她也曾希望给他留个好印象，更希望自己不要再惦念着他种种的不好，而是牢牢地记住他对自己的每一份好，把他的笑，他的温暖，他的温柔，都深深烙入脑海，即便永远都不再在任何人面前提起他，也决不容许自己对曾经的那个他有一丝一毫的遗忘。他求她留下，他求她不要离婚，她不是没有心软过，可留下来，她真的还能像一开始那样成为一个好妻子吗？

　　是倩倩无助的眼神，让她在下定决心再次离开老镇时，义无反顾地选择了留下。即便爱情死了，可亲情还在，她不能活得太自我太自私，作为一个母亲，她没有任何的退路，也没法再去找寻任何的借口，她必须成全女儿，也必须成全那个已经支离破碎的家，更得给女儿做好榜样，用行动让自己活成一个大写的人，一个身上有光的人。她决定了，有生之年都要为女儿倩倩而活，在这世上，再也没有任何人比倩倩更重要了，为了倩倩，她愿意继续留在老镇，留在桃花巷，愿意再给齐老九最后一次机会，从此，不要再做什么招蜂引蝶的桃花西施，只要做好倩倩的母亲、齐老九的老婆就好。

她不光是这么想的，事实上也是这么做的。为了能跟齐老九好好地把日子过下去，她决定找个事情来做，想来想去，最终把目光锁定在了街头卖臭干的摊贩身上，二话没说，就跑去南京学了一身制作臭干的好手艺回来，很快便和齐老九一起在米市桥下支起了卖臭干的流动摊点。

刚开始，齐老九觉得干这营生太过丢人，说什么也不同意柳云卿抛头露脸地跑大街上去炸臭干，希望她能找个体面些的稳定些的工作做，但柳云卿却觉得现在给谁打工都是打工，再体面的工作也是给人作嫁衣，不如卖臭干，多赚些少赚些都不打紧，打紧的是赚来的钱，一分不少地都会掉进自己的腰包，比那些看上去体面的工作要实惠得多，所以好说歹说，愣是把齐老九说动了心，到最后不同意也只能同意了。

卖臭干怎么了？不就是脏点累点吗？柳云卿一副无所谓的表情盯着齐老九说，你在街头给人修锁配钥匙就不丢人了？同样都是干的抛头露脸的营生，还要分个三六九等啊？再说了，当初你到上海追我时，不是说过看在我那么喜欢吃臭干的分上，你以后也要在街口支个摊子卖臭干，让我一辈子都吃不够嘛！齐老九嗫嚅着嘴唇说，那不就是随便一说嘛！再说了，我还不是替你着想？好歹我是个男的，无所谓丢不丢脸，可你一女的，成天站在街头炸臭干像什么话？女的怎么了？女的就不能炸臭干了？柳云卿狠狠瞟了他一眼，没好声气地说，亏你也是念过高中的人，还戴着有色眼镜看待事物的发展！街上卖猪头肉的吴奶奶不是女的？卖凉粉的老丁媳妇不是女的？怎么，偏生我这个女的就不行了？

你跟她们不一样，你有知识有文化，又在上海的广告公司当过副总经理，你跑大街上卖臭干算怎么回事，那不是大材小用嘛！哎，你可别抬举我，抬举我也没用。柳云卿望着齐老九斩钉截铁地说，我这可不是在跟你打商量，而是在正式通知你，以后你也用不着天天挑着铜匠挑子到街上摆摊了，现在谁还稀罕那些铜器？把时间都白白浪费了，也没见你挣几个钱回来，这些年要不是吃老本，还不早就喝西北风了？

我不摆摊，在家睡觉你养我啊？我养你，当然我养你了，不过你得给我打下手，跟着我一起到街上卖臭干去！我？你让我也跟你一起去卖臭干？齐老九把头摇得跟拨浪鼓似的，打死我，也不上街卖臭干！你不帮我，我一个人怎么卖得了？我想好了，以后就由我负责炸臭干，你负责剪臭干调佐料卖臭干，男女搭配，干活不累！

我不干！不干？柳云卿把头凑到齐老九面前，真不干？云卿，你说你干点什么不好，为什么非要卖臭干呢？我喜欢吃臭干，以后想什么时候吃就什么时候吃，不行啊？你喜欢吃，我买回来给你吃不就行了？你那么爱干净的一个人，成天烟熏火燎的，你受得了？再说了，那臭豆腐的味，一天两天闻着还行，时间长了，不把你熏死才怪！熏死就熏死吧，反正总比待家里饿死强！

你是铁定了心要去卖臭干？不铁定了心，我干吗花钱特地跑南京去学手艺？齐鹏，我跟你说了，我可不是一时心血来潮，而是经过深思熟虑的，虽然街上已有了两三家卖臭干的摊点，可他们做的臭干我都一一尝过，绝对比不过我在南京学到的手艺，只要我们把摊位支起来，肯定不愁没人吃没人来买的！

你就那么确定？你的手艺就一定好得过别家？你别忘了，我是到南京正儿八经地取了真经回来的。还有，在上海，我什么好东西没吃过，只要进过我嘴里的东西，我立马就能分出个好歹来，还真不怕没生意可做。你不怕，我怕！齐老九依然摇着头，万一失败了，还不得招人笑话死？依我看，你还是找个正经活做吧，镇上现在开了好几家私营服装厂，都犯愁人手不够用呢，你打过那么多年衣服，又在上海的服装厂干过，只要你肯去，还愁别人不用你啊？

我愁什么愁，我就是不想去！给别人打工永远都是个打工的，卖臭干就不一样了，虽然说起来不好听，可好歹也是门生意吧，旱涝保收，赚到的每一分钱都是自己的，有什么不好？而且也不需要投入什么资金，支起个摊子就可以叫卖了，成本也就是豆腐和油以及各种调料的钱，只要肯吃苦不怕累，收入一定比你现在给人配钥匙强得多的。

话是这么说，可我还是觉得这不是什么正经营生。齐老九叹口气说，真不明白你好端端的怎么就想起卖臭干来了。你可想好了，开弓没有回头箭，真干上了你可别说反悔就反悔！我反悔什么？都说过我不是心血来潮了！柳云卿盯着齐老九正色说，你可真别小瞧了卖臭干的，在上海卖这个卖得好的，一个月能有万把块的流水呢，如果再顺带着卖些凉菜，不敢说多，每月少说也能赚个三四千。

三四千？你梦没做醒吧？以为支个摊子就长摇钱树了呢！不信你做了再说，卖这个苦是苦了些，可利润真的不小，等做上两三个月后，你自然就知道。你真的不怕苦不怕脏？齐老九仍然犹豫着，你就不怕油烟不怕炭灰？真的卖上了这个，臭豆腐的味道就不用说了，忙一天下来，身上不被熏臭了也被汗淌臭了，还有你那一头长发，沾上了油灰，黏黏糊糊的且不好洗呢！

不好洗就多洗几次好了。享清福谁不会，你以为这些我都没想过吗？倩倩一天天大了，以后需要花钱的地方多的是，就靠你那几个配钥匙的钱能干什么？反正我是铁板钉钉了要卖臭干的，你可千万别拖我后腿，你要拖我后腿，我明天就收拾行李走人！好吧好吧，反正这个家以后都你说了算，你想干什么就干什么吧！那你呢？当然是妇唱夫随，给你打下手了！打下手有什么不好，有钱赚才是正道。柳云卿望着他嘻嘻笑着，跟着我一块卖臭干就对了，我这个桃花西施都不怕脏不怕累不怕丢人的，你个大老爷们怕什么？

诚如柳云卿说的那样，她之所以决定要卖臭干并不是一时心血来潮，而是经过深思熟虑的。在去南京学习制作臭干的手艺前，她就认真考察了老镇仅有的两三家卖臭干的摊点，发现街上好这口的人还是很多的，所以只要把摊子支起来，就不怕赚不到钱，但其实归根结底，让她下定决心放低身段走上街抛头露脸地卖臭干，则还要归功于向美珠的一句劝。

向美珠说，你这次走了，倩倩大了就不认你了，你可好好想清楚了！你以为我真舍得下倩倩啊，是齐老九和萧桂芳不让我带倩倩走！那你可以不走啊！我不走，我留在家里喝西北风？厂子也回不去了，我总得挣钱吃饭吧？挣钱吃饭还不容易？向美珠瞥了柳云卿一眼说，现在干什么不能赚钱？你就算在街口支个摊子卖臭干，一个月也不少挣！卖臭干？柳云卿哈哈一乐，向美珠，你不是认真的吧？我就是认真的。怎么，让你去卖臭干，你还嫌不好听啊？那倒也不是。干什么不是干，我倒真没嫌弃过卖臭干的。那就去卖啊！这样你就能一天二十四小时都把齐老九拴在身边，他想不在意你都不能够。

你是说让齐老九跟我一块在街口支个摊子卖臭干？柳云卿想起在上海的时候，她就对城隍庙卖的臭干情有独钟，每次去玩的时候都要买上一份来吃，那会齐老九追她追到了上海，见她那么爱吃臭干，就跟她开玩笑说，以后要和她一起在街头支个卖臭干的摊子，让她一辈子都吃不够。原本，齐老九并不喜欢吃臭干，甚至连闻一闻都会觉得恶心，但因为她喜欢，他才尝试着去吃，以后不管走到哪里，只要她想吃了，他就会陪着她一起吃，哪怕他心底里并没有真的好上这口，却也从未再说过一句不喜欢的话，而面对他这份赤诚，她又怎么能够做到无动于衷？

是向美珠的提议，让她意识到齐老九并非心里没有她，而是他压根就不擅长表达他对她的爱意。那天，走着走着，她便当着向美珠的面，情不自禁地流下了泪来。原来她和齐老九从来都不是不爱，而是爱的方式不同，直到这个时候，她才明白齐老九是真的爱她的，就为了这份爱，为了他说过要给她支个卖臭干的摊子，她便毅然决然地走上了街头卖起了臭干，并毫不犹豫地脱去了身上那些光鲜亮丽的衣服，哪怕被镇上的人笑话她由一个国色天香的桃花西施变成了蓬头垢面的黄脸婆，她也一点不在意。

如果这都不是爱，又会是什么？是的，她爱齐鹏，只可惜自己明白得太迟，既然曾经错过了太多太多，那么以后就让她永远都站在炸臭干的油锅前，用眼神不断地重复着对他珍重着说一句我爱你吧！齐鹏，过去的就让它彻底过去吧！从今往后，我愿意为你，为我们这个家，炸一千次一万次的臭干，而你也要记住，我柳云卿是为你齐鹏而生，为你齐鹏而活，更要记住，我站在油锅前轻轻噘起嘴望向你的那抹笑，便是我今生唯一的温暖与指望。

成天跟臭豆腐打交道，柳云卿几乎已经放弃了所有女人该享有的权利，她不再逛街，不再看电影，不再烫大波浪卷，不再涂指甲，不再穿高跟鞋，甚至连音乐都很少听了，但只有一样例外，就是照例每天都把自己收拾得干干净净的，决不会给人留下半点邋遢的印象。

柳云卿爱干净，虽然还没达到洁癖的程度，但也比一般人更讲究卫生，衣服常洗常换，鞋子总是擦得锃亮，家里的家具也都擦拭得一尘不染，关于这点，她刚刚嫁到桃花巷的时候，所有邻里就看出来了，所以当她穿着一身灰不拉叽的工作服出现在米市桥下，对着一口滚开的油锅不停地翻拣着煎炸臭干时，很多街坊邻居都觉得特别的不可思议，别说臭豆腐那股子熏人的臭味让人难以抵近，光是那黏腻呛人的油烟，就会让所有怕脏的女人都望而却步，真不知道她为什么非要选择这门营生，难道卖卖水果卖卖衣服不比干这个更好吗？

柳云卿自然也有自己的打算，镇上的水果店服装店比比皆是，而且那些外地来的生意人更懂得经营之道，就算她把水果店服装店开在最好的市口，也不一定能竞争得过他们，甚至很有可能亏得血本无归，而最重要的是，开店需要更多的资金成本，但卖臭干就不一样了，随便支起个摊位便可以正常营业了，再加上是小本经营，也用不着交几个税，何乐而不为呢？再说，卖臭干不还关系着她对齐老九的一份情嘛，只要能和齐老九踏实实地把这小日子继续过下去，臭一点，脏一点，累一点，又有什么关系？

柳云卿卖的臭干比别家便宜还好吃，而且给的量都很足，加上她在做买卖的过程中也慢慢学会了外乡人的那套生意经，逢人就满脸挂了笑，不管来的是谁，跟对方说话时，嘴巴都跟抹了蜜糖一样甜，所以每天来跟她买臭干的人都络绎不绝，很快，她"臭干西施"的名声就被叫了出去，老镇上几乎就没人没到过米市桥下给她捧过场。不过她也不贪心，并不想抢占其他几家摊贩的生意，在吃到甜头后，便主动作出比别家晚上一个小时出摊的决定，久而久之，那些眼红她妒忌她的摊主也都对她心生敬意，不曾找过她任何的麻烦，也不曾在背后给她使过绊子，生意做得比从前更加红火，也更加风生水起了。

　　对于她作出每天都要比别家晚出摊一小时的决定，齐老九非常不能理解，免不得跟她产生了一些龃龉，在无言地对抗了一段时间后，他终于把在心里憋了很长时间的话像倒豆子般通通倒了出来。我就不明白了，你怕他们什么？大家都是靠手艺吃饭的，凭什么我们就要让着他们，每天都要比他们晚出摊一小时？柳云卿一边蹲在自来水龙头边，麻利地清洗着刚买来的一大盆新鲜豆腐，一边睨一眼齐老九，语气平淡地说，就凭我们的生意比他们好。

　　生意好就得让着他们？云卿，你知不知道晚出摊一个小时，我们每天得有多少损失？柳云卿继续用心地洗着盆里的豆腐，郑重其事地点点头说，知道，当然知道。知道你还让着他们？齐老九有些激动地，你仔细算算，这样一个月下来，我们得亏多少钱？亏什么亏？齐鹏，上个月刨开成本，我们赚了将近三千五百块，倒是亏哪了？那也少赚了不少啊！凭什么就得是我们让着他们，而不是他们让着我们？

　　刚才不是说了，就凭我们生意比他们好。柳云卿回头盯一眼齐老九，先帮我把洗好的豆腐切成小块放席子上晾着，回头再说你那些没用的。不切！齐老九瓮声瓮气地说，反正都是你拿主张，要切你自己切！不切？柳云卿怔怔盯着他，真不切？齐老九努了努嘴，斩钉截铁地，不切！不切拉倒，缺了你地球还不转了呢！柳云卿转回头继续洗着盆里的豆腐，别忘了你求我留下来时是怎么说的。什么都听我的，现在就跟我抬上杠了？

我这哪是跟你抬杠？我是心疼咱们的钱！平白无故地少赚那么多，白便宜了那几家摊子！我说云卿，你不会真以为这么做了他们就会念你好吧？背后指不定怎么笑你傻呢！我说过要他们念我好吗？齐鹏，咱们不能把什么钱都赚了，也要给别人留条活路，懂吗？我们已经差不多抢占了他们一半多的生意，如果还不懂得见好就收，将来是会遇到麻烦的。

麻烦？能有什么麻烦？我们卖我们的，他们卖他们的，井水不犯河水的，挨着他们什么事了？我们抢了他们的生意，就是挨着他们事了。将心比心，你以前在街头配钥匙时，不也很烦那些专跟你打擂台拆你台的铜匠嘛！那别人愿意买我们的，怪得了谁？谁也没从他们摊子前把人拖过来买我们的臭干不是，犯得着让着他们吗？云卿，真不是我想说你，这做买卖的事，只要不犯法，你操那么多心干什么？再说了，你越示弱，别人越欺负你，弄不好真当我们怕了他们，专拣你这软柿子捏，不是适得其反吗？

柳云卿一边端着洗好的豆腐往厨房走，一边无可奈何地叹口气说，枪打出头鸟，我们现在生意这么好，谁见了不眼红？表面上谁也不说什么，但要真有人起心在背后使绊子，那也够咱们喝上几壶的。齐老九尾随着她走到厨房里，反正我还是那句话，大家各做各的生意，买谁不买谁的臭干又不是我们说了算的，你何苦处处都让着他们？

柳云卿从篮子里掏出一块豆腐，轻轻扔在砧板上，吁口气说，俗话说，和气生财，这生意要较着劲地做下去，到最后肯定是谁也落不着好。退一步海阔天空，我们现在退一步，换来的就是以后长久的太平，有什么不好？只要大家都有粥喝了，我们才不会招人嫉恨，生意也才能顺顺当当地做下去，你仔细想想，是不是这个理？

话是这么说，可我还是觉得太便宜他们了。我们一没偷二没抢的，就因为他们嫉恨，便要避着他们，连眼看着就要到手的钱都不能赚了，这还有天理吗？这个世界不是光靠讲理就能生存下去的。

很多时候，我们需要的不是讲理，而是理智。照你这个说法，以后谁的生意好了，就得让着生意不好的，那这生意还能做得下去吗？

吃亏是福，现在吃点小亏，将来赚的都是大利，你这脑子怎么就转不过弯来呢？他们现在个个眼红我们的生意，在街上又都做了不少年头，什么地痞流氓不认识的？万一哪天真把他们逼急了跳了墙，有得受的还不是我们？这么跟你说吧，要处理不好跟这些人的关系，咱们的摊子被撂倒了那都是小事，闹大了没准往后这生意也就做不了了。

柳云卿拿起菜刀，熟练地把洗净的豆腐切成一块块薄薄的小片，忍一时风平浪静，何必非跟他们明刀明枪着干呢？我们现在已经给足他们面子了，也算是低头了，人心都是肉长的，他们见我们服了软，也就不会再想着要把我们怎样了。等过上一段时间，我们再慢慢提早出摊的时间不就行了？

可我还是觉得这么做憋屈得慌。你说我们每天都起早贪黑的，图的是什么？不就是钱嘛！这每天晚出摊一个钟头，得少赚多少钱啊！好了好了别再说了！柳云卿歪着头睨了他一眼，那边还有把菜刀，你赶紧帮着一起把豆腐切了，待会我还有得忙呢！

齐老九还是一点没变，世故，短视，斤斤计较，一看就不是个做大事的人，可她能有什么办法，既然已决定留在老镇跟他一起好好过日子，那就做一天和尚撞一天钟，得过且过吧！对于齐老九，柳云卿已经不想多说些什么，就这么将就着过下去吧，别人能将就，为什么自己就不能将就？虽然这样的日子一眼便能望到头，依然如死水般沉寂无趣，也不会碰撞出什么浪花来，但路是自己选的，在她决定不再返回上海之际，就已经预料到了今后可能会发生的一切，不是吗？

从前，她是个有追求有目标的人，是个对未知世界充满渴望与野心的人，可现在，这渴望，这野心，早就被现实的残酷一点点消磨殆尽了，而她自己也已经没了继续蹦跶下去的力气，眼下唯一能做的，便是向世俗低头，与周遭所有拧巴的事拧巴的人和解。她不想再去为了理想而奋斗，不想再通过任何事去证明自己的实力，她只想平平淡淡、安安静静地度完余生，为了倩倩，也为了她自己。

其实齐老九也没有什么大的毛病，这次为留下她更是付出了百分之百的诚意与耐心，自己又何苦总在鸡蛋里挑骨头呢？对一个男人来说，齐老九能做到这个分上已经很不易了，更何况他也说了，以后这个家就交给她来管了，大事小事也都由她做主，自己只管听她的吩咐就好，而事实上他也一一履行了对她的承诺，即便还是改变不了身上那些不好的习气，也算瑕不掩瑜了，她也不能总为了这些小事就跟他上纲上线吧？

以后的日子还长着呢，生活中的磕磕碰碰也在所难免，如果不能以一颗平常心去看待问题，不能以一颗包容的心去接纳对方，那么他们势必将再度陷入和过去一样的痛苦与煎熬，到最后只会收获一地鸡毛的琐碎，并终将闹得鸡飞狗跳、不欢而散。

她不要再跟他闹了，从答应留下来的那一刻，她就很清楚地知道，之所以决定不走，并不是完全为了他，更多的则是为了她自己和倩倩，为了与过去彻彻底底地告别，至于什么新生活新开始，那通通是别人的想法，与她柳云卿并无半点关系。现在，她什么都不想要，什么都不想争，就这么无欲无求地简单活着就好了，干吗还要让自己沉溺到那些琐事中去呢？齐老九这些年过得也不容易，只要他的所作所为还没有超出她可以容忍的底限，那些无伤大雅的小事，她都可以选择忽略，又何必为了一点鸡毛蒜皮自寻烦恼？

说实话，自打他们在米市桥下卖上臭干开始，齐老九还是很卖力很肯吃苦的，总体上来说，她对他的表现还是相当满意的。人生已近半，还有什么看不开想不开的？每天起早贪黑地围着鲜豆腐、臭豆腐、炸臭干打转，她已经忙得晕头转向了，哪还有时间去想那些没用的事？或许，从决定卖臭干的那一瞬开始，她潜意识里想的，就是要利用这没完没了的忙碌，来麻醉自己对生活的种种不满与不甘，既如此，又何苦总盯着齐老九的种种不足呢？

瞧，就在她走神的时候，齐老九已经把切好的豆腐块都搬到院子里的木板上一片一片地晾上了，动作娴熟而麻利，看样子，他已经习惯了整天和豆腐打交道的生活，这个时候就不要再对他指手画脚着让他觉得自己一无是处了。柳云卿用一种复杂的眼神打量了他一眼，刚想说些什么，话到嘴边却还是忍住了没说，径直掉转过头跑去东厢房查看她前几天刚刚捂上的豆腐究竟长毛了没有，如果长毛了，就可以拿出来用它们炸今天要卖的臭干了。

其实，街上卖的炸臭干的臭干原材料，基本上都是从外地批发回来的发霉过的成品，但柳云卿怕那种买回来的不干净，会吃坏了肚子，所以就决定所有的臭干都由自己亲手制作，多是多了几道工序，人也受累了不少，不过这样一来，至少可以从源头上保障食品的质量，也就省去了后面很多不可控的问题，看来，镇上的人都喜欢买她的臭干，也不是只因为她长得漂亮，品质过硬才是真正的王道啊！

东厢房已被柳云卿开辟成了臭干生产基地，背阴处整整齐齐地摆满大大小小十几个干净的纸箱子，每只纸箱子里面都铺了好几层稻草，每一层稻草上都码着一片一片洗净晾干的豆腐块，她一只箱子一只箱子地扒拉着看着，发现已长出厚厚一层白毛似的霉菌的豆腐片，便会把它们用筷子小心翼翼地夹到事先准备好的长方形不锈钢盘子里，留待下午出摊时使用，还没长出白毛的则继续用稻草盖好，让它们继续发霉。

生活就在这平淡无奇而又充满忙碌的日子中，一天天按部就班地过去了，屈指一数，他们已在米市桥下卖了六年多时间的臭干，而那个曾经的桃花西施柳云卿也已经步入了不惑之年。她依旧喜欢坐在梳妆台前认真地照镜子，依旧很熟稔地伸开双手往早已生出了褶子的脸上涂抹着夏士莲雪花膏，眼角轻挑，嘴角上扬，一抹像莲花般纯洁灿烂的笑容，更把她人到中年的风韵衬托得恰到好处。

她已经为倩倩攒下了念完大学的所有费用，甚至连倩倩将来的嫁妆也都备齐了。她已经用卖臭干赚来的钱把齐家的老宅翻盖一新，而日渐老去的齐黄山与萧桂芳吃药住院的开销也都由她一力支承。

她给齐老九换上了崭新的行头，西装、衬衫、皮鞋、皮带、袜子，都是商场里首屈一指的名牌；她用自己辛苦挣来的钱资助了好几个山区的穷学生，并许诺会一直帮到他们大学毕业；她还好说歹说地说服齐老九，让他心甘情愿地给希望工程一次性捐助了二十万，更让他一举成为县里榜上有名的慈善家。

二十万，柳云卿疯了吗？那可都是他们夫妻俩起早贪黑赚来的辛苦钱啊！是吗？卖臭干这么赚钱？要这么赚钱，明天我们也合着伙去街口支个摊子卖臭干吧！别，那个苦你们吃不了的，你们没看到柳云卿都憔悴成什么模样了吗？从前的桃花西施，一眼望上去，水灵水灵的，现在再瞧瞧，都跟蜕了几层皮一样，哪哪都是褶子，真不知道她为什么非要讨这个苦吃！听说了吗，柳云卿马上就要带齐老九去县城开公司了，过不了多久，他们就不会再出摊卖臭干了！是吗？去县城开公司？开什么公司？我也是听来的，真想知道，你去问柳云卿啊！

时过境迁，柳云卿依然还是老镇的传奇，桃花巷的传奇。没有人还记得她那些陈年旧事，种种的荒唐与不羁，记住的都是她的吃苦耐劳，她的任劳任怨，她与齐老九堪称完美的模范婚姻，还有她那颗向善的心。

故事写到这里的时候，我又在老镇消夏了两月有余，傍晚的时候，刚从外面回来的母亲突然望着我说，今天在街上，我碰上柳云卿了。我有些漫不经心地问，她不是跟齐老九去县城开饭店了吗？是去县城开饭店了，这次回来是出席镇里的表彰大会的。表彰大会？我漠然地盯了母亲一眼，什么表彰大会？老镇改造，柳云卿跟齐老九一下子捐了一百万。

一百万？我轻轻哦了一声，便转头看自己的书去了，而也就在那一瞬，我忽地闻到了一股熟悉而又陌生的味道——我知道，那是露华浓指甲油的味道——柳云卿涂在十个手指头上熠熠生辉能够照见人影的指甲油的味道。